FEDERHERZ
VERLAG

WIR DÜRFEN UNS NICHT LIEBEN

MICA HEALAND

COLD eyes

BAD HERO ROMANCE

Cold Eyes

Bildmaterial: Shutterstock, Freepik
Korrektorin: Annette Nenner

Bestellung und Vertrieb: Nova MD GmbH, Vachendorf

ISBN: 978-3-98595-671-5

Druckerei Smilkov Print Ltd
Pokrovnishko shose
2700, Blagoevgrad

Federherz Verlag
Süntelstraße 70
31848 Bad Münder
www.federherzverlag.de
Instagram: @federherz.verlag

VORWORT

Isaac und Fenella kommen nicht gegen ihr Erbe an. Im Gegenteil zu ihnen hast du eine Wahl. Wenn du nicht bereit bist für Gewalt, derbe Sprache oder Textstellen, die sexuellen Missbrauch beschreiben, dann solltest du das Vermächtnis ablehnen und einen anderen Weg wählen. Wenn du erst in die kalten Augen der Wahrheit geblickt hast, wirst du nicht mehr davon loskommen.

Mein eiskaltes Blau trifft auf deines.
Ich spüre den Schmerz, weil er mein eigener ist.
Ich erkenne die Wut, weil sie ebenso in meinen Adern kocht,
und ich sehe die Angst, die auch mir den Schlaf raubt.
Du und ich, wir teilen unser Schicksal.
Wir sind eins und doch könnten wir uns ferner nicht sein.

Teil 1

Fenella

Vor langer, langer Zeit wurde mir erzählt, dass Monster nicht existieren.
Doch selbst als Kind war ich schlau genug, diese Lüge nicht zu glauben – schließlich sah ich ihnen jeden Tag ins Gesicht.

Mai 2015

»Tz tz tz.« Allein der Klang seiner Stimme sorgte für eine Gänsehaut auf meinen Armen. Keine der angenehmen Sorte, sondern eine, bei der man am liebsten die Knie an den Körper ziehen will. Doch ich verbot es mir. Genauso wie den Drang, die Hände vors Gesicht zu legen. Es nützte ja doch nichts. Ich würde ihn niemals aus meinem Leben verbannen können. Mit einer solch kindischen Geste erst recht nicht. »Was soll das werden, Fee?«

Ohne es zu wollen, zogen sich meine Augen zu schmalen Schlitzen zusammen, aus denen ich ihn wütend anfunkelte. Niemand nannte mich Fee. Niemand außer Hunter. Das war sein Name für mich. Ihn aus dem Mund meines Onkels zu hören, brachte mich beinahe zum Würgen. Doch ich blieb stumm. So wie ich es immer tat, wenn er zu mir ins Zimmer kam.

Er wartete grundsätzlich im Wohnzimmer, bis Mum und Dad weg waren, dann hörte ich seine Schritte auf der Treppe und der Kloß in meiner Kehle wurde mit jeder Stufe, die er näher kam, größer. Er schnürte mir die Luft ab und nahm mir die Möglichkeit zu sprechen.

»Hast du wirklich geglaubt, du könntest dich hier einschließen? Allein? Ohne mich?«

Onkel Fearghas trat einen Schritt näher an mein weißes Himmelbett, das zwar nach Einhörnern und Regenbogen aussah, mir aber nur dunkle, blutgetränkte Träume schenkte.

Mein Blick richtete sich auf den Schlüssel in seiner Hand und meine Finger krallten sich wie von selbst in die Decke, die über meinen Beinen lag. Er hatte ihn weggenommen. Zum zweiten Mal. Letzte Woche bat ich meine Mum, mir einen neuen Zimmerschlüssel anfertigen zu lassen, doch bereits am zweiten Tag, als ich aus der Schule kam, war er verschwunden gewesen. Genau wie beim ersten Mal, auch wenn ich ihn dieses Mal noch viel besser versteckt hatte.

Noch immer starrte ich auf seine schmierigen Finger. Zu wissen, wie sie sich auf meinen Wangen anfühlten, verstärkte die Übelkeit, die sich unaufhaltsam in mir ausbreitete, sobald ich ihn sah. Seine Haare lagen streng zurückgegelt auf dem Kopf und durch die geöffneten Knöpfe seines strahlend weißen Hemdes sah ich graue gekräuselte Haare. Sein Zeigefinger legte sich unter mein Kinn und hob meinen Blick an, sodass ich in seine blauen Augen sehen musste.

Ich hasste es, wie ähnlich er meinem Dad sah.

Hunter und ich hatten genau wie mein Dad die hellblauen Augen unseres Grandpas geerbt. Ich konnte nichts dagegen tun. Ein Fremder sah sofort, dass wir verwandt waren. Dieser Umstand machte die Situation und meine Gefühle nur noch schlimmer, denn ich wollte nicht mit ihnen in einen Topf geworfen werden. Niemals.

»Morgen wirst du fünfzehn, Prinzessin.« Die Art und Weise, wie er mit mir sprach, brachte mich dazu, weiter von ihm weg Richtung Kopfende zu rutschen. Ich fürchtete mich bei jedem seiner Besuche mehr. »Nicht mehr lange und du bist reif, meine Kleine. Wir beide wissen, dass ich dein Erster sein werde, nicht wahr?«

Sein Zeigefinger fuhr über meinen Hals und blieb am Saum meines Pyjamas hängen. Der Moment, in dem meine Kleidung als Hindernis nicht mehr genügte, kam näher. Näher und näher. Er rauschte wie ein Zug mit hellem Scheinwerfer genau auf mich zu. Und ich war gefangen. Festgekettet an den Gleisen, und es gab keinen Weg, dem Unausweichlichen zu entkommen.

Ich wusste das. Und selbst hätte ich keine Ahnung ge-

habt, so ließe er es sich nicht nehmen, mich mehrmals in der Woche daran zu erinnern. Er klopfte unaufhörlich an die Tür zum Bad, wenn ich duschte, und schlich sich nachts in mein Zimmer. Bislang hatte er mich nicht verletzt. Jedenfalls nicht körperlich. Doch ich war klug genug zu wissen, dass es nur noch eine Frage der Zeit war. Es ging schon lange nicht mehr um das Ob. Nur noch um das Wann.

»Ich …«, brachte ich mit kratziger Stimme hervor. »Ich muss jetzt schlafen.«

Wo war Hunter? Er hatte mir versprochen, vor zehn zu Hause zu sein. Als ich erfuhr, dass Mum und Dad heute Abend auf einer Spendengala zu Gast waren, hatte ich meinen Bruder angefleht, früh nach Hause zu kommen.

Er wusste nichts von den Schikanen, die ich durchmachte. Vielleicht ahnte er etwas, doch er sagte kein Wort. Als Zwillinge spürten wir die Bedürfnisse und Ängste des jeweils anderen. Und ich brauchte meinen Bruder mehr als alles andere auf der Welt. Er war mein Anker. Mein sagenumwobener Fels. An den meisten Abenden schlich ich in sein Zimmer. Jedes Mal war ich kurz davor, ihm alles zu erzählen. Doch irgendetwas in mir verbot es und so schwieg ich weiter. Ohne ein Wort hielt Hunter mich Tag für Tag und ließ zu, dass ich in seinen Armen schlief.

»Kleiner süßer Engel«, flüsterte Onkel Fearghas und ich erschauderte. Sein Finger schob sich über meinem rosa Shirt auf meinen Busen, der noch nicht mal ein richtiger Busen war und wahrscheinlich auch nie einer werden würde. Die anderen in meiner Klasse sahen viel weiblicher aus als ich. »Ich kann es nicht erwarten, dich endlich zu kosten. Du wirst mir deine Unschuld schenken.« Er beugte sich über mich und seine Lippen streiften mein Ohr. »Ich werde so tief in dir sein, dass es keine Grenze mehr zwischen uns gibt.«

Ich hielt die Luft an. Zum einen – um seinem Geruch zu entkommen. Zum anderen – weil ich befürchtete, mich in meine lila Bettwäsche zu übergeben.

»Du kannst es auch kaum noch erwarten, hab ich recht, mein Engel?«

Er nahm meine Hand und ich schloss die Augen, weil er sie gegen seine Anzughose presste. Was hinter seinem Reißverschluss lag, fühlte sich hart an. Hart und warm und ich wollte es niemals ohne den Stoff dazwischen berühren. Ich wollte nichts von den Dingen tun, die er mir immer und immer wieder ins Ohr flüsterte.

Seit über einem Jahr ging das nun schon so. Er legte seine Hand beim Essen unter dem Tisch auf meinen Schenkel und beobachtete mich bei jeder meiner Bewegungen.

Und ich? Ich hatte versucht, nicht mehr länger attraktiv für ihn zu sein. Hübsch auszusehen, durch die Küche zu tanzen. Dinge, die ich mir verbot. Ich war grau geworden. Grau und unscheinbar. Unsichtbar für den Rest der Welt. Aber nicht für ihn. Niemals für ihn. Er fand mich. Immer und überall.

Immerhin war er ein Lion. Er genoss in der kriminellen Bruderschaft die gleiche Position wie mein Vater. Männer, mit denen sich niemand anlegte. Niemand. Ich erst recht nicht. Ich presste fest die Augenlider zusammen und betete erneut dafür, für ihn unsichtbar zu werden.

»Fee?«, sorgte eine Stimme aus dem Flur für meine Aufmerksamkeit und ich riss die Augen auf.

»Hunter!«, rief ich übertrieben laut und Fearghas trat sofort zurück. Dabei schnaubte er wütend und steckte meinen Zimmerschlüssel zurück in seine Hosentasche.

Ganz gleich, was dieser widerliche Mistkerl mit mir vorhatte. Er würde es nicht schaffen. Nicht solange Hunter an meiner Seite war. Denn mein Bruder würde mich beschützen. Hunter mochte ebenfalls ein Lion sein, doch ich vertraute ihm. Er wachte über mich. Bis zum Tod. Das wusste ich.

Nur daher grinste ich meinen Onkel übertrieben an.

»Gute Nacht, Fearghas«, flüsterte ich leise. Diesen Abend hatte ich gewonnen.

»Hunter, bitte«, flehte ich und verzichtete darauf, ihm meine Argumente zum hundertsten Mal unter die Nase zu reiben. Ich war verzweifelt. Warum sah er das denn nicht?

»Lass es gut sein, Fee. Haben wir halt zu einem Thema in unserem Leben unterschiedliche Meinungen. Das wird uns nicht umbringen.«

Ohne auf die Angst in meinem Gesicht zu reagieren, stopfte er weiter unbeirrt seine Klamotten in den großen Rucksack.

»Es geht doch nicht um verschiedene Meinungen.« Ich legte meine Hand auf seinen Unterarm. Genau auf die Stelle, auf die er sich zum Semesteranfang den Löwenkopf hatte tätowieren lassen. »Geh nicht«, sprach ich schließlich die Worte aus, um die ich seit gut einer Stunde herumredete, aber noch nicht einmal so eindeutig formuliert hatte. Vielleicht war der Moment gekommen, in dem ich ihm endlich alles sagen sollte.

Es war mir egal, mit welcher Inbrunst er hinter den Lions stand, und es war mir in diesem Moment auch nicht mehr wichtig, was er für Kester und seine Jungs tun musste. Jetzt gerade wollte ich nur, dass er mich mit seinem für ihn so typischen Lächeln ansah und mich nicht allein nach Glasgow fahren ließ. Ja, ich hatte Angst um ihn. Was auch immer er meinte noch erledigen zu müssen, war sicher gefährlich. Das war es immer. Die Lions waren schließlich keine lächerliche Studentenverbindung, bei der es um irgendwelche dummen Aufnahmerituale oder Ähnliches ging. Die Bruderschaft reichte viele Jahrhunderte zurück und alles, was sie taten, war ernst. So ernst, wie es nur sein konnte, wenn es um Leben und Tod ging.

Doch die Wahrheit war, ich fürchtete mich ebenso davor, ohne ihn nach Hause zu fahren. Er war meine Welt. Mein Held, der mich aufrecht hielt, wenn alles andere mich zu Fall bringen wollte.

Hunter und mich trennten drei Minuten, die er vor mir

das Licht der Welt erblickt hatte. Er ließ keine Gelegenheit aus, mir das unter die Nase zu reiben. Wir waren Zwillinge. Wenn ich ihn ansah, sah ich einen Teil von mir. Das kohlrabenschwarze Haar und die hellblauen Augen, die aus der blassen Haut herausstachen. Und ich brauchte ihn an meiner Seite. Er war stark, wenn ich schwach war. Er war laut, wenn ich keinen Mut zum Sprechen fand. Hunter machte mich … lebendig. Gerade, als ich zum Sprechen ausholte, um ihm zu sagen, was der wahre Grund war, weswegen ich nicht ohne ihn zu unserer Familie fahren wollte, seufzte er schwer.

»Fee«, wiederholte er den Spitznamen, mit dem nur er mich ansprechen durfte, und unterbrach mich, ehe ich angefangen hatte zu reden. Er griff meine Hand und zog mich an sich. Sofort schmiegte meine Wange sich an seine harten Muskeln und ich schloss die Augen, weil seine Finger auf meinem Kopf mir die Sicherheit gaben, die ich benötigte. »Es sind nur zwei oder drei Tage, bis ich nachkomme. Ich weiß, wir haben gesagt, wir fahren zusammen, aber es geht nicht anders. Du bist neunzehn Jahre alt. Du schaffst es ein paar Nächte ohne deinen großen Bruder. Du musst langsam erwachsen werden.«

Er hatte keine Ahnung. Mich plagten weder Albträume noch war ich ein besonders schreckhafter Mensch. Ich genoss die Nächte allein auf dem College und die Freiheit, mich unbekümmert zu bewegen, ohne ständig die Angst im Nacken zu spüren.

Doch das galt nicht für unser Zuhause. Mir graute es davor, zwei Wochen in unserem Elternhaus zu verbringen. Mehrere Nächte ohne ihn in der Nähe. Auf einer Etage mit Onkel Fearghas.

Doch das wusste Hunter nicht. Es gab nur diese eine Sache, die ich vor ihm geheim hielt. Weil mir bewusst war, dass das wahre Gesicht unseres Onkels auch sein Leben komplett verändern würde. Unser Onkel war genau wie mein Dad ein Vorbild für meinen Bruder. Er wollte die gleiche Stellung bei den Lions erreichen, die sie zu ihren Zeiten innehatten. Die Wahrheit würde ihm alles nehmen, woran er glaubte. In

Hunters Herz schlug ein Löwenherz. Er hielt an dem Zusammenhalt der Gemeinschaft fest. Für ihn war es eine Ehre, für die Lions zu kämpfen. Ich wollte nicht diejenige sein, die seine Illusion zerstört. Heute allerdings waren es seine eigenen Worte, die mich zurückhielten, ihm die Wahrheit zu sagen. ›Du musst erwachsen werden.‹

Wahrscheinlich spürte er, dass ich mit seiner Antwort nicht zufrieden war, denn er strich mir seufzend über die Haare. »Komm schon, Fee. Spätestens an Heiligabend bin ich wieder da und schenke dir die hässlichen Socken, die schon verpackt in meinem Rucksack liegen.«

Ich kicherte halbherzig und schlang meine Arme noch fester um seine Hüfte. »Wag es ja nicht, mir schon wieder Strümpfe zu schenken.«

Mühelos hob er mich hoch und drückte mir einen Kuss auf die Wange.

Einen Abschiedskuss.

Hunter war genau wie ich schlank, nur dass er im Vergleich zu mir einen perfekt definierten Körper hatte. Muskeln an den Oberarmen und der Brust, die in eine schmale Taille übergingen und sein perfektes Sixpack optimal zur Schau stellten. Die Mädchen schwärmten alle für ihn. Ausnahmslos. Seit wir im September aufs Cluaran-College gekommen waren, nahm es allerdings ganz neue Dimensionen an. Der Ruf, den Lions anzugehören, tat daran sein Übriges. Alle Lions studierten früher oder später am Cluaran. Das war einer der wenigen Vorteile daran, dass Lionblut in unseren Adern floss. Wenn wir durch die Gänge schlenderten, schmachteten sie ihn an wie einen Rockstar. Weil er zur Elite gehörte. Zu den Chefs. Ein echter Lion. Vielleicht war seine Zugehörigkeit zur Bruderschaft der wahre Grund, warum ich auch heute schwieg. Weiter die Erinnerungen zusammen mit der Angst vor der Zukunft in mich hineinfraß und daran fast erstickte.

Allein bei dem Gedanken an die Bruderschaft versteifte ich mich erneut. Hunter entging meine angespannte Haltung nicht, so wie wir sonst Empfindungen des anderen sofort er-

kannten. Im Gegensatz zu ihm hasste ich, dass wir Lions waren. Zum ersten Mal in meinem Leben wünschte ich, die Gleichberechtigung hätte niemals stattgefunden und ich wäre von dieser Bürde verschont geblieben. Doch mittlerweile durften Frauen ebenso aktive Mitglieder der Lions sein wie Männer. Wobei durften das falsche Wort war – mussten traf es eher. Die Mitglieder der Lions zogen sich über das gesamte Land. Die Jungs hier am Cluaran-College waren nur ein kleiner Teil von etwas ganz Großem. Und mein Bruder war stolz darauf, einer von ihnen zu sein.

»Du solltest dich irgendwann mit dem Gedanken anfreunden, eine Position in der Bruderschaft anzunehmen«, seufzte mein Zwilling und stellte mich wieder auf die Füße. Selbstredend war unser Gespräch ohne ein Wort weg von den Socken zum eigentlichen Thema zurückgewandert. Jede unserer Unterhaltungen endete mit den Lions. Denn ich wollte keine von ihnen sein. Niemals. Ganz gleich, was unser Stammbaum für diese lächerliche Verbindung bedeutete.

»Lieber sterbe ich«, schnaubte ich und versuchte, ihn von mir wegzuschieben. Doch seine Muskeln waren nicht nur fake und so hielt er mich unbeirrt an seine Brust gedrückt.

»Fenella.« Dass er meinen vollen Namen aussprach und noch dazu stöhnte, als sei ich ein bockiges Kind, machte mich wütend. Ja, vielleicht wurde es tatsächlich Zeit, erwachsen zu werden und offensichtlicher gegen mein Erbe anzukämpfen. Ganz gleich, wie oft wir noch darüber diskutierten – und das taten wir wirklich häufig –, meine Meinung würde sich nicht ändern.

Es mochte sein, dass die Lions unterm Strich für die richtige Sache kämpften. Ja, vielleicht gehörten sie sogar zu den Guten, indem sie versuchten, Kriminalität von unseren Straßen fernzuhalten. Doch in meiner Welt heiligte der Zweck nun mal nicht sämtliche Mittel. Wer gab ihnen das Recht, Schlechtes zu tun, um Schlechtes zu verhindern? Wer waren sie, dass sie Mörder töteten, ohne in ihren Augen nicht selbst zu solchen zu werden? Diese Logik wollte einfach nicht in meinen Kopf. Auch wenn sie uns seit Kindheitstagen eingebläut worden war. Bei mir waren diese patriotischen Parolen abgeprallt wie ein Gummiball. Und ich würde niemals willens sein, ihn aufzufangen.

Noch dazu hatte meine Kindheit nicht gerade dazu beigetragen, die Lions in einem ehrbaren Licht zu sehen.

Mit acht Jahren hatte ich meine erste Leiche gesehen.

Mit dreizehn meinen ersten Mord.

Mein Onkel versuchte sich über Jahre hinweg an mir zu vergehen.

Für mich waren die Lions Kriminelle.

Nicht mehr und nicht weniger. Und ich hasste meinen Vater noch heute dafür, dass er uns in dieser Welt großgezogen hatte. Ganz gleich, ob er ein liebevoller Vater gewesen sein mochte, ich konnte die Gewalt nicht ausblenden. Er hätte uns niemals dazu zwingen dürfen.

Mein Leben lang war ich nur einem Ziel hinterhergejagt – aus diesem Kreis auszubrechen. Doch wer als Lion geboren wurde, hatte keine Wahl. Und im Gegensatz zu mir gab es junge Menschen, die es kaum erwarten konnten dazuzugehören. So wie Hunter. Er hatte die Monate gezählt, bis wir auf dem Cluaran-College aufgenommen wurden. Das College, an dem alle Lions studierten. Hier wurden nicht nur Akademiker ausgebildet, sondern auch Mörder. Hier durfte er endlich seinem Land dienen – auf Lion-Art. Mit einer Pistole im Hosenbund und einem Messer im Gürtel. Ich hasste diesen Teil an ihm.

Weil er nicht zu mir gehörte.

»Weißt du«, erwiderte ich trotzig, nachdem er nichts außer meinem Namen herausbrachte. »Du hast mir versprochen, es langsam angehen zu lassen. Wir sind gerade einmal drei Monate in Inverness und schon ziehst du los, um Menschenleben zu nehmen? Hängst du so sehr an Kesters Rockzipfel, dass du die Versprechen deiner Schwester gegenüber vergessen hast? Ist Wasser in diesem Fall dicker als Blut?«

Endlich ließ er es zu, dass ich mich von ihm löste. Wütend funkelten wir uns an. Vier blaue Augen, die ein jahre-

langes Gefecht austrugen, bei dem es keinen Sieger geben würde. Hier konnten wir nur verlieren.

»Ich habe nie behauptet, jemanden töten zu wollen.«

»Dann hast du die Waffe dabei, um den bösen Santa zu spielen?«, fauchte ich. »Verarsch mich nicht, Hunter. Ich habe genau gesehen, wie du mit Kester und Reid Nacht für Nacht die Köpfe zusammengesteckt hast. Ihr plant etwas. Und ganz sicher willst du nicht nach Edinburgh, um Geschenke an Hilfsbedürftige zu verteilen.«

Es nervte mich, meinen Bruder mit den skrupellosen Lions vom College zu sehen. Allein der Gedanke, er könnte eines Tages genauso grenzenlos agieren wie sie, brachte mich dazu, sie zu hassen. Es war einfacher, ihnen die Schuld zu geben, anstatt meinen eigenen Bruder zu verachten. Sie und alles, was sie waren. Allein deswegen wohnte ich nicht im Ostflügel. Die Unterkünfte, die den Lions mit Geburtsrecht vorbehalten waren, stießen mich ab. Wie ein schwarzer Schatten lauerten sie in der obersten Etage und verfinsterten von dort das Studentenleben. Keine zehn Pferde brachten mich dazu, hier zu übernachten. Auch wenn sie immer wieder betonten, dass das unausweichlich wäre, sobald ich endlich aufhören würde, sie zu boykottieren.

Nein, ich zog es vor, beim Fußvolk zu leben – genau genommen im Mädchenwohnheim. Unsichtbar bleiben. Das war meine Taktik. Und die war gut. Nicht gesehen zu werden bedeutete, nicht angreifbar zu sein.

»Weißt du, was mich nervt, Fenella?« Er spuckte mir den Namen förmlich vor die Füße und begann, weiter seine Klamotten zu packen. Ich fragte mich, warum wir überhaupt stritten. Er hatte seine Entscheidung vor langer Zeit gefällt. Ich würde es niemals verstehen. Niemals. »Du willst nichts mit unserem Erbe zu tun haben. Kein Wort darf ich dir darüber erzählen, aber der Kritik wirst du niemals müde. Du hast keine Ahnung, was ich in Edinburgh vorhabe. In deinem Kopf existiert nicht mal die Möglichkeit, dass ich der Welt einen Gefallen tun werde. Daher steht es dir auch nicht zu, dir ein Urteil zu erlauben. Wenn du nichts über unsere Ar-

heit wissen willst, ist das deine Entscheidung, aber dann halt endlich die Klappe zu dem Thema.«

Statt dem liebevollen Ausdruck in seinem Gesicht schenkte er mir einen zornigen Blick und mit dem Schließen des Reißverschlusses ließ er gleichzeitig sämtliche Luft aus seinen aufgeblähten Wangen.

Unsere Blicke trafen sich erneut, doch ich sah zügig weg und starrte an die kahle Wand hinter ihm. Es verletzte mich, wie wenig Vertrauen er in mich hatte. Doch ich schwieg. Ganz gleich, was ich sagte, es spielte doch sowieso keine Rolle.

»Dann sehen wir uns wohl Weihnachten«, zischte ich. Meine Stimme zitterte, weil es mir schwerfiel, zu vertuschen, wie sehr seine Worte mich verletzt hatten. Ich verschränkte die Arme vor der Brust, doch es reichte nicht, um mich vor den Emotionen zu schützen, die aus seinen Augen sprühten. Zwei tiefe Atemzüge später drehte ich mich auf der Stelle um und verließ sein Zimmer.

Ich rannte durch den Gang und stolperte beinahe die Treppe hinunter. Auf dem unteren Flur – weit weg von den Lions-Wohnräumen – lehnte ich mich mit der Stirn gegen die kühlen Mauern. Tränen sammelten sich in meinen Augen, doch ich zwinkerte sie weg. Es war ja nicht nur die Sorge um meinen Bruder, die mich umtrieb. Es war das, was zu Hause auf mich wartete.

Das Einzige, worüber ich tatsächlich all die Jahre die Klappe gehalten hatte. Ohne Hunter war ich schutzlos. Nackt und angreifbar für die Feinde, die noch viel schlimmer waren als die Lions hier auf dem Cluaran. Ich wünschte, mein Bruder könnte auch ohne Worte sehen, dass ich ihn viel dringender brauchte als die Bruderschaft. Er wollte Kriminelle jagen? Warum fing er nicht in unserem Zuhause damit an?

KAPITEL EINS

Die Monster, sie schlafen. In ihre Höhlen verkrochen, ruhen sie und warten auf das nächste Leben, das sie zerstören können.

Juli 2021

Zu gern würde ich meine Bluse ausziehen und die Sonne nur in meinem schwarzen Top meine nackten Schultern berühren lassen. Stattdessen bleibe ich kurz stehen und halte lediglich mein Gesicht ins helle Licht. Niemals würde ich mich öffentlich auf dem Campus in einem knappen bauchfreien Top zeigen.

Endlich ist der Sommer über die Highlands gekommen und der raue Wind legt sich. Dieser Winter hat sich wie eine Ewigkeit angefühlt.

Ich umklammere die Bücher vor meiner Brust noch fester und schließe für einen Moment die Augen. Wärme breitet sich in meinem Körper aus.

Aber ganz gleich, wie heiß der Tag auch werden mag, mein Herz erreichen diese Temperaturen nicht. Dort herrscht eisige Kälte, die nichts auf der Welt jemals wieder erwärmen kann. In meiner Welt gibt es nur noch Dunkelheit. Feuchte, kalte Tage ohne die Aussicht auf Wärme und Licht. Ganz gleich, wie das Wetter für alle anderen ist.

»Fenella.« Abrupt öffne ich die Augen.

Mein Name ist so gut wie nie zu hören auf dem Campus. Zumindest nicht laut, denn mir entgeht nicht, wie die anderen Studenten hinter vorgehaltener Hand über mich reden. Sie verachten mich dafür, dass ich nicht so bin wie sie. Keine teuren Markenklamotten. Keine aufgeknöpften Blusen oder roter Lippenstift. Spätestens seit Hunter fort ist, bin ich das seltsame einsame Mädchen innerhalb der Cluaran-Mauern. Es ist nichts mehr von mir geblieben außer einer leeren Hülle. »Wir müssen reden.«

Ehe ich mich in irgendeiner Form zur Wehr setzen kann, zerrt Kester mich am Oberarm zwischen die Gebäude. Hier im Schutz der dicken Wände ist es schattig. Doch es ist nicht die Temperatur, die die Härchen auf meinen Armen sich aufrichten lässt. Es ist der Ausdruck in dem düsteren Gesicht des Lion-Bosses. Denn das ist Kester nun mal. Er ist der inoffizielle Chef des Colleges. Wie immer ganz in Schwarz gekleidet mit seinen stechenden Augen, die einen ohne ein Wort in die Knie zwingen können.

Er führt die Lions an, und auch wenn ich ihn seit meiner Kindheit kenne, ist er ein Fremder für mich. Und das soll auch so bleiben. Dennoch entziehe ich mich weder seinem Griff noch funkele ich ihn wütend an. Ich tue das, was ich immer tue. Ich ignoriere ihn.

»Was glaubst du, wie lange du noch unbemerkt vor meiner Nase herumlaufen kannst? Langsam geht mir die Geduld aus.«

Ich presse die Lippen fest aufeinander, um nichts Dummes zu sagen. Meine Erfahrung hat mich gelehrt, dass es in der Regel besser ist, meine Gedanken für mich zu behalten. Allerdings ist das genau das, was Kester offensichtlich nicht will. »Es wird Zeit, dass du den Mund aufmachst, Kleine. Denn ganz gleich, wie gut wir uns kennen, ich habe keine Scheu, nachzuhelfen, wenn es nicht anders geht.«

Jetzt sehe ich ihn doch an. Und ich hoffe, er erkennt den abfälligen Blick, mit dem ich ihn bedenke. Das ist es, was ich an den Lions verachte. Sie haben keinerlei Skrupel, Gewalt anzuwenden. Ständig drohen sie damit, um ihren Willen zu bekommen.

Wir kennen uns nicht wirklich. Er hat keine Ahnung, wer ich bin.

Doch ich habe keine Angst. Wenn er denkt, er könne mir wehtun, hat er sich getäuscht. Um einen Menschen zu verletzen, muss dieser in der Lage sein, etwas zu fühlen, und damit habe ich schon vor langer Zeit abgeschlossen.

In dem Augenblick, in dem ich frische Erde auf das Grab meines Bruders geschaufelt habe.

In jenem Moment, in dem ich einen Teil von mir beerdigen musste.

Denn Hunter hat alles mitgenommen.

Meine Stärke.

Meine Sicherheit.

Meine Liebe.

Ohne ihn war ich verloren. Meinen Dämonen schutzlos ausgeliefert. Zurückgeblieben ist am Ende ein verbittertes, scheues Mädchen, das nicht mehr weiß, wo es hingehört. Aber das ganz sicher nie und nimmer ein Lion werden will. Jetzt noch weniger als jemals zuvor.

Noch immer fechten Kester und ich ein stummes Duell aus, doch schließlich lässt er seufzend von mir ab. Ich weiß, wie verzweifelt er ist. Ich kenne die Strukturen der Lions und weiß, unter welchem Druck er steht. Er will mich unbedingt in seinen Reihen, doch noch viel dringender muss er sich gegen Abtrünnige durchsetzen. So verlangen es die Regeln. Er denkt, ich könne etwas bewirken, wenn ich die Lions unterstütze. Er ist der Meinung, ich gehöre dazu. Nur deswegen kümmert er sich um mich. Ich möchte wetten, menschlich bin ich ihm so egal wie eine zerquetschte Fliege auf der Windschutzscheibe seines protzigen Wagens. Mir wiederum sind seine Beweggründe vollkommen egal. Ich kann auf all seine Bemühungen gut und gerne verzichten.

»Hunter ist jetzt fast zwei Jahre tot, Fenella. Du musst langsam nach vorne sehen. Selbst wenn ich es dir einräumen würde, einfach weiter so zu tun, als wärst du eine normale Studentin – unsere Väter akzeptieren das ganz sicher nicht mehr lange. Du hast eine Aufgabe zu erfüllen und jetzt, da Hunter weg ist …«

Zum ersten Mal seit ich denken kann, funkele ich Kester wütend an und blase alle Luft meiner Lunge durch aufgeblähte Nasenflügel. Er soll es ja nicht wagen, über meine Familie zu sprechen. Und schon gar nicht über den Tod meines Bruders.

Nicht er.

Denn alles ist seine Schuld.

An ihm liegt es, dass Hunter nicht mehr bei mir ist. Und allein er ist schuldig für alles, was ich seither erleben musste. Die Hölle. Ich musste allein durch die finstere Hölle marschieren ohne eine rettende Hand. Noch immer spüre ich das Feuer des Teufels an meinen Armen und Beinen. Und vor allem in meiner Seele. Dort lodert es den ganzen verfluchten Tag und versucht mich zu zerstören. Das allein schreibe ich auf Kesters Rechnung. Wäre er nicht gewesen, dann wäre all das nie passiert.

Ich hätte noch einen Bruder.

Eine Familie.

Ein Leben.

Jede Nacht im Traum sehe ich, wie Kester meinem Vater entschuldigend die Hand auf die Schulter legt, während ich weinend in den Armen meiner Mutter stehe. Ich werde den Ausdruck in seinem Gesicht in Kombination mit dem Geruch der Leichenhalle niemals vergessen. Niemals. Allerdings ist es nicht nur Hunters Tod.

Ja, meinen Bruder zu verlieren war grauenvoll. Doch erst an den Tagen danach habe ich mich selbst vollends verloren. Und nun wandele ich wie eine Tote zwischen den Lebenden, ohne meinen Weg aus der Dunkelheit zu finden.

Meist komplett in Schwarz gekleidet, symbolisiert Kester für mich den Tod. Er ist die rechte Hand des Teufels, dem ich niemals entgegenkommen werde, solange das Herz in meiner Brust noch Blut durch meinen Körper pumpt.

Kester weicht ein Stück zurück und fährt sich stöhnend durch die schwarzen Haare. Dabei fällt mein Blick auf das Löwentattoo auf seinem Handrücken. Das gleiche, das mein Bruder auf seinem Unterarm getragen hat. Ein Wahrzeichen. Das Zeichen, das ihn das Leben gekostet hat. Voller Abscheu blicke ich darauf.

Ich verstehe nicht, wie junge Menschen, denen die Welt offensteht, sich so mit einer fragwürdigen Verbindung identifizieren können, von der jeder weiß, dass sie früher oder später das Leben der Mitglieder fordert. Einer Bruderschaft, in der Ehre nicht ehrenhaft ist, sondern den Tod bedeutet.

Nur wegen eines bescheuerten Erbes? Weil unsere Väter Lions sind und wollen, dass wir in die gleichen kriminellen Machenschaften verstrickt sind wie sie? Auch sie sind nur ein Produkt dessen, was wiederum ihre Eltern von ihnen verlangt haben. Deswegen soll ich mit Waffen und Gewalt durch die Straßen ziehen und anderen Kriminellen den Garaus machen?

Ich pfeife auf den Status der Lions. Ich verachte sie. Es ist mir vollkommen egal, wie viel Macht die Bruderschaft hat. Sie beherrscht nicht nur das Cluaran-College. Nein, ihnen gehört quasi das ganze verdammte Land und sie genießen Narrenfreiheit, ganz gleich, was sie tun. Ich finde das abscheulich.

Verbrecher – das sind die Lions für mich.

Das musste ich schon sehr früh lernen und habe es akzeptiert, so lange, bis sie mir mein eigenes Leben genommen haben.

Mein Vater und sein Bruder gehörten viele Jahre zu den Höchsten der Verbindung und haben ihre Geschäfte nicht gerade vor uns verheimlicht. Ich habe das wahre Gesicht der Lions öfter gesehen, als mir lieb ist, und ich werde dieses dämliche Tattoo nie im Leben tragen. Ich bin kein Lion. Und ich will niemals einer werden.

»Fertig?«, frage ich trotzig und recke kaum merklich das

Kinn. Eine für mich ungewöhnliche Geste und Kester weiß das. Ich sehe die Verwunderung in seinen Augen sofort.

»Nächste Woche ist die Abschlussfeier. Ich geh mal davon aus, du fährst nicht nach Hause? Deine Schonfrist ist vorbei, Prinzessin. In den Semesterferien wird Reid dich in alles einweisen.«

Seine Augenbraue wandert in die Höhe, weil ich ihn mit großen Augen anstarre. Allein die Vorstellung, die Semesterferien in Glasgow zu verbringen, bringt mich mehr aus dem Konzept als das dämliche Ultimatum, das Kester mir heute nicht zum ersten Mal stellt.

Eigentlich ist er kein Typ für zweite Chancen. In meinem Fall ist der Grund dafür sein schlechtes Gewissen. Ein letzter Funken Menschlichkeit, den er verspürt, wenn er mich ansieht. Wenn er durch meine Augen in die meines Bruders blickt. Allein deshalb behandelt er mich mit dieser für ihn untypisch sanften Manier. Uns ist das beiden klar. Doch keiner spricht es aus.

Genauso wenig, wie er meine Beweggründe nicht hinterfragt, warum ich meine Eltern niemals besuche. Kester kennt meine Familie. Er weiß, dass meine Mutter eine liebevolle Frau ist und mein Vater alles tun würde, um seine Familie zu beschützen. Doch wie alle sieht er nicht richtig hin. Er erkennt es nicht, das Monster, das sich vor vielen Jahren unter meinem Bett versteckt hat. Das Monster, das immer und überall lauert, ganz gleich, wohin ich gehe.

Und ohne Hunter hatte ich nie eine reelle Chance, ihm zu entkommen. Es gab keinen Ort, an den ich vor ihm fliehen konnte. Was einmal mein Zuhause, meine Heimat war, ist nun ein roter Fleck auf der Landkarte für mich. Ich kann nicht mehr zurück nach Glasgow. Niemals. Dafür schlucke ich die bittere Pille, dass meine Mum beide Kinder verloren hat, als mein Bruder starb. Seine Beerdigung war das letzte Mal, dass ich meine Eltern gesehen habe. Es war der Tag, an dem ich alles hinter mir gelassen habe. In erster Linie mein Leben.

Meine Mum und ich telefonieren jeden Abend und skypen viel. Aber ich schaffe es nicht, über den riesigen Schatten zu springen, um nach Hause zurückzukehren. Hier auf dem College in meinem kleinen Studentenzimmer mit Blick auf die grünen Hügel fühle ich mich sicher. Sicher vor Erinnerungen und Erlebnissen, an die ich nie wieder denken möchte.

Zumindest, solange Kester mir nicht nachstellt und versucht, mich unter Druck zu setzen.

»Ich bin während der Ferien nicht hier«, höre ich mich selbst sagen. Keine Ahnung, wo das herkommt, aber ja, wenn hierbleiben bedeutet, mich mit Reid abzugeben, bin ich lieber woanders. Egal wo. Kesters rechte Hand hat kein Gewissen. Er ist grausam und kaltblütig, und lieber sterbe ich, als zehn Wochen mit ihm zu verbringen. Überhaupt will ich keine Zeit mit den Lions verbringen. Sie dürfen die Wahrheit in meinem Gesicht niemals erkennen. Genauso wenig wie meine Eltern. Wenn ich allein bleibe, ist es für alle das Beste. Niemand außer mir sollte mit den Dingen leben müssen, die mich belasten.

Kester sieht genauso überrascht aus, wie ich mich fühle. Doch jetzt, wo ich den Satz erst einmal ausgesprochen habe, verleiht er mir eine Menge Mut. »Du wirst also noch ein paar Wochen auf mich verzichten müssen.« Und ohne ihm noch einmal in die stechenden Augen zu sehen, mache ich einen Bogen um den finsteren Kerl und trete zurück ins Sonnenlicht.

Bei jedem Schritt werde ich schneller.

Flucht. Das war schon immer mein Mittel der Wahl. Schweiß tritt auf meine Stirn, während ich über den Kiesweg zum Hauptgebäude laufe. Die kleinen Steinchen fliegen in alle Richtungen, weil ich inzwischen renne. Ich muss so schnell es geht Abstand zwischen mich und Kester bringen. Abstand zwischen mich und meine Erinnerungen und am besten zwischen mich und meine Zukunft. Allerdings gibt es keinen Ort, an den ich gehen kann.

Ich bleibe so abrupt stehen, dass ich beinahe auf dem Kies ausrutsche. Nur in letzter Sekunde kann ich mich fangen und ein leichtes Grinsen umspielt meine Mundwinkel. Es fühlt sich fremd an. Doch ich habe eine brillante Idee. Ich weiß jetzt, wohin ich gehen werde.

Auf die Isle of Sin.

KAPITEL ZWEI

»Und du bist sicher, dass du nicht doch mitkommen willst? Es geht kaum Wind heute, sicher kann man toll schwimmen.«

Meine Freundin Kylee schiebt ihre Unterlippe nach vorne, was wirklich ulkig aussieht und mich unwillkürlich zum Lächeln bringt. Ein Umstand, der eher selten vorkommt. Erst recht seit ich vor einer Woche das Cluaran-College verlassen habe. Seit ich haltlos zwischen den Wellen treibe ohne Anker, der mich hält.

»Ganz sicher. Die Hitze ist nicht meins«, lüge ich und sehe dabei auf den Boden, aus Angst, sie könnte die Wahrheit in meinen Augen erkennen. Denn eigentlich mag ich den Sommer. Die Wärme der Sonne, die auf meine Haut trifft, und der laue Wind, der durch meine Haare streicht. Ich liebe den Sand zwischen den Zehen und die Wellen, die sanft meinen Körper streicheln. Dennoch habe ich keinerlei Interesse daran, mit Kylee und ihrem Freund an den Strand zu gehen. Der Typ ist mir einfach nicht geheuer.

Als ich vor exakt einer Woche auf der Insel Eilean Ross im schottischen Nordosten angekommen bin, hatte ich die Hoffnung, hier einen Unterschlupf vor all meinen Problemen zu finden. Doch Kylee ist nicht mehr die, die ich vor einigen Monaten kennengelernt habe. Als ich sie das erste

Mal gesehen habe, suchte sie Unterschlupf auf dem College. Bei ihrer Ankunft am Cluaran war sie ein einsames scheues Mädchen. Schwanger. Auf der Flucht vor ihren Eltern. Ich habe nie hinterfragt, wie sie auf unserem College gestrandet ist oder warum Kester sie dort akzeptiert hat. Es war unwichtig. Denn zum ersten Mal seit Hunters Tod gab es jemanden, mit dem ich reden konnte.

Unsere erste Begegnung war nur ein filmreifes Über-den-Haufen-rennen wie aus einer schlechten Komödie. Schüchtern haben wir beide unsere Entschuldigung genuschelt und sind im Eiltempo unserer Wege gegangen. Auch am nächsten Abend traf ich sie in der Bibliothek. Wir lächelten uns zu, wohl wissend, am Vorabend recht peinlich auseinandergegangen zu sein. Nach zwei weiteren Tagen, an denen wir zwischen den gleichen Regalen herumschlichen, bot ich ihr die Hälfte von meinem Schokoriegel an und wir kamen ins Gespräch. Wir hatten direkt eine Verbindung zueinander. Da war etwas, das uns zusammenbrachte. Wie ich liebt Kylee die Literatur. Damit fing alles an, doch schnell wurde daraus eine tiefere Freundschaft. Vielleicht nicht so wie bei anderen Mädels, die nächtelang zusammenhocken und sich ihre Fußnägel lackieren. Dafür waren wir beide nicht bereit. Aber wir trafen uns in der Bibliothek oder gingen am Campus spazieren. Meist am späten Abend, um weder den anderen Studenten noch Kester und seinen Jungs über den Weg zu laufen. Unsere Gespräche waren meine Highlights der Woche. Sie haben mich aus einem Tief befreit, aus dem ich allein sicher nicht wieder herausgekommen wäre. Unsere Verbindung ging nicht tief genug, um die Vergangenheit des anderen zu durchleuchten, aber tief genug, um uns das Leben etwas leichter zu machen. Vor allem da wir ein Ziel teilten – am College unbemerkt zu bleiben.

Wir haben nie darüber gesprochen, warum sie ausgerechnet bei den Lions Zuflucht gesucht hatte. Ich war nicht mal sicher, ob sie überhaupt von der Bruderschaft wusste, und ehrlich gesagt, wollte ich es lieber gar nicht wissen. Umso weniger unsere Freundschaft mit den Schattenseiten des Cluaran-Colleges zu tun hatte, desto besser. Ich habe ihr auch nie von Hunter oder meiner sogenannten Bestimmung, ein Lion zu sein, erzählt.

Wir waren zwei einsame Seelen unter Hunderten von Menschen. Sie hat es für mich erträglich gemacht, dort zu sein. An dem Ort, an dem ich ohne Hunter verloren war. So wie überall auf der Welt. Wenn ich mit ihr an ihrem Roman arbeiten durfte oder wir zusammen Babyklamotten genäht haben, war mein Schmerz auszuhalten. Doch im März kam dieser gut aussehende Kerl und sagte, ihr Freund sei gestorben. Alles ging so schnell und ehe sie mir irgendetwas erklären konnte, ging sie fort. Auf eine Insel, von der sie mir einige Male erzählt hatte. Wir haben uns auch danach noch Briefe geschrieben, doch sie hat mir nie erzählt, was all das tatsächlich zu bedeuten hatte. Wahrscheinlich ist es meiner Vergangenheit zu verschulden, dass ich nie weiter nachgehakt habe. Mord und Totschlag sind schon immer feste Bestandteile meines Lebens gewesen.

Jedenfalls habe ich damit gerechnet, auf eine alleinerziehende, traurige Kylee zu stoßen, doch diese existiert nicht mehr. Überhaupt erinnert der Wirbelwind vor mir in keiner Weise an das traurige Mädchen aus dem Ostflügel.

Die neue Kylee ist lebensfroh und abenteuerlustig. Sie trägt knappe Klamotten und lacht den ganzen Tag, wenn sie nicht gerade mit ihrem angsteinflößenden Typen rummacht.

Die Situation ist seltsam. Natürlich freue ich mich, dass sie glücklich ist. Sie hat es verdient nach all den Monaten, in denen sie gelitten hat. Wahrscheinlich bin ich tief in meinem Inneren einfach neidisch. Es war schön, meine Traurigkeit mit jemandem teilen zu können. Nicht der einzige Mensch auf der Welt zu sein, der sich vor dem Leben versteckt. Denn das ist es, was ich tue. Ich flüchte vor der Realität.

Am College dachte ich, wir ständen uns nah, doch seit

ich hier bin, in ihrem Haus, habe ich den Eindruck, wir sind uns so fern wie nie zuvor. Ein Gefühl sagt mir, ich sollte nicht hier sein. Ganz gleich, wie sehr sie sich bemühen, gute Gastgeber zu sein. Denn das sind sie wirklich. Brexen – Kylees neuer Freund – ist nett. Knurrig, ja, und wirklich angsteinflößend auf den ersten und auch auf den zweiten Blick. Aber er hat keine Sekunde gezögert, mich freundlich aufzunehmen.

Ich weiß allerdings weder, in welcher Verbindung er genau zu Kylee steht, noch woher die beiden sich kennen. Ich habe es anfangs gewagt, nachzufragen, doch Kylee hat mich mit eigenartigen Ausreden und Geschichten abgespeist, die ich ihr keine Sekunde lang abgenommen habe. Irgendwas schwebt durch die alten Gemäuer dieses Hauses, was mir nicht gefällt.

Brexens Anwesenheit und die Fremdheit, die von Kylee ausgeht, machen mich unruhig. Ich kann so gut wie gar nicht schlafen. Es gibt keinen Schlüssel an der Tür zu meinem Zimmer und ich wage es nicht, danach zu fragen. Ich will nicht, dass sie denken, ich hätte etwas zu verbergen, oder mich als psychotisch Gestörte einstufen. Auch wenn ich genau das bin.

Alles in allem wird die Stimmung zwischen uns jeden Tag gedrückter. Ich habe das Gefühl, dass ich nicht hier sein sollte. Anfangs dachte ich, ich sei das bekannte *fünfte Rad am Wagen*, aber mittlerweile bin ich sicher, es steckt mehr dahinter. Ich werde das Gefühl nicht los, dass ihnen meine Anwesenheit in irgendeiner Form, die ich noch nicht verstanden habe, Unbehagen bereitet.

»Fenella«, seufzt Kylee und streicht mir über meine nackten Oberarme. Ich erschaudere bei ihrer Berührung. Warum, weiß ich nicht. Es ist einfach ein Gefühl. »Was ist denn los mit dir? Du hast Urlaub. Entspann dich.«

»Ich bin entspannt.« Die weitere Lüge bleibt mir beinahe im Hals stecken. Doch mein Lächeln zumindest ist halbwegs ehrlich, denn ich möchte Kylee nicht verletzen.

Sie hat mich herzlich aufgenommen. Bei meiner ersten Andeutung, ich brauche dringend Urlaub, hat sie mich ohne zu zögern eingeladen. Sie haben mir ein kleines Gästezimmer im Erdgeschoss eingerichtet, in dem wir gerade stehen. Genau über mir befinden sich die Küche und das Wohnzimmer. Kylee und Brexen schlafen mit Kearon ganz oben unter dem Dach. Durch jedes Fenster sieht man hinaus aufs Meer, und morgens, wenn die frische Luft hineinweht, kann man die Wellen hören und das Salz auf den Lippen beinahe schmecken. Außer meinem Zimmer und dem Bad befinden sich auf dieser Etage keine Wohnräume und ich habe größtenteils meine Ruhe.

Doch Entspannung will sich beim besten Willen nicht einstellen. Nicht, solange es so seltsam ist. Und weil ich Hunter vermisse. Weil dunkle Schatten mich verfolgen und in endgültige Dunkelheit einhüllen wollen. Seit ich hier bin schlimmer denn je. Am College war ich abgelenkt. Volle Stundenpläne mit einer Vorlesung nach der anderen. Abgabetermine und so viel Lektüre, dass ich gar nicht hinterherkam. Mein Alltag hat mir kaum Zeit gelassen, nachzudenken. Doch hier gibt es nicht viel außer meiner kaputten Vergangenheit und meiner ungewissen Zukunft, an das ich denken kann. Ich weiß nicht, was ich tun soll, und es gibt niemanden, mit dem ich darüber reden kann. Vielleicht hatte ich vor, mich meiner Freundin ein für alle Mal anzuvertrauen. Endlich alle Last abzuwerfen, die ich seit so langer Zeit allein auf meinen schmalen Schultern tragen muss. Ich weiß mit jedem weiteren Tag, dass ich sie nicht mehr lange halten kann.

Doch unsere Distanz und ihr großer, volltätowierter Freund hindern mich daran, mich ihr zu öffnen. Wenn ich in seine Augen sehe, erkenne ich etwas, das ich schon viel zu oft gesehen habe. Ich traue ihm nicht. Dafür habe ich schon zu viele grausame Menschen in meinem Leben getroffen. Ein Blick in den Spiegel reicht aus, um zu wissen, dass jeder Mensch etwas verbirgt, das niemals gefunden werden soll.

»Du weißt, dass du mit mir reden kannst, wenn dich etwas belastet, oder?« Kylee ist nicht leicht zu täuschen. Sicher spürt sie, dass zwischen uns etwas vor sich geht, über das wir nicht reden. Ihr wird inzwischen klar sein, dass es mir nicht um einen Urlaub ging.

Doch eine innere Stimme rät mir, dass ich ihr entgegen meiner Pläne besser nichts von allem, was mich belastet, erzählen sollte. Ich mochte sie, gerade weil sie mit dieser Seite meines Lebens nichts zu tun hatte. Doch seit ich hier bin, bin ich mir plötzlich unsicher. Ich weiß nicht, ob die Vermutung, sie könne mit den Lions unter einer Decke stecken, nur ein Hirngespinst meines erschöpften Verstandes ist oder mein Instinkt besser funktioniert, als ich dachte. Aber immer häufiger frage ich mich, wer meine Freundin wirklich ist. Was hat sie zum Cluaran getrieben und wer ist der düstere Kerl an ihrer Seite?

»Es ist wirklich alles gut«, heuchele ich und bin Kearon dankbar, der sich in seinem Kinderwagen regt und unsere Aufmerksamkeit auf sich zieht. Sofort hellen Kylees braune Augen sich auf und sie löst sich von mir, um nach ihrem kleinen Sohn zu sehen. Das Baby ist wirklich niedlich. So wunderschön und unschuldig. Mit seinen kleinen speckigen Ärmchen und Beinchen. Wenn er einen ansieht und die kleinen Grübchen auf seinen Wangen erscheinen, weil er lächelt, dann steht kurzzeitig die Welt still.

Allerdings kann ich ihn nicht auf den Arm nehmen, ohne schmerzlich daran erinnert zu werden, dass ich niemals mein eigenes Kind in den Händen halten werde. Wie könnte ich? So viele Stunden habe ich meine Mutter stumm dafür angeklagt, dass sie mich mit dieser schweren Bürde auf die Welt gebracht hat. Sie wusste, ihre Kinder hätten niemals eine Wahl. Die Kinder von Arthur Young müssen Lions werden. Genau wie seine Enkel auch. Meine Kinder würden wie ich und Hunter nie eine Wahl haben. Das steht außer Frage.

»Ihm steht die ganze Welt offen«, lasse ich meinen Gedanken freien Lauf und streichele über seine nackten Füße, die noch viel zu klein sind, um durchs Leben zu gehen.

Als Kylee nicht antwortet, sehe ich zu ihr, doch ihre langen dichten Locken, die ihr Gesicht einrahmen, versperren mir den Blick in ihre Augen. »Oder nicht?«, hake ich daher nach.

Mit einer Hand schiebt sie sich ihre Mähne in den Rücken und nimmt den Kleinen aus seinem Wagen, dessen Gesicht immer röter wird, weil er unzufrieden quengelt.

»Doch«, erwidert meine Freundin verzögert, allerdings erhasche ich für den Bruchteil einer Sekunde einen Blick hinter die unbekümmerte Sommerfassade. Noch ehe ich nachhaken kann, sehe ich im Augenwinkel einen Schatten. Wie immer, wenn er den Raum betritt, ziehe ich den Kopf leicht zwischen die Schultern. Brexen ist ein einschüchternder Mann. Groß und breit gebaut. Er füllt beinahe den ganzen Türrahmen aus. Mit einer Hand stützt er sich am oberen Rahmen ab. Seine harte Fassade wird etwas weicher, sobald sein Blick auf seine Freundin und ihr Baby fällt. Vor drei Tagen bei einem Spaziergang habe ich Kylee gefragt, ob es ihr nichts ausmacht, dass er nicht der Vater ist. Sie hat nur gelächelt, sich bei mir eingehakt und gesagt, ich solle mir keine Sorgen machen. Alles sei so, wie es sein soll. Was auch immer das bedeuten mag. Egal, wie oft ich daraufhin noch versucht habe, Näheres über die beiden in Erfahrung zu bringen, sie haben sämtliche Versuche mit ungeschickten Ablenkungsmanövern abgeblockt.

»Können wir?«, fragt er und ich sehe konsequent auf meine rosa lackierten Fußnägel. Ich kann ihn schlecht ansehen. Die vielen Tattoos, der stechende Blick. Er erinnert mich an vieles, für das ich nicht bereit bin.

»Ja klar. Wir können. Fenella bleibt hier. Du musst also mit uns Vorlieb nehmen.« Kylee schnurrt beinahe wie eine Katze, wenn sie mit ihm redet. Mehr als einmal habe ich mich gefragt, ob er sie deshalb Kitty nennt.

»Nur zu gerne.« Kurz sehe ich zu Brexen, der oberkörperfrei nur in einer schwarzen Badeshorts dasteht und mich mit diesem undurchdringlichen Blick mustert. Meine Erfahrung als Tochter eines Lion-Oberhauptes sagt mir – er traut mir genauso wenig wie ich ihm.

Durch meine geschlossenen Augenlider scheint das helle Licht der Sonne und lässt bunte Lichter vor meinem inneren Auge tanzen. Ich weiß, dass Kylee und Brexen zum nördlichen Strand wandern wollen. Das tun sie öfter und in der Regel bedeutet das, sie sind mindestens zwei Stunden weg. Nur deswegen habe ich mich in einen roten Bikini getraut, den ich vor Jahren in einer Spontanaktion gekauft habe und bis heute nie getragen habe.

Während die Möwen über mir kreischen, genieße ich die Brise auf meiner Haut, die das Meer hinauf auf die wunderschöne Terrasse weht. Es ist offensichtlich, warum es den beiden hier so gut gefällt. Es ist die Ruhe. Die Gewissheit, allein zu sein. Ungeschminkt, ohne die Angst im Nacken, jemandem zu begegnen, den man nicht sehen will. Hinzu kommt die faszinierende Natur. Die Mischung aus rauen Klippen, unberührten Wäldern und feinen Sandstränden. Eilean Ross ist ein traumhafter Ort. Eine kleine Insel vor der Küste Portmahomacks, die noch unberührt ist von Menschenhand. Natürlich bis auf dieses Haus, das direkt auf den Klippen liegt und das einzige Gebäude weit und breit ist. Viele Menschen können sicher nicht verstehen, warum Kylee und Brexen so abgeschieden von der Zivilisation leben. Immerhin verzichten sie auf jeglichen Luxus und müssen für jeden Liter Milch eine lange Bootsfahrt in Kauf nehmen. Ich finde das beneidenswert. Ohne andere Menschen gibt es auch niemanden, der einen angreifen oder verletzen kann.

»Na, wen haben wir denn hier?«, reißt mich eine fremde Stimme aus meinen Gedanken und gleichzeitig aus meinem Liegestuhl. Vollkommen erschrocken springe und schreie ich auf. Ein fremder Typ schiebt sich vor mein Blickfeld und ich versuche verzweifelt nach meinem Handtuch zu greifen, das ich für alle Fälle direkt neben mir auf den Tisch gelegt hatte. Er macht einen Schritt auf mich zu und ich taumele panisch rückwärts. Alles geht so schnell und doch habe ich das Gefühl, ich kann in Slow Motion dabei zusehen, wie ich mit meinem Handtuch die Glaskaraffe und mein Glas vom Tisch fege und anschließend das Gleichgewicht verliere. Ich schwanke bedrohlich, will mich an irgendwas festhalten und erwische nur den nicht gerade stabilen Liegestuhl, der, anstatt mir Halt zu geben, mit mir nach hinten kippt. Unsanft lande ich auf dem Hintern und sofort spüre ich die Scherben, die sich in meine Handflächen bohren.

»Wow«, stößt der Fremde aus und will mir schmunzelnd zu Hilfe kommen. Sein Körper schiebt sich vor die tiefstehende Sonne, er hält mir die Hand hin und zum ersten Mal sehe ich sein Gesicht.

Und halte inne.

Ich kenne ihn.

»Das nenn ich mal 'ne Begrüßung«, witzelt er. Mir entgeht nicht, wie er sich bemüht, ein Lachen zu unterdrücken.

»Du bist Isaac«, stoße ich aus und nehme meine Hände von den schwarzen Terrassenplatten. Ich kenne den Typ, der mich wortwörtlich zu Fall gebracht hat. Isaac. Soweit ich weiß, ist er Kylees Cousin.

Mit schmerzverzehrtem Gesicht sehe ich weiter ihn an statt meine Verletzung. Der Schmerz ist stechend und ein feuchtes, warmes Gefühl breitet sich auf meinen Handballen aus, doch ich will es nicht sehen. Ich hasse Blut. Blut ist mein schlimmster Trigger.

Sein Ausdruck wird ernster, dann legt er den Kopf auf die Seite und kneift seine Augen etwas zusammen. Sie sind blau. So blau wie Hunters und meine. So blau wie ... Ich schüttele den Gedanken an meinen ältesten Feind ab und versuche den Schmerz zu ignorieren, der bei der kleinsten Bewegung auf dem harten Boden in meinen Hintern schießt.

»Ich kenne dich. Du warst mit Kylee auf dem Cluaran.« Bei der Erkenntnis weicht er ein Stück zurück und ich kann seine Aversion sehr gut nachvollziehen. Die Studenten vom Cluaran-College sind entweder reiche verzogene Gören oder gehören den Lions an. Oder beides gleichzeitig, was den Worst Case bedeutet.

»Fenella«, stöhne ich und wage nun doch einen Blick auf meine Hände. Wie erwartet bluten die Schnitte und ich wende angewidert das Gesicht ab.

»Komm«, sagt Isaac und zieht mich an den Ellbogen auf die Beine. »Ich helfe dir.«

Sobald ich wieder sicher auf meinen Flip-Flops stehe, wird mir bewusst, dass ich nichts weiter trage als meinen knappen Bikini. Darum lege ich die weniger blutende Hand um meinen Oberkörper, was total bescheuert ist, weil ich mich damit nur zum Affen mache, anstatt meine Haut zu verstecken. Isaac zieht eine Augenbraue nach oben und lässt seinen Blick arrogant an meinem Körper hinabwandern. Meine Brüste sind nicht sonderlich groß und das Oberteil bedeckt alles Wesentliche, und doch komme ich mir vor, als wäre ich komplett nackt.

»Es geht schon«, presse ich hervor. So schnell ich kann, ducke ich mich an ihm vorbei und versuche mich aus dieser Situation herauszubringen.

»Hey! Nicht so schnell.« Blitzschnell umfasst er mein Handgelenk und fixiert mich an Ort und Stelle. Noch von meinem Sturz ganz außer Atem, schnappe ich nach Luft, weil seine Berührung so unerwartet kommt. Aber anders als gedacht, lässt er mich daraufhin nicht los, sondern zieht mich näher zu sich. »Wohin so eilig, Schneewittchen? Lass mich das sehen.«

Seine stahlblauen Augen, die sich bis gerade noch in meine gebohrt haben, senken sich und wandern über meine Brüste. Nach wie vor versuche ich diese notdürftig mit einem Arm zu verdecken und schnell geht sein Blick weiter zu unserer Berührung. Er dreht meine Hand so in seiner, dass wir beide freien Blick auf die Schnittwunden haben.

Doch ich bemerke den Schmerz kaum. Viel mehr ist mein Körper damit beschäftigt zu begreifen, wie dicht dieser Mann – komplett in Schwarz gekleidet – vor mir steht. Seine Nähe bringt mich vollkommen aus dem Konzept. Isaac ist groß und schmal gebaut, aber das T-Shirt mit den kurzen Ärmeln spannt über seinen Oberarmen. An der rechten Innenseite blitzt ein Tattoo hervor, doch ich kann nicht erkennen, was es ist, weil seine Stimme meine Erkundung unterbricht.

»Das ist nicht besonders tief, aber wir sollten das reinigen, um sicherzugehen, dass keine Splitter mehr in der Haut stecken.«

Ich hebe zaghaft den Kopf, um ihm in sein markantes Gesicht zu sehen. Goldene Locken hängen ihm so tief ins Gesicht, dass sie seine Wimpern berühren. Er schiebt sie mit der freien Hand aus der Stirn, damit auch er mich besser ansehen kann.

Ein Umstand, der meine Nervosität nicht gerade mildert. Sofort senke ich den Kopf gen Boden. Ein Jammer, dass ich meine schwarzen langen Haare in einem hohen Dutt trage. In Situationen, in denen ich mich unwohl fühle, bin ich dankbar, wenn sie sich wie ein Vorhang um mein Gesicht legen und mich vor dem Rest der Welt verstecken. Aber natürlich musste ich mich ausgerechnet an dem Tag, an dem ein höllisch gut aussehender Kerl auf der einsamen Insel auftaucht, im freizügigsten Outfit, das ich besitze, mit hochgebundenen Haaren auf die Terrasse trauen. Auch wenn es sicher nicht nett gemeint war, Isaac nennt mich wohl nicht ohne Grund Schneewittchen. In der Regel zeige ich mich vor niemandem derart unbedeckt. Meine Haut ist schneeweiß im Vergleich zu seiner. Auf bittere Art und Weise musste ich viele Jahre lernen, dass es sicherer für mich ist, keine Begehrlichkeiten zu wecken.

Ich kann mich nur allzu gut an den Tag erinnern, an dem ich meiner Mum von Onkel Fearghas Annäherungsversuchen erzählen wollte. Natürlich habe ich erst mal so getan, als ginge es um eine meiner Freundinnen – der älteste

Trick aller Zeiten. Doch bevor ich überhaupt irgendetwas erklären konnte, hat sich ein Satz in mein Herz gebrannt, mit dem sie mich abgespeist hat. ›Wenn deine Freundin eins von den Mädchen ist, die ihre Brüste für jedermann zur Schau stellen, aber nicht damit leben können, wenn sie daraufhin angesehen werden, dann muss sie an ihrem Verhalten arbeiten, Fenella.‹

So einfach war die Geschichte für sie. Ich weiß, dass sie es nicht böse gemeint hat und keine Ahnung hatte, worauf ich eigentlich hinauswollte. Dennoch zweifelte ich an mir. Von Stund an trug ich keine weit ausgeschnittenen Shirts oder kurzen Röcke mehr. Nach einer Weile bedeckte ich mich von Kopf bis Fuß. Überraschung – es hat nichts gebracht.

»Hier.« Ich habe nicht mal bemerkt, dass ich die Augen geschlossen habe. Ich tue das gern. Wer hat als Kind nicht daran geglaubt, dass man unsichtbar wird, wenn man selbst nichts mehr sehen kann. Ich hoffe hin und wieder immer noch darauf.

Als ich sie jetzt wieder öffne, hält Isaac mir mein Handtuch hin und entlässt mich endlich aus seinem Griff.

»Danke«, flüstere ich. Ohne zu zögern halte ich mir den von der Sonne aufgewärmten Frotteestoff vor den Körper und drücke einen Zipfel gegen meine noch immer blutenden Hände. »Ich sollte reingehen.«

Schwer atmend fixiere ich einen Punkt vor mir. Eine kleine abgeplatzte Ecke in einer der Terrassenplatten. Ich kann ihn nicht noch einmal ansehen.

»Brexen finde ich wo?«, hakt Isaac nach, als ich an ihm vorbeihechten will. Der schwache Wind weht seinen Duft zu mir herüber und sorgt dafür, dass ich am liebsten noch einmal die Augen schließen möchte. Er riecht herb nach Parfüm, aber auch frisch nach Wäsche und ... ich weiß nicht ... Leben?

»Spazieren, aber sie sind sicher gleich zurück.«

Ohne ein weiteres Wort abzuwarten, stürme ich ins Haus und schließe die Badezimmertür hinter mir. Auch hier gibt es keinen Schlüssel und es macht mich wahnsinnig, mich nicht einsperren zu können.

Erst als ich das kalte Türblatt an meinem nackten Rücken spüre, atme ich tief ein und aus. Ganz gleich, was ich mir vorgestellt habe, als ich aufgebrochen bin, um Kylee zu besuchen. Männer wie Brexen oder Isaac standen sicher nicht auf meiner Must-have-Liste für diesen Sommer. Was rede ich … eher für dieses Leben.

KAPITEL DREI

»Willst du mich verarschen?«

Mit der Klinke meiner Tür in der Hand halte ich inne und lausche. Eigentlich wollte ich nach einer Verschnaufpause und einer kalten Dusche zu den anderen zum Abendessen stoßen, doch Brexens wütende Stimme bringt mich zum Zögern. Sie donnert über den kleinen Schotterplatz vor dem Haus und lässt keinen Zweifel daran, dass er stinksauer ist. Allein der Klang darin lässt mich schon innehalten.

»Scheiße. Wer will hier wen verarschen, Brex?«

Mucksmäuschenstill schiebe ich die Tür zu meinem Zimmer noch etwas weiter auf und sehe aus sicherer Entfernung Brexen durch die angelehnte Haustür. Vor ihm steht Isaac, der mit einer Hand seinen Mund vor dem Wind abschirmt, um sich eine Zigarette anzuzünden. Dabei funkelt er Brexen wütend an. Seine Augen blitzen selbst auf die Entfernung wie Laser.

Mir ist klar, dass Lauschen nicht gerade eine sympathische Handlung ist. Und doch bleibe ich bewegungslos stehen. Das Geflecht aus Kylee und ihrem Freund und Isaacs plötzlichem Auftauchen hat in den vergangenen Stunden mehr und mehr Fragen aufgeworfen, die ich mir nicht beantworten konnte. Ich bin nicht naiv genug, noch immer zu glauben, dass hier alles mit rechten Dingen zugeht. Dazu liegt mir mein Gefühl in Form eines schweren Steines zu drückend im Magen.

»Du kannst nicht einfach hierherkommen. Was, wenn dir jemand gefolgt ist? Was, wenn irgendjemand herausfindet, dass ich noch am Leben bin? Dann war alles umsonst.« Brexen tritt einen Schritt auf seinen anscheinend uneingeladenen Gast zu.

Was zur Hölle soll das bedeuten? Dass er noch am Leben ist? Könnte es sein, dass er Kylees verstorbener Freund und somit Kearons Vater ist? Das ist doch nicht möglich. Oder?

Meine Hände schwitzen und ich wische sie an meiner Jeans ab. Mein Gefühl hat mich also nicht getäuscht – etwas stimmt nicht mit ihm. Er ist nicht einfach nur ein normaler Kerl. In den vergangenen Tagen hat er nicht ein einziges Mal seine Stimme erhoben und doch wusste ich von der ersten Sekunde an, dass etwas Böses in ihm schlummert. Ich habe einen Instinkt dafür.

»So wenig traust du mir? Dass ich so dämlich sein könnte und jemanden zu dir locke? Denkst du, ich bin bescheuert oder was?«

»Isaac«, stöhnt Kylee und ich zucke kurz zusammen, als ich auch ihre Stimme erkenne. Mein Herz klopft so wild, dass ich fürchte, das laute Pochen könnte mich verraten. »Du musst das verstehen. Es geht doch nicht mehr nur um uns.«

»Ach nein?«, brüllt Isaac inzwischen und stiert dabei Brexen an. Sein Zeigefinger bohrt sich regelrecht in dessen Brust. »Ich habe das Gefühl, es geht nur noch um euch. Ihr seid fein raus mit eurer *happy ever after Family.* Und was mit mir ist, interessiert dich einen Scheiß. Ich war dein Bruder, doch das hast du vergessen.«

Sie reden so schnell, dass ich mit meinen Gedanken nicht hinterherkomme. Sein Bruder?

»Du wusstest, dass es so sein würde«, hält Brexen dagegen. Wahrscheinlich sollte ich in mein Zimmer gehen, meinen iPod hervorholen und mir keinerlei Gedanken über dieses Gespräch machen, aber ich will wissen, was dahintersteckt. Was ist da zwischen den dreien passiert?

Ich schnappe nach Luft, weil Brexen Isaac grob von sich schiebt, doch dieser lacht nur dreckig.

»Denk doch an Kearon«, fleht Kylee und tritt an seine Seite, nachdem Brexen sich abgewendet hat und hinaus aufs Meer sieht. »Stell dir vor, wir werden gefunden. Deine Familie hat mir schon alles genommen. Wenn sie ihn …«

Sie steht mit dem Rücken zu mir, aber ich bin sicher, sie weint. Auf dem College hat sie mir versucht weiszumachen, Isaac sei ihr Cousin. Er war nur ein einziges Mal dort. Damals kam er, um Kylee die traurige Nachricht zu überbringen, ihr Freund sei zu Tode gekommen. Er hat sie im Arm gehalten und anschließend ohne große Erklärung mitgenommen. Neben der Tatsache, dass ich sie furchtbar vermisst habe, nachdem sie weg war, hat mein Instinkt mir schon damals laut und deutlich zugerufen, dass Kylee nicht die war, für die ich sie hielt. Isaac war nicht einfach ein fürsorglicher Verwandter und sie nicht eine Schwangere, die mit ihren Eltern im Twist lag. So viel war vor Monaten schon sicher. Und alles, was ich versucht habe, in Gedanken dagegenzuhalten, löst sich gerade in Luft auf. Ich fange ernsthaft an mich zu fragen, was sie mich noch alles hat glauben lassen.

»Und was ist mit meiner Familie?«, schreit Isaac so laut, dass Kearon anfängt zu weinen. Brexen nimmt ihn aus seinem Kinderwagen, während ich an Kylees Rücken das Beben von Schluchzern erkennen kann. »Muss ich dir aufzählen, was ich alles durch dich verloren habe? Wenn ich mich recht erinnere, sind wir quitt, was die Zerstörung unserer Familien angeht, oder nicht? Und Scheiße noch mal, ich würde niemals etwas tun, was den Kleinen gefährdet. Wenn ihr das von mir denkt, sind wir sowieso geschiedene Leute.«

Für einen Moment sagt keiner mehr etwas. Isaac zieht noch ein letztes Mal an seiner Zigarette, ehe er sie vor sich wirft und wütend drauftritt. Währenddessen geht Kylee hinüber zu Brexen, um ihm Kearon abzunehmen. Mit ihm auf dem Arm verschwindet sie. Offensichtlich vertraut sie darauf, dass ihr Freund das Problem lösen wird. Brexen scheint Isaac näherzustehen. So viel zu dem Cousin-Märchen, an das ich bis heute geglaubt habe. Aber das ist nach dem ›Deine Familie, meine Familie‹ sowieso vom Tisch. Mittlerweile ist klar, dass ich nicht die Einzige bin, die ein Geheimnis mit auf diese Insel gebracht hat.

Die beiden Männer starren sich an, und schließlich ist es Brexen, der das Wort ergreift.

»Du musst gehen. Es ist zu gefährlich. Es tut mir leid, wenn du in Schwierigkeiten steckst, aber ich kann dir nicht helfen. Dieses Mal nicht. Dass du hier bist, bringt meine Familie in Gefahr.«

»Ich bringe deine Familie in Gefahr.« Es ist keine Frage, die Isaac da ausspricht. Es ist ein sarkastisches Schnauben, das keinen Zweifel daran lässt, was er von Brexens Worten hält. Bei dem Gedanken an eine lauernde Gefahr auf dieser Insel dreht sich mir beinahe der Magen um. Ich bin nicht in der Position, noch mehr Ärger gebrauchen zu können. »Du schickst mich weg, ohne dir anzuhören, was ich zu sagen habe. Aber sich eine kleine Löwenschlampe ins Haus zu holen, ist okay, hm?«

Alles an mir erstarrt. Jeder noch so kleine Muskel verfällt in Schockstarre. Wenn ich meinen viel zu schnellen Pulsschlag nicht kräftig in meinem Hals fühlen könnte, würde ich behaupten, sogar mein Herz ist stehengeblieben. Woher zum Teufel?

Es dauert nur einen kleinen Augenblick, dann habe ich mich wieder im Griff und mache einen Schritt rückwärts. Doch Brexens tiefes Stöhnen lässt mich innehalten. Verdammt, ich muss hören, was sie über die Lions wissen, auch wenn ich es nicht wissen will.

»Dass sie herkommen würde, war nicht geplant.«

»Und da fragst du ernsthaft, wer hier wen verarschen will. Scheiße Brex. Was geht da mit dir und den Lions? Ist sie eine von ihnen?«

Ich befürchte, jeden Moment den Verstand zu verlieren. Kylees Freund weiß von den Lions? Weiß er von meinem Stand und Kesters Ultimatum? Was zum Henker ist meine Rolle in diesem Theater, das sich unmittelbar vor meiner Nase abspielt? Und überhaupt – weiß Kylee davon? War sie deshalb auf dem Cluaran? Oh mein Gott! Allein der Gedanke daran, Kylee könnte mit den Lions unter einer Decke stecken, lässt bittere Galle in mir aufsteigen. Tapfer schlucke ich sie herunter und lege meine Wange an das Türblatt.

»Nichts geht mit mir und den Lions. Ich weiß nicht, ob oder wie viel Fenella über die Bruderschaft weiß, okay? Ich hoffe gar nichts. Sie wird sicher nur eine normale Studentin sein, okay? Keine Gefahr für einen von uns.«

Es grenzt an ein Wunder, dass meine Beine mich noch aufrecht halten. Wo zur Hölle bin ich nun schon wieder hineingeraten? Ich wollte weg vom Cluaran-College und vor allem weg von der Bruderschaft. Dabei hatte ich ernsthaft die Illusion, Kylee sei der einzige Mensch auf der Welt, dem ich noch vertrauen kann.

»Ach leck mich, Brex. Dir fällt nichts Besseres ein, als deine Kleine schwanger direkt ins Löwengehege zu schicken, und heute liegt eine vom Cluaran entspannt auf eurer Terrasse? Diese dämlichen Wichser sind nicht auf unserer Seite und dass sie hier ist, ist sicher kein Zufall. Das sollte langsam klar sein, oder nicht? Die kämpfen nur für sich selbst. Verdammt, du hast keine Ahnung, wozu die fähig sind.«

Ich würde jedes Wort, das Isaac über die Lions sagt, unterschreiben. Brexen offensichtlich nicht, da er wütend vor sich hin knurrt. Viel krasser allerdings finde ich die Tatsache, dass Brexen Kylee aufs Cluaran gebracht haben soll. Das muss bedeuten, Brexen ist Kearons Vater. Er hat gesagt, niemand darf wissen, dass er doch noch lebt. Das ist der Beweis dafür, dass Kylee gelogen hat. Sie hat mir erzählt, sie kennen sich noch nicht lange. Dann sollte es wohl sein Tod sein, den Isaac ihr überbracht hat? Doch meine Gedanken über die Zusammenhänge, die sich mir nur langsam erschließen, müssen warten, denn das Gespräch der beiden ist noch nicht zu Ende.

»Die Lions sind eine ehrbare Bruderschaft«, beharrt Brexen.

Ja klar.

»Ja klar«, spricht Isaac meine Gedanken aus und ich zucke zusammen.

»Weißt du was?«, brummt Kylees Freund und streicht sich über den Vollbart. »Scheißegal. Fakt ist, du kannst nicht hierbleiben, Mann. Wir haben gesehen, zu was der Boss fähig ist. Du weißt das besser als alle anderen und wenn du das nicht verstehst, dann ...«

»Dann was?«, fragt Isaac. Es ist Schmerz, der aus seiner Stimme spricht. Purer, unvermischter Schmerz. Das erkenne ich daran, weil ich diesen besser kenne als die meisten Menschen auf der Welt. »Du willst mir drohen? Wirklich? Nach allem, was ich für dich getan habe?«

Ich möchte wirklich nicht weiter lauschen. Und dennoch bleibe ich wie angewurzelt stehen und warte auf Brexens Antwort. Zuerst bleibt sie aus. Ich weiß nicht genau, warum ich für Isaac hoffe, dass er einlenkt. Die Differenzen der beiden können mir im Grunde vollkommen egal sein. Andererseits: Wenn Brexen oder gar Kylee wirklich etwas mit den Lions zu tun haben, wäre Isaac am besten geraten, sich so weit fern zu halten wie möglich. Genauso wie mir übrigens.

»Ein Sturm zieht auf. Du kannst heute Nacht auf der Couch schlafen. Morgen früh verlässt du Eilean Ross.«

Gemeinsam mit Isaac schnappe ich nach Luft. Als ich höre, wie auf seine schroffen Worte hin Schritte von einem der beiden im Kies erklingen, trete ich hastig einen Schritt zurück und schließe meine Tür.

Ich lege meine Stirn gegen das Türblatt und versuche meine Gedanken zu sortieren. Auch wenn mich in den vergangenen Tagen schon ein paarmal das Gefühl beschlichen hat, dass es ein Fehler war, auf die Insel zu kommen. Nie war es mir so bewusst wie in diesem Augenblick. Brexen hat recht. Da zieht ein gewaltiger Sturm auf, doch dieser steht nicht im Entferntesten mit dem Wetter in Zusammenhang. Ich sollte nicht hier sein. Mein Instinkt hat mich nicht verlassen. Es war falsch, vor meinen Problemen davonzurennen. Es macht ja doch keinen Sinn. Das beweist dieser Moment mehr denn je.

Wenn Kylee und Brexen nicht die sind, die sie vorgeben zu sein. Wenn sie gar mit den Lions unter einer Decke stecken, bedeutet das, ich muss so schnell wie möglich hier weg. Die Frage ist nur – wohin?

KAPITEL VIER

Aus Fehlern lernt man. Das wird uns schon in Kindheitstagen beigebracht. Ich habe aus meinen Fehlern offensichtlich nicht gelernt. Überhaupt halte ich diese dämliche Redewendung für vollkommenen Blödsinn. Fehler zerstören uns. Sie machen uns klein und ängstlich. Fehler lassen unsere Herzen brechen und unsere Seelen brennen. Und doch sind wir nicht vor ihnen gefeit. Keiner von uns. Nicht mal Menschen wie ich, die komplett zurückgezogen mit hochgeschlossenen Blusen und scheuem Blick stumm auf bessere Zeiten hoffen.

Ich lerne aus Fehlern offensichtlich nicht besonders viel, sonst befände ich mich nicht schon wieder in einer Situation, in der ich mich besser nicht befinden sollte.

Meine Brust hebt sich unter einem tiefen Atemzug und ich umklammere meinen großen Rucksack noch enger. Mein Herz trommelt wild gegen das klobige Teil und mir ist furchtbar übel.

Das Brechen der Wellen übertönt meinen viel zu schnellen Atem und ich schließe die Augen, weil das Schunkeln des alten Kahns meine Übelkeit nicht gerade besser macht. Raum und Zeit verschwimmen mit dem Rauschen des Wassers. Ich habe keine Ahnung, wie lange ich hier schon sitze.

Minuten?

Stunden?

Noch im Schutz des ersten Nebels habe ich das Haus verlassen. Ein paar unpersönliche Zeilen auf ein Stück Papier gekritzelt sind alles, was ich Kylee zurückgelassen habe. Ich kann mich nicht von ihr verabschieden. Wie auch? Was sollte ich ihr ohne die Gewissheit, auf wessen Seite sie steht, sagen? Niemals hätte ich die passenden Worte gefunden, um diesen Schritt zu erklären. Also habe ich gewählt, was ich früher oder später immer wähle – die Flucht.

Gestern Abend, nachdem ich Brexen und Isaac belauscht habe, ist es mir gelungen, mich geschickt aus der Affäre zu ziehen. Ich habe ihr, lediglich den Kopf zur Tür herausgestreckt, vorgegaukelt, ich hätte starke Migräne und keine Kraft mehr, mich zu ihnen zu gesellen. Doch anstatt, wie ich es ihr vorgelogen habe, gleich ins Bett zu gehen, habe ich die ganze Nacht sprichwörtlich auf gepackten Koffern gesessen, dem Regen gelauscht und nachgedacht. Ganz gleich, wie oft ich sämtliche Theorien durchgegangen bin. Meine Entscheidung blieb die gleiche – ich muss von dieser Insel weg. Die Macht der Lions ist mir besser bekannt, als mir lieb ist, und ich weiß, dass sie mich finden, wenn Brexen und Kylee etwas mit ihnen zu tun haben.

Die Lions vom Cluaran gehen davon aus, ich sei in spätestens zwei Wochen zurück, um mich meiner Pflicht zu stellen, Hunters Platz einzunehmen. Spätestens nach dieser Frist werden sie mich suchen. Ich gehe mal davon aus, sogar schon eher, da ihnen beim Blick in meinen Schrank klar sein wird, dass ich nicht nur Urlaub mache. Denn ich habe nicht vor, jemals ans Cluaran-College zurückzukehren. Auch wenn ich vor den Dingen, die mein Herz beschweren, nicht davonlaufen kann. Kester und seinen Jungs kann ich es, wenn ich es clever genug anstelle.

Schritte ertönen auf dem maroden Holzsteg. Ich reiße die Augen auf und halte inne, zusammengekauert in meinem Versteck.

Mich auf diesem Boot zu verstecken war wahrscheinlich mit Abstand die dümmste Idee, die ich jemals hatte, aber meine Alternativen waren eingeschränkt und ich will einfach nur hier weg.

Wie ich erwartet habe, geht Isaac nach dem Leinenlösen auf direktem Weg in die Führerkabine des Bootes. Zumindest hoffe ich, dass es Isaac ist. Denn außer schweren Stiefeln, die auf dem hohl klingenden Boden aufstampfen, ist nichts zu hören oder zu sehen.

Am liebsten möchte ich die Augen wieder zusammenkneifen, doch ich muss wachsam bleiben. Wenn er mich entdeckt, ehe er abgelegt hat, könnte er mich zwingen hierzubleiben oder noch schlimmer: Kylee und Brexen Bescheid geben. Das darf nicht passieren. Ich kann Kylees Monolog quasi in meinen Ohren klingeln hören. Doch ihre Stimme in meinem Kopf wird von dem startenden Motor abgelöst und ich atme erleichtert aus. Langsam löse ich meine verkrampften Finger, die sich seit einer Ewigkeit um die Griffe meines Rucksacks krallen und schon ganz steif geworden sind. Ich öffne und schließe meine Hände und zucke kurz zusammen, weil meine rechte Hand noch immer durch die Schnitte von gestern brennt. Verdammt. Das tut wirklich weh.

»Ich hoffe, du hast eine gute Erklärung hierfür.«

Schon bei seinem ersten Wort, das viel zu nah ertönt, löst sich ein spitzer Schrei aus meiner Kehle und ich rutsche so weit unter die schmale Ablage wie eben möglich. Isaac verzieht bei dem quietschenden Ton das Gesicht.

»Ich ... also ich. Du...«, stottere ich und komme mir so klein und verletzlich vor, dass ich am liebsten auf dem Meeresgrund versinken würde.

»Du ... ich?« Isaac umfasst meinen Oberarm und zerrt mich unsanft aus meiner Deckung auf die Füße. Das charmante Grinsen von gestern ist verschwunden. Zurückgeblieben ist eine eiskalte Maske, die mich erschaudern lässt. Auf sein Boot zu steigen war eine dumme Idee. Eine wirklich dumme Idee.

Keine Ahnung, wie ich mir den Moment vorgestellt habe, wenn ihm bewusst wird, dass er einen blinden Passagier hat. Es war fast zu erwarten, dass es keinen idealen Moment geben würde, in dem ich hervorspringe wie ein Clown aus dem Karton. In meiner Vorstellung war die Situation schon äußerst bizarr, die Realität übersteigt das allerdings um Welten. Denn jetzt gerade fürchte ich mich vor ihm. Hätte ich diesen Isaac gestern gesehen, wäre ich ganz sicher lieber nach Portmahomack geschwommen. Auch wenn das unmöglich ist. Die Aussicht, mit ihm fröhlich und in ausgelassener Stimmung von hier zu verschwinden, ist es irgendwie auch. Dafür drücken sich seine Finger viel zu fest um meinen Oberarm und er stiert mich an, als wolle er mich jede Sekunde über Bord werfen. An seiner Schulter vorbei sehe ich, wie Eilean Ross kleiner wird, doch die Erleichterung darüber bleibt aus. Toller Plan, mit einem Fremden davonzuschippern, ohne ihn darüber zu informieren.

»Ich warte, Schneewittchen. Und du solltest wissen, ich warte nur ungern.«

Seine Lippe verzieht sich über den schneeweißen Zähnen, wie bei einem fletschenden Wolf, der jeden Moment zum Biss ansetzt.

»Ich wollte weg.« Meine Stimme klingt wie die eines kleinen Mäuschens. Ein kleines zartes Tier, das der knurrende Wolf zur Vorspeise vertilgt.

»Warum? Willst du mich ausspionieren? Oder rennst du zurück an dein beschissenes College, um den Lions brühwarm Brexens Aufenthaltsort zu servieren?«

Isaac umfasst mit seiner freien Hand meine Kehle. Und dann drückt er zu.

»Was? Nein!«, beeile ich mich zu widersprechen, ehe mir der Sauerstoff ausgeht. »Warum überhaupt darf das niemand wissen? Wem sollte ich denn davon erzählen? Das ist doch Quatsch«, keuche ich, doch meine Worte kommen nur noch gepresst über meine Lippen. Mit beiden Händen versuche ich seine Finger von meinem Hals zu lösen, doch ich habe nicht die geringste Chance. Mit jeder fortschreitenden Sekunde wird mir schwindeliger, und schwarze Punkte flackern vor meinen Augen. Ich spüre den Schweiß, der auf meine Stirn tritt.

»Denkst du, ich lasse zu, dass diese Löwenbastarde sich noch einmal in mein Leben einmischen? Erzähl mir, Prinzessin: Warum sollte ich dir glauben?« Das Geländer des Bootes bohrt sich in meinen Rücken. »Warum sollte ich dich nicht hier und jetzt ins Meer werfen, hm?« An meiner Kehle drückt Isaac meinen Oberkörper über das Edelstahlrohr. Ich spüre das Spritzen des Wassers an meiner Wange und während meine Gedanken sich langsam auflösen, scheint mit einem Mal alles so logisch.

Sofort höre ich auf, mich zu wehren, und gebe mich der Illusion hin, dass alles vorbei ist, wenn er seinen Worten Taten folgen lässt. Dann bin ich frei. Vereint mit meinem Bruder. An einem Ort, an den ich mit Sicherheit besser passe als in diese Welt.

Ich schließe die Augen und breite die Arme zu den Seiten aus. Nur noch ein kleines Stück. Ein bisschen mehr Druck seinerseits und mein Körperschwerpunkt sorgt dafür, dass ich ins Meer stürze.

Ich komme, Hunter.

»Bist du irre, oder was?«, schreit Isaac. Sofort reiße ich die Augen auf, nur um mich dicht vor seinem Körper wiederzufinden. Ich habe nicht mal mitbekommen, wie er mich wieder hochgezogen hat. Mit zitterndem Kinn spüre ich durch den kalten Wind die Tränen auf meinen Wangen. Mein Mund will sich öffnen, um etwas zu sagen, doch es gelingt ihm nicht. Kein Wort könnte erklären, was in mir vorgeht. Bin ich irre? Ja, wahrscheinlich.

Erst jetzt bemerke ich, dass Isaac seine Hand von meiner Kehle gelöst hat. Er zerrt hektisch eine Schachtel Zigaretten aus seiner Hosentasche und fischt mit den Lippen eine heraus. Mit hellblauen Augen, die im morgendlichen Sonnenlicht schimmern wie Saphire, starrt er mich an, während er die Zigarette anzündet. Nebel legt sich kurz vor sein Gesicht, doch der Wind trägt ihn sofort davon. Eine tiefe Falte liegt zwischen seinen ausdrucksstarken Augen. Sie treffen auf meine und ohne zu sprechen erzähle ich ihm meine Geschichte. Es ist, als schenke ich ihm nur mit den Augen mein Vertrauen. Wir sind Fremde, doch wir haben einen gemeinsamen Feind. Das schweißt zusammen.

»Ich hasse die Lions genauso sehr wie du.« Das ist der erste Satz, den ich nach einer gefühlten Ewigkeit wirklich ausspreche. Und es ist die Wahrheit. Eine Wahrheit, die aus den Tiefen meines Herzens kommt. Die Wahrheit, die ihn überzeugen sollte.

»Was wolltest du dann von Kylee und Brexen? Und was sollte das eben? Ich wollte dich nicht umbringen, falls du das glaubst.«

Isaacs Stimme ist anders. Anders als gestern und ganz anders als noch vor wenigen Minuten. Beherrscht und kontrolliert. Nicht kratzig, sondern weich wie Samt legt sie sich um meine zitternden Schultern.

»Das Gleiche könnte ich dich auch fragen«, flüstere ich und lege mir eine Hand an die Kehle.

»Ich wollte dich nicht umbringen«, wiederholt er seine Worte leise. Dabei lässt er mich nicht aus den Augen. Seine einzige Bewegung besteht darin, immer mal wieder kräftig an seiner Zigarette zu ziehen und den Rauch in den Himmel zu stoßen. Er weht davon. Hoch zu den Möwen, die über den Wellen kreisen. An ihnen vorbei in den strahlend blauen Himmel, der wider aller Gefühle einen wundervollen Tag ankündigt.

»Sehr beruhigend«, stoße ich aus. Wieder einmal wird mir schmerzlich bewusst, wie normal für mich Gewalt ist. Jede andere Frau würde wahrscheinlich jetzt noch über Bord springen, doch ich kenne nur Männer, die gewalttätig reagieren, wenn ihnen etwas nicht passt.

»Es tut mir leid. Aber du musst gestehen, dass du dich nicht gerade unauffällig benimmst. Also, warum bist du hier und was ist mit Kylee und Brexen?«

»Ich habe Kylee auf dem College kennengelernt. Wir haben uns einfach nur gut verstanden, bis du …« Ich schlucke, weil seine Präsenz mich ebenso einschüchtert wie die

Situation, in der wir uns befinden. Noch immer stehen wir viel zu dicht voreinander. Die Sonne sticht bereits jetzt vom Himmel, doch ich glaube nicht, dass sie es ist, die dafür sorgt, dass eine unbändige Hitze zwischen unseren Körpern entsteht. »Bis du gekommen bist, nachdem ihr Freund gestorben ist.« Isaac kraust die Stirn und kneift seine Augen leicht zusammen. Er glaubt mir nicht. Ich erkenne es in seinem Blick.

»Bis dahin kenne ich die Geschichte«, brummt er. »Und weiter?«

Auffordernd nickt er mir zu, daher rede ich weiter.

»Ich bin hergekommen, weil ich nicht mehr weiß, wo ich hinsoll. Ich laufe vor etwas davon.«

»Etwas oder jemandem?«

»Beides«, flüstere ich und kann ihn nicht länger ansehen. Ich senke den Kopf zu Boden, doch er legt einen Finger unter mein Kinn und hindert mich daran.

»Was ist mit Brexen? Was weißt du über ihn?«

»Gar nichts«, sage ich schnell und zucke kurz zusammen, weil die Intensität, mit der ich das herausrufe, mich selbst überrascht. »Ich kenne ihn erst seit einer Woche. Mann, ich dachte, Kylee kennt ihn auch erst seit ein paar Wochen. Alles, was ich über ihn weiß, basiert offensichtlich auf einer Lüge. Und ...«

Schnell ziehe ich die Unterlippe zwischen die Zähne. Scheiße.

»Und?«, fordert Isaac und ich möchte wegsehen. Nein, eher möchte ich davonlaufen und ihn nie wiedersehen.

»Ich habe euch belauscht.« Er verzieht wütend das Gesicht und sofort korrigiere ich mich. »Also nicht belauscht, aber ich habe gehört, wie du mit ihm über die Lions gesprochen hast. Wenn er etwas mit ihnen zu tun hat, will ich mit ihm nichts zu tun haben.«

»Was weißt du über die Lions? Warum hasst du sie?« Ich spüre seinen Atem auf meinen feuchten Wangen. Ich kann seine Nähe fühlen und riechen. Sein Duft vermischt sich mit dem Salz des Meeres. Isaac ist so ... viel. Er hat eine

Dominanz, die ich bisher bei keinem Mann so wahrgenommen habe. Sie macht mir Angst und gleichzeitig fühlt sie sich gut an. »Sollte ein Mädchen wie du nicht jede Nacht feuchte Träume haben, wenn es an einen der Löwen denkt?«

Jetzt ist es mein Gesicht, das sich angewidert verzieht, und diesmal hält mich ein einzelner Finger nicht davon ab, seinem Blick zu entgehen. Er hat ja keine Ahnung, wie oft mich die Lions im Traum verfolgen. Albträume. Das ist es, was sie mir bescheren. Auf so viele verschiedene Arten. Und sie alle haben eins gemeinsam. Sie sind grausam und finster. Sie gießen Benzin in mein persönliches Höllenfeuer. Doch niemals ist irgendjemand da, der mir hilft, es zu löschen. Nicht, seit ich meinen Bruder verloren habe.

»Ich weiß nicht mehr, als sich vermeiden ließ«, keuche ich, »aber Fakt ist, dass ich sie verabscheue. Jeden Einzelnen von ihnen. Diese ganze dämliche Bruderschaft. Und das ist die Wahrheit. Das kannst du mir glauben. Ich hasse sie.« Erst recht, seit Hunter tot ist. So ist es nun mal, auch wenn ich das nicht erläutern kann. Wie soll ich einem Fremden erzählen, was diese bescheuerte Bruderschaft mir alles genommen hat? Ich weiß ja nicht mal, wer Isaac ist oder wo er hingeht. Ich weiß nur, dass er meine einzige Möglichkeit war, von dieser Insel zu verschwinden.

»Wie soll ich dir das einfach glauben? Du musst wissen, ich bin ein sehr misstrauischer Mensch. Ich kann dich nicht einfach so zurück an die tolle Elite-Uni zu den Polo-Fatzken lassen und darauf hoffen, dass du keinen Scheiß erzählst.«

»Ich will nicht zurück.« Ich straffe die Schultern und spreche zum ersten Mal laut aus, was ich schon seit vielen Wochen weiß. »Ich gehe nie wieder zurück ans Cluaran.«

Isaacs Stirn glättet sich und die Falte zwischen seinen Augen verschwindet, als sein Mund sich zu einem leichten Lächeln verzieht.

»Was meinst du mit: Du gehst nicht zurück?«

»Als ich hergekommen bin, habe ich das College verlassen. Ich wollte zuerst ein bisschen Urlaub machen und dann überlegen, wohin ich gehe. Aber ganz sicher gehe ich nicht zurück. Niemals. Wenn du mich dort hinbringen willst, kannst du mich genauso gut über Bord werfen.«

Er kneift die Augen zusammen, als ob er so die Wahrheit hinter meinen Worten besser erkennen könnte.

»Und was zur Hölle tust du dann hier?«

»Ich habe mich nicht getraut, Kylee zu sagen, dass ich gehen will. Außerdem ...« Ich ziehe die Lippen zwischen die Zähne und trommele mit den Zeigefingern auf meine Oberschenkel.

»Außerdem was?«

»Außerdem hat mir euer Gespräch nicht gefallen und ich hatte Angst, länger bei diesem ...«, ich schlucke das Adjektiv, das ich auf der Zunge habe, herunter. Genauso wie die Tatsache, dass ich eine engere Bindung zu den Lions habe, als mir lieb ist. Nicht, weil ich Lügen gutheiße, sondern weil ich mich gedanklich von der Bruderschaft verabschiedet habe. Und das vor langer Zeit. »... bei Kylees Freund zu bleiben«, sage ich stattdessen.

»Du kommst vom Cluaran und denkst, Brex sei der Böse der Geschichte?« Isaac zieht eine eigenartige Grimasse, die mich dazu bringt, mich rechtfertigen zu müssen.

»Ich denke gar nichts. Ich wollte einfach nicht länger dableiben, okay? Ich kann auch den Rest der Strecke schwimmen, wenn dir das lieber ist?«, zische ich eine Spur zu zickig. Auf dieses Boot zu steigen war tatsächlich ein Fehler.

»Du willst also nichts mit den Lions zu tun haben?«

»Nein.«

»Und auch nicht mit Brex und Kylee?«

»Nein.« Ich hole tief Luft. »Zumindest jetzt gerade nicht.«

»Und du hast keine Ahnung, wo du hinsollst?«

»Nein.« Ich stemme die Hände in die Hüften. Was wird das hier? Ein Verhör?

»Na dann«, sagt Isaac nach einer Zeit. Der Ausdruck in seinen Augen verlangsamt meinen Puls. Zumindest minimal. »Haben wir kein Problem miteinander.« Sein Grinsen wird breiter und ich atme erleichtert aus. »Zumindest solange ich nichts anderes erfahre.«

»Hör mal. Ich will wirklich einfach nur weg von hier. In Portmahomack siehst du mich zum letzten Mal.«

»Na na na, nicht so schnell, Prinzessin«, lacht er. Ich verstehe nicht ganz.

»Ich werde Brexen nicht verraten, ich schwöre es«, flehe ich schon beinahe. »Ich weiß ja nicht mal, womit!« Keine Ahnung, was er vorhat, aber der schelmische Ausdruck in seinem Gesicht gefällt mir nicht. Oder vielleicht gefällt er mir auch zu gut. Irgendwie scheinen sich die Grenzen dessen gerade zu verschieben.

»Keine Panik. Ich denke, ich glaube dir. Und wie der Zufall es will, hatte ich vor, mir Schottland etwas genauer anzusehen.« Sein Blick schweift einmal an mir herunter, ehe er wieder in meinen Augen landet.

»Und was hat das mit mir zu tun?«, frage ich und spüre, wie erneute Panik über meine Beine krabbelt, um sich wie eine Boa um meinen Körper zu schlängeln. »Ich werde dir nicht im Wege stehen. Keinem von euch.«

»Gegen eine einheimische Reiseführerin hätte ich nichts einzuwenden, und so habe ich dich wenigstens für eine Zeit im Blick«, erklärt er lachend und klopft mir auf die Schulter. Ich kann ihn nur anstarren. »Das wird lustig.« Sein breites Grinsen entblößt eine Reihe schneeweißer Zähne. Seine Eckzähne sind spitz und ich frage mich unwillkürlich, ob er sie schon ängstlichen Jungfrauen in den Hals gerammt hat.

»Du willst, dass ich mit dir durch Schottland fahre?« So richtig in meinem Gehirn angekommen ist das immer noch nicht.

»Jep. Du und ich. Sightseeing. Das klingt genau nach dem, was wir beide jetzt brauchen. Und wer weiß, vielleicht fällt dir unterwegs noch etwas ein, das du mir gerne über diese beschissenen Löwen erzählen möchtest.« Trotz seiner

Ausdrucksweise bleibt das Grinsen auf seinem Mund unbeschadet. »Deal?«

Ich räuspere mich, nicht fähig, zu sprechen oder gar eine weise Entscheidung zu treffen.

»Gut«, lacht er. »Dann ist das abgemacht.«

Mit diesen Worten lässt er mich mit kratzendem Hals und schmerzendem Herzen stehen, um das Steuer zu übernehmen, das sich in den vergangenen Minuten selbstständig gemacht hat. Ich stehe da und sehe, dass Eilean Ross inzwischen winzig geworden ist.

Sicher hat Kylee meine Nachricht mittlerweile gefunden. Wahrscheinlich hat sie mir Eier gekocht wie jeden Morgen und sich gewundert, warum ich auf ihre Rufe nicht reagiere. Und jetzt, nachdem sie merken musste, dass ich sie ohne ein Wort verlassen habe, hasst sie mich ganz sicher. Sie – die letzte Freundin, die ich noch hatte. Stattdessen fahre ich mit einem Kerl, den ich nicht kenne, über den Ozean und habe keine Ahnung, was seine Ansage für mich bedeutet. Ein Angebot? Eine Idee? Oder eine Entführung? Ich weiß es nicht. Ich weiß nur, dass es zu spät ist, um umzukehren, und irgendetwas sagt mir, dass ich vor einem Typen wie Isaac nicht davonlaufen kann. Und vielleicht will ich das ja auch gar nicht mehr.

Fehler. Aus Fehlern lernt man nicht. Fehler kosten einen mitunter das Leben.

KAPITEL FÜNF

So gern, wie ich mir einreden möchte, meine Übelkeit rührt von der Überfahrt hinüber aufs Festland, so ist es doch viel eher die Selbstsicherheit, mit der Isaac mein Gepäck in den schwarzen Wagen geladen hat, der offensichtlich nicht sein eigener ist. Es ist kein außergewöhnlich schickes Auto, ein schlichter Kombi. Die Werbung einer Vermietungsfirma prangt auf der Seite.

Seltsamerweise habe ich keine Minute darüber nachgedacht, auf dem einsamen Parkplatz davonzulaufen. Wo hätte ich auch hingesollt? Es gibt keinen weiteren Ort, an den ich flüchten könnte. Mir bleibt nichts anderes übrig, als zu tun, was er sagt.

Isaac ist ein Fremder für mich. Ich sollte ihm weder vertrauen noch einfach mit ihm durchs Land fahren. Ich kann in seinen kalten Augen sehen, dass auch er ein Geheimnis hütet. Eine Seite, die er vor mir verbirgt. Vielleicht ist es gerade das, was mich anzieht. Ich bin ihm nicht schuldig, die Wahrheit zu sagen, denn ich bin sicher, das tut er auch nicht. Und noch dazu hasst er die Lions. Allein dafür hat er im Grunde einen Vertrauensvorschuss verdient. Mal ganz abgesehen davon, dass ich ohne ihn noch immer auf Eilean Ross sitzen und mir den Kopf zerbrechen würde. Ich brauche Zeit und einen Ort, um einen Plan auszuhecken. Dabei könnte Gesellschaft durchaus nicht schaden. Allein sein bedeutet nämlich, dass Erinnerungen und Gedanken viel lauter werden, als wir es möchten.

»Also ich dachte ja an Edinburgh. Uns wurden immerhin jahrelang in der Schule die Geschichten über die Burg eingetrichtert. Da sollte man sie sich wenigstens mal selbst angesehen haben.« Für Isaac scheint unsere Situation nicht im Geringsten so bizarr wie für mich zu sein. Er wirkt so jugendlich unbekümmert, fast schon euphorisch. Wie er voller Schwung meinen Rucksack in den Kofferraum geworfen und mir die Beifahrertür aufgehalten hat.

Ohne aufzusehen knete ich meine feuchten Finger. Seit ich eingestiegen bin, liegen meine Hände zitternd auf meinem Schoß. Trotz Klimaanlage ist mir zu warm im Wagen und ich habe das Gefühl, jeden Augenblick zu ersticken.

Ich kann nicht nach Edinburgh. Die Hauptstadt fällt mitten in das Einzugsgebiet der Lions. Sicher würde es der Zeiger nicht einmal im Kreis schaffen, ehe sie mich gefunden hätten. Dennoch sage ich nichts. Überhaupt habe ich so gut wie kein Wort gesprochen seit meinem kleinen ... Aussetzer auf dem Meer und seit Isaac beschlossen hat, dass wir jetzt offensichtlich im selben Team spielen.

»Willst du jetzt für immer und ewig schweigsam neben mir sitzen?«, fragt Isaac und lenkt den Wagen in gekonntem Manöver vom Parkplatz der Anlegestelle. »Ich meine, Schweigen mag hin und wieder Gold sein, keine Frage.«

Gerade als ich den Mund öffne, um etwas zu erwidern, klingelt sein Telefon über die Freisprechanlage.

Brex.

So zumindest steht es auf dem Display.

»Bruder«, nimmt Isaac das Gespräch an und schnaubt sofort abwertend, nachdem er es ausgesprochen hat. Er nimmt die Sonnenbrille aus der Mittelkonsole und schiebt sie sich auf seine Locken. »Ach entschuldige. Das sind wir ja nicht mehr. Also«, knurrt er und seine Knöchel treten weiß hervor, so fest umschließt er das Lenkrad. »Was willst du, Blade?«

Unauffällig versuche ich zu ihm hinüberzuschielen. Ich habe diesen Namen nie zuvor gehört, aber so, wie er ihn förmlich ausspuckt, ist Isaac nicht gerade ein Fan von diesem – keine Ahnung – Spitznamen? Zudem hat er Brexen jetzt schon zum zweiten Mal Bruder genannt.

Ich komme mit meinen Überlegungen allerdings nicht weit, da Brexens donnernde Stimme den Wagen einnimmt.

»Ist sie bei dir?«, knurrt er und ich rutsche unwillkürlich tiefer in den Sitz. Dieser Typ macht mir Angst, selbst wenn der komplette Ozean zwischen uns liegen würde.

»Seit wann interessiert es dich wieder, was und mit wem ich etwas tue? Ich denke, ich muss ohne deine Hilfe zurechtkommen.«

»Was hast du mit ihr vor?«

Mein Puls beschleunigt sich und meine Finger suchen wie von allein den Griff der Tür.

»Rein gar nichts, Brexen. Mal wieder bist du der falschen Fährte auf der Spur. Sie ist zu mir gekommen. Weil sie vor euch davonläuft. Ich helfe ihr. Ende der Geschichte.«

Ich schlucke ohne einen Tropfen Spucke im Mund. Isaac sieht zu mir hinüber. Zuerst schielt er auf meine Hand, die sich an den Griff klammert, dann wandert sein Blick in mein Gesicht. Vielleicht begehe ich gerade den größten Fehler meines Lebens, aber aus irgendwelchen mir nicht erklärbaren Gründen glaube ich ihm.

»Was heißt, sie ist vor uns davongelaufen? Was soll der Scheiß, Isaac?«

Er zwinkert mir einmal kurz zu, ehe er sich wieder auf die schmale Landstraße konzentriert, über die der tiefliegende Wagen schießt.

»Meine neue Freundin hat sich dazu entschieden, vorerst ihr Studium am Cluaran-College zu unterbrechen.«

Mein Kopf dreht sich abrupt in seine Richtung.

»Bist du jetzt vollkommen übergeschnappt?«, schreit Brexen und ich zucke zusammen.

»Ich? Hast du jetzt auch noch was auf den Ohren, oder was?«, stöhnt er. »Schneewittchen hat ganz allein entschieden, diesmal dem bösen Wolf zu folgen, anstatt bei den sieben Zwergen hinter den sieben Bergen zu bleiben.«

Beinahe hätte ich gelacht. Aber nur beinahe. Ich weiß nicht, woher Isaacs Abneigung gegenüber den Lions kommt, aber sie trieft förmlich aus seinen Poren und macht ihn dafür sehr attraktiv in meinen Augen. Und das, obwohl er sich selbst als den bösen Wolf darstellt. Vielleicht funktioniert mein Instinkt doch nicht halb so gut, wie ich denke, denn für mich ist er bisher nicht der Bösewicht der Geschichte.

»Isaac«, droht Brexen. Ich straffe die Schultern und richte mich auf. Er sollte sich nicht für meine Entscheidungen rechtfertigen müssen.

»Ich habe mich dazu entschieden, mit ihm zu gehen. Bitte sag Kylee, dass es mir gut geht. Ich melde mich bei ihr, sobald es möglich ist. Es tut mir leid«, spreche ich mit fester Stimme und drücke anschließend hastig auf das Symbol des roten Hörers. Wie eine Erlösung leuchtet es auf dem großen Bildschirm unterhalb der Lüftungsschlitze auf, und ehe ich noch etwas Dummes, Unüberlegtes tun kann, schiebe ich meine Hände unter meinen Hintern. Dabei vermeide ich es, Isaac anzusehen, doch ich nehme sein belustigtes Schnauben überdeutlich wahr. Ich habe keine Kraft für Diskussionen mit Kylee oder Brexen. Mal davon abgesehen, dass ich auch ohne ein aktiver Lion zu sein weiß, ab wann man ein Telefonat nachverfolgen kann.

Die Stille, die entsteht, nachdem Brexens schroffer Tonfall nicht mehr das Wageninnere einhüllt, ist beängstigend. In regelmäßigem Takt erscheinen wichtige Fragen in meinem Kopf. Wie der Sekundenzeiger einer alten Standuhr ticken sie laut in meinem Verstand und hindern mich daran, klar zu denken. Was mache ich hier? Wer ist Isaac überhaupt? Woher kommt er? In welchem Verhältnis steht er zu Kylee und Brexen? Woher kennt er die Lions?

Fakt ist, ich finde keine Antworten, wenn ich mich nicht überwinde und mit ihm rede. Daher drehe ich mich auf dem Sitz leicht in seine Richtung und nehme mir vor, über meinen Schatten zu springen. Meine schwitzigen Hände wische ich an meinen Oberschenkeln ab. Die Jeans klebt förmlich an den glatten Ledersitzen und ich streiche mir meine gelbe Bluse glatt.

»Kann ...« Ich muss mich räuspern, weil meine Stimme versagt, sobald ich auf seine blauen Augen treffe. »Kann man dein Handy irgendwie orten? Weißt du das?«

Nach wie vor umfasst er mit beiden Händen das Lenkrad, während sein Blick zwischen mir und der Straße hin- und herwandert. Wahrscheinlich hält er mich für eine Verrückte. Aber ich muss anfangen, clever zu handeln. Ich selbst habe mein Handy aus gutem Grund auf dem College gelassen.

»Du läufst tatsächlich vor jemandem weg, oder?« Immer wieder sieht er mich nur kurz an, um die enge Fahrbahn nicht aus den Augen zu lassen.

Mir bleibt nur zu nicken.

Seine Mundwinkel zucken zu einem kleinen Grinsen, während er schließlich das Smartphone aus der Mittelkonsole nimmt. Er öffnet das Fenster, und noch ehe ich reagieren kann, wirft er sein iPhone über die grünen Wiesen, durch die die schmale Landstraße sich schlängelt. Der frische Fahrtwind weht mir die Haare vors Gesicht und erst, als das Fenster die Sommerluft wieder aussperrt, streiche ich sie aus meinem Gesicht und starre ihn ungläubig an.

»Problem gelöst.« Bei seinen Worten grinst er über das ganze Gesicht und kleine Grübchen auf seinen Wangen kommen zum Vorschein.

»Aber«, protestiere ich nur schwach.

»Klapp den Mund wieder zu. Es ist nur ein Handy. Richtig?«

Meine Finger haben sich gleich aufgelöst, so sehr knete ich die Haut, um nicht vollends den Verstand zu verlieren.

Wer bist du, Isaac?

Muss ich dich fürchten?

Wirst du mich ins Verderben stürzen oder bist du alles, was mir geblieben ist?

»Danke.« Mir fällt einfach nichts Schlagfertiges ein, was ich auf so eine Aktion erwidern könnte.

»Also«, setzt er an. Ich kralle meine Finger in den Stoff meiner Jeans, als er mich erneut mit diesem durchdringenden Blick ansieht. »Edinburgh?«

Schnell schüttele ich den Kopf. »Nein. Bitte nicht nach Edinburgh.«

»Nicht Edinburgh. Okay. Wohin dann? Glasgow?«

»Oh Gott, nein!«, unterbreche ich ihn erneut und konzentriere mich auf die Landschaft, die an mir vorüberzieht. Einzelne Häuser und flache Grundstücke. Dazwischen blitzt immer wieder das Meer hervor, über das wir gekommen sind.

»Okay. Langsam scheinst du munter zu werden. Freut mich, deine Bekanntschaft zu machen, Schneewittchen.«

Er hält mir seine Hand entgegen. Das erkenne ich im Augenwinkel. Doch ich ignoriere sie. Genau wie diesen bescheuerten Spitznamen, mit dem er mich ständig anspricht.

»Norden.«

»Bitte?«, hüstelt er, ganz offensichtlich äußerst amüsiert von meiner Art, die seit gestern sicher jeder Richter als Unzurechnungsfähigkeit durchgehen lassen würde. Ohne ihn anzusehen, sage ich, was mir soeben in den Sinn kommt. »Der Norden soll sehr schön sein.« *Hunter*. Es ist immer Hunter, der sich in meinen Kopf mischt. Letzten Sommer wollten wir nach Norden fahren. Er wollte surfen. Ich die Entfernung zu unserem Leben genießen. Dazu ist es nicht mehr gekommen. Weil die Mitgliedschaft bei den Lions ihn das Leben gekostet hat. Ihn und so viele andere. Mich zum Beispiel. Schnell rede ich weiter, um die Emotionen zu verdrängen, die sich bei der Erinnerung an meinen Bruder auf dem Surfbrett anschleichen. »Wusstest du, dass Dunnet Head der nördlichste Teil Schottlands ist? Man kann dort Wale beobachten und die Klippen führen fast neunzig Meter …«

»Hey«, unterbricht Isaac meinen Monolog und ich zucke zusammen, weil er seine Hand auf meine legt. Er drosselt unsere Geschwindigkeit und lenkt das Auto schließlich auf den Seitenstreifen. Der Schotter spritzt unter den Reifen hervor und mein Herz trommelt wild in meiner Brust. Schwer atmend sehe ich auf unsere Berührung. Es ist das zweite Mal, dass seine Hände auf meine treffen, und ich bin sicher, nie zuvor hat es sich so angefühlt, andere Haut auf meiner zu fühlen.

»Schon okay.« Ich sehe hoch in Isaacs Gesicht. Die Furche zwischen seinen Augen ist wieder da, dennoch ziert ein leichtes Lächeln seine Lippen. »Norden klingt eigentlich sogar richtig gut. Fahren wir nach Norden.«

Und damit drückt er kurz meine Finger, nur um seine Hand anschließend wieder wegzunehmen. Er zwinkert mir zu und schon im nächsten Moment reißt er das Lenkrad herum und steuert den Wagen in die andere Richtung.

Völlig überrumpelt von dem Gefühl, das seine Nähe in mir auslöst, wende ich mich ab und sehe aus dem Seitenfenster. Wir fahren an einer Schar Vögel vorbei, die vollkommen entspannt etwas aus dem Schotter des Seitenstreifens picken, von dem ich besser nicht so genau wissen möchte, was es ist.

Ich kann nichts dagegen tun, dass meine Mundwinkel mit jeder Sekunde langsam Stück für Stück nach oben wandern. Keine Ahnung, wer Isaac wirklich ist, aber mit einem hat er recht. Norden klingt wunderbar.

Weit weg vom College.

Weit weg von meiner Familie. Weg von meinen Geheimnissen und weit weg von dem, was Brexen und Kylee vor mir verbergen wollen.

»Also. Dunnet Head sagst du, ja?« Dabei tippen seine schlanken Finger auf dem Display des modernen Fahrzeugs herum. Sofort fällt mir der Siegelring auf, den er trägt. Einen ähnlichen trugen mein Vater und Hunter. Und auch Kester trägt einen Ring der Lions an seinem Finger. Dieser hier zeigt jedoch eine Burg und ein eingearbeitetes C. Kein Symbol, das ich kenne. »Dann haben wir knappe drei Stunden Zeit.«

»Wofür?«, murmele ich vor mich hin. Hätte mir jemand vor ein paar Tagen die Möglichkeit in Aussicht gestellt, ich würde mit einem attraktiven, zudem fremden Typen allein nach Dunnet Head fahren – ich hätte denjenigen für vollkommen verrückt erklärt.

»Um uns kennenzulernen. Wir wollen uns doch nicht vollkommen fremd sein, wenn unsere erste Urlaubsnacht anbricht, oder?«

Meine Augen werden mit jedem seiner Worte etwas größer und ich schnappe nach Luft, als er mir zur Krönung lasziv zuzwinkert. Isaac lacht nur über meinen offenbar schockierten Gesichtsausdruck.

»Gut, dass du Schneewittchen bist und nicht Dornröschen, hm?«, schmunzelt er und ich weiß nicht so genau, ob ich lachen oder weinen soll.

KAPITEL SECHS

»Und, was studierst du, wenn du nicht gerade vor irgendwem davonläufst?«

Isaac tunkt eine Pommes in Ketchup und ich starre wie eine Idiotin auf seine Lippen, als er sie sich in den Mund schiebt.

Die drei Stunden Fahrt nach Dunnet Head konnte ich einem persönlichen Gespräch aus dem Weg gehen. Die meiste Zeit waren wir mit dem Weg beschäftigt oder aber von der Natur vereinnahmt, die hier oben im Norden wirklich atemberaubend schön ist. Wir haben zunächst das Auto in Thurso abgestellt und sind in einem kleinen Pub direkt am Meer eingekehrt. Isaacs Magen hat die letzten Meilen laut vor sich hin geknurrt und auch ich konnte nicht leugnen, dass ich dringend etwas essen musste. So surreal die Situation auch ist, so normal muss sie für Außenstehende wirken. Ein ganz normales Paar, das am Mittag einen Snack zu sich nimmt. Nur dass wir das nicht sind. Und ich keine Ahnung habe, wie ich mit Isaac umgehen soll.

»Literatur.«

»Hm. Auch ein Bücherwurm also. Kommst du aus Inverness?«, nuschelt er, da er das Essen in sich hineinstopft, als wäre er kurz vorm Verhungern. Meine Anwesenheit scheint ihn nicht wirklich zu beeindrucken. Was ich von ihm nicht gerade behaupten kann. Zaghaft lasse ich meine

Pommes in die Mayonnaise tauchen und schüttele dabei den Kopf.

»Und du?«, frage ich, ohne ihn anzusehen. Er wirkt im Gegensatz zu mir tiefenentspannt. Mir bleibt jeder Bissen beinahe im Hals stecken. Mit jedem Schlag meines Herzens ist mir klar, wie dumm es war, mit ihm herzukommen. Am Arsch der Welt mit einem völlig Fremden, ohne irgendjemandem Bescheid zu geben. Ich muss vollkommen den Verstand verloren haben. Solche Situationen sind genau die, vor denen wir Mädchen gewarnt werden, seit wir klein sind.

»Ich komm aus London.« Isaac lehnt sich in dem kleinen unbequemen Stuhl zurück. Die Sonnenbrille verhindert, dass ich ihm in die Augen sehen kann. Immer wieder fährt er sich mit den Fingern durch die Locken, die ihm beim Essen in die Stirn fallen, und ich frage mich die ganze Zeit, wie sie sich wohl anfühlen mögen.

»Studierst du dort?«

Je mehr Fragen ich stelle, umso weniger muss ich beantworten.

»Es gibt nichts, was eine Uni mich für mein Leben lehren könnte.«

Ich kneife die Augen zusammen, doch auch dann kann ich seinen Gesichtsausdruck nicht deuten.

»Was tust du dann? Arbeitest du?«

»Du bist ganz schön neugierig. Ich glaube, du hast mir besser gefallen, als du noch geschwiegen hast.«

Bei seiner Bemerkung ziehe ich die Unterlippe zwischen die Zähne und spiele mit einer Pommes auf meinem Teller. Er ist fast unangetastet, weil ich einfach nichts runterkriege.

»Das war ein Scherz, Fenella. Mann, du musst wirklich mal anfangen, dich locker zu machen. Ich werde dich schon nicht auffressen.«

Zaghaft hebe ich den Kopf und lächele. Zumindest glaube ich, dass es ein Lächeln sein soll, was meine Mundwinkel da fabrizieren.

»Na ja. Es ist nur ...« Gott, ich kann einfach nicht in sein

Gesicht sehen. Die markanten glattrasierten Wangen. Eingerahmt von dem Blau des Meeres im Hintergrund. Jeder Windstoß weht eine Brise seines herben Geruchs zu mir und bringt mich völlig durcheinander.

»Ja?«

Den Blick wieder auf den Teller gerichtet, versuche ich in Worte zu fassen, was mich beschäftigt.

»Ich kenn dich nicht. Wahrscheinlich war es dumm von mir, einfach in dein Auto zu steigen, und in Anbetracht der Tatsache, was auf dem Boot geschehen ist, hätte ich vielleicht einfach davonlaufen sollen.«

Isaac lässt die Pommes zurück auf seinen Teller sinken. Fast synchron heben wir den Kopf. Dann schiebt er sich die Sonnenbrille auf den Kopf und trifft mich mit seinem durchdringenden Blick direkt in meine Seele.

»Hör zu, Fenella. Ich weiß, das hier ist ein bisschen seltsam. Für mich genauso wie für dich. Wie es scheint, gibt es einiges, was wir voneinander nicht wissen, und vielleicht ist das auch besser so. Fakt ist allerdings, dass von mir keine Gefahr für dich ausgeht, solange du mich nicht verarschst. Wir haben mit den Lions einen gemeinsamen Feind. Das ist unser Nenner. Und ...« Er sieht hinaus auf das wild tobende Meer und reibt sich mit einer Hand über den Nacken. »Anscheinend brauchen wir beide eine Auszeit von unserem Leben. Also lass es uns nicht verkomplizieren. Wir sind hier. Am Dunnet Head. Die Sonne scheint. Wir sind jung, sehen gut aus und sind gesund. Vielleicht sollten wir einfach das Leben genießen.« Mit einem schelmischen Lächeln im Gesicht zwinkert er mir zu.

Ich kaue und kaue, doch der letzte Bissen meiner Pommes will einfach nicht durch meinen Hals, seit er mich als hübsch bezeichnet hat. Ja klar, uns beide. Aber dass er hübsch ist, ist offensichtlich. Isaac ist der Typ, der Plakatwände zieren könnte. In Unterwäsche, mit eingeöltem Körper und schiefem Grinsen auf dem Gesicht. Er ist der Typ Mann, dessen Charme Frauen sofort erlegen sind, wenn er es darauf ankommen lässt. Nur dass ich leider nicht diese Art von Frau bin.

So sehr ich ihm glauben möchte, dass unsere Zeit hier einfach nur eine Art Urlaub wird, kann ich mein Gehirn nicht vollends ausschalten. Immerhin habe ich alle Menschen verlassen, die ich kenne, und es fühlt sich seltsam an, mit ihm hier zu sitzen. Nicht, dass ich es tief in meinem Inneren nicht genieße, einfach mal über die Stränge zu schlagen. Aber er macht mich unsicher. Und Unsicherheit ist etwas, das labile Menschen wie ich nicht gebrauchen können. Zumal schwirren so viele Fragen in meinem Kopf. Ich mache mir nicht nur Sorgen um mich.

»Schön. Also gesetzt den Fall, ich glaube dir. Darf ich dich trotzdem noch etwas fragen?«

»Nur zu«, fordert er mich winkend auf und macht sich weiter an seinen Pommes und den Fisch-Nuggets zu schaffen. »Frag alles, was du willst. Ich habe zwar eine Menge Geheimnisse, aber ich bin immer gern bereit zu teilen«, murmelt er zwinkernd. Selbst mit Ketchup im Mundwinkel sieht er umwerfend aus. Doch ich darf mich nicht von seinem Äußeren täuschen lassen.

»Würdest du Brexen und Kylee irgendwie schaden?«

Meine Frage mag bescheuert klingen und wahrscheinlich würde er sie auch nicht beantworten, wenn es so wäre. Und dennoch muss ich es aus seinem Mund hören. Denn auch, wenn Kylee vielleicht nicht ehrlich zu mir war, ist sie meine Freundin, und die Vorstellung, jemand könnte ihr oder dem Kleinen wehtun ...

»Nein«, unterbricht Isaac meine Gedanken. »Natürlich nicht. Brexen ist mein Leben lang so etwas wie ein Bruder für mich gewesen. Ich würde niemals etwas tun, was ihn oder seine Familie in Gefahr bringt. Wenn du mir irgendetwas glauben kannst, dann das.«

»Du bist nicht Kylees Cousin, oder?«, schlussfolgere ich, was mir schon länger klar ist.

»Nein«, lacht Isaac und wirft dabei den Kopf in den Nacken. Nachdem er sich wieder gefangen hat, nimmt er einen

Schluck aus seiner Coladose. Sein Adamsapfel hüpft, während er schluckt, und ich starre auf das kleine Tattoo an seinem Hals. Knapp unter seinem Ohr ist eine winzige Sonne in seine Haut gestochen. Sie sieht aus, als gehöre sie einfach dorthin. »Hat sie das erzählt?« Nach wie vor lachend sieht er mich an und ich verziehe die Lippen zu einer Schnute, weil ich wahrscheinlich schon wieder zu viel verraten habe. Dabei entweicht mir ein minimales Lachen und ich nicke zaghaft.

Wenigstens glaube ich ihm. Vielleicht hat Isaac recht. Wir müssen nicht alles voneinander wissen. Ich sollte mich einfach entspannen. Oder es zumindest versuchen. Mir ein bisschen die Gegend ansehen, nachdenken und mir einen Plan überlegen, wie es nach dieser kleinen Auszeit für mich weitergeht. Denn eins ist sicher. Irgendwann wird die Realität mich einholen. Ob ich nun bereit dafür bin oder nicht.

»Hier steckst du.« Ich verbiete es mir, den Kopf zu drehen, um Isaac anzusehen. Den ganzen Tag schon habe ich das Gefühl, ich starre ihn übertrieben oft an.

Vielleicht bilde ich mir das aber auch nur ein, weil meine Gedanken sich keine Sekunde von ihm entfernt haben.

Nachdem wir unser Gepäck in die kleine triste Pension geschleppt haben, war es schlussendlich das orangene Licht, das mich erst Stunden später wieder nach draußen gelockt hat. Es waren nur wenige Schritte über die kaum befahrene Straße, um die Sonne zu sehen, die sich wie ein riesiger orangefarbener Ball langsam dem Meeresspiegel näherte.

»Ja, hier stecke ich«, murmele ich und ziehe die Knie noch dichter an den Körper. »Das ganze Zimmer hat förmlich geschrien: Sieh dir den Sonnenuntergang an, Fenella!«

Jetzt, da Isaac sich mit seiner schwarzen engen Jeans und den schweren Stiefeln neben mir in den Sand sinken lässt, wage ich doch einen kurzen Blick in seine Richtung.

Im warmen Licht der Abendsonne leuchtet seine Haut regelrecht. Jedes Mal, wenn ich seine geradlinigen Gesichtszüge betrachte, stelle ich ihn mir als Model in irgendeiner Londoner Zeitung vor. Wer weiß, vielleicht modelt er ja tatsächlich. Egal, in welche Richtung meine Gedanken ihn betreffend auch wandern, eins ist klar: Ich habe keine Ahnung, wer der hübsche Kerl neben mir wirklich ist.

»Immer wieder ein Wunder, oder?« fragt er und sieht dabei gedankenverloren aufs Meer. Er hat die Ellbogen auf die Knie gestützt und die Hände lässig gefaltet.

»Das Meer meinst du?«

»Nein«, schmunzelt er und sieht zu mir herüber. Unsere Blicke verharren einen Moment zu lange ineinander, um als normaler Augenkontakt durchzugehen. »Dass sie jeden Abend verschwindet, nur um es morgen früh wieder zu probieren, ganz gleich, wie beschissen der Tag auch war.« Er nickt Richtung Sonne, die selbst am späten Abend noch unsere Gesichter wärmt.

»Du weißt schon, dass es die Erde ist, die sich dreht. Die Sonne ist ein sturer arroganter Himmelskörper, der sich nicht vom Fleck bewegt.«

Gleichzeitig wenden wir uns wieder dem dicken orangenen Ball zu.

Isaacs Schultern beben unter seinem schallenden Lachen. »Du bist witzig«, neckt er mich und stupst mich mit der Schulter an. Ich versuche es zu unterdrücken und hoffe, er merkt nicht, dass ich unter der kurzen Berührung zusammengezuckt bin. Anscheinend ist es ihm entgangen. Zum Glück.

Stattdessen sieht er gespannt an den Horizont. »Gleich kannst du es zischen hören«, lacht er und schüttelt immer noch schmunzelnd über meinen Kommentar den Kopf.

»Ha ha ... dieses Märchen hat meine Mum mir und meinem Bruder auch immer erzählt. Ich kann mich noch gut erinnern, wie wir als Kinder in jedem Urlaub still dagestanden sind. Wir waren so enttäuscht, weil es nie laut genug gezischt hat, dass wir es hören konnten.«

»Ich hab's in irgendeinem Film gesehen und muss seither immer dran denken, wenn ich sehe, wie die Sonne das Wasser berührt.«

Sein Gesicht verfinstert sich und er legt das markante Kinn auf die Hände.

»Warst du nie mit deiner Familie am Meer?«

»Schneewittchen«, seufzt er, »nicht jeder lebt ein Leben wie im Bilderbuch.« Die Zähne fest aufeinandergebissen, wende ich mich von ihm ab und sehe zurück aufs Meer. Die Wellen schlagen unaufhaltsam an den Strand und hinterlassen Algen und Muscheln im feuchten Sand. Isaacs Kommentar sollte mich nicht kränken und doch tut er es, ohne dass ich etwas daran ändern kann. Mein Leben ist nämlich alles andere als eine Bilderbuchgeschichte. Eher ein Horrorfilm. »Es liegt sicher nicht an irgendwelchen Kindheitserinnerungen, aber ich liebe das Meer«, spricht er weiter. Vielleicht, weil er gespürt hat, dass ich nichts erwidern werde. »Ich hab einige Wochen in meinem Leben auf einem Segelschiff verbracht. Das ist etwas, woran ich mich gern erinnere. Auf dem Wasser hat man irgendwie das Gefühl, frei zu sein.«

»Bist du nicht seekrank geworden?«, frage ich und versuche erst gar nicht mein Lachen zu verstecken. Ich kann ihm nicht vorwerfen, wenn solche Anspielungen bei mir direkt im Herz landen. Immerhin hat er keine Ahnung von meiner Kindheit. Genauso wenig wie ich von seiner. Außerdem ist es schön, etwas mehr über ihn zu erfahren.

Ich bin nicht so naiv zu glauben, dass Isaac ein ganz normaler Typ ist. Aber wenn er unbeschwert wie jetzt gerade neben mir im Sand sitzt, könnte man meinen, wir wären zwei ganz normale junge Erwachsene, die sich kennenlernen.

»Niemals«, erwidert er mit einem Strahlen im Gesicht. Ganz gleich, welchen Ausdruck dieser Mann nach außen trägt, er sieht immer umwerfend aus, aber wenn er lacht, verschlägt es einem fast die Sprache.

»Ich war noch nie für längere Zeit auf einem Boot, aber

ich glaube, es könnte mir gefallen.« Meine Stimme ist dünn und meine Hände schwitzen. *Mit dir könnte es mir gefallen* ... bringt mein Gehirn den Gedanken zu Ende.

Da Isaac nichts auf meine Worte erwidert, beschließe ich, ihm auch etwas von mir zu erzählen.

»Ich liebe das Wasser. Als Kind war ich eine hervorragende Schwimmerin. Ich habe dreimal die Woche trainiert.«

»Ja?«, fragt er interessiert und legt seinen Kopf auf die Seite, um mich anzusehen. Dieser Moment ist so herrlich normal, dass ich schon kurz davor bin, zu entspannen. »Und jetzt nicht mehr?«

Leider gibt es keinen Ort, an den meine Schatten mich nicht verfolgen.

»Nein. Als ich vierzehn war, habe ich aufgehört. Weil ich ... nicht mehr wollte.« Weil mein Onkel meinen Eltern angeboten hat, mich zum Unterricht zu begleiten, und ich seinen Blick nicht ertragen konnte.

»Na ja, du siehst auch eher aus wie ein Schneewittchen als eine Arielle.«

»Ha ha«, meckere ich ohne Nachdruck. Inzwischen ist die Sonne bis zur Hälfte hinter dem Meer verschwunden. Der Himmel wird von zarten Rottönen durchzogen.

»Ich kann immer noch nicht fassen, dass du die Sonne einen sturen Planeten genannt hast.« Er lacht kurz auf. »Warte. Einen sturen, arroganten Planeten.«

»Himmelskörper. Denn die Sonne ist ein Stern. Kein Planet. Außerdem ist es nicht das Schlechteste, stur und arrogant zu sein«, kichere ich dabei.

»Bist du es?« Obwohl ich geradeaus sehe, spüre ich seinen Blick überdeutlich auf mir.

»Stur und arrogant?«, frage ich eine Spur zu schrill. »Nein.« So schnell meine Nackenmuskulatur es zulässt, schüttele ich mit dem Kopf.

Als eine Zeit lang nur die Wellen an den Strand schwappen und keiner von uns etwas sagt, wage ich es, mich wieder meinem Nebenmann zuzuwenden. Mit einem jungenhaften Lächeln betrachtet er mich.

»Wenn wir Planeten wären oder aber – für die Klugscheißer unter uns – Himmelskörper, dann wäre ich deiner Ansicht nach wohl die Sonne.«

Ohne es zu wollen, breitet sich ein Lächeln auf meinem Gesicht aus. Ich spüre die Wärme seines Körpers so, wie ich die der Sonne spüren kann.

»Mag sein«, flüstere ich und senke den Kopf. Vielleicht ist er wirklich wie die Sonne. Protzig, heiß wie die Hölle und immer da. Allerdings habe ich in der Schule aufgepasst. Ich weiß, wie gefährlich die Sonne ist. Man sollte niemals ungeschützt oder zu lange hineinsehen. Und wenn man sich ihr nähert, verbrennt man mit Haut und Haaren. Und ich denke, auch diese Eigenschaften teilen sich die zwei.

Gedankenverloren schaue ich auf den Horizont. Wenn Isaac die Sonne ist, gleiche ich wohl dem Mond, der sich nur hervorwagt, wenn alles andere in der Welt zum Stillstand kommt. Heimlich, still und leise ist er da und begleitet die Menschen durch die dunkelste Nacht.

Mein Seufzen fällt lauter aus als geplant.

Noch bevor der sture Stern komplett hinter dem Wasser verschwunden ist, klopfe ich mir den Sand von den Händen. »Ich sollte ins Bett gehen.« Wahrscheinlich hört er mich nicht mal, weil ich so leise spreche. »Es war ein langer Tag.«

»Okay«, murmelt Isaac »Dann sehen wir uns wohl morgen.«

»Ja«, seufze ich, während ich mich erhebe. »Wir sehen uns morgen.«

Denn er wird wieder aufgehen. So wie die Sonne.

KAPITEL SIEBEN

Durch das gekippte Fenster weht eine leichte Brise vom Strand in mein stickiges Zimmer. Es ist weder schön noch hässlich. Es ist einfach ein Zimmer. Ein Bett. Ein Schrank. Ein Stuhl und ein Tisch. Die roten Vorhänge hängen genauso schlaff zu den Seiten des Fensters herunter, wie ich mich inzwischen fühle.

Drei Tage sind wir jetzt hier. Drei Tage, seit unserem letzten richtigen Gespräch am Strand. Drei Tage, in denen wir umeinander herumgeschlichen sind. Wie zwei Tiere, die sich beschnuppern, aber noch nicht recht entscheiden können, ob sie sich akzeptieren oder sich in Stücke reißen sollen. Immer wieder hat Isaac seinen Kopf zu meiner Tür hereingestreckt und gefragt, ob alles okay ist. Anfangs fast stündlich. Entweder weil er besorgt war oder weil er mir nach wie vor nicht traut. Ich weiß es nicht und es ist mir auch egal. Jedes einzelne Mal, wenn er sich erkundigt hat, ob alles fit ist, habe ich bejaht. Das tut man doch im Grunde immer, wenn man diese Frage gestellt bekommt. Auch wenn offensichtlich ist, dass nicht alles in Ordnung ist. Seit unserer Ankunft drehen meine Gedanken sich von früh bis spät im Kreis. Isaac ist, wie er gesagt hat, wie die Sonne. Er geht morgens auf und abends wieder unter, während ich mich um meine eigene Achse drehe und nicht weiß, in welche Richtung ich gehen sollte.

Wenn ich ihn zum Frühstück oder zum Abendessen in den kleinen stickigen Speisesaal begleitet habe, beschränkten sich unsere Gespräche auf das Wetter, die Gegend oder anderes unwichtiges Zeug.

Ich habe nie versucht darüber hinaus Kontakt aufzunehmen. Weil ich Angst hatte, ich könne mir die Finger verbrennen. Wahrscheinlich hat er schnell gemerkt, dass ich der langweiligste Mensch auf der Welt bin. Immerhin habe ich dieses Zimmer seit drei Tagen so wenig verlassen, dass ich weiß, wie viele Dielen auf dem Boden verlegt sind. Isaac scheint im Gegensatz zu mir nicht der Typ zu sein, der lange stillsitzen kann. Er hat das Interesse, mir beim Lesen zuzusehen, schnell verloren und lässt mich immer öfter allein.

Die Zeit, in der er sonst was tut, liege ich hier und denke nach. Oder ich lese. Ich glaube, der eigentliche Grund, warum ich Literatur studiere, ist der, dass man nirgendwo auf der Welt so gut vor der Realität fliehen kann als in Büchern. Zumindest mir gelingt es, zwischen den Seiten abzutauchen und alles andere drum herum zu vergessen. Das ist, wie wenn man in der Badewanne die Augen schließt und unter Wasser taucht. Die Welt ist zwar noch da, aber sie klingt dumpf und weit weg.

Blöd nur, dass alle Bücher irgendwann zu Ende sind, einem die Luft ausgeht und man kurz wiederauftauchen muss. So ein Moment ist heute.

Von draußen klingen immer wieder Stimmen vorbeigehender Touristen herein und lassen mich aufhorchen. Als ich auf Eilean Ross war, habe ich mich wesentlich sicherer gefühlt. Eine einsame Insel. Kein Mensch weit und breit. Keine Gefahr außer einem knurrigen Freund, den ich nicht einzuschätzen wusste.

Doch hier in einer vollen Stadt, noch dazu zur Urlaubssaison, bin ich permanent nervös.

Seit mittlerweile dreizehn Tagen habe ich mich nicht mehr bei meiner Familie gemeldet. Meinen Eltern habe ich nichts von meinen Plänen erzählt, das College zu verlassen. Denn wenn ich zwischen meinem Elternhaus und den

Lions entscheiden müsste, wäre das eine Wahl zwischen Pest und Cholera.

Sicher sind sie alle bereits in Alarmbereitschaft. Ich möchte wetten, mein Vater hat Kester kontaktiert und die Lions sind schon drauf und dran, meine Fährte aufzunehmen. Ich weiß das und es macht die Situation, in der ich mich befinde, nicht gerade besser. Sie nennen sich nicht ohne Grund Löwen. Sie sind Jäger und sie werden nicht ruhen, ehe sie mich haben. Sie werden meine Spur bis ans Ende der Welt verfolgen und jeden ausschalten, der sich ihnen in den Weg stellt.

Isaac scheint im Gegensatz zu mir seine Auszeit zu genießen. Zuletzt habe ich ihn gesehen, als er am Nachmittag hier war, um irgendwas aus seinem Rucksack zu holen, das für mich stark nach Drogen aussah. Super. Irgendwie hat er damit meine Laune auf den Nullpunkt befördert. Daran kann auch Kylees neuer Roman nichts ändern. Schon zweimal musste ich wieder von vorne anfangen, weil meine Konzentration mich im Stich lässt. Ich kann mich nicht auf eine fiktive Romanze einlassen, wenn mein Blick immer wieder durch die angelehnte Verbindungstür zu Isaacs Zimmer wandert. Jap. Eine Verbindungstür.

Es waren die letzten freien Betten in ganz Thurso. Als ich bemerkt habe, dass die Verbindungstür keinen Schlüssel hat, stand ich kurz vor einer Panikattacke, die Isaac zum Glück nicht mitbekommen hat, weil er nur mit einem Handtuch um die Hüften in unser Gemeinschaftsbad verschwunden ist. Das winzige Kämmerchen ist von seinem wie auch von meinem Zimmer begehbar. Großartig! Ich schlafe so gut wie gar nicht. Gut, dass ich darin Übung habe. Ich weiß, wie es ist, im Bett zu liegen und auf das Monster zu warten, das sich hereinschleicht, wenn es dunkel wird.

Ihm schien die Sache mit der Verbindungstür nicht besonders viel auszumachen. Immerhin war er derjenige, der sie offen stehen gelassen hat.

Vielleicht sollte ich sein Gepäck durchsuchen? Andererseits: Was, wenn er mich erwischt? Wenn er es bemerkt?

Auch ohne diese Vorstellung wandern meine Gedanken immer wieder zurück auf das Boot. Zu dem Moment, in dem er mich an der Kehle über die Reling gedrückt hat. So charmant, wie Isaac sich auch geben mag – er ist undurchschaubar für mich. Ein nicht zu durchblickender Nebel, der dicht in meinem Kopf schwebt und alles andere darin umhüllt. Er nimmt mir die Schärfe, zu sehen, und das gefällt mir nicht.

Stöhnend lege ich das Buch auf die Seite und ziehe die Knie an den Körper. Zu meinen kurzen Schlafshorts trage ich ein dunkles Männershirt. Das Top, das eigentlich zu den Shorts gehört, habe ich aufgrund der Verbindungstüren weit unten im Rucksack gelassen. Außerdem ist das alte schwarze Shirt meines Bruders wie ein Panzer für mich. Darin fühle ich mich sicher. Allerdings nicht sicher genug, denn als ich vor der Eingangstür, die direkt auf den Gehweg mündet, eine Menschenmenge reden und lachen höre, zucke ich erneut zusammen. Es sind einige Stimmen. Männer grölen laut und offensichtlich betrunken, die Mädchen kichern dazu. Sie feiern und genießen ihr Leben. So wie ich es niemals getan habe. Jemand poltert gegen meine Zimmertür und ich umklammere meine Beine so fest ich kann.

Stumm sende ich Gebete ins Nirgendwo, sie mögen einfach weiterziehen, ihre Party woanders abhalten. Doch wie immer bleiben meine Wünsche unerfüllt. Das wird mir spätestens in dem Moment klar, in dem ich einen Schlüssel in Isaacs Zimmertür höre. Ich höre, wie er sich von der Menschenmenge verabschiedet. Es ist zu spät, um aufzuspringen und die dämliche Verbindungstür zu schließen. Ich höre ihn bereits im Zimmer. Und er ist nicht allein. Die Tür wird zugeworfen, die Menschen vorm Haus verschwinden nach und nach, und zurück bleiben schmatzende Geräusche und ein Stöhnen, das mich dazu bringt, mir die Hand vor den Mund zu legen.

Gerade als ich aufstehen will, um ihn und seine Begleitung schnell auszusperren, schiebt sich das knutschende

Paar vor den Türspalt, sodass ich es sehen kann. Isaac, dessen Hand auf dem Hintern einer Blondine liegt, ist in diesem Stück ganz offensichtlich der Dirigent und zeigt ihr, was er erwartet. Ihre Beine sind lang und sonnengebräunt, eins davon hebt sie leicht an, um es an seinem Oberschenkel zu reiben. Ihre Hände fahren über seine Schultern, in seinen Nacken und ziehen ihm schließlich das schwarze Shirt über den Kopf. Sein straffer Oberkörper glänzt im letzten Licht des Tages. Auf seiner Flanke prangen einzelne Tattoos. Ich kann nicht erkennen, was es für Bilder sind, die seine Haut zieren. Nicht solange das Mädchen derart stöhnt, weil er ihren Kopf schief legt, um sie daraufhin noch dringlicher zu küssen.

Ich kann mich nicht bewegen. Mein Körper hat keinerlei Funktionen mehr. Nur mein Herz schlägt tapfer weiter.

Isaacs Finger lösen ihr das Bikini-Oberteil im Rücken und im gleichen Moment setzt mein Herzschlag einen Takt aus.

Weil er mich ansieht.

Über ihre Schulter, seine Zunge nach wie vor in ihrem Mund, starrt er mich durch die geöffnete Tür an. Auch ohne seine Lippen sehen zu können, möchte ich behaupten, er lächelt.

Mein Mund ist staubtrocken. Ganz gleich, wie oft ich schlucke, es ist einfach nichts da, was ich durch meine ausgedörrte Kehle zwingen könnte.

Isaac legt seine Hände auf die Schultern seiner Gespielin und dirigiert sie auf die Knie. Im Augenwinkel erkenne ich, wie sie seiner Bitte nachkommt, doch ich kann meinen Blick nicht von seinen Augen abwenden. Wie ein Magnet ziehen seine blau funkelnden Iriden meine an und halten sie gefangen. Am Ende ist es das Geräusch eines öffnenden Reißverschlusses, der mich aus meiner Schockstarre befreit. Sofort beginne ich, aus dem Bett zu krabbeln, und will die Tür schließen.

Die Türklinke schon fast in Reichweite, wage ich noch

einen Blick von dem fleckigen Teppich hoch in sein Gesicht und meine Füße bewegen sich plötzlich nicht mehr. Wie erstarrt bleibe ich auf der Stelle stehen und sehe in sein finsteres Gesicht. In Zeitlupe schüttelt er den Kopf und hindert mich daran, dieser Situation ein Ende zu bereiten.

Von dem Schock in einen totalen Stillstand gefallen, sind meine Augen das Einzige, was sich noch bewegt. Und da das alles ist, was mir geblieben ist, lasse ich, ohne mich zu rühren, meinen Blick schweifen. Die Blonde, die auf den Knien mit dem Rücken zu mir vor Isaac hockt, hat seine Hosen heruntergeschoben und reibt über seinen Penis. Ich kann ihn nicht sehen und bin irgendwie froh darum.

»Hm«, stöhnt Isaac. Er hat ihre langen Haare zusammengepackt und fixiert so ihren Kopf. »Das wird dir gefallen, Schneewittchen«, brummt er und sofort hebe ich den Blick, nur um unmittelbar auf ein fieses Grinsen zu stoßen. Er meint mich. Das sehe ich in seinem Gesicht. Er redet mit mir, während sie keine Ahnung hat, dass sie in einem solch intimen Moment beobachtet wird. Ich möchte wegsehen. Mich umdrehen und gehen oder ihn anschreien, wie pietätlos er sich benimmt. Doch stattdessen bleibe ich stehen und sehe wieder hinab. Er hat sie etwas zur Seite geschoben, sodass ich freien Blick darauf habe, wie das Mädchen ihren Mund öffnet und er seinen wirklich großen Schaft zwischen ihre Lippen schiebt. Eine Szene wie diese habe ich nie zuvor gesehen. Ich habe davon gelesen, ja, das schon. Doch nie war ich live dabei oder habe es gar selbst erlebt.

Meine Emotionen schwanken zwischen beschämt, fasziniert und neugierig. Und ich kann einfach nicht wegsehen. Wie bei einem verdammten Autounfall sind meine Augen auf den Unfallort gerichtet. Nur dass es hier keinen Blechschaden gibt, sondern ich Zeuge davon werde, wie Isaac sich in immer schneller werdendem Tempo in den Rachen einer Frau schiebt. Die Blondine keucht und zwischendurch habe ich das Gefühl, sie würgt, doch er hält ihren Hinterkopf samt Pferdeschwanz fest umklammert und stößt in ihren Mund.

»Was willst du, hm?«, presst er zwischen zusammengebissenen Zähnen hervor. »Einen richtigen Fick? Oder bringen wir es so zu Ende?«

Sie lässt seinen Schwanz ploppend aus ihrem Mund gleiten und ich kann nur auf die Feuchtigkeit starren, die sich um seine zart aussehende Haut gelegt hat.

»Ich will, dass du mich fickst«, erwidert sie. Ihre Stimme klingt kratzig und sie lallt leicht. Als sie ihre Zunge an seiner Länge entlanggleiten lässt, er aber in keiner Weise auf ihre Antwort reagiert, sehe ich auf.

Unsere Blicke treffen sich. Ich hier, auf meiner Seite des Zimmers mit Schlafshorts und einem Shirt meines Bruders, das mir beinahe bis zu den Knien reicht. Er auf seiner Seite, eine Blondine vor seiner Erektion, die darauf wartet, wie es weitergeht. Und dann verstehe ich es.

Er hat nicht sie gefragt.

»Ja?«, hakt er nach und blickt mir dabei so tief in die Augen, dass mir schwindelig wird. Mit einer Hand stütze ich mich gegen die Tür. Bilde ich mir die Verbindung, die unsere Augen zueinander haben, nur ein? Ist er vielleicht doch nur ein perverses Schwein, das darauf steht, beim Sex beobachtet zu werden? Tausend solcher Fragen schießen mir durch den Kopf und ich merke vor lauter Gedanken-Hurricane nicht mal, dass ich nicke.

Erst als ein triumphierendes Grinsen auf Isaacs Gesicht erscheint und er mein Nicken schlicht erwidert, begreife ich, was hier gerade passiert.

Ohne zu zögern zieht er seine Auserwählte kraftvoll an ihrem Pferdeschwanz auf die Füße und drückt ihren Oberkörper auf den kleinen Tisch, den es auch in meinem Zimmer gibt. Dabei achtet er darauf, dass sie ihren Kopf von mir abgewendet hält.

Noch bevor ich meine Entscheidung zurücknehmen kann, weil ich das hier auf gar keinen Fall sehen möchte, schiebt er mit einem Bein ihre auseinander. Dabei hält eine seiner Hände nach wie vor ihren Zopf fixiert, mit der anderen massiert er sich selbst, und ich kann nur auf seine Eichel starren, auf der Feuchtigkeit glänzt.

»Bereit, Schneewittchen?«, lacht er laut und dreckig. Das Mädchen stöhnt etwas Unverständliches, während ich ihm in die Augen sehe, die wiederum mit gierigem Ausdruck an meinem Körper entlangwandern. Er starrt auf meine Beine und als seine Lider flattern, sehe ich hinab, wo er sich in diesem Moment Zentimeter für Zentimeter von hinten in die Fremde versenkt und dabei quälend aufstöhnt. »Nicht schlecht«, knurrt er dabei und entlässt ihren Kopf, nur um mit beiden Händen ihren Hintern auseinanderzuziehen. Dadurch habe ich direkten Blick darauf, wie er in ihre Feuchtigkeit taucht.

Mein Herz rast. Schneller als je zuvor.

Mir ist heiß.

So unfassbar heiß.

Wie Fieber.

Nur schmerzhaft.

Mein Unterleib verkrampft sich und ich weiß nicht, wie lange ich noch aufrecht stehen kann.

Isaac erhöht schnell sein Tempo und vollkommen emotionslos stößt er immer wieder in die Frau, die mit dem Gesicht förmlich auf dem kleinen Holztisch klebt. Sie stöhnt und quietscht und ... dann wendet sie ihren Kopf und sieht mich an.

Schockiert, dass unsere Blicke sich treffen, sehe ich hilfesuchend zu Isaac, der erst mich, dann seine Partnerin ansieht. Doch wider all meiner Erwartungen keucht sie nur noch lauter und er legt den Kopf in den Nacken und lacht. Laut und herzhaft lacht er dreckig hinüber in mein Zimmer. Die Schwelle zu meinem Zimmer hält weder seinen Hohn noch meine Scham auf. So wie ihre Körper immer schneller aufeinanderklatschen, treffen sich die Emotionen in der Mitte und laden den Raum mit maximaler Spannung auf.

In dem Moment, in dem die Blondine in schrill hohen Tönen zum Höhepunkt kommt, schlage ich die Tür zu und verstecke mich so schnell ich kann unter meiner Decke. Allein mit meinem rasenden Herzen und meinem schnellen Atem. Allein mit dem Pochen zwischen meinen Schenkeln und der Scham darüber.

Doch wie immer lässt sich die Realität nicht aussperren. So kriechen alle Gefühle unter meine Bettdecke und mit ihr das grölende Lachen von Isaac, gefolgt von einem animalischen Knurren, als scheinbar auch er zum Ende kommt. Ich halte mir die Ohren zu und versuche, mich auf etwas anderes zu konzentrieren. Doch da ist nichts in meinem Kopf. Nichts außer den Bildern, die ich selbst durch die geschlossene Tür noch immer sehen kann. Auch, als irgendwann die Tür geknallt wird und es schließlich mucksmäuschenstill wird, kann ich das Blut in meinen Adern förmlich rauschen hören. Denn das Schlimmste an diesem Abend ist, dass ganz gleich, was ich mir versuche einzureden: Es hat mir gefallen, ihm zuzusehen.

KAPITEL ACHT

»Ich will nicht, dass du mich anfasst.« Ich schiebe meinen Onkel an seiner massigen Brust zurück, doch statt zu einem schockierten Gesicht verziehen sich seine Mundwinkel zu einem ekelerregenden Grinsen.

»Noch nicht, meine Kleine. Aber bald. Bald bist du so reif wie ein süßer Pfirsich und dann gehörst du mir. Und du wirst es lieben, meine Hände auf deinem Körper zu spüren.«

Seine Hand liegt noch immer an meiner Wange, unbeirrt davon, wie sehr mich das anwidert. Im Erdgeschoss höre ich die Haustür ins Schloss fallen, doch noch ehe ich einen Ton von mir geben kann, legen sich seine schwitzigen Finger auf meine Lippen. Ich muss würgen. So gut es geht, versuche ich ruhig durch die Nase einzuatmen, doch es ist sein Parfüm, das dadurch in meinen Körper strömt und meinen Ekel vervielfacht. Ruckartig schiebt er mich gegen die Wand in meinem Rücken. Sein ganzer Oberkörper presst sich gegen meinen und ich spüre seine Härte an meinem Bauch.

»Kein Wort, mein Engel. Oder du siehst deinen geliebten Bruder nicht wieder. Dann sorge ich dafür, dass er ohne dich ans College geht. Möchtest du das?« Er droht mir nicht oft mit dieser Schärfe in der Stimme, doch wenn, dann glaube ich ihm jedes Wort. Entsetzt reiße ich die Augen auf und schüttele den Kopf. »Dann wirst du deinen hübschen Mund halten?« Sofort nicke ich. Allein die Vorstellung, dass Hunter *ohne mich weggeht, bringt mich um. »Mein braves Mädchen«, stöhnt er beinahe und sein Mund berührt dabei schon fast mein Ohr. »Nur noch wenige Monate«, flüstert er und Tränen laufen über meine Wangen. »An Weihnachten wirst du mir ein besonderes Geschenk machen, mein Engel. Dann gibst du mir deine Unschuld.«*

Bevor seine Zunge meine Wange berührt, schrecke ich hoch. Ich brauche einen Moment, um mich zu orientieren. Rote Vorhänge, dunkle Möbel. Das Meeresrauschen von Dunnet Head im Hintergrund.

Schwer atmend fällt mein Blick zu der Verbindungstür.

Sie steht offen.

Mein Kopf fühlt sich grauenvoll an und ein stechender Schmerz schießt in meine Schläfen, als ich mich aufsetze und mir den Schweiß aus dem Gesicht wische. Es ist lange her, dass Fearghas mich in meinen Träumen verfolgt hat. Ich hatte mich schon beinahe daran gewöhnt, zu schlafen, ohne von Albträumen erschüttert zu werden.

Erst nach wenigen Minuten tauchen die kompletten Erinnerungen an die vergangene Nacht wieder vor meinem inneren Auge auf und ich lehne mich zaghaft zur Seite, um in Isaacs Zimmer zu sehen. Die Laken auf seinem Bett sind zerwühlt, aber er scheint nicht da zu sein. Zumindest kann ich nichts hören, und so schleiche ich barfuß durch das altmodische Zimmer und luge durch den Türrahmen. Über jene Schwelle, die so etwas wie eine unsichtbare Grenze zwischen uns darstellt. Eine Grenze, die letzte Nacht überschritten wurde.

Zu meinem Glück ist sein Zimmer leer und meine Schultern sacken auf dem Rückweg zu meinem Rucksack herunter. Schnell fische ich ein T-Shirt und eine Leggings aus meinem Gepäck und mache mich auf den Weg zur Dusche.

Ich brauche ganz dringend eine Abkühlung.

In meinem Kopf vermischt sich Gutes mit Schlechtem. Gewolltes mit Ungewolltem.

Seit ich das Cluaran-College verlassen habe, scheinen die Dämonen der Vergangenheit meine Spur wiederaufgenommen zu haben. Es wirkt fast, als hätten sie es nicht durch die dicken Mauern des Colleges geschafft und hätten nur darauf gelauert, dass ich das Gelände verlasse und sie mich erneut in die Knie zwingen können.

Doch zwischen all die bösen Erinnerungen mischt sich immer wieder Isaac. Als ob ihn jemand geschickt hat, um die schlechten Erinnerungen mit guten zu überdecken. Seine blauen Augen, während er mich mit Fragen löchert. Die Furche auf seiner Stirn, wenn meine Antwort ihm nicht zu gefallen scheint. Und ... sein Anblick. Nackt.

»Scheiße«, fluche ich. Inzwischen prasselt das Wasser über meinen Körper, doch auch das schafft es nicht, die Flammen zu löschen, die in mir lodern. Während ich das Duschgel auf meinem Körper verteile, wandern meine Gedanken zu dem Moment, als er die Blondine berührt hat. So selbstsicher. So vollkommen ... normal. Ihr hat gefallen, wie hart er sie angefasst hat. Das konnte man deutlich hören. Meine Hand wandert wie von allein auf meinem Bauch nach unten. Mein Atem geht schwer. Es wäre so einfach ...

Das Knallen der Tür reißt mich aus meiner Trance und noch ehe ich sämtlichen Schaum abgespült habe, schnappe ich mir das große Badelaken über dem Duschrand, drehe das Wasser ab und habe mich in rasender Geschwindigkeit darin eingewickelt. Gerade als ich den ersten Fuß aus der hohen Duschwanne gesetzt habe, öffnet sich die Tür, die in sein Zimmer führt.

»Raus!«, schreie ich und halte das Handtuch fest, das stramm gewickelt beinahe bis zu meinen Füßen reicht.

Doch Isaac rührt sich nicht. Entspannt lehnt er sich mit der Schulter gegen den Türrahmen und schiebt seine Sonnenbrille von der Nase auf die Locken, die im Tageslicht wie Weizen glänzen.

»Warum so kratzbürstig, Schneewittchen?«, schmunzelt

er. Sein Grinsen ist selbstgefällig. Dieses arrogante Auftreten und der durchdringende Blick. Ich finde all das zum Kotzen. Denke ich. »Hast du etwa schlecht geschlafen?« Seine Stimmlage wechselt von belustigt zu anrüchig und jagt mir mit jedem Wort einen Schauer über den Rücken. Wahrscheinlich, weil ich es nicht ganz so sehr zum Kotzen finde, wie ich gerne würde.

»Lass mich in Ruhe«, antworte ich trotzig und trete vor den Spiegel. Er ist beschlagen. Wie lange stand ich denn bitte unter der dämlichen Dusche?

Mit dem Handballen wische ich ihn notdürftig frei und erkenne unscharf, wie Isaac sich vom Türrahmen abdrückt und hinter mich tritt. Ich kann seinen Atem an meiner feuchten Schulter spüren. Er legt seinen Kopf nach vorne und als sein Mund meinem Ohr ganz nah ist, vermischt sich Realität mit Traum. Gutes mit Schlechtem.

»Du scheinst fast eifersüchtig«, säuselt er. »Du musst es nur sagen, wenn du mich willst.«

Seine Hand hebt sich und ehe er sie auf meine Schulter sinken lässt, treffen sich im Spiegel unsere Blicke und er hält inne. Ich kämpfe mit den Tränen.

»Fass. Mich. Nicht. An.« Jedes Wort kostet mich unendlich viel Mühe. Und doch sage ich, was ich lange nicht sagen konnte. Denn es gibt nichts mehr, womit man mir drohen kann. Nichts mehr, womit man mich erpressen kann. Und nichts mehr, was ich zu verlieren hätte.

Sofort tritt Isaac einen Schritt zurück. Hastig wische ich mir eine Träne fort, die ungefragt meinen Augenwinkel verlassen hat.

»Fenella.« Ich schließe die Augen, um den Ausdruck in seinen nicht sehen zu müssen.

»Raus hier«, beharre ich ganz ruhig und als er ohne zu zögern meinem Wunsch nachkommt und die Tür hinter ihm zugeht, lasse ich den Tränen freien Lauf.

Schluchzend sinke ich auf die dreckigen Fliesen und kann sämtliche Emotionen, die sich viel zu lange in mir aufgestaut haben, nicht zurückhalten.

Ich weiß im Grunde genommen nicht mal, was der Auslöser für meinen Ausbruch ist. Isaacs Nähe? Die Tatsache, dass ich mir wünsche, ich könne seine Berührungen zulassen genau wie dieses Mädchen von gestern Abend? Dass Sex einfach nur ein Zeitvertreib für mich wäre?

Ich weine um meine Jugend, um so viele Erfahrungen, die ich niemals sammeln durfte. Weil meine Angst mich in Fesseln gelegt hat. Weil alles, was ich an Zärtlichkeiten je erfahren habe, Ekel in mir ausgelöst hat. Weil nichts so gelaufen ist, wie es hätte laufen sollen. Hunter ist tot. Ich bin allein und nicht imstande, ein normales Leben zu führen. Und dann kommt dieser unverschämt gut aussehende Typ daher, um mich mit nach Dunnet Head zu nehmen.

Was bildet er sich eigentlich ein?

Keine Ahnung, was ich mir überhaupt dabei gedacht habe, mit ihm zu gehen. Vielleicht hätte ich mich Kylee anvertrauen sollen. Ihr all meine Schatten offenbaren sollen, die mich selbst in dunkelster Nacht begleiten. Doch stattdessen bin ich geflohen. Wie ich es immer tue. Wie ich damals von zu Hause geflohen bin. Von einem Ort, der eigentlich Sicherheit bedeuten sollte.

Ich weine, weil es einen solchen Ort niemals gegeben hat. Außer in Hunters Armen.

Obwohl auch nach Stunden meine Tränen noch nicht versiegt sind, rappele ich mich von dem kalten Badezimmerboden auf und schleppe mich mit schweren Schritten in mein Zimmer. Sofort fällt mein Blick zu der Verbindungstür.

Sie ist geschlossen.

Der Anblick der geschlossenen Tür sticht mir mitten ins Herz.

Doch ich will nicht länger weinen. Nicht um meine Vergangenheit und erst recht nicht um Isaac, der nichts als ein Fremder für mich ist.

Zur Ablenkung betrachte ich das alte Schnurtelefon, das auf meinem Nachttischchen steht.

Ohne zu zögern nehme ich den klebrigen Hörer in die

Hand und wähle die Nummer, die ich viel zu lange nicht gewählt habe.

Ich vermisse meine Mum. Sie war immer ein wichtiger Mensch in meinem Leben, und auch wenn ich nach den Geschehnissen von damals nicht mehr nach Hause zurückgekehrt bin, war sie immer fest in meinem Herzen verankert. Sie hat keine Ahnung von all den Dingen, die in mir vorgehen. Doch sicher leidet sie. Denn auch sie hat Hunter verloren. Und mit ihm auch mich.

»Ja.« Es ist nicht die Stimme meiner Mum, die in den Hörer blafft. Es ist mein Dad. Arthur Young. Der Arthur Young. Einer der wichtigsten Männer in Glasgows Regierungsgeflecht. Ein Ehrenmitglied der Lions, wenn auch nicht mehr aktiv im Dienst. Mein Vater ist ein furchteinflößender Mann. Groß und düster. So gern ich sagen würde, er war mir stets ein guter Vater, bleiben allein meine Gedanken an dieser Stelle hängen. Denn er hat mich nicht beschützt. Sein Bruder und die Lions kamen immer vor der Familie und er hat mich Tag für Tag in ein offenes Messer laufen lassen. »Fenella?« Es macht mein Herz schwer, dass er an meinem Schweigen interpretiert, dass ich es bin. »Wo bist du? Wir machen uns Sorgen«, keucht er und ich nehme den Hörer vom Ohr. Nie habe ich meinen Dad so erbärmlich meinen Namen sagen hören. Erschrocken knalle ich den Hörer zurück auf das Telefon und es fühlt sich an, als habe der grüne Kunststoff meine Hand und mein Ohr verätzt. Reglos sitze ich mit einem riesigen Knoten im Hals da und starre das altertümliche Gerät an. Vielleicht sollte ich nach Hause fahren. Ihm alles beichten. Einfach alles? Nein. Er würde mich hassen. Wie ich mich selbst hasse, für all die Dinge, die geschehen sind. Meine Eltern dürfen niemals erfahren, was wirklich an Weihnachten 2019 passiert ist. Niemand darf das.

Es ist sinnlos. Ganz gleich, welchen Weg ich wähle, immer wieder führt eine Schleife mich zurück zu meiner Vergangenheit. Ich muss einen Weg heraus finden aus diesem Teufelskreis. Irgendwo von vorne anfangen. Ein neues Leben starten. Das ist der einzige Weg, wie ich dem entfliehen kann, was mich klein macht. Ich muss meine eigene Richtung finden. Frei. Frei von Erinnerungen. Frei von der Bruderschaft und meinem Erbe. Frei von allem, was mich in Ketten hält und mich daran hindert zu leben. Richtig zu leben.

Ich straffe die Schultern und beschließe, mich als ersten Schritt anzuziehen. In ein Handtuch gewickelt weinend den ganzen Tag in einem Hotelzimmer zu verbringen, wird mir nicht helfen, die Kette zu durchbrechen.

Auf dem Weg ins Bad, um meine Sachen zu holen, fällt mir ein kleiner Zettel auf, der auf meinem Tischchen liegt. Bisher haben mir die Tränen um mein missratenes Leben die Sicht verklärt. Doch das werde ich nicht länger zulassen.

Weiter nördlich am Strand gibt es heute gegen Abend ein Feuer. Ein Fest von irgendwelchen Surfern. Ich werde da sein. Vielleicht hast du ja Lust ... wenn nicht ist das auch okay. Isaac

Eine ganze Weile stehe ich da und streiche über die Buchstaben, die er in unsauberer Handschrift auf das kleine Zettelchen geschrieben hat. Erst als das Grinsen bei meinen Wangen angekommen ist, spüre ich, dass ich automatisch zu lächeln angefangen habe.

Vielleicht ist dieses dämliche Surferfeuer am Strand mein Neuanfang. Wer weiß das schon.

KAPITEL NEUN

Der Abend in Thurso gleicht einem Postkartenmotiv. Das Kopfsteinpflaster ist uneben und ich spüre jeden Schritt unter den dünnen Sohlen meiner Chucks. Das Meer weht eine sanfte Brise zwischen den Häusern hindurch und ich halte meine Nase in den Wind, um den Geruch nach Fisch und Salz und der rauen Natur Schottlands einzusaugen.

Die schmalen Häuschen reihen sich aneinander. Hier und da sitzen Touristen in kleinen Restaurants davor, um Fisch zu essen. Der Himmel hat sich orange verfärbt und bedeckt alles mit einem gedämpften kitschigen Licht.

Als ich vor zwei Stunden unsere Bleibe verlassen habe, fühlte ich mich träge und schwer ums Herz. Ich habe mich mehr oder weniger über die Promenade geschleppt, um in den Pub zu gehen, in dem wir bei unserer Anreise waren. Essen und Trinken scheint auf Isaacs und meiner Reise nicht gerade Priorität zu haben.

Es waren allerdings nicht der Fisch und die Pommes, die mich lebendiger gemacht haben.

Es war die Möglichkeit, frei und weitestgehend unbekümmert durch die Gassen zu schlendern. Mit jedem Schritt wird mir bewusster, dass ich tatsächlich frei bin. An dem Tag, an dem ich das College verlassen habe, traf ich eine Entscheidung. Jetzt wird es nur noch Zeit, dass ich diese auch in die Tat umsetze. Ich kann gehen, wohin ich will. Wenn ich mich dazu entscheide, den Lions, meiner Familie und allem, was mich noch belastet, keinen Platz mehr in meinem Leben zu überlassen, dann ist das so. Ich kann überall auf der Welt leben. Mexiko, Thailand, Alaska meinetwegen. Das Gefühl gehen zu können, macht mir Hoffnung. Und genau diese ist es, die mich mit gestrafften Schultern Richtung Strand gehen lässt.

Schon von Weitem erkennt man die Rauchschwaden, die sich in der Dämmerung erheben und in den Himmel ziehen. Die Temperaturen hier im Norden sind abends schnell frisch und ich ziehe die rosa Strickjacke noch enger über meine Schultern. Nicht weit von unserem Hotel führt ein Strandzugang hinunter. Als der asphaltierte Boden langsam in Sand übergeht, zögere ich ein letztes Mal. Ein verlockender Gedanke, mich in gewohnter Manier in meinem Zimmer mit einem Buch unter die Decke zu verziehen und der Realität noch ein paar Stunden länger zu entfliehen.

Meine Finger krallen sich fest um das marode Geländer.

»Es wird dich sicher keiner beißen, wenn du einen Schritt weitergehst.« Ich zucke zusammen. Neben mir steht wie aus dem Nichts ein großer gut aussehender Typ. »Sorry«, lacht er und langsam entspannt sich meine verkniffene Miene etwas. »Ich wollte dich nicht erschrecken. Aber du sahst aus, als bräuchtest du eine Entscheidungshilfe.«

Dabei deutet er mit dem unrasierten Kinn Richtung Feuer. Menschen in Badehosen und Bikinis tanzen, die Hände in die Höhe gereckt, um ein riesiges Feuer. Die Musik schallt über den Strand.

»Ja, vielleicht«, murmele ich und senke den Kopf zu Boden. Heute legen sich meine Haare um mein Gesicht und verstecken die Hitze, die mir in die Wangen schießt.

»Es ist halb so wild, wie es von hier oben aussieht. Und«, holt er langgezogen aus und bringt mich so dazu, erneut in sein Gesicht zu sehen. »Ich würde mich bereit erklären, dir deinen ersten Drink auszugeben.«

Er ist hübsch. Langes dunkles Haar, das er im Nacken

zu einem Knoten gebunden hat. Ein Lederband mit einem Holzanhänger um den Hals. Ein durch und durch klischeeerfüllender Surfer. Mit brauner Haut und schönen Augen. Wie man sie aus Filmen kennt.

»Das ist nett. Aber ich trinke nicht«, murmele ich und dann tue ich etwas, an das ich selbst nicht geglaubt hätte.

Ich setze den ersten Schritt in eine neue Zukunft. Okay. Im Grunde ist es nur ein Schritt in Richtung einer nichtssagenden Party, aber für mich steht er symbolisch für die kommende Zeit.

Der Sand fühlt sich weich an und schon nach wenigen Schritten befürchte ich, es ist schwerer als gedacht, allein ins Ungewisse zu laufen.

»Okay. Wenn du nicht trinkst, wie wäre es mit dem ersten Tanz?«, fragt er und ich starre auf seine nackten Füße, die im Sand versinken. Um uns herum stehen bereits die ersten Grüppchen aus Feiernden und das Feuer ist nicht mehr weit.

»Nein«, schmunzele ich und schüttele dabei hastig den Kopf. »Tanzen tue ich noch weniger als trinken.«

»Okay«, lacht er. »Langsam wird es schwierig, dich zu beeindrucken.«

Gerade als ich mich entschuldigen und ihn höflich bitten will, mich in Ruhe zu lassen, treffen meine Augen auf zwei rohe Saphire, die mich durch die anderen Menschen hindurch anfunkeln.

Sofort beschleunigt sich mein Herzschlag und ich wische meine feuchten Hände an meiner Jeans ab.

In Isaacs Augen zu sehen ist wie ein freier Fall. Alles andere drum herum verschwimmt. Die Musik verklingt. Die Leute verschwinden. Selbst die Wellen laufen aus. Nur das Feuer, das lodert noch mit voller Kraft und schlägt wilde Flammen über den Strand. Die Funken fliegen über den Sand und der Rauch nimmt den Himmel ein.

Gerade als meine Füße mich von ganz allein in seine Richtung tragen wollen, taucht die Blondine von gestern Abend auf. Sie schlingt ihre Arme von hinten um Isaacs Nacken und steckt ihm einen Joint zwischen die Lippen. Ich sehe sofort, dass es keine Zigarette ist, die er da raucht. Immerhin habe ich das oft genug bei meinem Bruder und seinen Freunden gesehen. Auf den Partys haben sie stets Tüten herumgereicht. Ich habe es gehasst. Und ich tue es heute noch.

»Weißt du was?«, sage ich und hoffe, der Kerl von eben steht noch immer neben mir. Denn nach wie vor kleben meine Augen an Isaac. Sehen dabei zu, wie dieses Mädchen, das nur eine Bikinihose und ein durchsichtiges Top trägt, an seinem Hals herumleckt. »Vielleicht wäre ein Drink doch nicht schlecht.«

»Das wollte ich hören«, sagt er. Erleichtert darüber, dass er noch da ist, wende ich mich gegen den Willen meines Körpers ab und folge dem Surfertyp an die Bar. Das ist es doch, was Mädchen in meinem Alter tun sollten. Oder nicht? Feiern, trinken, andere Leute kennenlernen. Viel zu lange habe ich mich eingeigelt. Und es ist nur ein Strandfeuer. Was kann schon groß passieren?

»Na komm«, nörgelt er zum hundertsten Mal. Bei jedem Satz kommt er mir näher und sein alkoholgeschwängerter Atem ist mir mehr als widerlich. »Ich bring dich nach Hause. Dann sehen wir weiter, was aus uns zwei Hübschen wird.«

Jordan, so heißt der Kerl, der mit jedem weiteren Drink aufdringlicher wird, probiert erneut, seinen Arm um meine Schultern zu legen. Geschickt winde ich mich aus diesem Versuch und ziehe meine Strickjacke vor der Brust zusammen. Seine Gesellschaft wird mir immer unangenehmer. Ja, ich habe zwei Cocktails mit ihm getrunken. Er war nett. Er hat mir von seiner Heimat in Hampshire erzählt und lustige Geschichten seiner kleinen Schwester zum Besten gegeben. Die ersten Annäherungsversuche habe ich gekonnt abgeschmettert, doch mit steigendem Alkoholgehalt im Blut scheint er nicht zu checken, dass ich nicht interessiert bin.

»Nein, danke. Ich finde den Weg auch allein zurück.«

Seit mehreren Minuten versuche ich mich loszumachen, um allein in mein Zimmer zu verschwinden. Aber er lässt einfach nicht locker. Das Feuer erhitzt mein Gesicht und ich sehe mich panisch nach einer Möglichkeit um, ihn loszuwerden.

»Ich glaube dir, dass du es schaffst, aber zu zweit ist es doch viel schöner«, lallt er und legt seine Hand auf meine Schulter.

»Bitte lass das«, sage ich freundlich, aber bestimmt und will zurücktreten, doch er zieht mich zu sich und legt seinen Arm um mich. Sofort spannt jeder Muskel in meinem Körper sich an. Ich schließe kurz die Augen, um nicht zu hyperventilieren.

»Sie hat gesagt, du sollst deine dreckigen Finger von ihr nehmen.«

Isaac.

Ich reiße meine Augen auf und finde mich sofort in seinem Blick. *Alles okay?*, fragt er, ohne ein Wort zu sagen, und ich flehe ihn stumm an, mir zu helfen.

»Was willst du denn? Ich glaub nicht, dass dich einer zu unserer kleinen Privatparty eingeladen hat.«

Noch immer liegt Jordans Arm um meine Schulter und ich drohe unter seiner Berührung zu zerbrechen.

»Fenella.« Kurz bevor mich eine Panikattacke in ihre Arme ziehen kann, sehe ich auf Isaacs Hand, die er mir hinhält. Ohne zu zögern lege ich meine zitternden Finger in seine. Ich spüre den klobigen Siegelring auf meiner Haut und blicke auf den kleinen Kompass, der auf seinen Handrücken tätowiert ist, als seine Finger sich um meine schließen.

Behutsam holt er mich in seine Richtung und schiebt mich hinter sich. In Sicherheit. Ja, bei ihm fühle ich mich sicher. Ich spüre regelrecht, wie die Sicherheit mich schier flutet und die Panik vertreibt.

»Alter. Was soll der Scheiß?«, knurrt Jordan. Einige Leute um uns herum werden aufmerksam, weil er laut und offensichtlich betrunken pöbelt.

»Es ist ganz einfach. Du verpisst dich von ihr und zwar sofort.«

Isaac ist ein ganzes Stück kleiner als dieser Jordan und seit deutlich geworden ist, dass er Stress hat, haben sich zwei Typen neben ihm aufgebaut.

»Gibt es hier ein Problem?«, fragt einer von ihnen. Seine roten Haare leuchten regelrecht im Schein des Feuers. Genau wie sein Kumpel trägt er nur eine kurze Badeshorts und ein offenes buntes Hemd. Isaac hingegen sieht aus wie die Nacht in Person. Seit ich ihn kennengelernt habe, trägt er grundsätzlich schwarze Jeans, schwarze Stiefel und dunkle Shirts.

»Allerdings. Dein Freund hier weiß nicht, was es bedeutet, wenn ein Mädchen Nein sagt, und das ist etwas, was ich nicht besonders gerne sehe.«

»Kennst du die Kleine?«, erwidert er nur und sieht abwertend in meine Richtung. Mir ist trotz des Feuers eiskalt.

»Macht das einen Unterschied?« Isaac tritt einen Schritt auf die drei zu. »Aber ja, wenn du es genau wissen willst. Sie gehört zu mir. Wenn du was von ihr willst«, richtet er sich direkt an Jordan, »musst du erst an mir vorbei.«

Noch ehe ich reagieren kann, weil mein Herz noch immer dabei ist, rote Herzchen um das ›Sie gehört zu mir‹ zu malen, holt Jordan aus und will Isaac schlagen.

Dann geht alles rasend schnell. Er duckt sich, bevor ihn der Schlag treffen kann, und donnert ihm anschließend seine Faust mitten ins Gesicht. Das laute Knacken ist über die Musik hinweg zu hören und ich schnappe mit einem schrillen Schrei nach Luft. Isaac sieht zu mir und verpasst dadurch den Schlag von rechts, den der Rothaarige genau gegen sein Auge platziert. Doch er zuckt unter dem Aufprall der Faust nicht einmal zusammen. Im Gegenteil. Er lacht bitter auf und macht einen Satz nach vorne. Er bringt den Rothaarigen zu Fall, und schon wenige Sekunden später bilden die drei Typen und er ein Knäuel aus Extremitäten auf dem Sand. Wie betäubt stehe ich daneben und starre zu Isaac, der wie ein wildgewordenes Tier auf Jordan und seine Freunde einschlägt. Für mich. Er hat sich schützend vor mich gestellt und kassiert Schläge und Tritte, um mich zu verteidigen.

»Isaac!«, bringe ich schreiend heraus, als eine Faust seine Lippe trifft. Doch es scheint ihn nicht zu kümmern. Er kommt lachend auf die Füße, spuckt Blut mit Spucke vermischt neben sich in den Sand und zieht Jordan am Kragen seines Hemdes dicht vor sein Gesicht. Dann verpasst er ihm so fest eine Kopfnuss, dass dieser regungslos nach hinten fällt. Seine Kumpels lassen von Isaac ab, um nach ihrem Freund zu sehen.

Das ist der Moment, in dem ich wach werde. Vorsichtig trete ich neben ihn und lege ihm meine Hand auf die Schulter. Hastig holt er aus und ich kneife schon die Augen zusammen, weil ich seine Faust angeflogen sehe.

»Fuck«, knurrt er und als ich zwinkere, hat er sie im letzten Moment heruntergenommen.

»Lass uns gehen«, flehe ich und zerre am Ärmel seines schwarzen T-Shirts. »Bitte.«

Mit dem Handrücken wischt er sich über die Oberlippe. Blut tropft aus seiner Nase. Angewidert blickt er zu Jordan, der nur langsam und stöhnend zu sich kommt. Und dann nach einer quälend langen Ewigkeit nickt er mir zu.

Ohne zu zögern nimmt er meine Hand in seine und zieht mich bestimmend hinter sich her. Einerseits macht es mich nervös, dass unsere Finger miteinander verflochten sind, andererseits geben sie mir genau das, was ich so sehr vermisse – Sicherheit.

Mit schnellen Schritten überquert er den Sand und ich habe Mühe mitzuhalten. Die Musik wird leiser, mein Herzschlag lauter, und doch spricht keiner von uns ein Wort. Nicht, als wir über die Straße laufen, und auch nicht, als Isaac den Schlüssel in das Schloss schiebt und wir in die Dunkelheit seines Zimmers treten. Seine Hand lässt mich erst in dem Moment los, in dem er das Licht vom Bad anschaltet.

»Oh Gott«, keuche ich und schlage mir die Hand vor den Mund. Blut. So viel Blut in seinem Gesicht. Es läuft an seinem Hals herunter und klebt an seinen Händen. Augenblicklich beschleunigt sich meine Atmung.

»Halb so wild«, brummt er und dreht den Wasserhahn auf. Die rote Flüssigkeit, die sich auf der weißen Keramik mit Wasser vermischt und in einem Strudel im Abfluss verschwindet, erinnert mich an Dinge, die ich tief in meiner Seele begraben habe und nie wieder hervorholen möchte. Weil sie mich zerstören würden. Bilder tauchen in meinem Kopf auf und versuchen mich in die Knie zu zwingen. Tief in Gedanken, merke ich erst nicht, dass Isaac mich anspricht. »Hey«, wiederholt er und reißt mich damit zurück in die Realität. Ich zwinge mich dazu, den Kopf zu heben. Unsere Blicke treffen sich genau wie heute Morgen im Spiegel. »Es ist okay, Fenella. Wenn du kein Blut sehen kannst, geh ruhig ins Bett. Ich komm klar. Das war nicht meine erste Prügelei.«

Obgleich seine Stimme kratzig und angespannt klingt, sagt mir sein Blick, dass es sich um eine lieb gemeinte Idee handelt. Doch nichts und niemand bringt mich dazu, ihn jetzt allein zu lassen.

»Nein«, bringe ich schnell hervor. Erst jetzt merke ich, dass mein Kiefer bibbert. »Ich helfe dir.« Isaac bückt sich erneut über das Waschbecken, um Blut auszuspucken, das sich in seinem Mund sammelt. Ich drehe mich zu der kleinen Ablage in meinem Rücken. Vorrangig, um nicht länger in den Spiegel sehen zu müssen, aber auch, um ein Handtuch zu nehmen, das auf dem Stapel liegt.

Ich benutze die Brause der Dusche, um es ins kalte Wasser zu halten, und wringe es anschließend aus.

»Zeig mal her«, sage ich und bitte Isaac mit einer Hand an der Schulter, sich zu mir umzudrehen. Die Wärme seiner Haut durch den dünnen Baumwollstoff seines Shirts spüren zu können, lindert die Kälte, die sich in Form von unkontrolliertem Zittern durch meine Arme und Beine zieht. Obgleich nichts wirklich Schlimmes geschehen ist, haben mich die erzwungenen Berührungen dieses Kerls um Jahre zurückkatapultiert. Ich dachte, ich sei darüber hinweggekommen, doch wie es scheint, ist dem nicht so.

Zaghaft strecke ich meine Finger aus und streiche Isaac sanft die Locken aus der Stirn. Sie sind feucht. Ein Gemisch aus Wasser und Blut läuft noch immer in einem Rinnsal über sein Gesicht. Ich drücke das feuchte Handtuch auf die Platzwunde an seiner Augenbraue. Isaac zuckt nicht mal zusammen, auch wenn ich sicher bin, dass es schrecklich wehtun muss.

»Ich kenne mich nicht aus, ab wann eine Wunde genäht werden muss«, gestehe ich flüsternd. Isaac hat sich inzwischen auf den Wannenrand sinken lassen. Er hat die Beine gespreizt und ich spüre die Wärme seines Körpers an meinem. Seine Hände liegen auf seinen Oberschenkeln, dabei berühren seine Daumen hauchzart meine Beine. Es fühlt sich gut an. Warm und vorsichtig. Während ich das Handtuch auf seine Braue drücke, beruhigt sich mein Puls und ich habe zum ersten Mal seit gestern Abend das Gefühl, tief durchatmen zu können. Etwas an Isaacs Nähe wirkt heilend auf meinen Körper und meine Seele.

»Muss es nicht«, murmelt er und nimmt einen Zipfel des Handtuchs, um über seine Oberlippe zu wischen. Mittlerweile ist der weiße Stoff rot getränkt. Der Anblick bereitet mir Übelkeit. Weil er mich zurückversetzt an einen Ort, an den ich nie wieder gehen will.

»Okay. Gut.« Ich weiß nicht, was ich sagen oder wie ich mich verhalten soll. Ich fühle mich nackt und schutzlos. Daher tupfe ich weiter über seine Stirn. Meine Finger schieben dabei seine Locken auf die Seite und ich bin versucht, die Augen zu schließen. Dann könnte ich den Anblick und die Realität ausschließen, um mich diesem Gefühl vollends hinzugeben. Allerdings möchte ich keine seiner Regungen verpassen. Nie zuvor war sein Gesicht mir so nah. Ich kann jede kleinste Falte, jede Narbe, jedes langsam durchschießende Barthaar erkennen. Und es ist faszinierend. Daher verharre ich und eine Zeit lang stehe ich einfach da. Mit dem Handtuch gegen seine Braue. Er die Finger zu meinen Seiten. Und wir sehen uns an. Lange und eindringlich sehen wir uns ins Gesicht.

»Da wären wir also wieder«, schmunzelt Isaac irgendwann freudlos in die Stille. »Was hat dieses schäbige Bad an sich, dass wir schon wieder hier gelandet sind?«

Ganz offensichtlich versucht er, die Stimmung zu lockern, aber bei dem Gedanken an heute Morgen versteife ich mich wieder.

Dennoch folge ich seinem Blick über die vergilbten Fliesen und die dreckigen Fugen.

»Nicht viel offensichtlich«, flüstere ich und überprüfe, ob die Wunde noch immer blutet. Langsam scheint es weniger zu werden. »Es ist schon weniger geworden«, lasse ich ihn wissen, doch die Verletzung scheint ihn nicht im Geringsten zu interessieren. Er nimmt mir das Handtuch aus der Hand und wirft es neben sich in die Wanne.

»Manchmal trügt der erste Blick, weißt du?« Seine Stimme klingt so ernst. So voller Wahrheit. Ich senke den Kopf auf den Boden. »Oft versteckt sich hinter einer Fassade mehr, als man denkt.«

Ich weiß, dass wir nicht mehr über das Bad sprechen. Doch ich bin nicht bereit, richtig hinzusehen. Nicht, was ihn betrifft. Und schon gar nicht, was mich angeht.

»Es blutet gar nicht mehr«, bringe ich so leise über die Lippen, dass ich nicht sicher bin, ob er es überhaupt gehört hat. »Ich sollte dann ins Bett gehen.«

Ohne noch einmal aufzusehen, setze ich zum Rückzug an, als seine Finger sich sanft um mein Handgelenk schließen.

»Ganz gleich, was du vielleicht denkst, Fenella. Er hätte dich nicht bedrängen dürfen. Ein Kerl, der nicht weiß, wann er gehen sollte, hat mehr verdient als nur eine Tracht Prügel.«

Kurz schließe ich die Augen. Isaac hat keine Ahnung,

wie viel es mir bedeutet, dass er so etwas sagt. Wie wichtig es für mich ist, dass er die Grenzen erkennt, die mich umgeben.

»Danke«, flüstere ich daher. Beinahe bin ich traurig, als seine Finger mich wieder freigeben. Ich atme ein letztes Mal tief durch und öffne die Augen. Ich sollte wirklich ins Bett gehen, doch meine Füße wollen sich einfach nicht bewegen.

»Fenella«, stößt Isaac meinen Namen schon beinahe gequält aus, als ich mich noch immer nicht in Bewegung setze.

»Hm?« Ich lasse ihm den Rücken zugewandt. Wenn ich ihm jetzt in die blauen Augen sehen würde, könnte ich nicht garantieren, den Verstand nicht zu verlieren.

»Darf ich dich noch eine letzte Sache fragen?« Immer wieder zieht er die Nase hoch und an seiner Stimme höre ich, dass er aufgestanden ist.

Mit einem kurzen Blick über die Schulter nicke ich lediglich und gebe ihm die Erlaubnis.

»Wer war es?«

»Wer war was?«, stelle ich die alles entscheidende Gegenfrage und drehe mich vollends zu ihm um. Er wirkt verletzt. Und damit meine ich nicht die Blessuren in seinem Gesicht.

»Wer hat den Menschen aus dir gemacht, der du heute bist?«

Sein Blick ist liebevoll. Nicht anklagend oder verurteilend. Als wisse er ganz genau, wie es ist, das Produkt seiner Vergangenheit zu sein.

Wenn ich die riesige schwarze Hürde überwinden könnte, die ich permanent vor mir herschiebe, dann wäre das der Moment, in dem ich auf ihn zugehen und ihm um den Hals fallen würde.

»Gute Nacht, Isaac«, sage ich stattdessen und schließe die Tür hinter mir.

Heute habe ich einen Schritt in ein neues Leben gewagt. Nur um anschließend wieder drei Schritte nach hinten katapultiert zu werden. Vielleicht müssen wir es einfach akzeptieren, dass wir niemals die sein können, die wir sein möchten. Wir sind das Ergebnis derer, die uns beeinflussen. Ganz gleich, ob es Eltern, Freunde, die Schule oder der Onkel sind. Wenn dich der Strudel aus Gewalt, Missbrauch und Kontrolle erfasst hat, gibt es keinen Weg mehr hinaus. Dann heißt es nur – Augen zu und durch. Solange, bis nichts mehr von dem übrig ist, was man einmal werden wollte. Erst wenn man das vergessen hat, tut es nicht mehr weh. Mein Problem ist – ich vergesse niemals, wie ich eigentlich sein wollte.

KAPITEL ZEHN

»So!« Synchron mit Isaacs Faust, die auf meinem kleinen Tischlein landet, schrecke ich aus dem Schlaf hoch.

Die Sonne scheint bereits durch die alten Vorhänge und ich brauche einen Augenblick, um zu checken, dass ein neuer Tag angebrochen ist. Dafür, dass ich Stunden wach gelegen habe und nicht einschlafen konnte, war ich erstaunlich weit weg. Umso heftiger pumpt mein Körper nun Blut durch meine Venen und mir wird kurz schwindelig. »Heute machen wir unseren ersten offiziellen Ausflug.« Dabei hebt er den Flyer wieder an, den er mit aller Macht auf meinen Tisch geknallt hat. »The Castle and Gardens of Mey«, liest er vor und wirft mir das gefaltete Papier auf die Decke.

»Bist du vollkommen wahnsinnig?«, bringe ich kraftlos hervor. Seine Stimmungsschwankungen sind heftiger als jede Achterbahnfahrt. Anstatt es mir anzusehen, reibe ich mir in aller Ruhe den Schlaf aus den Augen.

»Okay. Ich hatte die Möglichkeit in Erwägung gezogen, dass du kein Morgenmensch bist. Daher habe ich frischen Kaffee und herrlich duftende Scones besorgt. Aber um die zu bekommen, musst du deinen süßen Prinzessinnenhintern aus dem Bett bewegen und dich anziehen.«

Ich presse die Handballen auf meine Augen. Definitiv zu viele Informationen so früh am Morgen. Und zu viel

Isaac so früh am Morgen. Als wäre mein Körper nicht auch so schon die ganze Nacht mit ihm beschäftigt gewesen. Eine Million Gedanken und Fragen, die mich um meinen wertvollen Schlaf gebracht haben.

»Was willst du, Isaac?«, stöhne ich und bin versucht, mich wieder auf das plattgedrückte Kissen sinken zu lassen und mich den Rest des Tages unter der Decke zu verstecken. Denn wie so oft in meinem Leben lauern morgens die Erinnerungen an den vergangenen Tag und erschweren mir den Start in einen neuen.

»Ich sag doch – wir machen einen Ausflug. Bisher hat sich alles, was wir in unserem Urlaub gemeinsam gemacht haben, auf das Bad oder den Quickie von vorgestern beschränkt.« Fast gleichzeitig verziehen wir das Gesicht. Nur dass meins sicherlich dunkelrot anläuft. »Zeit, das zu ändern. Hier geht es heute hin. Wenn du in, sagen wir …«, er sieht auf sein Handgelenk, an dem keine Uhr hängt, »zehn Minuten nicht fertig bist, trinke ich deinen Kaffee. In fünfzehn esse ich deinen Scone und in zwanzig fessele ich dich ans Bett und durchsuche deine Klamotten. Wer weiß, vielleicht finde ich was Aufregendes in deinem Gepäck.«

Meine Augen werden bei jedem seiner Worte größer. Ich warte darauf, dass er es als Scherz abwinkt, doch das tut er nicht.

»Die Zeit läuft, Schneewittchen«, lacht er nur. Mit dem für ihn typischen Zwinkern verschwindet er in seinem Zimmer und schließt die Tür.

Ich nehme mir genau zehn Sekunden, um darüber nachzudenken, was ich machen soll. Dann schlage ich die Decke zurück und springe aus dem Bett. Ich brauche keine drei Minuten, dann steht mein Outfit und ich hechte ins Bad, um unter die Dusche zu springen. Die Daumen schon im Bund meiner Pyjamahose, hechte ich zu der Tür, die vom Bad in sein Zimmer führt und strecke den Kopf hinein.

Isaac liegt, die langen Beine ausgestreckt, auf seinem Bett. In dem alten Fernseher läuft irgendeine uralte Talkshow.

Als er mich entdeckt, zieht er eine Augenbraue fragend in die Höhe.

»Wenn du reinkommst, wirst du es bereuen«, zische ich und schließe die Tür wieder. Schon den Arm in einem Ärmel meines Shirts versunken, öffne ich sie erneut und scanne das Zimmer.

»Was noch? Es sind gleich fünf Minuten um«, brummt er, doch als ich zu ihm hinübersehe, verziehen sich seine Mundwinkel und lassen die feinen Grübchen auf seinen Wangen erscheinen.

»Ich wollte nur sichergehen, dass du nicht bluffst.« Bei meinen Worten nicke ich zu den Pappbechern und der Papiertüte auf seinem Tisch.

»Bluffen ist nicht meine Art, und nun sieh zu, dass du fertig wirst. Geduld gehört auch nicht gerade zu meinen Stärken.«

Hastig schließe ich die Tür, schlüpfe aus meinen Klamotten und stelle mich unter die Dusche. Grinsend versuche ich mich in Windeseile zu waschen. Nicht, weil ich scharf auf das Frühstück bin. Vielmehr, weil ich es kaum erwarten kann, einen ganz normalen Urlaubstag zu erleben. Das wäre doch endlich mal eine nennenswerte Premiere.

»Weißt du irgendetwas über das Schloss?« Nach nur zwanzig Minuten Fahrt ist mein Kaffee leer, der Scone liegt mir vor lauter Aufregung wie Blei im Magen und Isaac parkt den Wagen auf einem großen Besucherparkplatz vor dem Castle of Mey.

Gleichzeitig beugen wir uns nach vorne, um das Gebäude besser sehen zu können.

»Nicht das Geringste«, lacht er, »aber es sieht nett aus.«

»Nett?«, kichere ich ebenfalls und sehe zu ihm herüber. Alles ist so anders heute. Die Art, wie wir miteinander umgehen. Sein Lächeln, das trotz der aufgeplatzten Lippe beinahe die Ränder seiner Sonnenbrille berührt. Vielleicht liegt es aber auch daran, dass es tatsächlich das erste Mal ist, dass wir etwas gemeinsam unternehmen. Isaac hat vollkommen recht. Unsere bisherigen Aktivitäten sind nicht gerade vorzeigbar.

»Du bist doch die Prinzessin, also solltest du dich mit Schlössern auskennen.«

»Tja, da wir kein Handy haben und nicht googeln können«, lenke ich von seiner Bemerkung ab, denn ich bin ganz sicher keine Prinzessin, »müssen wir es wohl auf die altmodische Art und Weise machen.«

Nachdem ich mir meine Handtasche über die Schulter gelegt habe, finden unsere Hände gleichzeitig an die Türgriffe und wir steigen aus dem Wagen. Isaac wirkt in seinem schwarzen T-Shirt und der schwarzen Jeans in Kombination mit der Sonnenbrille und der verwegenen Frisur ziemlich fehl am Platz, als wir durch die mit Rosen eingerahmten Kieswege auf das Schloss zugehen. Die aufgeplatzte Augenbraue und die geschwollene Lippe tun ihr Übriges.

Das mit dunklen Steinen gemauerte Anwesen ragt hogwartsmäßig aus den bunten Gärten hervor und verdeckt die Sonne, die noch nicht ihren Höhepunkt erreicht hat, aber schon jetzt einen sommerlichen Tag verspricht. Trotz der Wärme habe ich mich für eine langärmelige Bluse und eine Jeans entschieden, was ich nun bei jedem Schritt bereue. Aber ich bin nun mal nicht das Mädchen, das in einem kurzen Sommerkleid neben einem attraktiven Typ herläuft und flirtet. So sehr ich es auch gerne wäre.

Wir schlendern stumm nebeneinander über das Grundstück. In dem Flyer, den Isaac mir aufs Bett geworfen hat, stand zwar etwas über die Rosengärten, die an das Schloss anschließen – allerdings habe ich sie mir nicht so groß vorgestellt. Abgetrennt durch Burgmauern und hohe Hecken scheint der Garten eine eigene Welt zu sein, sobald man durch das begrünte Tor tritt.

Es duftet nach Blüten und Kräutern. Ich bleibe stehen und drehe mich einmal im Kreis. So viele Farben und Gerüche. Wiesen in den schillerndsten Grüntönen, und in der Ferne hören wir das Meer rauschen.

»Das ist wunderschön«, murmele ich zu mir selbst. Als ich einmal um meine Achse gedreht wieder dicht vor Isaacs Gesicht ankomme, steht er mit den Händen in den Hosentaschen da und sieht mich an.

»Du hast recht.« Sein Tonfall klingt fremd. So düster und doch vertraut. Allerdings sieht er bei seinen Worten nur mich an und ich spüre, wie die Hitze in mir aufsteigt.

»Meine Mum würde das hier lieben«, lasse ich meinen Gedanken freien Lauf und meine Handfläche streicht über einen zartrosafarbenen Rosenbusch.

Langsam setzen wir uns wieder in Bewegung und Isaac sieht bei jedem seiner Schritte auf seine Stiefel. Schwer seufzend zieht er eine Zigarette aus dem Päckchen, das halb aus seiner Hosentasche hängt, und zündet sie an. Er pustet den Rauch in den Himmel und lässt seinen Blick einen Augenblick in das helle Blau gerichtet, ehe er mich freudlos anlächelt.

»Ich weiß nicht, ob meine Mum Rosen mochte.«

»Mochte?«, frage ich, obwohl mir schon klar ist, was er mit dieser Zeitform andeuten will.

»Sie ist schon sehr lange tot.« Er reibt sich mit einer Hand über den Nacken. »Hin und wieder lege ich ihr einen Strauß Blumen aufs Grab. Sie liegt auf dem Highgate Cemetery. Mein absoluter Lieblingsort in London. Manchmal, wenn mir alles zu viel wird und ich das Gefühl habe, in der Stadt zu ersticken, besuche ich sie. Der Friedhof liegt nicht weit von unserem Haus entfernt. Es ist ruhig dort. Irgendwie ein schöner Ort. An ihrem Grab kommt alles andere zum Stillstand. Dann setze ich mich zu ihr, lege ihr rote Rosen auf den protzigen Grabstein und spreche mit ihr. Keine Ahnung, ob ihr das gefallen hätte, aber ich rede mir ein, dass es so ist.« Verlegen räuspert er sich. »Weil es mir gefällt«, flüstert er so leise hinterher, dass ich mich bemühen muss, ihn zu verstehen.

Bei seinen Worten wird mein Herz schwer, und wenn

ich nicht so ein elender Feigling wäre, würde ich in diesem Augenblick gerne seine Hand ergreifen. Doch ich traue mich einfach nicht.

»Wann ist sie gestorben?«, frage ich stattdessen und stecke meine Hände in die Hosentaschen.

»Als ich drei Wochen alt war. Ich kann mich also nicht an sie erinnern.«

»Und dein Vater?«, hake ich nach. Ich will mir nicht vorstellen, wie mein Leben verlaufen wäre, wenn ich nicht wenigstens meine Mutter an meiner Seite gehabt hätte. Nur mit Lion-Männern unter einem Dach.

Isaac schnaubt nur angewidert. Bisher haben wir persönliche Gespräche über unsere Familien vermieden. »Er ist es nicht wert, über ihn zu reden. Unser Verhältnis ist«, er verzieht das Gesicht zu einer Grimasse, »sagen wir, es ist kompliziert.«

Mit einer Hand deutet er auf eine Bank, die auf einer kleinen Anhöhe steht. Von dort hat man den perfekten Ausblick auf das Schloss und den Garten. Während ich ihm folge und wir uns auf das von der Sonne gewärmte Holz setzen, denke ich über seine Worte nach. Schon die ganze Zeit habe ich vermutet, dass hinter dem, was er zur Schau stellt, ein Mensch steckt, der einiges durchgemacht hat. Vielleicht habe ich eine Antenne dafür. Immerhin weiß ich genau, wie es ist, jemanden zu verlieren und einen Vater zu haben, zu dem man keine Bindung hat. Ich habe keine Ahnung, wer Isaac ist und wo er herkommt. Aber aus irgendwelchen mir unerklärlichen Gründen vertraue ich ihm.

»Komplizierte Vater-Kind-Beziehungen sind mein Spezialgebiet«, schnaube ich daher und senke den Kopf. Wie immer fallen meine langen schwarzen Haare mir vors Gesicht. Nur dass dieses Mal Isaacs schlanke Finger vor meiner Nase auftauchen und mir eine Strähne hinters Ohr schieben. Bei seiner Berührung halte ich den Atem an.

»Sorry«, sagt er.

»Nein«, halte ich ihn zurück, ehe er seine Hand wegnehmen kann, und seine Finger schweben über meiner

Wange. Ich lege meine Hand auf seine und führe sie an mein Gesicht. Als seine Fingerspitzen auf meine Haut treffen, schließe ich die Augen und lasse alle Luft aus meiner Lunge. Behutsam streift sein Daumen meine Wange. Langsam lasse ich meine Hand sinken und gebe mich dieser kleinen Geste hin, die Tausende von winzigen Stromschlägen unter meine Haut sendet.

»Du solltest dieses wunderschöne Gesicht weder hinter deinen Haaren noch hinter einer traurigen Maske verstecken.«

Meine Augen öffnen sich von allein und treffen auf seine. Er hat die Sonnenbrille auf seinen Kopf geschoben und sieht auf meine Lippen. Ich wiederum ziehe die Unterlippe zwischen meine Zähne und will den Kopf zum Boden richten. Doch Isaac verhindert das. Er hält mein Gesicht an Ort und Stelle und zwingt mich, ihn anzusehen.

»Du weißt inzwischen, dass ich dir nicht wehtun würde, oder?« Sofort fällt mein Blick auf die getrocknete Wunde an seiner Augenbraue und die Schwellung an seiner Lippe. Ich habe gesehen, wie grausam er sein kann. Und doch bin ich – warum auch immer – sicher, er würde mir nichts tun.

»Ich habe Männern ins Gesicht gesehen, die die Absicht hatten, mir wehzutun. Bei dir ist es anders.«

Ein winziges Lächeln zupft an seinem Mundwinkel. Noch immer liegt seine Hand halb auf meinem Hals, halb auf meiner Wange.

»Fenella.«

»Ja«, flüstere ich, doch Isaacs Blick schweift ab. Seine Augen wandern von mir immer wieder zu unserer Umgebung. Irgendwann fangen seine Finger unruhig auf meiner Haut an zu zucken. Irgendetwas an seiner Stimmung verändert sich rapide. Ich kann spüren, wie er immer nervöser wird. Seine Augäpfel checken die Umgebung ab. »Was ist los?«, frage ich und fange ebenfalls an, mich umzusehen.

»Etwas stimmt nicht.« Seine Hand sinkt aus meinem Gesicht direkt an sein Hosenbein und ich schnappe nach Luft, als er eine Pistole aus seinem Stiefel zieht. Er steckt sie in seinen hinteren Hosenbund und steht auf. Allerdings nicht, ohne meine Hand zu nehmen und mich hinter ihn zu stellen.

»Isaac, was ist denn?« Panik steigt in Form von Kaffee und Scones in meiner Speiseröhre auf und ich schlucke und schlucke, um den bitteren Geschmack der Angst zu verdrängen.

»Es ist zu ruhig.«

»Was meinst du?«

»Vertrau mir einfach, Schneewittchen«, flüstert er und zieht mich mit sich entlang der Hecken Richtung Schloss. Der Garten ist durch die Mauern und dichten Hecken wie ein Kessel. Wir sind gefangen. Es gibt nur einen Ausgang aus dem Garten, der auf den Parkplatz führt. Doch Isaac dirigiert mich über den schmalen Kiesweg hin zu dem imposanten Gebäude. Hektisch blicke ich in alle Richtungen.

Er hat recht. Noch eben waren mehrere Besuchergruppen unterwegs. Ein Gärtner war mit seinem Gehilfen dabei, Unkraut zu ziehen. Doch nun ist weit und breit kein Mensch mehr zu sehen.

Isaac hat eine Hand fest um meine geschlossen, die andere liegt auf der Waffe in seinem hinteren Hosenbund. Meine freien Finger krallen sich in das Leder meiner Handtasche. Es sind nur noch wenige Schritte bis zum Hintereingang des Schlosses. Unsere Schuhe knirschen im Kies und bilden die einzige Geräuschkulisse neben dem Meer, das in der Ferne rauscht. Ich bin wachsam, sehe mich immer wieder um. Und dann passiert es.

Ein Knall!

Der Schuss schlägt über uns in die alte Mauer ein.

Panisch kreische ich auf und kralle mich an Isaacs Arm. Dieser zückt sofort seine Waffe und schiebt mich – geschützt durch seinen Körper – durch die große Tür, die zu unserem Glück offen steht. Der Eingangsbereich ist großzügig und ein Blick genügt, um sicher sein zu können, dass hier keine Gefahr lauert. Im gleichen Moment donnert ein weiterer Schuss in unsere Richtung. Isaac befreit sich aus meinem Griff und ich ducke mich sofort klein auf den Boden an die kalte Steinwand. Er entsichert seine Waffe und ohne zu zögern lehnt er sich für eine Sekunde aus dem Türrahmen und schießt.

Ein Schuss.

Noch einer.

Und ein dritter.

Ich lege mir die Hände auf die Ohren und drücke meinen Rücken gegen das kalte Mauerwerk, während die Schüsse laut in meinem Kopf hallen.

»Komm«, schreit Isaac und zieht mich schon im nächsten Moment wieder auf die Füße. »Wir müssen hier weg.«

Wir rennen Hand in Hand über den alten Steinboden. Ignorieren die herrschaftliche Einrichtung. Die Kronleuchter und die vielen Wandgemälde rücken in weite Ferne. Immer wieder sieht Isaac nach hinten und feuert Schüsse Richtung Tür.

»Nach oben?«, kreische ich panisch, als wir bei einem riesigen Treppenhaus ankommen.

»Nein, nach unten. Oben sitzen wir in der Falle.«

So schnell ich kann klettere ich mit meinen Chucks über die rote Absperrkordel und flitze die Stufen der dunklen Wendeltreppe hinunter. Schnell wird es stockfinster und nach der ersten Kurve hält Isaac mich am Arm zurück. Noch bevor ich überrascht aufkreischen kann, legt er seine Hand von hinten auf meinen Mund und drückt mich fest an seinen straffen Oberkörper. Ich spüre seinen hastigen Atem und seinen schnellen Herzschlag in meinem Rücken.

»Sch«, flüstert er in mein Ohr. Erst jetzt höre ich die Männer, die beim Treppenhaus angekommen sind und nach uns suchen. Durch das Hallen in dem Gebäude würden sie jeden unserer Schritte hören.

»Wo sind sie hin?«, schreit einer und ich fange an zu zittern. Isaac zieht mich noch dichter an sich heran und löst seine Hand von meinem Mund. Stattdessen legt er sie um meinen Oberkörper und hält mich fest umklammert auf den

Füßen. Ich versuche ruhig zu atmen und mich der Illusion hinzugeben, dass er mich beschützen wird.

»Ich schätze nach draußen. Sieh du auf dem Parkplatz nach. Ich gehe nach unten.«

Sofort verspanne ich mich wieder. In rasend schneller Geschwindigkeit lässt Isaac mich frei. Die Kälte, die das Verschwinden seines Körpers hinterlässt, kriecht durch mich hindurch und droht, mich gänzlich erstarren zu lassen. In dem dunklen engen Treppenhaus kann ich nicht genau erkennen, was er vorhat, doch ich spüre, wie er mir seine Waffe in die Hand drückt. Ich will sie fallen lassen, doch er schließt meine Finger fest darum, und automatisch legt sich mein Zeigefinger an den Abzug.

Vor langer Zeit habe ich mir geschworen, niemals eine Waffe auf jemanden zu richten, doch jetzt und hier ist kein Platz für meine Erinnerungen. Daher halte ich den schweren Kunststoffgriff tapfer fest und sehe schemenhaft, wie Isaac irgendwas aus seinem Stiefel fischt. Als er um die Kurve des engen Treppenhauses verschwindet, möchte ich am liebsten laut schreien.

»Nein«, formen meine Lippen, doch es kommt kein Ton dabei heraus. Alles geht so schnell. Ich höre Schritte auf den Stufen. Ein kurzes Aufflackern einer Stimme, dann ein Keuchen, widerliches Gurgeln und schließlich ein dumpfes Geräusch.

Tränen laufen über meine Wangen und verschleiern mir die wenige Sicht. Was, wenn Isaac nicht wiederkommt? Was mache ich dann? Die Pistole in meiner Hand wiegt schwer wie Blei und zittert, weil mein ganzer Körper bebt.

Es fühlt sich an wie eine Ewigkeit, in der nichts zu hören ist außer meinem panischen Atem.

Dann ertönen Schritte. Schluchzend presse ich meinen Rücken gegen die kalte Mauer und richte die Waffe nach vorn.

»Alles okay«, flüstert Isaac.

Ich lasse die Waffe aus meinen Händen gleiten. Er ist schnell genug da, um sie und mich zu fangen. »Alles okay«, wiederholt er und legt einen Arm um meine Taille. »Komm. Wir müssen weiter.«

Ohne zu zögern sucht meine Hand seine und er drückt meine Finger, während ich mit zitternden Beinen die Stufen hinter ihm her stolpere. Nur noch wenige Schritte und wir haben das Kellergeschoss erreicht.

Hier und da spendet eine einzelne Glühbirne unter der gewölbten Decke Licht. Als mein Blick auf Isaacs blutverschmierte Hände fällt, keuche ich kurz auf, doch er zieht mich immer weiter.

»Fenella, wir müssen hier raus. Komm, weiter«, spornt er mich an und meine Füße heben sich automatisch an, um ihm zu folgen. »Gleich hast du es geschafft.«

Beinahe hätte ich laut gelacht. Ich werde es niemals geschafft haben. Niemals. Ganz gleich, wohin ich gehe.

Immer tiefer in den feuchten dunklen Gemäuern biegen wir schließlich in einen Raum ab und Isaac gibt meine Finger frei, um sich die Waffe zurück in die Hose zu stecken. Dann erkenne ich, was er entdeckt hat. Eine Kellerluke.

Schon beinahe bei der Doppeltür, die in die Freiheit führt, halte ich ihn am Ärmel seines Shirts zurück.

»Warte«, keuche ich. »Was, wenn sie dahinter auf uns warten?«

»Wir müssen es versuchen.« Isaac tritt dicht vor mich und legt beide Hände auf meine Oberarme. Dieses Mal zucke ich nicht zurück. »Alles wird gut, Schneewittchen. Vertrau mir. Ich bring dich hier raus.«

Dann wischt er mir mit seinem Shirt die Tränen von den Wangen. Im gedämpften Licht sehe ich, wie er mich zaghaft anlächelt, ehe er sich wieder abwendet und vorsichtig durch eine der Türen späht.

Zu unserem Glück ist die Luft rein. Kein Mensch ist zu sehen.

Unmittelbar vor dem Kellereingang parkt ein dunkler Wagen. Isaac weist mich an, vorerst in Deckung im Keller zu bleiben. Durch die geöffnete Luke beobachte ich, wie er gebückt zu dem Auto sprintet. Die Beifahrertür ist unverschlossen und er legt sich in das Auto. Nur wenige Minuten später springt der Motor an. Gleichzeitig krabbelt er auf den Fahrersitz und ich renne im selben Moment aus meinem Versteck und hechte zur Beifahrerseite. Noch ehe ich die Tür hinter mir geschlossen habe, spritzt der Kies unter den durchdrehenden Reifen in alle Richtungen und Isaac lässt den Wagen von dem kleinen Platz auf die Zufahrtsstraße donnern.

Ängstlich sehe ich in den Seitenspiegel, genau in dem Moment, in dem seine Hand meinen Kopf nach unten drückt.

»Runter«, brüllt er und schon zerspringt die Heckscheibe in tausende Scherben. Noch zwei, drei weitere Schüsse werden abgefeuert, aber dann sind wir außer Reichweite und Isaac beschleunigt das fremde Auto. Es duftet nach Zigarre und einem schweren Altherrenparfüm.

»Verfolgen sie uns?«, frage ich und wage erst, nachdem wir mehrere Meter hinter uns gebracht haben, mich wieder aufrecht hinzusetzen und nach hinten zu sehen. Durch die zerbrochene Scheibe sehe ich lediglich das kleiner werdende Schloss und satte grüne Wiesen. Kein Auto, das uns folgt.

Dennoch drosselt er nicht die Geschwindigkeit. Rasend schnell sausen wir über die schmale Zufahrtsstraße, bis wir auf die Küstenroute gelangen.

»Bisher nicht. Aber noch ist nicht Zeit zum Aufatmen.«

Isaacs verbissene Miene wechselt zwischen der Straße und dem Rückspiegel hin und her, während ich wie hypnotisiert auf seine Hände starre. Getrocknetes Blut klebt an seinen Knöcheln, unter seinen Fingernägeln, bis an die Handgelenke. Beim Blick auf meine eigenen Finger entweicht mir ein ächzendes Geräusch.

»Hey Fenella«, bittet er mich, ihn anzusehen. Kurz denke ich, er will seine Hand auf mein Bein legen, doch beim Blick in mein Gesicht zieht er sie zurück. »Es ist alles in Ordnung, okay?« Vehement schüttele ich den Kopf.

Nichts ist in Ordnung. Rein gar nichts. »Hör zu«, knurrt er. Ich muss mich zwingen, ihn anzusehen, weil das Blut auf meinen Händen meinen Blick magisch anzieht. Es reißt meine Seele in die Dunkelheit. »Jetzt ist nicht der richtige Zeitpunkt, um durchzudrehen. Dafür hast du später Zeit. Ich brauche dich jetzt.«

»Das Blut«, keuche ich und spüre, wie sich mein Magen hebt. Ich werde mich jeden Augenblick übergeben müssen. »Es ist nur das Blut.«

»Fuck«, brüllt Isaac. Er sieht noch ein letztes Mal in den Rückspiegel, dann lenkt er den Wagen von der Straße herunter. Wir fahren eine kleine Zufahrt hinunter bis fast ans Meer. Schlitternd stoppt er im Kies. Noch beide Hände auf dem Lenkrad, atmet er hörbar ein und aus. Während meine Kiefer unaufhaltsam aufeinanderschlagen, steigt er aus dem Auto und ist mit wenigen Schritten bei mir. »Komm raus.« Ohne abzuwarten, was ich tue, beugt er sich über mich und öffnet den Sicherheitsgurt, den ich vollkommen in Trance angelegt haben muss.

Bevor er mich anfassen kann, zucke ich zurück.

»Nicht, bitte«, keuche ich und steige eigenständig aus dem Auto. Ich kann gerade keine Berührung ertragen, und schon gar nicht, solange seine Hände blutrot sind.

Schweigend folge ich ihm ans Ufer des Meeres. Aus seinen blauen Augen sieht er mich an, als wolle er mir jeden Augenblick ein Messer in die Kehle rammen. Es wäre ein Leichtes für ihn, sich meiner zu entledigen. Das ist inzwischen klar.

Noch dazu sind wir weit und breit die einzigen Menschen. Doch dann beugt er sich über die sachten Wellen und wäscht seine Hände so gut es geht mit dem Salzwasser sauber. Er schrubbt mit einer Hand die andere und nach und nach verschwinden die Spuren der vergangenen Stunde im Meer. Zögerlich trete ich neben ihn und wasche auch meine Hand, die durch seine Berührung ebenfalls blutig ist. Beide in der Hocke, halten wir die Finger ins kalte

Nass, während sich das Wasser einen Weg in meine Schuhe bahnt. Es könnte mir kaum egaler sein.

»Wo geht die hin, weißt du das?«

Isaac deutet mit seinem markanten Kinn auf eine Fähranlegestelle nicht weit von uns.

»Ich bin nicht sicher«, murmele ich. Mein Puls beruhigt sich langsam, auch wenn ich immer noch das Blut an meinen Händen sehen kann. Seit Jahren ist es da, ganz gleich, wie oft ich meine Hände wasche. »Vielleicht zu den Orkney-Inseln.«

Wir sehen uns an und ohne ein Wort wägen wir ab, ob es eine gute Idee ist, die Fähre zu nehmen.

»Einen Versuch wäre es wert«, spricht Isaac schließlich aus und ich sehe mich um.

»Was ist mit dem Auto?«

»Gute Frage. Wenn wir es hier stehen lassen, wird jeder halbwegs schlaue Mensch zu dem Schluss kommen, dass wir die Fähre genommen haben. Wir nehmen es mit.«

Mit dem letzten Satz steht er auf und seine Schritte knirschen in dem steinigen Strand, ehe er ans Heck tritt. Noch immer läuft der Motor. Er öffnet den Kofferraum und greift nach einer Jacke. Ich zucke zusammen, als er mit ihr um seine Hand gewickelt die letzten noch stehenden Glasreste herausschlägt. Gar keine Scheibe ist unauffälliger als eine durchlöcherte.

Ich wische mir die Hände an der Jeans trocken und mache mich daran, die Scherben so gut es geht unter einer weiteren Jacke und einem Schirm auf der Rückbank zu verstecken.

Ehe wir uns versehen, sitzen wir auch schon ohne ein weiteres Wort gewechselt zu haben im Wagen und steuern geradewegs die Fährrampe an. Die Tickets habe ich bar bezahlt und niemandem ist die fehlende Scheibe aufgefallen. Und wenn, so hat zumindest keiner etwas gesagt.

Erst seit dem Augenblick, in dem die Fähre abgelegt hat, wirkt Isaac ruhiger. Seit wir den Wagen verlassen haben, ist er immer wieder über das Parkdeck und sämtliche Ebenen marschiert, doch so langsam merkt auch er, dass wir der Gefahr entkommen sind.

Ich hasse das Gefühl, wenn das Adrenalin abflacht. Wenn nach und nach Platz geschaffen wird für Emotionen und das große ›Was wäre, wenn ...‹.

Noch immer zittern meine Beine leicht vor sich hin und ich überschlage sie unter dem Tisch, auf dem ich meine Finger fest ineinandergekrallt habe. Die Sonne hat sich hinter einzelnen Schleierwolken versteckt und der Wind auf dem Meer lässt mich frösteln. Schon wieder sehe ich dabei zu, wie das Land kleiner und kleiner wird. Ich weiß nicht, was ich dabei fühle, aus Dunnet Head wegzufahren. Ohne mein Gepäck. Zum Glück habe ich wenigstens Wertsachen wie meinen Pass, Geld und das Wichtigste in meiner Tasche dabei. Ich bin weder traurig noch fühlt es sich gut an. Es ist einfach ... notwendig. Und ich habe schon bedeutend mehr verloren als ein paar Jeans und meine langweiligen Pullover.

»Es wird Zeit, dass wir reden.« Isaacs Körper tritt in mein Gesichtsfeld und er lässt sich mir gegenüber auf die andere Bank nieder. Dabei schiebt er mir einen Pappbecher zu. »Tee«, erklärt er, als ich bei dem Gedanken an Kaffee die Nase rümpfe.

»Danke«, flüstere ich und schließe meine Finger um das warme Papier. Ansehen kann ich ihn nicht. Er hat recht. Wir müssen reden. Aber wie könnte ich, wenn ich nicht mal bereit bin, selbst der Wahrheit ins Gesicht zu sehen.

KAPITEL ELF

»Fenella«, stöhnt Isaac und streicht sich die wilden Locken aus der Stirn. »Wer war das da eben?«

Er wirkt so wenig erschüttert über die Tatsache, dass wir beschossen wurden, dass ich doch aufsehe. Und dann trifft mich die Erkenntnis mitten ins Herz.

»Du hast das schon öfter getan, oder?«

»Was?«, fragt er schnippisch. »Anderen den Arsch gerettet? Jap. War nicht mein erstes Mal.«

»Menschen getötet«, zische ich und spüre, wie ich wütend werde. Ich weiß selbst nicht mal warum. Ich sollte froh sein, dass er da war.

Wie erwischt sieht er sich um. Wir sind allein auf diesem Deck. Die meisten Gäste tummeln sich ganz oben, um die Aussicht auf die wundervolle Landschaft nicht zu verpassen.

»Wie wär's, wenn du zuerst meine Fragen beantwortest, ehe du selbst welche stellst?«

Ergeben schnaube ich in die kalte Luft. »Ich weiß es nicht«, murmele ich anschließend wahrheitsgemäß. Klar, ich hatte die Vermutung, dass die Lions nach mir suchen werden. Nicht unbedingt Kester und die Jungs vom Cluaran-College. Viel eher die Männer meines Vaters. Treu ergebene Löwen, die für den großen Arthur Young alles tun würden. Allerdings würde mein Dad nicht auf mich schießen lassen. Warum sollte er?

»Verarsch mich nicht, Fenella. Ich kann dich beschützen, aber dafür muss ich wissen, womit wir es zu tun haben. Also, es wird Zeit, die Karten auf den Tisch zu legen.« Auf die zerkratzte Metallfläche des Tisches tropft eine einzelne Träne und hastig wische ich über mein Gesicht, als mir klar wird, dass sie von mir stammt. »Komm schon«, seufzt Isaac, doch noch ehe er seine Hand auf meine legen kann, ziehe ich sie weg.

Er wendet den Kopf zur Seite. An seinem Hals kann ich deutlich erkennen, wie die Adern hervortreten. Er ist wütend. So viel ist klar. Das beweist zuletzt seine Faust, die er so verbittert auf dem Tisch bildet, dass seine Knöchel weiß hervortreten.

»Es tut mir leid«, murmele ich vor mich hin. Was sollte ich auch sonst sagen.

»Was denn?«, fragt er mit zorniger Stimme. »Was genau tut dir leid, Fenella, hm? So langsam werde ich nämlich nicht mehr schlau aus dir. Das alles ist doch nicht normal.« Wütend stiert er mich an, doch hinter seiner bitteren Miene erkenne ich noch etwas anderes. Verzweiflung. Isaac ist verzweifelt. »Ich habe gerade einen verfluchten Menschen für dich getötet, aber wenn ich deine Hand halte, führt das zu weit? Was stimmt nicht mit dir, hm? Warum steigt ein schüchternes Püppchen wie du zu einem Kerl wie mir aufs Boot? Was willst du von mir? Denn das, was andere Mädchen von mir wollen, ist es anscheinend nicht. Wie schrecklich muss derjenige sein, vor dem du davonläufst, dass du bei mir Schutz suchst? Also sag es mir«, fordert er. »Was genau versprichst du dir von mir?« Seine Stimme donnert gegen die Wellen an, die an die Seite der Fähre klatschen. Nur dass seine Worte mich mitten ins Herz treffen und für einen gigantischen Tsunami sorgen, der über mich hinwegfegt.

»Ich habe ein paar schlimme Dinge erlebt«, flüstere ich. »Ich weiß nicht, wo ich hinsoll. Und …« Ich sehe auf und muss schlucken, weil unsere Blicke sich treffen. »Ich werde nicht gern berührt.« Ich muss mich konzentrieren, jedes Wort deutlich auszusprechen und nicht in Tränen auszubrechen.

»Was soll das heißen? Ich raff echt gar nichts mehr. Dass du irgendwas zu verdauen hast, habe sogar ich gecheckt. Aber habe ich dir das Gefühl gegeben, dass ich irgendetwas erwarte? Wenn du nicht berührt werden willst, okay. Meinetwegen. Dann sag das doch einfach.«

Verzweifelt streicht er sich mit beiden Händen durch die Haare und stützt die Ellbogen auf den Tisch.

Es ist meine Schuld, dass er hier sitzt. Vollkommen erledigt, nach einer Schießerei, einem Mord und auf dem Weg auf eine Insel, zu der er wahrscheinlich niemals wollte. Ich sollte mich ihm öffnen, ihm von den Lions erzählen. Von Hunter, seinem Tod und Onkel Fearghas. Vielleicht auch von Weihnachten 2019. Den Feiertagen, die alles für immer verändern haben. Ich sollte es. Doch ich kann nicht. Schweigend sitze ich da und knete meine Finger, die inzwischen auf meinem Schoß liegen.

»Okay«, stößt Isaac aus und ich hebe den Kopf, nur um ihn schnell wieder zu senken, nachdem ich in seine verbissene Miene geblickt habe. »Weißt du was? Vielleicht sollten wir es lassen? Vielleicht kommst du ohne mich besser klar? Ich glaube dir mittlerweile, dass du Brex und Kylee nicht verraten willst, und das hier ist nicht gerade der Urlaub, den ich vor Augen hatte. Du willst nicht reden? Auch gut, dann trennen sich unsere Wege hier.«

Angst schießt durch meine Venen, als er aufsteht. Pure Angst. Vor einer Schießerei davonzulaufen und Blut an meinen Händen kleben zu sehen, triggert mich und holt Bilder in meinen Kopf, die ich nicht sehen möchte. Doch die Vorstellung, Isaac könnte gehen und mich allein und ungeschützt zurücklassen, ist es, die mich wirklich um den Verstand bringt.

Blitzschnell greife ich seine Hand und drücke sie so fest ich kann.

»Nein«, flehe ich. Dabei sehen wir uns an und in Zeitlupe löst sich der Zorn in seinem Gesicht auf. »Bitte lass mich nicht allein.«

Ich ziehe ihn an seiner Hand zu mir. Ich will seine Nähe ja. Es fällt mir nur schwer, mich daran zu gewöhnen.

»Dann musst du mit mir reden, Fenella.«

Ich atme erleichtert aus, als er sich neben mich auf die Bank sinken lässt. Noch immer sind unsere Finger miteinander verschränkt und wir beide sehen auf diese Verbindung.

»Ich bin einfach total am Arsch«, lasse ich die Worte ungefiltert aus mir herauspurzeln. Isaac zuckt kaum merklich zusammen und ich schmunzele, auch wenn mir zum Heulen zumute ist. »Jeder normale Mensch sollte sich wohl an dieser Stelle Gedanken machen, dass jemand auf uns geschossen hat. Irgendwer wollte unser Leben beenden und ich sitze hier mit dir«, schnaube ich und sehe ihn kurz an. Er zieht eine Augenbraue nach oben und ich versuche, mich ihm zu erklären. »Isaac, jeder Kerl würde in dieser Situation durchdrehen, und dass du es nicht tust, beweist nur ein weiteres Mal, dass ich besser nicht in deiner Nähe sein sollte. Ich bin nicht blöd. Ich sehe, wie du reagiert hast – mal abgesehen davon, dass du eine Pistole in der Hose trägst. Und doch ist alles, woran ich denken kann, wie krank es ist, dass ich nicht ertragen kann, wenn mich jemand berührt.« Ich bin erleichtert, nicht direkt Abscheu zu sehen, als er seinen Blick hebt. »Das ist das Letzte, was mich jetzt interessieren sollte, und doch ist es so. Weil ich es furchtbar finde, dass ich eine einfache Berührung unterschwellig als Qual empfinde.«

»Was meinst du damit?« Sein Daumen malt kleine Kreise auf meinen Handrücken. Jede einzelne Umdrehung legt sich besänftigend auf meine Nerven.

»In meinem Leben waren Berührungen lange Zeit eine Drohung. Eine Bestrafung. Der einzige Mann, der mich je liebevoll berührt hat, war mein Bruder.« Ich atme ein letztes Mal ein und aus, ehe ich ausspreche, was sich noch immer wie Säure auf meine Stimmbänder legt. »Aber er ist im Dezember vor zwei Jahren gestorben. Seitdem bin ich allein.«

Isaacs Stirn liegt in Falten, die Furche zwischen seinen Augen ist tiefer, als ich sie je gesehen habe. Er kneift die Augen leicht zusammen, ehe er sie weitet und seine freie Hand in den Nacken legt.

Bevor er die Fragen aller Fragen stellen kann und wir noch tiefer in meine verkorkste Vergangenheit sinken, lenke ich ab.

»Ich könnte mir vorstellen, dass mein Vater nach mir suchen lässt. Allerdings hätte er keinen Grund, auf uns zu schießen. Das macht selbst für ihn keinen Sinn.«

Isaac fährt sich immer wieder über das Gesicht. Man kann ihm ansehen, wie es hinter seiner Stirn rattert.

»War …«, er zögert und sieht erneut auf unsere Hände, die inzwischen entspannt ineinander liegen. »Ist dein Vater derjenige, der …« Mit der freien Hand deutet er an mir herunter und es dauert einen Moment, ehe ich verstehe, wonach er fragt.

»Nein. Nein«, sage ich schnell. »Mein Vater weiß von alldem nichts.« Und dann spreche ich etwas aus, das kein Mensch auf diesem Planeten weiß. »Mein Onkel. Er …«, stottere ich. »Also er …«

Wir sehen uns an und Isaac erlöst mich mit einem verständnisvollen Nicken.

»Ich versteh schon«, unterbricht er mein Gestammel.

Nachdenklich lässt er sich gegen die Rückenlehne fallen und seine Brust hebt und senkt sich unter schweren Atemzügen. Ihm ist es nicht bewusst, aber dass ich ihm innerhalb weniger Minuten von Hunter und Fearghas erzählt habe, macht ihn zu meinem engsten Vertrauten. Und dabei weiß ich rein gar nichts über ihn.

Im Nachhinein schien er nicht überrascht, dass wir angegriffen wurden. Allein das sollte mir viel mehr zu schaffen machen. Aber ich bin einfach nur froh, hier mit ihm zu sitzen. Er passt auf mich auf. Das hat er gesagt.

»Kannst …«, setze ich erneut an und rutsche etwas näher

zu ihm. Ich bin schon wieder kurz davor zu heulen. Weil ich nicht länger allein bin. Weil es einen Menschen gibt, der mein Geheimnis oder zumindest einen Teil davon mit mir trägt. Meine Vergangenheit ist verdammt schwer. »Kannst du mich vielleicht einfach einen Moment im Arm halten?«

In Zeitlupe wandert einer seiner Mundwinkel zu einem schiefen Grinsen. Dann streckt er seinen Arm auf die Rückenlehne und es ist an mir, seine Nähe zu suchen.

Zögerlich rutsche ich immer dichter, bis ich die Wärme seines Körpers an meinem fühle. Erst als meine Wange auf seine Brust trifft, spüre ich seinen Arm, der sich langsam und behutsam um meine Schulter legt. Sein Herz schlägt genauso schnell wie meins und ich kneife die Augen zusammen. Ich weiß, er wird mich beschützen. Ich weiß es einfach. Es muss so sein.

Wir verharren eine gefühlte Ewigkeit in dieser Position, ehe seine Lippen sich auf meinen Scheitel legen.

»Gar nicht so übel, oder?«, schmunzelt er und schiebt mir dabei eine Strähne hinters Ohr.

»Hm«, nicke ich gegen seine Brust. »Auszuhalten.«

Und mit geschlossenen Augen lausche ich seinem Herzschlag und gebe mich für den Moment dem Gefühl hin, geborgen zu sein. Tief in meinem Inneren warnt eine Stimme, mich nicht zu sehr auf dieser Emotion auszuruhen. Aber ich verbiete ihr, zu sprechen. Denn ich brauche eine Pause. Eine Auszeit vom Alleinsein. Isaac ist – wie auch immer er das geschafft hat – über die hohen Mauern geklettert, die ich vor vielen Jahren um mein Herz gebaut habe. Und jetzt, da er schon einmal da ist, bin ich nicht bereit, ihn so schnell wieder gehen zu lassen. Auch wenn mir mit jedem seiner Herzschläge klar ist, dass niemand in meiner Nähe sein sollte. Wenn ich untergehe, werde ich ihn mitreißen. Dann ist ein einfacher Schusswechsel sein kleinstes Problem. Wenn der Worst Case eintritt, die Lions mich einfangen, Isaac erfährt, wer ich bin, und alles, was ich tief in meinem Herzen eingeschlossen habe, ans Licht kommt, haben wir ganz andere Probleme.

KAPITEL ZWÖLF

»Was machen wir jetzt?«

Wir haben das erste Bed and Breakfast angesteuert, das sich finden ließ. Isaac hat bei der knurrigen Rezeptionistin für drei Nächte gebucht und mich, eine Hand auf meinem unteren Rücken, durch die dunklen Flure bis zu unserem Zimmer geschoben. Dafür, dass wir gerade eine actionreiche Verfolgungsjagd erlebt haben, sind wir beide verdächtig ruhig. Doch so langsam kehrt das ›Und jetzt?‹ in meinen Kopf zurück.

»Wir denken nach.«

Fast gleichzeitig lassen wir uns auf die Bettkante sinken. Isaac stützt die Ellbogen auf die Knie auf und presst die Hände gegen die Stirn.

»Könntest du vielleicht laut denken?«, murmele ich und knete schon wieder nervös an meinen Fingern.

»Wer auch immer das war«, seufzt er und richtet sich neben mir auf. Seine Haare sind vom Wind zerzaust und es juckt mich in den Fingern, durchzustreichen. »Irgendwie müssen sie rausgefunden haben, wo wir waren. Ich kapiere es nicht. Es gibt keine Möglichkeit, uns zurückzuverfolgen.«

Die Gedanken an seine Haare sind schnell vorbei, denn die Erkenntnis trifft mich wie ein Fausthieb.

»Scheiße«, keuche ich und lege mir eine Hand vor den Mund.

»Was ist?«

Langsam lasse ich meine Finger sinken. »Wieso habe ich das nicht gleich gecheckt? Ich habe zu Hause angerufen. Gestern. Ich …«, mir bleiben die Worte im Hals stecken.

»Okay.« Zu meiner Verwunderung scheint Isaac fast erleichtert. »Das erklärt zumindest, wie man uns finden konnte.«

Mein Finger tippt im Takt meiner Gedanken gegen meine Lippe. Warum sollte mein Vater auf mich schießen? Es sei denn, er hat sich mit Kester zusammengetan.

»Wer denkt jetzt leise«, schnaubt Isaac. »Also, ich gehe mal stark davon aus, dein Vater ist kein normaler Grundschullehrer, der sich Sorgen um seine Tochter macht. Ist er es, vor dem du davonläufst?«

Ich presse die Lippen fest aufeinander und schüttele den Kopf.

»Nein«, erwidere ich schnell, ehe er voreilige Schlüsse zieht. »Er würde auch nicht auf mich schießen. Ich habe mich länger nicht bei meinen Eltern gemeldet. Das ist untypisch für mich. Er macht sich Sorgen. Das hat er sogar gesagt. Warum sollte er uns etwas tun wollen?«

»Sag du es mir, Schneewittchen«, knurrt Isaac und zieht dabei seine Stirn kraus. »Ich finde das alles nämlich etwas bedenklich, wenn ich ehrlich bin.«

»Na ja.« Je mehr ich darüber nachdenke, umso ängstlicher werde ich. »Vielleicht …«

»Vielleicht«, fordert Isaac in barschem Ton, weil ich eine Sekunde zögere.

Wir sehen uns an und er liest meine Gedanken.

»Die Lions«, murmeln wir beinahe aus einem Mund.

»Was wollen sie von dir, he?«, schnauzt er mich an. Ich kann ihm die Wahrheit nicht sagen. Ich will nicht zurück. Ich will nie wieder etwas mit den Lions zu tun haben.

»Ich kann es dir nicht sagen«, flüstere ich und senke dabei den Kopf.

»Dann kann ich dir nicht helfen.«

Unsere Blicke treffen sich erneut.

»Ich habe Angst, Isaac.« Das zumindest ist eine Wahrheit, die ich zugeben kann.

»Scheiße«, brummt er und streicht sich die Haare aus dem Gesicht. »Okay. Also eins nach dem anderen. Erst mal sind wir jedenfalls hier in Sicherheit. Gleich bringe ich das Auto weg und dann sollte es keine Spuren mehr geben.«

»Aber wie haben sie uns bei dem Schloss gefunden? Niemand wusste, dass wir dort hinfahren.«

»Der Flyer. Er lag auf deinem Bett, als wir los sind.« Den Atem auspustend, steht er auf und tritt vor das kleine Fensterchen. Die Sprossen und die uralten Scheiben bieten nicht gerade einen atemraubenden Ausblick, aber das Zimmer ist zweckdienlich. Selbst wenn nicht, wäre es gerade vollkommen egal.

Ohne es mit mir abzusprechen, hat Isaac nur ein Zimmer gebucht und ich bin ehrlich gesagt dankbar dafür. Nicht unbedingt, weil ich scharf darauf bin, mir ein Bett mit ihm zu teilen. Vielmehr, weil ich mich so sicherer fühle. »Hast du sonst irgendetwas im Gepäck, das uns zum Verhängnis werden könnte?«

»Nein. Nur ein paar Klamotten, Bücher und ...« Ich halte inne, sodass Isaac sich zu mir herumdreht.

»Was?«, fordert er auf. Mir wird ganz schlecht.

»Kylees neues Buch.«

»Aber da steht Kylees echter Name nirgendwo drin, oder?«

Er kommt auf mich zu und geht vor mir in die Hocke. »Konzentrier dich, Fenella. Findet irgendjemand dadurch heraus, wer Kylee ist?«

»Eine Widmung«, wimmere ich. »Sie hat mir vorne eine Widmung reingeschrieben. Da steht: Für Fenella. Schön, dass du uns endlich besuchst. K.«

»Fuck«, brüllt Isaac aus heiterem Himmel und springt auf. »Okay. Ich muss irgendwie Brexen erreichen.«

»Warum? Ich meine ... denkst du, sie sind in Gefahr?« In meinem Kopf überschlagen sich die Gedanken. Wenn es die Lions sind, die mich ausschalten wollen, weil ich davongelaufen bin, was bedeutet das für die anderen? Stecken Brexen und Kylee womöglich mit drin? Wissen sie von ihnen, dass ich mit Isaac unterwegs bin? Denn ich möchte mir einfach nicht vorstellen, dass sie es von meinem Dad wissen. »Wenn sie zu den Lions gehören …«, spreche ich aus und Isaac verzieht das Gesicht.

»Bullshit.«

»Das hörte sich vor wenigen Tagen aber noch ganz anders an.«

»Ich weiß nicht, was Brex mit den Scheiß-Lions am Laufen hat, aber er ist ganz sicher keiner von ihnen. Niemals.«

»Und da bist du dir sicher? Wenn du ihn jetzt anrufst und sagst, wo wir stecken und …«

»Fenella. Ich vertraue Brexen. Auch wenn das für dich anders aussah. Ja, wir hassen uns schon mal, aber er würde mich niemals verraten. Niemals. Viel interessanter finde ich noch immer die Tatsache, warum eine skrupellose Bruderschaft nach einer einfachen Studentin sucht? Oder dass du die Option nicht ausschließt, dass Daddy unterwegs ist, um dich wieder einzufangen.«

Ich zögere. Warum, weiß ich nicht. Dieser Kerl hier vor mir hat sein Leben für mich riskiert. Warum vertraue ich ihm meine schlimmsten Ängste an, aber nicht das?

»Ich kann es dir nicht sagen«, flüstere ich. Weil ich Angst habe. Isaac hat deutlich gemacht, was er von den Lions hält. Wenn er erfährt, dass ich eine von ihnen bin oder zumindest sein sollte, dann hasst er mich auch.

Seufzend streicht er sich die Haare aus der Stirn.

»Ich muss Brexen kontaktieren. Er muss Kylee und Kearon wegbringen.«

»Das verstehe ich immer noch nicht. Was haben sie damit zu tun?«

»Es ist ganz einfach, Schneewittchen«, stöhnt er. »Wir wissen nicht mit Sicherheit, ob es dein Vater war, der unseren Ausflug gecrasht hat, oder die Lions. Wer weiß, vielleicht ging es da heute gar nicht um dich. Ich kann mir beim besten Willen nicht vorstellen, dass das Lions waren. Ich weiß nicht warum. Es ist einfach so ein Gefühl. Und dann gäbe es nur zwei Alternativen. Dein Vater ...«, seine Augen verdunkeln sich. Der ganze Raum scheint mit einem Mal finsterer zu werden. »... oder meiner.«

Entsetzt starre ich ihn an.

»Du denkst ...«, ehe ich etwas Falsches sage, zögere ich.

»Auch mein Vater ist kein Grundschullehrer, Baby.« Sein Schnauben erfüllt den kleinen Raum. »Aber eigentlich ist es ausgeschlossen. Es ...«, macht auch er eine Pause. Unsere Blicke treffen sich und für einen Augenblick scheint die Zeit stillzustehen. Keine Uhr mehr, die tickt. Nur unsere himmelblauen Augen, die versuchen sich etwas klarzumachen, das wir mit Worten nicht ausdrücken können. »Fuck, Fenella«, knurrt Isaac irgendwann in die Stille und ich zucke unter seinem lauten Bass zusammen. »Ich kann dir auch nicht alles sagen. Fakt ist nur, wir sind jetzt hier. Zusammen. Und ich bring das in Ordnung.« Mit schnellen Schritten tritt er so dicht vor die Bettkante, dass sein Geruch mir in die Nase steigt. Es ist nicht mal sein markantes Parfüm, das mich jedes Mal zum Schwitzen bringt, wenn er mir nahe ist. Es ist einfach ... Isaac. Ein Duft nach Leben und Freiheit. Erneut geht er vor mir in die Hocke, und dieses Mal zögert er nicht, seine Hand auf meine zu legen. Bestimmend hält er mich davon ab, weiter nervös mit den Fingern zu spielen. »Ganz gleich, wer hinter uns her ist. Ich verspreche dir, ich hol dich aus dem Schlamassel wieder raus. Kleiner Funfact, falls du es noch nicht gemerkt haben solltest. Ich bin auch kein Grundschullehrer.« Ein schiefes Grinsen bringt eins seiner kleinen Grübchen zum Vorschein. Wenn meine Hand nicht fest unter seiner läge, könnte ich mich bei dieser Gelegenheit wohl nicht davon abhalten, mit dem Finger über die kleinen Kuhlen zu fahren. »Ich box dich da raus. Wir müssen uns vertrauen, okay?«

Wie sollte ich so eine Frage verneinen, wenn ein Mann mich dabei aus dermaßen ozeanblauen Augen anhimmelt?

»Okay«, bestätige ich, was ich auch ohne diesen Glanz in seinem Blick weiß.

»Okay«, wiederholt er und nickt dabei. Seine Schultern fallen ein Stück nach vorne und er nickt immer weiter, als stimme er seinen eigenen Gedanken zu. »Ich werde das Auto wegbringen und irgendwo ein Prepaidhandy auftreiben.« Nachdem er meine Finger noch ein letztes Mal gedrückt hat, steht er auf. »Ruh dich solange aus«, murmelt er und streichelt mir einmal sachte über die Haare.

Ich sitze noch in derselben Position da und versuche meine Gedanken zu lüften.

Was für ein Tag! Und dabei sollte es doch unser erster normaler Urlaubstag werden. Mein Gefühl sagt mir, unsere gemeinsame Zeit mag vieles werden, aber ein Urlaub ganz sicher nicht.

KAPITEL DREIZEHN

Träge hebe ich die Lider. Mir müssen die Augen zugefallen sein. Denn jetzt, da ich sie sachte wieder öffne, sehe ich durch das kleine Fensterchen, dass es bereits dämmert.

»Hi«, flüstert Isaac und ich schlucke, weil er so dicht vor mir auf der geblümten Tagesdecke liegt. Wie ich liegt er auf der Seite und hat einen Arm unter dem Kopf angewinkelt. Ich kann seinen Atem auf meinem Gesicht spüren, so nah sind wir uns. Es macht mir wundersamerweise keine Angst.

»Hi«, hauche ich zurück. »Wie lange habe ich geschlafen?«

»Nur ein paar Stunden. Das Auto ist weg. Ich habe ein Handy und ein paar Sachen eingekauft.«

Er nickt in Richtung des kleinen Cocktailsessels, doch ich wende meinen Blick nicht ab.

»Bist du irgendwie sauer auf mich?« Das war nur einer von tausend Gedanken, mit denen ich mich während seiner Abwesenheit beschäftigt habe. Und es ist die einzige Frage, auf die ich einfach eine Antwort bekommen kann.

»Warum sollte ich?«

Noch immer sprechen wir im Flüsterton miteinander. Ich weiß nicht genau wieso, aber ich finde es toll. Am liebsten würde ich die geblümte Decke über unsere Köpfe ziehen und nie wieder hervorkommen.

»Ich weiß nicht. Weil ich dir nicht alles erzählen kann.«

»Das ist schon okay. Ich habe dir auch nicht alles gesagt. Aber eine Sache …«

»Ja?«, hake ich leise nach, weil er zögert.

»Als du diese Dinge gesagt hast über Berührungen. Mit Bestrafungen und Drohungen. Ich … also …«

»Er hat mich nicht vergewaltigt«, sage ich, was unausgesprochen zwischen uns steht, seit ich Andeutungen gemacht habe. »Er hat es oft angedroht und mich gequält, aber dazu ist es nie gekommen.«

Weil es stattdessen viel schlimmer gekommen ist.

Isaac stößt seinen angehaltenen Atem aus. Er riecht nach Kaffee und vielleicht Schokolade? Ich weiß es nicht. Ich weiß nur, dass ich ihn nicht unangenehm finde. Ganz im Gegensatz zu diesem Thema.

»Gibt es nicht Wichtigeres, über das wir sprechen sollten? Es gilt doch sicherlich, einen Plan auszuhecken, oder nicht? Meine verkorkste Vergangenheit läuft ganz bestimmt nicht weg.«

Ich kann nichts dagegen tun, dass sich meine Stimme von allein hebt und den Moment zerstört.

»Auf jeden Fall. Aber das hat Zeit. Bis dahin versuche ich aus dir schlau zu werden.«

»Tja. Daran sind schon andere vor dir gescheitert«, gebe ich eine Spur zu patzig zurück. Mein Kopf ist noch nicht wach genug für eine Unterhaltung dieser Art. Zudem rede ich nicht gern über mich. Und schon mal gar nicht mit einem Typen wie Isaac. In einem Bett.

»Versteckst du dich seinetwegen hinter diesen hässlichen Klamotten?«

»Schönen Dank auch.«

Ich habe keine Ahnung, wo dieses Gespräch gerade herkommt. Vielleicht schlafe ich auch noch. Hoffentlich. Andernfalls würde ich mich über sein träges Schmunzeln ärgern und mich gleichermaßen zu Tode schämen.

»Es ist nur«, lächelt er und streicht sich über den Mund. Als er bei seiner kaputten Lippe ankommt, verzieht er kurz das Gesicht. »Du bist wunderschön und dazu verdammt scharf. Warum versteckst du dich so sehr?«

»Klar«, schnaube ich und drehe mich auf den Rücken. »Ich sollte mich ausziehen, um jeden Mann auf der Welt einzuladen, mich anzugrapschen. Weil ich ja sonst keine Sorgen habe.«

»Wow!«, stößt er aus. Dabei richtet er sich auf den Ellbogen gestützt auf, um mich anzusehen. »Mach mal halblang, Schneewittchen. Selbst wenn du den Rest deines Lebens nackt herumlaufen würdest, ist das keine Rechtfertigung für das, was auch immer du erlebt hast. Ein Mann sollte wissen, wann eine Frau berührt werden will und wann nicht.«

»So wie du es wusstest, vorgestern Nacht?«

Ich drehe mich zurück auf die Seite. Er will reden? Gut, reden wir doch über ihn. Endlich habe ich freien Blick auf das Tattoo, das an der Innenseite seines Oberarms prangt. Es sind Daten. Untereinander aufgelistete Daten in gruselig verwaschener Schrift. Sie stammen alle von diesem und letztem Jahr.

»Ja. Genauso.«

»Du warst dir also sicher, dass sie es genauso wollte? Hattest du schon viele Frauen auf diese Weise?« Wenn wir unbedingt über diese Sachen sprechen müssen, will ich nämlich ebenso ein paar Antworten auf Fragen, die mir im Kopf herumschwirren.

»Was meinst du mit auf diese Weise? Es war nur ein einfacher Fick. Nichts Besonderes.«

Nun dreht er sich auf den Rücken und sieht seufzend an die vergilbte Decke.

Da wir uns länger nicht ansehen, bin ich mutig genug, meinen Gedanken freien Lauf zu lassen.

»Ich weiß nicht, ich habe es mir nicht so ... grob vorgestellt.«

»Was meinst du mit vorgestellt?« Sofort setzt er sich auf und starrt auf mich herab. Weil ich mich in dieser Position klein und schutzlos fühle, richte ich mich ebenfalls auf. Allerdings gehe ich seinem Blick aus dem Weg, indem ich an meinen Fingern knibbele, die nervös auf meinem Schoß tanzen.

»Ach, schon gut.«

»Fenella«, ermahnt Isaac mich.

»Vergiss es einfach, ja?«

»Nein«, keucht er und seine Hand zuckt immer wieder zu meiner, aber er zieht sie jedes Mal rechtzeitig zurück. »Ich vergesse es nicht. Du …«

»Ja, ich bin noch Jungfrau, Isaac«, schnauze ich ihn aus heiterem Himmel an. Zu meinen Worten erntet er den tödlichsten Blick, den ich auf Lager habe. »Bist du jetzt zufrieden? Dein kleiner noch so unbedeutender Fick war meine bisher intimste Erfahrung. Herzlichen Dank dafür«, maule ich. Ich halte es keine Sekunde neben ihm aus. Noch ehe ich den ersten Fuß aus dem Bett setzen kann, hält er mich am Handgelenk zurück.

»Scheiße nein«, knurrt er und zieht mich der Länge nach zurück neben sich. »Du wirst nicht wieder davonlaufen.«

»Lass mich in Ruhe!«, keife ich. Die Scham ist viel größer als meine Wut, aber am Ende kommt es in geballter Ladung nicht mehr darauf an, was überwiegt.

»Nicht, bevor wir das geklärt haben.«

»Was gibt es da zu klären? Mein Onkel hat mich jahrelang bedrängt. Er wollte mich für sich. Hat mich terrorisiert, mich angefasst, erniedrigt. Das ganze Programm eben. Also habe ich mich lieber vor der ganzen Welt versteckt. Du wolltest eine Erklärung? Da hast du sie. Werde glücklicher damit, als ich es bin.«

»Du wirst aber doch bestimmte Dinge getan haben? Ich meine … keine Ahnung, einen Blowjob, ein bisschen fingern. Sag mir bitte, dass du irgendetwas getan hast.«

»Nein.« Ich blicke nicht länger in sein schmerzverzerrtes Gesicht. Erst als er längere Zeit nicht reagiert, wage ich es, den Kopf zu heben. »Scheiße«, stößt er aus und reibt sich über den Mund. Ich habe sein dämliches Lachen dennoch gesehen.

»Schön, dass mein ätzendes Leben dich amüsiert.«

Ich bin so wütend, am liebsten möchte ich ihn schlagen. Aber da ich ohne Gewalt leben möchte, versuche ich ein weiteres Mal aus diesem bescheuert geblümten Bett zu kommen. Doch auch meinen nächsten Fluchtversuch blockt er ab.

»Hey. Ich lache doch nicht über dich. Ich komme mir nur gerade vor wie ein echtes Arschloch.«

»Na dann. Wenigstens hat einer von uns zu seinem wahren Ich gefunden«, fauche ich.

Isaac lacht nur über meine Worte. Mit der Zeit, in der wir beide gegen die dämliche Tapete mit den Schwänen starren, macht sich die Stille erneut breit, und dieses Mal bin nicht ich diejenige, die das Schweigen durchbricht.

»Willst du es?«

»Was?«, frage ich und sehe ihn mit großen Augen an.

»Sex? Willst du, dass ich dich ficke? Ich mach's.«

»Oh Gott!«, keuche ich. »Das hast du jetzt nicht wirklich gesagt, oder?« Dieses Mal bin ich schneller als er und springe aus dem Bett. Wütend stütze ich die Hände in die Hüften. »Bin ich so armselig, ja? Dass du dich dazu herablassen würdest, es mit mir zu tun?«

»Das verstehst du völlig falsch, Schneewittchen.« Auch er kommt auf die Füße und scannt meinen Körper von oben bis unten. »Du würdest mir einen riesigen Gefallen tun. Ich war von der ersten Sekunde an scharf auf dich, aber irgendwas hat mich zurückgehalten. Gott sei Dank. Sonst wäre ich jetzt mächtig am Arsch.«

Gerade als ich etwas Schlagfertiges antworten will, deutet er auf seinen Schritt, und selbst als kleine unerfahrene Jungfrau erkenne ich die Erektion, die in seiner Jeans steckt.

Mein Mund klappt auf, um etwas zu sagen, aber es will einfach kein Ton herauskommen.

»Klapp den Mund zu, Prinzessin. Es ist nur ein

Schwanz. Und du nur eine Jungfrau. Du tust gerade so, als hinge der Weltfrieden von deiner Unschuld ab. Wenn du Sex willst, musst du es nur sagen«, lacht er.

»Du bist unglaublich.«

»Schön, dass du das erkannt hast.«

»Ich hasse dich.«

»Ach komm. Das tust du nicht. Du hasst nur, wo dieses Gespräch uns hingeführt hat. Wir sollten es einfach tun, dann ist das vom Tisch.«

»Nein!«, kreische ich und mache einen Schritt zurück. »Du hast sie doch nicht alle.«

»Okay. Wie du meinst. Es ist deine Entscheidung.«

»Oh ja. Da hast du ausnahmsweise recht.«

Sein Grinsen verschwindet langsam. Ich schüttele noch immer wild den Kopf. Ich will das hier nicht. Dieses Gespräch. Sein Angebot. Und erst recht will ich nicht, dass er diesen ernsten Ausdruck im Gesicht hat. Diesen, der mich als armselig und mitleiderregend enttarnt.

»Du kannst mir vertrauen, Fenella.«

»Können wir bitte über etwas anderes reden?«, flehe ich und lege mir beide Hände vors Gesicht.

»Klar.« Weil er nichts weiter sagt, sehe ich zwischen zwei Fingern hindurch. »Ich könnte sowieso eine Abkühlung gebrauchen.« Sein dreckiges Lachen dringt mir in die Poren und bringt mich dazu, frustriert zu stöhnen. Aber Isaac wackelt nur anzüglich mit den Augenbrauen.

Wie erstarrt stehe ich da und sehe gebannt dabei zu, wie er sich das Shirt über den Kopf zieht. Uns ist beiden klar, dass er das absichtlich tut. Dieser elende Mistkerl. Ich presse die Hände noch fester vor mein Gesicht, aber komme nicht umhin, meine Finger noch weiter zu spreizen, um ihn besser sehen zu können. Wie seine definierten straffen Muskeln zum Vorschein kommen. Die glatte braune Haut, auf der einzelne Tattoos meine Aufmerksamkeit erregen. Wäre es wirklich so einfach?

Noch nicht mal ganz im Bad, zieht er sich die Hosen herunter und ich erhasche einen Blick auf seinen Hintern, ehe ich das Wasser der Dusche rauschen höre. Er hat nicht mal die Tür geschlossen.

»Hast du überhaupt eine Nummer, mit der du sie erreichen kannst?«

Ich ziehe die Füße auf den kleinen Sessel und schlinge die Arme um die Knie. Noch immer trage ich die gleichen Klamotten wie heute Morgen. Ich wage es nicht, in den Tüten nachzusehen, was Isaac gekauft hat oder ob überhaupt etwas für mich dabei ist. Seit er aus der Dusche gekommen ist, trägt er lediglich die am tiefsten sitzende Jogginghose aller Zeiten. Sie hängt unterhalb seiner Hüftknochen und ich muss mich zusammenreißen, nicht die ganze Zeit auf seinen flachen Bauch zu starren. Von seinem Bauchnabel zieht eine feine Linie kleiner Härchen eine Spur, die direkt in seinem Hosenbund verschwindet.

»Hörst du mir überhaupt zu?«

»Was?«, frage ich ertappt und sehe hastig wieder nach oben. Isaac ist dabei, eine SIM-Karte in das klapprige Handy zu schieben. Dabei grinst er mich schief an, als wüsste er ganz genau, was ich gerade gedacht habe.

»Ja, klar höre ich zu.« Ich lasse die Stirn auf die Knie fallen. Ein tiefes Stöhnen löst sich aus meiner Kehle und findet den Weg in das schummrig beleuchtete Zimmerchen. »Okay, nein, das war gelogen.«

Sein dumpfes Lachen vibriert bis in meinen Bauch und ich drücke meine Stirn noch fester gegen mein Knie.

»Ich sagte, dass Brexen ein Notfalltelefon hat. Ich könnte dir die Nummer im Schlaf aufsagen.«

Sofort sehe ich hoch, nur um festzustellen, dass er inzwischen so dicht vor mir steht, dass das Muskelspiel auf seinem Bauch in greifbarer Nähe liegt. Das macht es nicht gerade leichter, mich auf Kylee und Brexen zu konzentrieren.

»Dann rufst du sie einfach so an und sagst ihnen, dass sie in Gefahr stecken?«, flüstere ich, auch wenn es Quatsch ist, weil noch niemand abgenommen hat. Ich kann das Freizeichen hören.

Isaac hebt einen Finger an, um mir zu zeigen, dass ich warten soll, und tritt vor das Fenster. Mit einer Hand öffnet er es, mit der anderen zieht er eine Zigarette aus seiner Hosentasche und zündet sie an.

»Jo, Brex. Ich bin's«, knurrt er ins Telefon. Ich kann nicht genau hören, was dieser erwidert, aber sein Tonfall, der bis zu mir herüberdringt, klingt nicht gerade freundlich. »Okay, okay. Und jetzt halt mal die Luft an, Alter«, schnaubt Isaac irgendwann ins Telefon. Mit gekräuselten Lippen pustet er den Rauch in die Dunkelheit.

Hier in St. Margaret's Hope sind die Straßen ruhig. Man kann das Meer rauschen hören und hin und wieder fährt auf der Straße ein einzelnes Auto vorbei. Ich habe noch nie zuvor die Orkney-Inseln besucht, obwohl ich es immer vorhatte. »Boah. Das kann echt nicht euer Ernst sein«, brüllt Isaac plötzlich und ich zucke zusammen, weil er zu mir herüberkommt. Obwohl er barfuß ist, stampfen seine Schritte wütend auf dem Teppich auf. »Hier«, schimpft er. »Die Inselprinzessin denkt, ich habe dich in Stücke geschnitten.«

Dieses Mal bin ich diejenige, die sich ein Lächeln verkneifen muss. Unsere kleinen Finger streifen sich, als ich ihm das altmodische Handy abnehme. Ich zucke unter der Berührung zusammen, als wäre ich an ein Stromkabel gekommen.

Isaac schüttelt nur genervt den Kopf und tritt zurück ans Fenster. An seinem Rücken erkenne ich die tiefen Atemzüge, immer, wenn er an seiner Zigarette zieht. Auf seinem Rücken gibt es nur ein einziges Tattoo. Einen Schriftzug zwischen seinen Schulterblättern. *Sanguis sanguine expiabitur*. Ich habe keine Ahnung, was das bedeuten soll.

»Fenella!«, kreischt Kylee mir im selben Augenblick ins Ohr und ich halte das Telefon ein bisschen weg. »Wo zur Hölle bist du? Was ist los? Warum zur Hölle bist du mit

Isaac weg? Du kennst ihn doch überhaupt nicht. Du hast ja keine Ahnung, wer …«

»Kylee!«, unterbreche ich sie barsch. Zumindest für meine Verhältnisse.

»Warum bist du weggegangen? Weißt du, wie viele Sorgen wir uns gemacht haben?«, redet sie unbeirrt weiter.

»Ich bin weg, weil ich es wollte. Und …«, ich schiebe meine Zurückhaltung beiseite. Es macht keinen Sinn mehr, noch länger meine Geheimnisse bewahren zu wollen. »Weil ich vor den Lions weglaufe. Kester und seine Jungs suchen mich wahrscheinlich längst«, gestehe ich und im Augenwinkel bemerke ich, wie Isaac sich abrupt zu mir herumdreht. »Ich laufe vor ihnen davon, weil sie etwas von mir wollen, und ich hatte die Befürchtung, ihr steckt mit ihnen unter einer Decke.«

»Du … äh … was?«, keift sie noch eine Spur schriller. Allerdings ist es nicht Kylees Stimme, die meine Aufmerksamkeit bekommt. Es ist Isaacs Blick. Bisher habe ich es nie so preisgegeben wie in diesem Augenblick. Warum ich es ausgerechnet jetzt tue, weiß ich selbst nicht genau. Vielleicht weil ich mich ihm mit Kylee am Ohr nicht allein stellen muss, was wiederum totaler Irrsinn ist, weil sie genauso von dieser Information überrumpelt wird wie er.

»Es …«, zögere ich, weil ich mich mit dieser Aussage ganz schön in die Bredouille manövriert habe. »Die Lage ist kompliziert. Jedenfalls wollen sie, dass ich zurück ans Cluaran-College komme, aber ich möchte das nicht.«

»Hä? Ich versteh gerade gar nichts mehr.« Im Hintergrund hört man Brexen wütend grummeln. Irgendwas an meinen Worten scheint ihm nicht zu passen und Kylee abzulenken. Isaac hingegen tritt dicht neben mich. Hauchzart berührt seine Handfläche meine Schulter. Und es fühlt sich wundervoll an. Warm und beruhigend. Diese kleine Geste macht mich stark.

»Habt ihr was mit den Lions zu tun, ja oder nein, Kylee?«, frage ich daher geradeheraus. »Ich weiß, dass du mich belogen hast. Isaac ist nicht dein Cousin und ich weiß inzwischen auch, dass Brexen Kearons Vater ist.« Nun sagt keiner mehr etwas. Ich kann an ihrem Atem hören, dass sie noch da ist, doch offensichtlich weiß sie nicht, was sie mir sagen kann. Und das wiederum ist ein Gefühl, das ich sehr gut kenne. »Ich verstehe, wenn du mir nicht alles sagen kannst«, erkläre ich daher in die entstandene Stille. »Aber ich muss wissen, ob ich euch vertrauen kann.«

»Kannst du«, erwidert meine Freundin wie aus der Pistole geschossen und meine Schultern sacken erleichtert herab. Zu spüren, wie Isaac sie zur Bestätigung drückt, bringt mich dazu, erleichtert die Augen zu schließen. »Ich habe keine Ahnung, wer oder was die Lions sind. Ich war auf dem College, ohne irgendetwas über sie zu wissen. Das kannst du mir glauben.«

»Und Brexen?«, frage ich und öffne die Augen.

Einen Moment ist es still, dann sagt sie nicht unbedingt das, was ich hätte hören wollen.

»Er kennt Kester und seine Jungs und schätzt sie. Mehr kann ich dir auch nicht sagen.«

»Hm«, murmele ich und mein gerade zurückgewonnenes Vertrauen gerät ins Wanken. Noch ehe ich voreilige Schlüsse ziehen kann, wird mir das Handy aus der Hand genommen.

»So, du neue Miss Schottland. Genug geplaudert. Hol Brex ans Telefon.«

Schon beim Sprechen wendet sich Isaac wieder ab und tritt zurück ans Fenster. Selbst auf die Entfernung höre ich dumpf Kylees Schimpftiraden, doch nach kurzem Protest brummt Brexens tiefer Bass zu mir herüber.

»Nein«, antwortet Isaac auf etwas, das ich nicht verstanden habe. »Auch nein«, redet er weiter und legt sich eine Hand in den Nacken. »Pass auf, Brex. Irgendjemandem scheint mein Urlaub mit Schneewittchen nicht zu passen und die Lions hängen da möglicherweise mit drin.«

Stöhnend beginnt er in dem kleinen Zimmer auf und ab zu laufen. Brexen schimpft ganz offensichtlich ordentlich mit ihm. Das höre ich, auch wenn ich keines seiner Worte klar verstehe. »Nein«, knurrt Isaac. Gespannt ziehe ich die Beine noch enger an den Körper und beobachte seine Mimik. Die Falte in der Mitte seiner Stirn ist deutlich zu sehen, und seine Augen weiten sich hin und wieder, ehe sie sich erneut erbost zusammenkneifen. »Nein. Nelson ist seit drei Wochen in Moskau. Er sollte nicht vor nächstem Monat zurückkommen. Ich kann mir nicht vorstellen, dass er es war. Es waren keine Leihwagen und die Kennzeichen allesamt schottisch. Zudem weiß ich, wann ich Spuren hinterlasse und wann nicht.«

Bei dem letzten Satz funkelt er mich kurz wütend an und ich blicke betreten nach unten. Er hat ja recht. Ich war diejenige, die meinen Vater geradewegs mit der Nase auf unseren Aufenthaltsort gestoßen hat.

»Die Sache ist die«, kommt Isaac seufzend zum Punkt. »Ich kann nicht abschätzen, ob sie die Spur zu euch zurückverfolgen können.«

Er kneift kurz ein Auge zu, weil man am anderen Ende das Losbrechen eines Donnerwetters hören kann. Geduldig lässt er Brexen alles herausbrüllen, was er anscheinend auf der Seele hat. Danach lässt er sich auf die Bettkante sinken und kneift sich in die Nasenwurzel.

»Ich weiß es nicht. Aber ich würde euch empfehlen, eine Zeit lang unterzutauchen. Nur zur Sicherheit.«

Unsere Blicke treffen sich. Es tut gut, dabei zuzusehen, wie Isaacs Gesicht sich aufhellt. Schließlich bekomme ich ein aufmunterndes Lächeln mit einem charmanten Zwinkern zugeworfen. Ein Schwarm Schmetterlinge fliegt flatternd durch meinen zu leeren Magen und heraus kommt ein Geräusch, das nicht gerade reizend klingt. Isaac schmunzelt nur, während Brexen weiter auf ihn einredet. Gemächlich schlendert er zu seinen Einkaufstüten und wirft mir anschließend einen Schokoriegel zu, den ich wenig gekonnt auffange.

»Ja, sicher. Mann, ich bin ja nicht blöd«, knurrt er plötzlich. Ich zucke kurz zusammen, ehe ich mir in Erinnerung rufe, dass er immer noch mit Brexen spricht. »Loch Coruisk.

Keine Ahnung. Aber ich merk's mir.« Wir sehen uns kurz an. Ich kaue inzwischen auf meinem mit Schokolade überzogenen Erdnuss-Karamell-Riegel und zucke nur mit den Schultern. Ja klar, ich bin gebürtige Schottin. Aber wenn man in einem schicken Stadthaus in Glasgow mit Chauffeur und Kindermädchen aufwächst, kennt man die Lochs der Highlands nicht.

»Scheiße ja, Brex. Verdammt, halt mich nicht für dumm oder muss ich dir in Gedanken rufen, wem du es zu verdanken hast, dass du tagein, tagaus Backe backe Kuchen spielen kannst.« Wieder hört man Brexens tiefe Stimme. Doch diesmal scheint sie wesentlich ruhiger zu klingen. »Ja, Mann.«

Mit diesen ausgetauschten Nettigkeiten beendet Isaac das Gespräch und wirft das Handy aufs Bett, nur um es im selben Moment wieder zu angeln und die SIM-Karte herauszunehmen.

»Schluckst du sie jetzt wie ein Superagent herunter?« Ich ziehe eine Augenbraue in die Höhe, während ich damit beschäftigt bin, mit der Zunge das Karamell von meinen Zähnen zu polieren.

»Nein. Nicht mein Stil«, lacht er nur über meinen schlappen Witz und bricht die kleine Karte in der Mitte durch, ehe er sie in den Papierkorb wirft. »Ich nehme mal an, du wirst mir nicht verraten, warum dich dieser Lackaffe zurück aufs Cluaran holen will?«

Erwartungsvoll sieht er mich an, doch ich schüttele nur den Kopf. Ich habe schon viel zu viel gesagt.

Seufzend nickt Isaac. Dabei deutet er auf die nach wie vor unangetasteten Tüten, die in der Ecke stehen. Als starrte ich sie nicht eh schon seit Stunden an. »Ich habe dir was zum Anziehen besorgt. Nichts Tolles, aber ich dachte, du willst vielleicht irgendwann aus den Klamotten raus.«

»Danke«, murmele ich und sehe zu ihm hoch. Das rumorende Gefühl im Bauch, das wir beide nicht aufrichtig zueinander sind. »Was ist an diesem Loch?« Ich versuche meine Gedanken zu fokussieren. Mir ist wohl bewusst, dass ich die ganze Zeit auf sein nicht zu verachtendes Sixpack starre.

»Wenn alles gut läuft, treffen wir Kylee und Brexen dort in einem Monat.«

»Ein Monat?«, kreische ich. Meine Füße stellen sich von allein auf den Teppich und ich springe auf. »Was meinst du mit einem Monat?«

»Fenella«, seufzt er und kommt mir so nah, dass ich nicht mehr unterscheiden kann, ob ich wünschte, er käme noch näher oder er solle sich wieder entfernen. Mein Kopf spielt verrückt, genau wie mein Körper. »Wir müssen herausfinden, was da heute passiert ist. Und für so was braucht man Zeit. Außerdem können wir nicht noch einmal mit ihnen kommunizieren. Das wäre zu gefährlich. Das heißt, wir machen einen Zeitpunkt und einen Ort aus. Wir haben das schon öfter so gemacht. Bis dahin kann Brexen seine Familie in Sicherheit bringen und ich …«, er zögert kurz.

»Und du?«, frage ich, weil mir jede Sekunde der Schokoriegel wieder hochkommt vor Aufregung.

»Und ich dich.«

Meine Brust hebt und senkt sich unter hastigen Atemzügen.

Einen Monat.

Einunddreißig Tage.

So unzählig viele Stunden.

Scheiße.

Ich weiß nicht mal, wie ich die kommende Nacht gemeinsam mit ihm überstehen soll. Wie können wir da von einem Monat sprechen? Ein ganzer verfluchter Monat.

»Hey«, beruhigt Isaac mich. Zumindest versucht er es, denn indem er seine Hand an meinen Oberarm legt, wird es nicht besser. »Es gibt gerade nichts, vor dem du dich fürchten müsstest. Okay?«

Mühsam schlucke ich die letzte Spucke in meinem Mund herunter.

»Okay.«

Als es dann still wird, werde ich richtig nervös. Langsam

kehren alle Erinnerungen an unseren eigenartigen Tag zurück und es macht mich kribbelig, mit Isaac allein in diesem Zimmer zu sein. Herrgott und ich wünschte, er würde sich endlich etwas anziehen. Mein Kopf fühlt sich an, als hätte ich heftiges Fieber.

»Was bedeutet das?«, frage ich, um nicht durchzudrehen, und knibbele nervös an meinen Fingernägeln.

»Was?« Isaac sieht kurz hinter sich, weil ich mit dem Kinn zu der Stelle gedeutet habe, an der er eben stand.

»Das Tattoo auf deinem Rücken.«

Sofort wird der Ausdruck in seinem Gesicht ernst. »Blut wird durch Blut gesühnt werden. Oder wie mein Vater sagen würde: Rache für Blut.«

Scheiße.

Was als simple Ablenkung dienen sollte, macht meine Unruhe nur noch unerträglicher. Isaac tritt einen Schritt zurück und lächelt mich an. Doch sein Lächeln sieht traurig aus. Verletzt und irgendwie ... gebrochen. Ich werde nicht schlau aus ihm.

»Vielleicht gehst du erst mal duschen. Es war ein langer Tag.«

»Okay«, wiederhole ich meine karge Antwort von eben. Ich weiß einfach nicht, was ich noch sagen soll.

»Alles kommt wieder in Ordnung. Ich versprech's.«

»Okay«, kommt es zum dritten Mal ungefragt aus meinem Mund und Isaac lacht nur dunkel. Höchstwahrscheinlich über meine Dummheit. Wie eine Idiotin stehe ich da und alles, was in meinem Kopf in Dauerschleife vor sich geht, ist: ein Monat. Ein verdammter Monat an der Seite eines Mannes, den ich nicht kenne, dem ich allerdings blind vertraue und von dem ich keine Ahnung habe, ob er mich geradewegs in mein Verderben stürzt oder mich für alle Zeit aus der Dunkelheit befreien wird.

KAPITEL VIERZEHN

Es hat nichts genützt. Weder das kühle Wasser, mit dem ich versucht habe, die Ereignisse des Tages einfach abzuspülen, noch die halbe Stunde, in der ich mich ganz meinen Gedanken hingeben konnte.

Seit Minuten stehe ich da und starre wieder einmal in den Spiegel vor mir. Eines der Handtücher, die die unfreundliche Frau an der Rezeption uns zurechtgelegt hat, reicht gerade so über meinen Hintern, und ich zögere den Moment hinaus, in die Tüte zu blicken, die ich ungesehen mit ins Bad geschleppt habe. In meinem Kopf sind darin Reizwäsche und ein viel zu kurzer Rock und ich kann nicht mal sagen, ob ich es hoffe oder Angst davor habe.

»Großer Gott, du stellst dich an wie eine Zwölfjährige«, schimpfe ich mein Spiegelbild. Meine Haare habe ich während der Dusche hoch auf meinem Kopf in einen wirren Knoten gebunden und dort stecken sie nach wie vor. Nur einzelne Strähnen im Nacken haben sich gelöst und kringeln sich wegen der Feuchtigkeit.

»Was hast du gesagt, ich konnte ...« Ehe ich reagieren kann, kommt Isaac herein und ich schreie panisch auf, im selben Moment, in dem Isaac »Scheiße« knurrt.

»Was soll das?«, keife ich und versuche das Handtuch höher zu ziehen, was ich aber sofort lasse, weil es dann meinen Hintern nicht mehr bedeckt.

»Ich dachte …«, murmelt Isaac in Zeitlupe und sein Blick wandert genauso langsam an meinem Körper herunter. »Fuck«, stößt er aus und lehnt sich gegen den Türrahmen.

»Du dachtest ›Fuck‹?«, frage ich und drehe mich zu ihm um.

»Nein«, lacht er nur und streicht sich über das Kinn. »Ich dachte, du hättest etwas gesagt. Zu mir.« Noch einmal sieht er bis zu meinen Füßen und leckt sich dabei langsam über die Lippen. »Und dann wurde ich von deinem Wahnsinnskörper abgelenkt und dachte mir: Fuck. Worauf muss die Welt nur verzichten?«

Zu gerne würde ich die Arme vor den Körper legen, aber das würde meine Brüste nur noch mehr über den Handtuchsaum drücken und jede Bewegung nach oben würde dazu führen, dass unten wichtige Millimeter Handtuch fehlen.

Für eine Zeit stehen wir einfach nur da. Die Feuchtigkeit der Dusche verschwindet durch die Tür und die kalte Luft, die dafür durch das offene Zimmerfenster hereinweht, lässt mich frösteln. Inzwischen sind Isaacs Augen wieder bei meinen angelangt. Allerdings kann ich nichts dagegen tun, dass ich immer wieder auf seine Lippen sehen muss, die nach wie vor feucht glänzen. Er hat schöne Lippen. Perfekt geschwungen. Nicht zu dünn und nicht zu dick. Abgesehen von der kleinen Schwellung von der Prügelei sind sie makellos.

Irgendwann stößt Isaac sich vom Türrahmen ab und schleicht auf mich zu. Wie ein Tier, das seine Beute in der Falle hat, kommt er mir ganz nah. Ich spüre die Wärme seines Körpers an meinen nackten Armen. Es fehlt nur noch ein winziges Stück und meine Brüste berühren nur getrennt durch das Handtuch seinen Oberkörper. Meine Brustwarzen sprengen beinahe den Stoff von meinem Körper und die Kälte, die ich gerade noch empfunden habe, wandelt sich in sengende Hitze.

»Ich hatte recht damit, was ich gesagt habe«, flüstert er

dicht vor meinem Mund. Seine Worte landen quasi direkt in meinem.

»Du hast viel gesagt«, hauche ich noch eine Spur leiser als er zurück.

»Stimmt«, schmunzelt er und ich sehe die kleinen Grübchen auf seiner Wange erscheinen. Ganz nah. Seine Haut ist eben. Sie sieht weich aus. »Ich meine, dass ein Mann erkennen sollte, wann eine Frau berührt werden will.«

Mein Herz rast. Ist es so? Will ich von ihm berührt werden? Es ist unmöglich, diese Frage zu beantworten. Die Wahrheit ist – ich habe Angst. Die Antwort lautet definitiv nicht nein. Es ist nicht, dass ich es nicht will. Aber ich habe Schiss.

»Die Vorstellung, wehrlos unter einem Mann zu liegen, bereitet mir grauenvolle Angst«, gestatte ich ihm einen Einblick in meine kaputte Seele. Statt zurückzuweichen oder etwas darauf zu erwidern, tauchen seine Finger vor meinem Gesichtsfeld auf.

»Vertraust du mir?«

Und aus welchem Grund auch immer, für die Antwort muss ich nicht lange nachdenken.

»Ja«, flüstere ich und lege meine Hand in seine, die er auffordernd hinhält. Ohne ein weiteres Wort führt er mich in meinem Handtuch aus dem Badezimmer heraus und dirigiert mich in den Raum.

»Hast du Angst davor?«, fragt er und deutet mit dem Kinn aufs Bett. Bei dem Blick auf die geblümte Decke sehe ich alte Bilder in meinem Kopf aufblitzen und nicke lediglich schwach. Isaac führt mich, noch immer meine Finger warm in seinen, zu dem kleinen Sessel und bittet mich, Platz zu nehmen. Noch ehe ich richtig sitze, geht er vor mir auf die Knie. »Solange du in meiner Nähe bist, gibt es nichts, wovor du dich fürchten musst. Aber ich verstehe, dass es schwer ist, dieses Gefühl loszulassen.«

Er entlässt meine Hand und beugt sich hinüber zu seinem Klamottenstapel. Als ich erkenne, was er hervorzieht, weiche ich zurück und japse.

»Sch«, beruhigt er mich sofort. »Hier.« Er hält mir sein Messer entgegen, aber schnell schüttele ich den Kopf. Ich will es nicht halten. Niemals. Isaac legt den Kopf schief, während er meine Reaktion mit zusammengekniffenen Augen beobachtet. Dann legt er es ganz langsam auf das kleine Tischchen direkt neben mir. Es ist nur ein kurzer Weg, den meine Finger hinter sich bringen müssten, um den Griff zu erfassen. »Siehst du. Dir kann rein gar nichts passieren.« Er legt seine Hände auf die Oberschenkel und sieht mich aus seinen eisblauen Augen an. Es dauert ein wenig, aber dann erfasse ich die Situation, in die er uns gebracht hat. Ich bin ihm überlegen. Größer als er. Und ich habe das Messer griffbereit. Eine Bewegung zu seinem Hals und er wäre tot. Bei dem Gedanken daran fangen meine Finger an zu zittern.

Allerdings werden die alten Dämonen schnell zum Schweigen gebracht, denn ich spüre Isaacs Finger an meinen Knöcheln.

»Vielleicht ist es an der Zeit, deinem hübschen Kopf ein paar neue Erinnerungen an Berührungen zu schenken. Was meinst du?«, fragt er und seine Finger fahren an meinen Waden nach oben.

Wieder bringe ich nur ein Nicken zustande. Mein Sprachzentrum hat sich wohl abgeschaltet. Genau wie mein Verstand und die Nervenbahnen, in denen meine Ängste zusammenfließen. Langsam lasse ich meinen Rücken gegen die Lehne sinken und stoße die Luft aus, die ich angehalten hatte.

»Sag jetzt ja nicht so was wie: Entspann dich, Baby«, bringe ich mühsam heraus. Ich habe Angst, fühle mich grauenvoll und bin nicht sicher, wohin das hier führt.

Isaac lacht nur auf und wirft den Kopf in den Nacken.

»Das muss ich dir nicht sagen.« Erst als sein Blick wieder ernster wird und er sich aufrichtet, spricht er weiter. »Ich bin kein Kerl großer Worte. Wenn ich will, dass du dich entspannst, werde ich es dir nicht sagen, sondern selbst dafür sorgen.« Bei jedem Wort wandern seine Hände weiter hoch über meine Oberschenkel, bis sie den Saum des Handtuchs erreicht haben.

Meine Beine zittern leicht. Allerdings nicht aus Angst, sondern eher aus Erregung. Ja, ich bin erregt. So, wie ich es nie zuvor war, und ich will nicht, dass er aufhört. Daher nicke ich erneut, als er sich vorerst von dem Stoff stoppen lässt. Einer seiner Mundwinkel hebt sich zu einem schiefen Grinsen und ich halte erneut den Atem an, weil seine Finger sich auf das Knäuel legen, mit dem ich das Handtuch vorne zusammengesteckt habe. Behutsam löst er es und schlägt es zu den Seiten auf.

»Fuck, Fenella«, keucht er und ich atme wieder aus. Nackt und ungeschützt sitze ich vor ihm. Mein Blick fällt auf das Messer direkt neben mir. Ich bin nicht ungeschützt. Nicht wehrlos. Ich kann mich wehren, wenn ich es will. »Du bist wunderschön, ist dir das klar?«

Ich antworte nicht. Und Isaac erwartet ganz offensichtlich keine Antwort. Stattdessen drückt er meine Knie leicht auseinander und ich lasse ihn gewähren.

»Du bist perfekt, Schneewittchen«, lacht er nur und ehe ich mich versehe, lehnt er sich vor und seine Lippen berühren meinen Bauch. Ich zucke zusammen und Isaac hält inne. Er zieht sich nicht zurück. Verharrt nur mit seinen Lippen an meiner Haut.

Einen Moment.

Dann noch einen.

Schon kurz davor, das Handtuch wieder zu schließen, legen sich seine Hände auf meinen Oberschenkel und sein Mund berührt erneut die Haut unterhalb meines Bauchnabels. Behutsam verteilt er Küsse immer weiter abwärts, über meine Oberschenkel, bis seine Nasenspitze beinahe meine Mitte berührt. Ich will die Beine zusammenkneifen, doch sein Oberkörper verhindert es.

»Vertrau mir«, flüstert er erneut. Im nächsten Augenblick berührt seine Zunge meine Klitoris und mir entweicht ein eigenartiges Geräusch. Eine nonchalante Mischung aus Keuchen und Japsen. Vollkommen unbeeindruckt davon spreizt Isaac meine Beine noch weiter und ein zweites Mal fährt seine Zunge über meinen empfindlichsten Punkt, der bislang nur meinen eigenen Fingern gehörte. Es fühlt sich weich an, warm und vor allem so unfassbar gut. Er malt kleine Kreise um meine Knospe, während eine seiner Hände den Weg zu meinen Brüsten findet. In perfektem Druck knetet er sie und streicht mit dem Daumen immer wieder über meinen Nippel, der noch nie so hart war wie in diesem Augenblick. Gerade als ich mich an dieses neue, unglaublich gute Gefühl gewöhnt habe, fährt seine Zunge tiefer und ich richte mich leicht auf. Die Nase tief in meiner Scham versunken, findet sein Blick meinen.

Ich versinke im Blau seiner Augen. Suhle mich in der Leidenschaft, mit der er mich ansieht, und schließlich lockern sich meine Beine von ganz allein. Ohne zu zögern dringt Isaac mit seiner Zunge in mich ein. Dabei ist sein Blick fest mit meinem verankert und alles an Zweifeln in meinem Kopf zerbirst.

Dann passieren einige Dinge gleichzeitig.

Ich fege in einer hastigen Bewegung das Messer vom Tisch. Meine Finger krallen sich in seine weichen Haare und aus meinem Mund dringt ein lautes und deutliches Stöhnen. Weil ich verdammt noch mal im Himmel bin.

»Jetzt bist du entspannt, Baby«, lacht Isaac, doch seine Stimme dringt nur durch eine dicke Schicht blanker Lust zu mir herauf. Ich lasse den Kopf nach hinten fallen und genieße das Gefühl. Scheiße, ich hatte ja keine Ahnung, was ich verpasse.

»Holy«, murmele ich, weil Isaac seine Zunge in langsamen Stößen in mich hineinsteckt, nur um anschließend von meiner Klit bis zu meinem Po zu lecken. Meine Augen sind längst geschlossen. Ich gebe mich vollkommen dem Gefühl hin, welches er in meinem Körper auslöst. Seine Liebkosungen geben mir Flügel. Sie lassen mich davonfliegen von all den schrecklichen Dingen, die ich in meinem Leben schon erleben musste. »Isaac«, keuche ich, weil es sich anfühlt, als explodiere jeden Moment das ganze verfluchte

Zimmer und nichts auf dieser Insel bliebe mehr übrig außer ihm und mir. Ich versuche Halt an den abgewetzten Sessellehnen zu finden. Doch es gibt nichts, was mich auffangen kann vor dem Sturz, dem ich mich in rasender Geschwindigkeit nähere.

»Ich bin da«, flüstert er und sein Mund löst sich ein Stück von mir. Sofort öffne ich die Augen und schwer atmend fällt mein Blick auf meine feuchte Mitte. Sein Finger schwebt über mir und ich schlucke. »Ich bin da«, wiederholt er. Dabei schiebt er behutsam seinen Finger in mich. Es fühlt sich seltsam an und fremd, doch sobald seine Zunge sich dazu wieder auf meine Mitte senkt und er meine Perle zwischen seine Lippen nimmt, vergesse ich das Nachdenken. Ich kann spüren, wie er seinen Finger in mir bewegt. Ungewohnt und vor allem so verdammt gut.

»Scheiße, ich komme schon fast dadurch, wie eng du dich anfühlst.« Nach diesen Worten wird seine Zunge drängender. Sie spielt mit meiner Klit, während meine Beine plötzlich zucken, weil sein Finger einen Punkt in meinem Inneren trifft, sodass es wie ein Stromschlag durch meinen Körper schießt. Seine Berührungen werden schneller, meine Finger finden den Weg zurück in seine Haare und ich dränge seinen Kopf mit aller Kraft noch enger in meinen Schritt.

Isaac stöhnt und es scheint, als seien seine Hände überall auf meinem Körper. Auf meiner Brust, in meiner Vagina, an meinem Hintern. Liebevoll, fordernd, drängend und doch rücksichtsvoll. Alles zusammen. Und als seine Zähne mein zartes Fleisch berühren, zerspringe ich.

Ich schreie hinaus, was ich seit Jahren in mir versteckt halte. Es ist unmöglich aufzuhalten. Mein Kopf fällt hin und her, während meine unteren Muskeln sich um seinen Finger zusammenziehen. Seine Zunge hat von meiner pulsierenden Perle abgelassen, und Isaac verteilt kleine zarte Küsse auf meinen Oberschenkeln, während ein Stöhnen nach dem anderen abgehackt aus meinem Mund kommt.

Außer meinen und seinen schweren Atemzügen ist

nichts mehr zu hören. Eine ganze Weile bleibe ich mit geschlossenen Augen liegen und genieße es, wie meine Muskeln noch immer unter dem Orgasmus zucken. Nur langsam kehrt die Realität zurück in meinen Kopf. Erst als Isaac behutsam seinen Finger aus mir herauszieht, wage ich es, die Augen wieder zu öffnen.

Noch immer auf den Knien, sieht er zu mir herauf. Er hat mir schon einige seiner Facetten gezeigt, doch der Isaac, der jetzt gerade mit geröteten Wangen und glänzenden Lippen vor mir hockt, ist neu.

»Ich weiß nicht, was ich sagen soll.« Meine Stimme klingt kratzig und eigenartig. Als hätte mein Körper alle Systeme neu gestartet. Ein Update, das vielleicht Vorteile haben mag, aber erst mal Ungewohntes mit sich bringt.

»Du musst nichts sagen«, erwidert er und kommt in einer fließenden Bewegung auf die Füße. »Schlaf dich aus und denk nicht zu viel über alles nach. Das macht es nicht besser.«

Überrascht sehe ich ihn an. Nicht sicher, was ich von seinem kühlen Ton halten soll. Doch viel Zeit bleibt mir nicht, um darüber nachzudenken. Meine Augen weiten sich, weil Isaac sich den Finger in den Mund schiebt, der noch gerade in mir gesteckt hat. Seine Lippen schließen sich um die Feuchtigkeit und während er meine Lust von seinem Finger leckt, bilden sich die Grübchen auf seinen Wangen.

Ich richte mich auf dem kleinen Sessel auf. Gleichzeitig tritt er einen Schritt auf mich zu. Nackt und vollkommen ausgeliefert bin nun ich diejenige, die aufsieht. Isaacs Daumen findet den Weg zu meiner Wange. »Geh schlafen, Schneewittchen.«

»Und was ist mit dir?« Schon bei meinen letzten Worten wendet Isaac sich ab und schlendert gemächlich zum Bett. Dieser magische Augenblick, in dem es nur uns beide auf der Welt zu geben schien, ist so plötzlich vorbei, wie er gekommen ist.

Aus nicht klaren Gründen kränkt es mich, dass er mich nicht wieder ansieht, während er sich ein schwarzes Shirt überzieht. Seufzend streicht er sich anschließend die Haare zurück und setzt ein Basecap falsch herum auf. Die Aufschrift *Welcome to St. Margaret's Hope* leuchtet in weißen Buchstaben auf der schwarzen Kappe in meine Richtung.

»Ich geh noch mal raus«, murmelt er und die Sensibilität, mit der er mich noch vor wenigen Minuten berührt hat, ist verschwunden. Genau wie meine Offenheit. Daher zerre ich das Handtuch vor meiner Brust zusammen und sehe auf den Boden. Besser ich blicke den Teppich an, als erkennen zu müssen, dass er mich nicht so ansieht, wie ich es bräuchte. »Schlaf ruhig. Du bist hier sicher.«

Sicher. Nichts ist sicher. Außer der Tatsache, dass ich kurz davor bin zu weinen, als er das Zimmer verlässt und die Tür hinter ihm ins Schloss fällt. Sicher ist, dass ich nicht weiß, wie ich ihm auch nur noch ein einziges Mal in die Augen sehen soll.

KAPITEL FÜNFZEHN

Der Mond wirft einen schmalen Schein zum Fenster herein und ich zucke zusammen, als ich bemerke, dass ich nicht ohne Grund aufgewacht bin.

Isaac.

Er ist zurück.

Wie ein dunkler Schatten sitzt er auf meiner Bettkante und raubt mir den Schlaf.

Nicht, dass ich überhaupt tief geschlafen hätte, seit ich mich mit dem dicken Kapuzenpullover, der sicher nicht für mich bestimmt war, unter die Decke gerollt habe. Stundenlang habe ich, die Hände unter meinem Kopf gefaltet, gegen die Schwäne an der Wand gestarrt und nachgedacht. Ganz gleich, wie müde ich mit der Zeit wurde, die Erinnerungen an Isaac haben mich immer wieder aus dem Schlaf geholt.

Dieser hat die Ellbogen auf die Knie gestützt und das Gesicht hinter den Händen vergraben. Seufzend sitzt er da und reibt sich über die Augen. Es juckt mich in den Fingern, ihm meine Hand auf den Rücken zu legen, doch mein Stolz hindert mich daran.

Offensichtlich hat er bemerkt, dass ich wach bin, denn er nimmt die Hände herunter und sieht in meine Richtung.

»Ruf deinen Vater an«, sagt er tonlos und greift nach dem schmierigen Hörer eines uralten Telefons, das auf meinem Nachttisch steht.

Ich bin froh, dass er mein Gesicht nicht wirklich sehen kann, denn selbstredend konnte ich die Tränen nicht zurückhalten, und ich gehöre leider zu der Sorte Mensch, der man ansieht, wenn sie geweint hat.

»Warum?«, flüstere ich mit kratziger Stimme. Ich mache mir nicht die Mühe, mich zu räuspern, denn ich habe nicht vor, länger mit ihm zu reden als nötig.

Weil ich sauer bin.

Weil ich gekränkt bin.

Und weil es mir peinlich ist. Und das, obwohl er derjenige sein sollte, der sich schämen müsste. Zumindest das ist meinem Hirn noch klar.

»Nur so finden wir heraus, ob er es ist. Vielleicht haben die Männer gar nicht auf uns gezielt, sondern nur auf mich. Ruf ihn an. Wenn es seine Männer waren, wird es nicht lange dauern und sie laufen hier auf.«

»Du willst, dass ich meinem Vater eine Falle stelle?« Entsetzt richte ich mich auf. Ja, ich habe tatsächlich auch schon darüber nachgedacht, wie wir herausfinden können, ob mein Vater etwas damit zu tun hat. Aber es jetzt von ihm zu hören, fühlt sich irgendwie falsch an.

Aus der Nähe erkenne ich den Ausdruck in seinem Gesicht deutlicher. Allerdings lässt seine Nähe mich augenblicklich auch unruhig werden. Der Geruch seines Körpers. Die Wärme, die von ihm ausgeht. Es ist zu viel. Obwohl er direkt neben mir auf der Bettkante sitzt, habe ich den Eindruck, er ist meilenweit von mir entfernt. »Hast du getrunken?«

»Nope.« Lässig zuckt er mit einer Schulter.

Ich schalte das Nachtlicht ein, um ihm in die Augen zu sehen. Seine Pupillen sind erweitert und sein verkniffener Gesichtsausdruck trifft mich mitten ins Herz.

»Hast du Drogen genommen?«

»Nicht viel mehr als sonst. Also«, schnauzt er und hält mir den Hörer hin. »Ruf ihn an.«

»Du bist ein Arschloch«, keife ich, nehme ihm aber den

Hörer ab. In erster Linie, damit er endlich aus meiner Hälfte des Bettes verschwindet. In zweiter, weil sein Plan vielleicht nicht der schlechteste ist. Aber das werde ich ihm sicher nicht auf die Nase binden.

»Das ist leider wahr, Schneewittchen. Daran ändern wir nichts mehr«, lächelt er, doch anstatt aufzustehen, lässt er sich nach hinten fallen und verschränkt die Arme über dem Kopf.

»Was soll ich ihm sagen?«, murmele ich, während ich gleichzeitig wähle und mein Blick immer wieder zu Isaac wandert. Durch seine Haltung ist sein Shirt so weit nach oben gerutscht, dass ein Streifen Haut an seinem Bauch sichtbar wird. Allein bei der Vorstellung daran, wie sie schmecken muss, pressen sich meine Schenkel zusammen.

»Sag, wo du bist und dass es dir gut geht. Irgendwas Unverfängliches.«

»Etwas Unverfängliches? Um vier Uhr morgens?«

Seufzend nimmt er einen Arm herunter und streicht sich über den Bauch. Er fährt unter sein Shirt und kratzt sich an der Schulter. Wie gebannt starre ich auf die deutlichen Wölbungen seinen Sixpacks. Weiche Berge und Täler, die in einem perfekten V in seine Jeans führen.

»Hallo? Wer ist denn da?«

»Mum?«, kreische ich eine Spur zu schrill. Ich habe nicht mal mitbekommen, dass jemand ans Telefon gegangen ist.

»Fenella«, stößt sie aus und ich muss schlucken.

»Ja ich bin's. Geht es euch gut?«

»Uns? Mäuschen, das ist die falsche Frage. Geht es dir gut? Wo zum Teufel bist du? Dein Vater ist krank vor Sorge.«

»Mum«, hole ich aus, weiß aber beim besten Willen nicht, wie ich ihr erklären kann, was hier gerade vor sich geht. Mein Blick fällt zu Isaac. Oder vielmehr – er wandert endlich von seinen straffen Muskeln, von denen ich mich einfach nicht abwenden kann, in sein Gesicht.

Ermutigend nickt er mir zu.

»Es geht mir gut, Mum«, bringe ich zwischen zusammengebissenen Zähnen hervor. Denn es geht mir nicht gut. Ich will einfach nur nach Hause. Allerdings ist das auch nicht der Ort, der mir die Ruhe bringt, die ich so dringend bräuchte. »Ich habe jemanden kennengelernt«, spreche ich ohne nachzudenken, was mir erst klar wird, als Isaacs Augen sich weiten.

»Fenella. Das sieht dir alles überhaupt nicht ähnlich. Sag mir, wo du bist, Schatz.«

Eine Woge der Panik erwischt mich. Was, wenn mein Vater wirklich hinter dem Angriff am Schloss steckt? Warum schießen seine Männer auf uns? Was, wenn er so sehr ein Lion ist, dass er seine eigene Tochter opfern würde? Denn abtrünnige Lions haben keine Zukunft außerhalb der Bruderschaft. Man kann es sich nicht einfach anders überlegen und durchs Land ziehen.

»Ich muss jetzt auflegen. Mach dir keine Sorgen, Mum.«

Viel zu fest knalle ich den Hörer auf die altmodische Konstruktion.

Scheiße.

Mit zitternden Beinen sitze ich da und kralle meine Zehen in den grünen Teppich.

»Wenn er es war, dann werden seine Männer mit der ersten Fähre hier sein.« Ich drehe mich nicht herum, um Isaac anzusehen. Stattdessen nicke ich knapp und fixiere einen Punkt vor meinen Füßen. »Alles okay?«, hakt er nach und seine Stimme ist so sanft, dass ich die Augen schließe. Mit ihm zusammen zu sein ist wie eine Achterbahnfahrt.

»Sicher«, schnaube ich und schüttele leicht den Kopf.

»Wir sollten noch ein bisschen schlafen. Morgen früh setzen wir uns in sichere Entfernung und beobachten die Pension. Wenn er auftaucht, haben wir Klarheit.«

Langsam öffne ich die Augen. Und zwar nicht nur für den Moment. Sondern ganz metaphorisch gemeint.

Es ist egal, was ich denke, wie ich mich fühle oder ob ich

für einen Augenblick gedacht habe, etwas in meinem Leben könne sich ändern. Ich werde immer Arthur Youngs Tochter sein. Das Mädchen, das anders ist als alle anderen. Oder aber ich werde den Rest meines Lebens fliehen. Das sind meine Optionen. Nicht mehr und nicht weniger. Und ich dumme Nuss liege ernsthaft hier und weine, weil ein Kerl mich um den Verstand leckt, nur um sich danach zu verhalten wie ein rücksichtsloser Arsch. Willkommen in der Realität, Schätzchen. Ich kann die Augen davor nicht verschließen und auch nicht vor dem, was ich bin. Ein verdammter Lion. Und daran wird kein Kerl der Welt etwas ändern können.

»Nacht«, murmele ich, weil Isaac sich auf eine Seite des Bettes geschoben und mir ein emotionsloses »Gute Nacht« zugeworfen hat.

Meinetwegen soll er schlafen. Wenn er denkt, dass ich mich neben ihn lege, hat er sich jedoch geschnitten.

Allerdings bekommt er nicht mehr mit, dass ich mich seufzend in meine Decke wickele und in den Sessel kauere. Ausgerechnet den Sessel. Meine Lider sinken ganz von allein, um die Tränen zu vertreiben, die dahinter lauern und mich als durchgeknallte Tussi entlarven wollen. Ich weiß nicht mal, warum ich mich bemühe, so stark zu sein, denn Isaacs Schnarchen ist sicher bis zur Rezeption zu hören.

»Du bist ein Arsch«, flüstere ich und im Schutz der Dunkelheit zeige ich ihm den Mittelfinger. »Ich wünschte, ich könnte dich hassen«, sage ich frei heraus, ehe ich mich wieder mit der Option beschäftige, dass mein Vater morgen früh hier auf der Matte stehen könnte. Was dann? Gehe ich mit ihm zurück und nehme mein Erbe an? In meinem Kopf erscheint diese Möglichkeit vollkommen absurd, doch langsam zweifele ich an meinen Alternativen. In Zeitlupe wandert mein Blick zu Isaac. Die Decke hebt und senkt sich leicht auf seiner Brust und eine Locke liegt ihm in der Stirn. Seine Lippen kräuseln sich leicht bei den Tönen, die er von sich gibt.

Isaac.

Wer bist du nur? Bilder schießen mir durch den Kopf. Ich fühle regelrecht, wie er auf dem Schiff seine Lippen auf meinen Scheitel gedrückt hat, und kann nach wie vor seine Finger auf meinen spüren. Doch am meisten hat sich der Blick in mein Gehirn gebrannt, wie er voller Leidenschaft zwischen meinen Beinen hockt und es schafft, meine alten Dämonen zu vertreiben. Wie er mir gibt, was ich brauche, ohne dass ich überhaupt weiß, was es ist.

Wer bist du, Isaac? Und was zur Hölle soll ich machen, wenn sich herausstellt, dass du nichts bist als ein weiterer Stein auf meinem beschwerlichen Weg? Wer ist dann noch da, um mich zu halten?

»Okay.« Seufzend nimmt Isaac sich die Kappe vom Kopf, um sich durch die wilden Locken zu streichen, ehe er sie falsch herum wieder aufsetzt. »Ich verstehe, dass es ätzend ist, dass wir nur darauf warten, dass dein Dad sich als unser Verfolger outet. Und ich bin clever genug, um zu checken, dass du sauer auf mich bist. Trotzdem fände ich es klug, wenn du mich daran teilhaben lässt, was in deinem hübschen Köpfchen vor sich hin rattert.«

Heute bin ich diejenige, die die Sonnenbrille nicht von der Nase nimmt. Ich habe sie Isaac weggenommen, als er noch geschlafen hat. Er hat sich bislang nicht dazu geäußert. Seit einer Stunde hocken wir in einem kleinen Straßencafé unweit unserer Pension und beobachten die wenigen Leute, die auf dem holprigen Kopfsteinpflaster unterwegs sind.

»Tja«, gifte ich ihn an. »Klug ist vielleicht nicht unbedingt dein Fachgebiet.«

»Wow, okay«, lacht er und hebt ergeben die Hände. »Es ist also ernster, als ich dachte.« Er lehnt die Ellbogen auf den Tisch und stützt den Kopf auf die Hände. Dabei umspielt dieses Lächeln seine Lippen. Dieses umwerfende, meinen

Mund magisch anziehende Lächeln. Die ganzen Tage stelle ich mir schon vor, wie sein Mund sich auf meinem anfühlen würde. Wenn seine Zunge über meine streichen würde. Weich und warm. »Okay, ich bin nicht geblieben. Habe meinen Arm nicht für dich aufgehalten und dir Nettigkeiten ins Ohr geflüstert. Ich nehme mal an, das ist das Problem. Aber ehrlich gesagt, dachte ich, du seist dennoch ... na ja ... ich weiß nicht. Dankbar?«

Sein dämliches Geschwätz holt mich zurück in die Realität und mir klappt die Kinnlade herunter.

»Dankbar?«, keife ich. Ein älterer Herr am Nachbartisch dreht sich zu uns herum und Isaac lächelt ihn entschuldigend an. »Wofür zur Hölle sollte ich dankbar sein?«, versuche ich so leise wie möglich zu brüllen. »Du hast«, hole ich aus, bremse mich aber im selben Moment wieder. Was soll ich schon sagen? Du hast mir den tollsten Moment meines Lebens beschert, mich aber anschließend sitzenlassen? Selbst in meinen Gedanken hört sich das kindisch an.

»Ich habe?«, fragt er auffordernd und legt den Kopf schief wie ein Welpe, der auf sein Leckerchen wartet. Verdammt, es wäre leichter, wenn er nicht aussehen würde wie ein Gott.

»Ach, vergiss es«, motze ich und verschränke die Arme vor der Brust. Ich habe das seltsame Gebäckteil, das er für mich gekauft hat, noch nicht angerührt. Ebenso wie den Kaffee, der vor mir steht. Man mag mich stur nennen, das gebe ich zu. Aber ich würde sowieso keinen Bissen herunterkriegen.

Einen Moment sehen wir uns an. Oder zumindest sieht er mich an. Durch die verdunkelten Gläser kann er nicht erkennen, ob ich seinen Blick erwidere. Dennoch habe ich das Gefühl, er sieht mir direkt in die Seele. Und das ist nicht gut. Denn dort findet er sicher nicht, was er sucht. Das tut niemand. Nicht mal ich selbst.

»Fenella«, stöhnt Isaac und ich zucke zusammen, als seine Hand sich über den Minitisch auf meinen Unterarm legt. Augenblicklich schlägt mein Herz einen Takt schneller. »Nimm die Sonnenbrille herunter.«

»Ich wüsste nicht warum.« Dabei winde ich mich minimal aus seiner Berührung, was ihn nur zum Lachen bringt.

Mit bestimmenden Bewegungen zerrt er meine Hand unter meinem Arm hervor und zieht sie zu sich.

»Nimm. Die. Sonnenbrille. Ab.«

Mit einem theatralischen Seufzer reiße ich mir das blöde Ding von der Nase und stiere ihn wütend an. Dass sein Daumen dabei sanft über meinen Handrücken fährt, ist mir scheißegal. Isaac kann sein entsetztes Gesicht nicht wirklich vertuschen. Ja, ich habe geheult. Stunde um Stunde. Deinetwegen. Reicht ihm das noch nicht?

»Unterbrich mich, wenn ich mich irre«, beginnt er und hält meine Hand dabei fest in seiner. »Du wolltest das gestern, richtig?« Da ich nicht antworte, schnaubt er nur lächelnd und spricht weiter. »Ich mag vielleicht nicht so viel von Frauen verstehen wie manch anderer, aber ich bin mir ziemlich sicher, dass es dir gefallen hat.«

Als Antwort zuckt meine Lippe minimal. Allein die Erinnerung bringt mich dazu, meine Beine zusammenzudrücken. Natürlich hat es mir gefallen. Es war unglaublich. So sehr mich das selbst erstaunt, aber ich möchte wieder und wieder auf diese Weise von ihm berührt werden. Und ich möchte ... mehr. »Was ist also dein Problem, dass du so wütend auf mich bist?«

Er schafft es tatsächlich immer wieder, dass mir fast die Augen aus dem Kopf fallen.

»Was danach passiert ist?«, zische ich ohne Rücksicht auf den Mann, der unser Gespräch voller Neugierde verfolgt. Die Sonne scheint Isaac mitten ins Gesicht und lässt seine makellose Haut im Kontrast zu den Wunden in seinem Gesicht golden leuchten. »Sag du mir, was danach passiert ist. Immerhin konntest du es kaum erwarten, das Zimmer zu verlassen, um von mir wegzukommen.«

Ich kann dabei zusehen, wie die Erkenntnis über sein

Gesicht wandert. Allerdings bleibt der reuevolle Ausdruck aus, auf den ich insgeheim gehofft hatte.

»Ich habe dir gegeben, was du gebraucht hast.« Er fährt sich mit einer Hand übers Gesicht.

»Und dann? Dann hast du dir geholt, was ich dir nicht geben konnte, oder wie?« Ich habe das billige Parfüm, nach dem er letzte Nacht gestunken hat, noch immer in der Nase.

»Ganz genau«, sagt er emotionslos, »und ich verstehe ehrlich gesagt das Problem bei der Sache nicht. Was zur Hölle erwartest du von mir?«

»Du willst mich doch verarschen!« Ja, ich hatte es fast befürchtet, doch die Bestätigung aus seinem Mund zu hören, treibt neue Tränen in meine Augen. Ich kann nichts dagegen tun.

»Ich weiß nicht, was du willst, Fenella? Willst du, dass ich dich vögele?«, mault er und lässt meine Hand los. »Ich habe dir schon einmal gesagt, dass ich sofort dabei bin.« Jetzt räuspert sich der ältere Herr und die Kaffeetasse in seiner Hand zittert. Doch dieses Mal hat Isaac nur einen wütenden Blick für ihn übrig. »Ich hatte allerdings nicht den Eindruck, dass es dir gefallen würde, wenn ich dich vornüber auf unser Bett werfe und dich von hinten ficke, bis mir der Atem wegbleibt. Liege ich falsch? Hättest du das gewollt, ja?«

Mein Kinn zittert bei jedem seiner Worte.

»Nein«, flüstere ich, auch wenn er sicher keine Antwort erwartet.

»Was dann?«, knurrt er und wirft die Hände zu den Seiten. Eine ganze Weile blicken wir uns an und irgendwann erscheint die tiefe Furche zwischen seinen Augen. Ihm scheint aufzugehen, was ich eigentlich um jeden Preis vertuschen wollte.

»Nein«, raunt er atemlos und schüttelt dabei den Kopf. »Nein, nein, nein, Schneewittchen.«

»Was?«, bin ich diesmal diejenige, die meckert.

»Du bist ein kluges Mädchen. Du weißt, dass man für einen Kerl wie mich nichts fühlen sollte.« Er reibt sich mit einer Hand über die Stelle, wo sein Herz schlägt. »Ich bin einer dieser Typen, vor denen Väter warnen. Einer dieser, bei denen die Mütter ihre Töchter anflehen, sich nicht in sie zu verlieben.«

Sein Gesichtsausdruck wird weich. Er wirkt in diesem Moment so alt … so gebrochen.

»Ich bin nicht in dich …« Ich bringe die Lüge nicht über die Lippen. »Also ich … ich empfinde …«

Vollkommen kraftlos wende ich den Blick von ihm ab und schnaube wütend in die Morgensonne. Sofort erstarre ich.

»Was ist?«, fragt Isaac, dem mein Gesichtsausdruck nicht entgangen ist.

»Der Wagen da hinten. Ich kenne ihn.«

Ich deute so unauffällig wie möglich mit dem Kinn auf die andere Straßenseite, wo der schwarze Audi parkt. Isaac hat seinen Platz so gewählt, dass er die ganze Straße im Blick hat. Es ist meine Schuld. Ich habe ihn mit meinen dummen Mädchenschwärmereien so abgelenkt, dass wir unaufmerksam geworden sind. Zumal haben wir nicht so früh mit ihnen gerechnet.

»Wir müssen weg!«, knurrt Isaac und wir erheben uns fast gleichzeitig. Aber es ist zu spät. Die Türen öffnen sich. Zwei Männer steigen aus. Stocksteif stehe ich da und kann mich nicht bewegen.

»Dad«, murmele ich vor mich hin.

Er steht da und starrt mich von der anderen Straßenseite aus an.

»Fenella, los!«, brüllt Isaac, doch ich kann mich nicht rühren.

Beinahe zwei Jahre habe ich meinen Vater nicht gesehen.

Erinnerungen prasseln in einem Hagel auf mich ein. Hunters Beerdigung.

Meine Eltern.

Weihnachten.

Hunter.

Immer wieder Hunter.

Er war meinem Dad wie aus dem Gesicht geschnitten.

Arthur Young ist ein großer kräftiger Kerl. Er sieht noch genauso aus wie bei unserem letzten Aufeinandertreffen. Nur die silbernen Strähnen an seinen Schläfen haben sich weiter in seinem dichten schwarzen Haar ausgebreitet.

»Fee«, formt er mit den Lippen und ich sehe zwischen ihm und Isaac hin und her.

Bedeutet sein Auftauchen wirklich, seine Männer waren hinter uns her? Kann das möglich sein?

Isaac zerrt an meinem Arm. »Komm schon, Schneewittchen. Ich gehe nicht ohne dich.«

Ich blicke ihm in die blauen Augen.

Wem zur Hölle soll ich vertrauen? Dem Mann, der mich großgezogen hat, aber ein Mörder ist? Oder dem Mann, der mich beschützt hat, den ich aber nicht zu kennen scheine?

Beim Blick über die Straße sehe ich, wie mein Dad sich eine Zigarre angezündet hat. Schon seit ich denken kann, riecht er nach Leder und Zigarren. Als Kind habe ich diesen Duft geliebt.

»Isaac«, keuche ich, weil ich nicht weiß, was ich tun soll.

Die Entscheidung wird mir im nächsten Moment abgenommen und ich kreische auf, als zwei Männer hinter Isaac auftauchen.

»Fuck!«, schreit er. Mit einer fließenden Handbewegung wirft er unseren Tisch um. Das Geschirr fliegt in alle Richtungen und der kleine Bistrotisch hält einen der Männer auf. Doch Isaac zögert eine Sekunde zu lange, als er mich ansieht, und im nächsten Moment werfen sich zwei Männer meines Vaters auf ihn.

Warum tun sie das? Warum? Warum das alles? Ich verstehe es nicht.

Wie erstarrt stehe ich da und beobachte, wie sie ihn wie ein wildes Tier gefangen nehmen.

»Fenella.« Beim Klang meines Namens zucke ich zusammen. Schon in der darauffolgenden Sekunde spüre ich den Arm meines Vaters auf meiner Schulter. Seine Nähe ist kurz davor, die alten Dämme wieder zum Brechen zu bringen. Ich schließe die Augen und versuche die Bilder zu verdrängen, die er in mir heraufbeschwört.

Erst Isaacs lautstarkes Fluchen lässt mich die Augen wieder öffnen und ich löse mich von meinem Dad.

Es dauert einen Moment, bis ich die Situation gänzlich überblickt habe. Zwei weitere Autos parken quer auf der Straße. Der alte Mann ist verschwunden. Stattdessen wimmelt es überall von den Männern meines Vaters. Wie konnten wir sie übersehen?

»Dad«, flehe ich schon fast, wende meinen Blick aber keine Sekunde von Isaac ab. Die Männer haben die Pistole in seinem Hosenbund und das Messer in seinem Stiefel gefunden. Sie filzen ihn trotzdem weiter und zerren ihm die Arme auf dem Rücken noch fester nach hinten. Dabei ist sein Blick die ganze Zeit starr auf mich gerichtet. Was genau passiert hier gerade?

Mein Dad schiebt mich, eine Hand in meinem Rücken, ein Stück näher und legt seine Hand auf meine Schulter.

»Ich muss schon sagen, Mäuschen. Ich habe dich unterschätzt.« Sein kalter Blick wandert zwischen mir und Isaac hin und her.

»Ich versteh nicht«, flüstere ich, eher zu Isaac als zu meinem Dad, der in diesem Moment das Wort ergreift.

»Deine erste Mission als Lion und schon geht dir der Mörder deines Bruders ins Netz. Ich bin wirklich stolz auf dich, Fenella. Endlich bist du eine von uns. Kester wird begeistert sein.«

Isaac und ich sehen uns an. Mein Vater und seine Männer verschwimmen. Ebenso wie die enge Straße, unsere Pension. Sogar das Meer und die Insel verschwinden, denn die Welt hat aufgehört sich zu drehen. Es gibt nur noch Isaac und mich. Ein Jäger und seine Beute. Doch wer in diesem Spiel nimmt welche Rolle ein? Ist er der Mörder meines Bruders? Hat der einzige Mann, der mich je zärtlich berührt hat, mir den wichtigsten Menschen in meinem Leben genommen?

Wenn dem so ist, dann gnade mir Gott. Denn dann werde ich ein Lion werden und ich werde diejenige sein, die Hunter Youngs Tod rächen wird.

Ob ich es will oder nicht – das Blut eines Mörders fließt durch meine verfluchten Adern.

Teil 2

Isaac

Es gibt viele Geschichten über Monster. Grausame Wesen, die die Welt in Angst und Schrecken versetzen und den Menschen Schaden zufügen.
Doch niemand schreibt darüber, ob sie Kinder haben.
Was ist mit den Monsterkindern? Was ist mit solchen, die nicht das sein wollen, als das sie geboren werden? Wer kümmert sich um deren Geschichten?

Mai 2018

»Isaac«, wimmerte die Tussi, deren Namen ich vergessen hatte, und warf ihren Kopf nach hinten. Immer tiefer ließ ich meinen Finger in sie hineinwandern und sah dabei zu, wie ihr Gesicht sich veränderte. Ich beobachtete jede ihrer Regungen. Sah zu, wie sie die Augen zukniff, als ich meinen Finger krümmte und mich in ihr bewegte. Es gefiel ihr.

Mit meiner freien Hand streichelte ich ihre Brüste. Sie hatte große Titten. Wahrscheinlich die größten, die ich je berührt hatte. Das machte mich unfassbar an. Das und die Tatsache, dass Lauren währenddessen meinen Schwanz so tief in ihren Mund schob, dass ich ihren Rachen mit meiner Spitze berührte. Verdammt, sie konnte das gut.

»Ja«, stöhnte ich und löste mich von den gigantischen Brüsten der Dunkelhaarigen, um Laurens Kopf noch fester auf meinen Schoß zu pressen. »So ist es gut«, murmelte ich und zog zischend die Luft zwischen die Zähne, weil das Piercing in ihrer Zunge über meinen Schwanz strich.

Eigentlich hatte ich vorgehabt, alle beide zu ficken, aber dazu würde es nicht kommen. Sie hatte das Deepthroating so dermaßen gut drauf, dass ich es keine zwei Minuten mehr aushalten würde. Ihre roten langen Haare legten sich um meine Eier und ich musste die Augen schließen, um bei ihrem Anblick nicht direkt zu kommen. Das wäre peinlich gewesen.

Während Lauren mich um den gottverdammten Verstand blies, zog ich meinen Finger aus Miss Riesentitten, deren Name mir partout nicht einfallen wollte. Ich hatte sie vorher noch nie hier gesehen. Wahrscheinlich war sie neu hier im Club unterwegs. Mit ihren vollen dunklen Lippen zog sie eine beleidigte Schnute, weil ich mich aus ihr zurückzog. Doch ihr Gesicht hellte sich auf, sobald ich den Finger zu meinem Mund führte und sie kostete.

»Du schmeckst gut«, brachte ich zwischen zusammengepressten Zähnen hervor. »Komm her«, dirigierte ich sie und zog sie an ihrem Oberschenkel auf mein Gesicht. Während Lauren auf allen vieren vor mir hockte und mich blies, zerrte ich die Neue an ihrem prächtigen Arsch über mich und ließ meine Zunge über ihre Spalte fahren. Hm … Ich liebte den Geschmack einer guten Frau. Salzig und süß zugleich. Mit den Händen öffnete ich sie noch weiter und genoss das Geräusch, das ihr entwich, sobald ich mit der Zunge in ihre Feuchtigkeit stieß.

Lauren fühlte sich davon offensichtlich angestachelt, schneller zu machen, und nahm zusätzlich ihre Hand dazu.

Himmel!

Die Mädchen, die im Sixteen rumhingen und mit unseren Männern fickten, waren nicht zimperlich. Daher schob ich zwei Finger gleichzeitig in die Neue hinein. Einen in ihre süße Pussy, einen in ihren Hintern. Daraufhin gab sie ein glucksendes Geräusch von sich und ich fuhr mit meiner Zunge in raschen Bewegungen über ihren Kitzler. Scheiße, ich spürte, wie sich ihre Muskeln zusammenzogen. Ich bewegte meine Finger immer schneller in ihr und stöhnte dabei, weil Lauren an meinem Schwanz sog, als hinge ihr Leben davon ab. So fest ich konnte, fickte ich ihren Mund, während meine Finger in der Tussi über mir steckten. Sie kam gleichzeitig mit mir und ich legte den Kopf zur Seite, um mitanzusehen, wie Lauren sich die Haare aus dem Gesicht hielt, um jeden einzelnen Tropfen meines Spermas zu trinken.

»Fuck«, seufzte ich. Die Tussi über mir bekam noch einen Klaps auf den Hintern. Sie verstand die Andeutung und kletterte von mir herunter. Allerdings nicht, ohne ihre lang manikürten Fingernägel über meine Brust streifen zu lassen.

»Danke, Kleiner. Das war nicht schlecht.«

Lachend richtete ich mich auf und griff nach dem Joint, der auf meinem Nachttisch lag. Der erste Zug, nachdem ich ihn angezündet hatte, brannte mir im Hals, dennoch ließ ich den Rauch solange ich konnte in meiner Lunge.

Die Ellbogen auf die Knie gestützt, fiel mein Kopf genauso schlaff nach vorne, wie mein Schwanz erschöpft zwischen meinen Beinen baumelte.

»Herrgott!«, riss eine tiefe Stimme mich aus meinem Dämmerzustand. Ich hatte nicht mal mitbekommen, dass die Tür geöffnet worden war.

»Brex«, murmelte ich träge. Die Mädels kümmerte es nicht, dass sie noch immer nackt waren. Sie räkelten sich auf meinem Bett. »Schon mal was von Anklopfen gehört?«

Ich machte mir nicht die Mühe, den Kopf zu heben und in sein vorwurfsvolles Gesicht zu blicken. Denn das zeigte er mir ganz sicher. Das tat er immer.

»Los!«, forderte er die Mädels auf. »Seht zu, dass ihr wegkommt.«

Im Augenwinkel sah ich seine schweren Stiefel. Er marschierte geradewegs zu der großen Fensterfront und zog die dunklen Vorhänge auf, die ich seit Tagen nicht geöffnet hatte. Als ich schließlich den Kopf hob, musste ich blinzeln, weil die Sonne das Zimmer mit grellem Licht flutete. Staub tanzte glitzernd durch den Raum. Ich pustete Rauch dagegen.

»Du musst endlich damit aufhören.« Ohne mich anzusehen, öffnete Brex eines der Fenster und der Londoner Verkehrslärm drang zu uns hoch.

»Womit?«

»In der Gegend rumzuvögeln wie eine Hure.«

»Wäre ich eine Hure, würde ich wenigstens Geld dafür bekommen«, lachte ich dreckig und kratzte mich am Sack. Der war ganz zufrieden damit, wie es lief.

»Verdammt, Isaac!«, knurrte Brex und baute sich in seiner ganzen Größe vor mir auf. Er trug einen schwarzen Anzug mit passendem Hemd. Zurzeit waren seine Haare so lang, dass er sie sich in einem Zopf zusammenband. Es sah total bescheuert aus. »Du bist achtzehn Jahre alt. Du solltest mit Mädchen in deinem Alter ins Kino gehen und sie auf dem Rücksitz deines Wagens ungelenk befummeln.«

»Okay, Daddy«, spuckte ich ihm vor die Füße, weil er wieder einmal meinte, sich wie ein Vater aufführen zu müssen. Aber er war nun mal nicht mein Vater. Dem war nämlich egal, was ich tat, solange ich ihn in Frieden ließ. »Du kommst also nicht damit klar, dass ich die Damen zufriedenstellend fingern kann.«

Lauren hinter mir kicherte, während sie den Knopf ihres kurzen Lederrockes schloss.

»Ich habe gesagt, ihr sollt verschwinden!«, donnerte Brex und ihr Lachen erstarb. Die Tussi ohne Namen nahm ihre Schuhe in die Hand, und noch ehe ich den nächsten Atemzug tat, waren beide fort. Die Tür krachte lautstark ins Schloss und ich verzog das Gesicht.

»Scheiße, was hast du für ein Problem, Bruder?« Im Grunde war Brexen nicht mal das, aber ich sah ihn eher wie einen großen Bruder als wie den Vater, den er dachte, spielen zu müssen.

»Ich habe gar kein Problem«, brummte er. Wie meistens hatte er die Arme vor der Brust verschränkt und den Todesblick, wie ich ihn nannte, drauf. Brexen war niemand, mit dem man Ärger haben möchte. Allerdings juckte mich die Bad-Boy-Nummer nicht. Daher zog ich unbeeindruckt ein weiteres Mal an meinem Joint. »Aber du, wenn du so weitermachst.« Seufzend ließ er die Arme und Schultern sinken. »Das Leben hat mehr zu bieten als

das hier.« Dabei breitete er theatralisch die Arme zu den Seiten aus.

Ich ließ den Blick durch mein aktuelles Apartment schweifen. Dabei zogen sich meine Mundwinkel wie von allein zu einem fetten Grinsen.

»Mir gefällt es hier.«

Der Club, der sich im Untergeschoss dieses Gebäudes befand, war ein Geschenk meines Dads zum achtzehnten Geburtstag. Er meinte, das Sixteen sei eine gute Gelegenheit, in Betriebswirtschaft reinzuschnuppern. In den vergangenen Monaten hatte ich tatsächlich viel gelernt. Allerdings eher über Anatomie als über BWL.

Der Seufzer, der aus Brexens Kehle kam, zerrte an dem letzten Rest Menschlichkeit, der mir geblieben war. Doch so schnell, wie er ihn berührt hatte, verschloss er sich auch wieder in meinem Inneren.

»Weißt du. Ich habe in meinem Leben eine Menge Fehler gemacht.« Er schlenderte durch den Raum und lehnte sich schließlich mit der Hüfte gegen den Schreibtisch, den ich eigentlich nur benutzte, um mit den Mädels hin und wieder eine Line zu ziehen.

»Komm mir jetzt nicht mit dem Scheiß«, meckerte ich und drückte den Joint in meinem Aschenbecher aus. »Ich bin zufrieden, wie es ist, Brex.«

»Das glaube ich dir sogar«, lachte er und brachte mich so dazu, ihn anzusehen. Brexen lachte nicht oft. »Welcher Achtzehnjährige würde seine Zeit nicht mit erfahrenen Frauen im Bett verbringen wollen?«

»Ich nehme an, jetzt kommt das väterliche Aber«, schnaubte ich. Brexen war dreizehn Jahre älter als ich. Er lebte wie ein Sohn an der Seite meines Vaters. Im Grunde war er ihm mehr ein Sohn, als ich es je sein könnte. Denn Brexen war ihm treu ergeben. Sein bester Soldat. Er tötete, ohne mit der Wimper zu zucken, wenn mein Dad es befahl. Ich hingegen war sein missratener Sprössling. Der Junge, den er ohne Mutter großziehen musste. Ich war sicher, wenn er einen Wunsch frei gehabt hätte, hätte er sich sicher ge-

wünscht, dass ich vor achtzehn Jahren zusammen mit meiner Mum gestorben wäre.

»Und wie ein Aber kommt. Da kannst du Gift drauf nehmen. Weil es nicht ewig nur um Sex und Partys gehen kann. Eines Tages triffst du vielleicht einen Menschen, für den du dich ändern willst. Einen Menschen, der dich liebt. Den du liebst. Wenn du jemanden wirklich liebst, stellst du sein Glück über alles andere. Und dann hast du nichts weiter anzubieten außer Techniken, die die Nutten dir beigebracht haben. Das wirst du bitter bereuen. Glaub mir.«

»Ach komm schon, Brex. Den Bullshit glaubst du doch selbst nicht.« Wütend über seine Worte stand ich auf und griff mir die Jeans, die so auf einen Haufen geworfen dalag, wie ich mich fühlte.

»Du bist jung. Du solltest aufs College gehen. Etwas lernen. Mach was aus deinem Leben. Brich aus diesem Teufelskreis aus, ehe es zu spät ist.«

Während ich mir die Hose über die Beine zog und den Reißverschluss schloss, gab ich mir einen Moment Zeit, um über seine Worte nachzudenken. Erst als ich auch in meine Schuhe geschlüpft war, hob ich den Kopf. Unsere Blicke trafen sich und ich musste schlucken, weil seine Worte mich nicht so kalt ließen, wie ich es gerne gehabt hätte.

»Es ist längst zu spät, Mann«, brachte ich nach weiteren Sekunden der Stille hervor. »Es ist längst zu spät«, wiederholte ich und trat dicht vor ihn. »Ich finde mich lieber damit ab, anstatt auf etwas zu hoffen, das nicht passieren wird.«

Und mit diesen Worten klopfte ich ihm auf die Brust und verließ meine Wohnung Richtung Club. Ich brauchte dringend einen Drink.

KAPITEL SECHZEHN

Ich wollte nie das Monster der Geschichte sein. Aber glaub mir, Prinzessin, wenn du mir keine andere Wahl lässt, werde ich dich in Stücke reißen, wie ich es gelernt habe.

August 2021

Ich will einfach nur kotzen. Schlicht und simpel mein beschissenes Frühstück auf den schicken schwarzweiß gemusterten Fliesenboden spucken und anschließend von hier verschwinden.

Ich weiß gar nicht, warum ich so überrascht war. Ich wusste es doch. Ja, im Grunde war mir von der ersten Minute an klar, dass es eine beschissene Idee war, von meinem ursprünglichen Plan abzuweichen und mich mit Schneewittchen in ein Märchen zu stürzen. Und jetzt sitze ich hier. In der buchstäblichen Höhle des Löwen.

Ich weiß nicht, was in meinem Oberkörper mehr schmerzt. Die Schläge, die Youngs Gorillas an meinen Rippen verteilt haben, oder die Tatsache, dass sich das

Schneewittchen doch als verräterische Lion-Bitch herausgestellt hat. So oder so bin ich richtig angepisst.

Keine Ahnung, seit wann sie mich hier festhalten und wo wir überhaupt sind. Überhaupt ist es zum Kotzen, wie beschissen mein Plan funktioniert hat.

»Verdammt«, knurre ich vor mich hin. Das darf doch alles nicht wahr sein. Ich hätte sie kommen sehen müssen. Fenella hat mich mit ihrem verheulten Blick und dem jämmerlichen Gestammel dermaßen abgelenkt, dass ich das Wesentliche übersehen habe. Und dann, als es die Möglichkeit zur Flucht gab, stand sie einfach regungslos da. Als hätte sie einen Geist gesehen. Ich weiß, ich hätte abhauen sollen. Aber ich konnte es einfach nicht.

Noch auf der Insel haben mich seine Männer bewusstlos geschlagen, und so wie mein Kopf dröhnt, mit einem ordentlichen Schuss ins vorübergehende Jenseits befördert. Als ich wieder wach wurde, war mir kotzübel, und ich hab kurzzeitig alles doppelt gesehen. Seither befinde ich mich in diesem netten Kellerraum, der mehr aussieht wie der edle Ballsaal eines Schlosses. Nur eben ohne Fenster. Die Böden sind schachbrettartig gefliest, die Wände strahlend weiß und ein Kronleuchter baumelt genau über mir. Der Raum ist bis auf mich und den klapprigen Stuhl, auf dem sie mich festgebunden haben, leer. Okay und natürlich den Stuhl, der mir gegenübersteht. Der, von dem aus Fenellas Dad sein Verhör abgehalten hat. Das Blut unter meiner Nase trocknet langsam, von daher gehe ich mal davon aus, dass der Besuch des großen Arthur Young und seiner Gefolgschaft bereits mehrere Stunden zurückliegt.

Dieser Wichser!

Wenn er denkt, dass ich auf seine beschissenen Methoden hereinfalle, um zu reden, hat er sich getäuscht. Lion hin oder her. Von mir erfährt er kein einziges Wort. Mal ganz abgesehen davon, dass ich weder seinen verdammten Sohn noch seinen abgefuckten Bruder angefasst habe. Ich kenne sie nicht mal. Bis heute habe ich den Namen Arthur Young nie zuvor gehört. Es ärgert mich, dass ich nicht früher gecheckt habe, dass Fenella zu dieser Bruderschaft gehört. Immerhin war das mein erster Gedanke, als ich sie auf Eilean Ross vorgefunden habe.

Außer Brexen und Kylee hatte ich nie groß Bezüge nach Schottland oder gar zu den Lions.

Mein einziger Kontakt diesbezüglich beschränkt sich auf Jace. Einen Kerl, der meines Wissens nach ein paar Monate ein Lion war. Er hat sich im letzten Jahr permanent bei mir eingeschleimt, weil er unbedingt für mich und meinen Vater arbeiten wollte. Anfangs schien er in Ordnung zu sein, hatte sich dazu entschieden, die Seiten zu wechseln, aber seine Fragerei ging mir mit der Zeit auf die Nerven. Nachdem er wie vom Erdboden verschluckt war, habe ich ihn keine Sekunde vermisst. Keine Ahnung, wo der Wichser hin ist. Vielleicht hat mein Dad ihn beseitigt. Was weiß ich.

Mir vollkommen egal. Jedenfalls wird Young so oder so nichts aus mir herausbekommen.

Loyalität. Das ist die einzige Stärke, die ich aus meiner kaputten Kindheit davongetragen habe. Ich hasse Menschen, die einem in den Rücken fallen.

Ich hasse sie einfach.

Im Übrigen genau wie ich Arthur Young hasse, der stundenlang etwas davon gefaselt hat, wie ich seine Familie zerstört haben soll. Man sagt mir einiges nach, aber das ist neu. Dass es mir nicht gereicht hat, seinen geliebten Sohn zu töten, sondern ich mich auch an seinem Bruder vergehen musste. Das war der Moment, in dem ich hellhörig wurde. Seinen Bruder? Der Typ, der Fenella zu dem ängstlichen Mädchen gemacht hat, das sie heute ist?

Ja, ich weiß. Ich sollte mir wohl an dieser Stelle Gedanken darüber machen, ob sie mir das scheue Reh nur vorgespielt hat. Aber ich weiß, dass es nicht so ist. Es war nicht gelogen, als sie mir erzählt hat, dass sie vor den Lions davonläuft. Ich habe es in ihren Augen gesehen. Genauso wie ich die Verwunderung erkannt habe, als ihr Vater mich geschnappt hat.

Sie hat mit diesem ganzen Mist nichts zu tun.

Ich weiß es.

Oder zumindest bin ich mir sehr sicher. Ich möchte mir sicher sein. Im Grunde bin ich tatsächlich total verwirrt und habe keinen verfluchten Schimmer, was ich noch denken soll. Ihre Lüge sticht mir wie ein Messer in die Brust.

Die Angst allerdings in ihrem eisigen Blick, als sie über ihren Onkel gesprochen hat – die war nicht gespielt. Scheiße, wenn dieser Wichser noch leben würde, würde ich ihm ohne zu zögern ein Messer in die Kehle jagen.

Die Betonung liegt auf *würde*. Denn wenn er denkt, dass ich seinen ach so tollen, Kinder fickenden Bruder umgebracht habe, ist Young auf dem Holzweg.

Ich wäre es gerne gewesen. Das wäre endlich mal als sinnvoller Mord durchgegangen.

Das Geräusch eines drehenden Schlüssels im Türschloss lässt mich die Luft anhalten. Automatisch straffen sich meine Muskeln und legen einen imaginären Schutzpanzer um meinen Körper. Wenn ich eins von meinem Vater gelernt habe, dann Schmerz zu ertragen. Ganz gleich, welche Foltermethoden sich dieser Young ausgedacht hat. Er wird mich nicht brechen. Vorher wird er mich töten müssen.

Mit eben dieser Gewissheit stiere ich mit zuckenden Kiefermuskeln zur Tür, die in diesem Augenblick geöffnet wird. Man kann die Bruchstücke, die von meiner Fassade bröckeln, beinahe hören, so still ist es, als Fenella den Raum betritt.

Sie ist wunderschön.

Ganz gleich, wie sehr ich sie gerade hassen sollte – weil unser Familienstammbaum es verlangt – und wie sauer ich bin, dass ich nicht gemerkt habe, wie tief sie drinsteckt. Sie ist und bleibt einfach bezaubernd. *Bezaubernd*. Himmel, wann in dieser Geschichte bin ich zu einem schleimenden Softie geworden?

Ihre langen Haare liegen wie so oft in einem Vorhang um ihr Gesicht, doch ich erkenne sofort, dass sie geweint hat. Sie kann es nicht verbergen. Ihre Haut ist rot und fleckig, die Augen geschwollen. Sie sieht scheiße aus. Wunderschön, aber ziemlich am Arsch.

Ich beiße die Zähne aufeinander, um nichts Dummes zu sagen. Etwas wie ›Hey, Schneewittchen‹.

Offensichtlich ist in meinem Gehirn noch nicht angekommen, dass sie – ganz gleich, für wie unschuldig ich sie halte – unterm Strich nun mal eine Verräterin ist.

Eine von den Lions.

Ein Feind.

Als solchen sollte ich sie wohl in Anbetracht dessen, dass ich gefesselt in ihrem Elternhaus sitze, sehen.

Aber ich kann nicht. Ganz gleich, wie sehr ich es vielleicht sollte – ich kann sie nicht hassen. Ich kann ihr im Grunde auch nicht böse sein. Immerhin weiß ich, wie oft man beschissene Dienste für die sogenannte Familie erledigen muss. Vor allem solche, die man selbst nicht möchte.

»Ich würde dir ja was zu trinken anbieten«, feixe ich stattdessen und spucke symbolisch auf den schicken Boden, »aber die Bewirtung in diesem Haus lässt zu wünschen übrig.« Dabei zucke ich mit den Schultern, so gut es mit gefesselten Händen und diesem beschissenen Schmerz in der Rippengegend geht.

Ohne ein Wort hebt sie ihre Hand und ich bemerke erst jetzt die Wasserflasche, die sie dabeihat. Gierig starre ich darauf und merke, wie mein Körper unruhig wird bei der Aussicht auf etwas Flüssigkeit. Ich sehe ihr ins Gesicht, während sie den Schraubverschluss öffnet und mir die Flasche an die Lippen hält. Hastig schlucke ich und genieße das Wasser in meiner Kehle ebenso wie Fenella dabei ins Gesicht zu sehen.

Ich habe in meinem kurzen Leben mit vielen Frauen verkehrt, doch Fenella bricht alle Regeln und Gesetze. Mit ihr ist alles anders. Weil ich die ganze Zeit möchte, dass sie lächelt. Weil ich will, dass sie sich wohlfühlt. Und weil ich verdammt noch mal will, dass sie mir glaubt. Scheiß drauf, dass sie ein Lion ist. Mir vollkommen egal. Ich bin die Kriege leid. Ich will nicht mehr kämpfen. Darum ging es doch ursprünglich, als ich zu Brexen und Kylee aufgebrochen bin. Sollen sie mich den Löwen zum Fraß vorwerfen. Ich wiederhole: mir scheißegal. Hauptsache, sie glaubt mir, dass ich ihren Bruder nicht getötet habe. Denn das habe ich nicht.

Als ich mehrere Schlucke getrunken habe, schließt sie die Flasche und stellt sie neben meinen Stuhl.

Sie spricht nach wie vor kein Wort, als sie sich auf den Stuhl setzt, der mir gegenübersteht. Ihr Vater hat Stunde um Stunde dort gesessen und seinen Affen nur arrogant zugenickt, wenn sie mir weitere Schläge verpassen sollten. Sie kann die Ähnlichkeit zu ihm nicht verleugnen. Das pechschwarze Haar, die strahlend blauen Augen. Allerdings strahlen ihre nicht die gleiche Kaltblütigkeit aus wie die ihres Vaters. Ganz gleich, wie ähnlich sie aussehen, Menschen könnten kaum eine unterschiedlichere Ausstrahlung vermitteln.

»So schweigsam heute, kleine Löwin?« Es ist nicht mal, dass ich so angepisst bin, eben weil sie ein Lion ist. Es ist vielmehr, dass ich … scheiße, ja – ich bin enttäuscht. Sie hätte es mir sagen müssen, verdammt. Spätestens als wir in einen verfluchten Kugelhagel geraten sind. »Ein echter Lion also, ja?«, funkele ich sie wütend an. Denn das bedeutet, dass wir Feinde sein müssten. Da dürfte niemals mehr sein zwischen uns als Hass. Sonst wären wir beide von unseren Seiten zum Tode verurteilt. Es ist mir vielleicht doch nicht so egal, wie ich es gerne hätte. »Scheint wohl, als habe ich dieses kleine Raubtier-Detail an dir übersehen, und das, obwohl du so bereitwillig die Beine für mich geöffnet hast.« Ich bereue den Satz schon, als er noch nicht ganz ausgesprochen ist. Weil mir bewusst ist, wie sehr ich sie damit treffe. Ihre Unschuld ist ihre Achillessehne. Fenella hat gute Schutzmauern errichtet, doch ich habe dahinterblicken dürfen. Sie hasst, was ihr Onkel aus ihr gemacht hat. Und ich nutze genau das, um sie zu verletzen. Vielleicht fällt der Apfel doch weiter vom Stamm, als ich mir eingestehen möchte.

Ihr Pokerface ist gut. Wirklich gut. Doch ich habe tagelang damit zugebracht, sie zu studieren. Ich sehe, wie sie zurückweicht und ihre Augen sich auch jetzt gerade kaum merklich weiten. Ein kleiner zuckender Nerv an ihrer Lippe bezeugt, dass ich sie getroffen habe. Dass der Pfeil dort eingeschlagen hat, wo ich ihn haben wollte.

In dem schwarzen Highschool-Hoodie und der lässigen Jogginghose wirkt sie vollkommen verloren. Ein schwarzer Engel. Gefallen aus einem Himmel, den ich nicht kenne. Gelandet mitten in der Hölle, die ich meine Heimat nenne.

»Ich habe dich niemandem ausgeliefert. Dass sie dich suchen, wusste ich nicht.«

»Vielleicht ist es dumm, aber ich glaube dir«, murmele ich leise und versuche ihr mit meinem Blick zu zeigen, dass wir auf derselben Seite stehen können, wenn sie es will.

Allerdings sagt ihr Blick etwas ganz anderes. Sie verspürt den Hass, den sie laut ihres Clans verspüren sollte. Voller angestauter Wut und mit zitterndem Kinn starrt sie mich an, als wäre ich der Teufel persönlich.

Die Erkenntnis trifft mich wie ein Schlag: Sie glaubt ihrem Vater.

»Als wir acht waren«, beginnt sie irgendwann zu reden, muss sich aber räuspern. Ihre Stimme klingt fremd und mechanisch. »Da haben Hunter und ich hinter unserem Haus in dem blöden Baumhaus, das mein Dad nach unserer Geburt bauen ließ, einen Blutsschwur geleistet.« Sie zieht ihren Ärmel hoch und zeigt mir eine kleine Narbe an der Innenseite ihres Handgelenkes. Mir ist sie schon früher aufgefallen, aber ich habe nicht gewagt, danach zu fragen. Ein misshandeltes Mädchen mit einer Narbe an dieser Stelle.

Offensichtlich waren meine Gedanken zu schnell unterwegs.

Sie reibt mit der anderen Hand über die zackige Narbe und hebt den Kopf. Unsere Blicke treffen sich zum ersten Mal richtig und ich schlucke, ehe sinnlose Worte ungewollt meinen Mund verlassen. »Wir haben uns geschworen, immer aufeinander aufzupassen und den anderen zu beschützen. Solange wir leben.« Jeden Moment knacken meine Kieferknochen, weil ich sie so fest aufeinanderbeiße. Doch ich sage keinen Ton. »Wir haben richtig Ärger bekommen. Hunter hat sich eine Tracht Prügel eingefangen, weil er mich hätte ernsthaft verletzen können. Doch während mein Vater ihn schlug, hat er die ganze Zeit gegrinst.« Ein schwaches Lächeln zupft an ihrem Mundwinkel. Wenn er kein Löwenbastard gewesen wäre, hätte ich ihren Bruder vielleicht sogar gemocht. »Wir waren so stolz auf diesen Schwur. Er bedeutete uns alles. Im Grunde war es totaler Quatsch. Immerhin sind wir Zwillinge. Oder waren es«, flüstert sie traurig. Ihre Augen schließen sich für einen Moment, und als sie sie wieder öffnet, hat sie dichtgemacht. Ich erkenne es sofort. Weil ich es selbst so mache, wenn etwas zu nah an mein Herz heranwill. »Ich habe diesen Schwur nicht vergessen, Isaac. Und noch lebe ich. Wenn du was mit dem Tod meines Bruders zu tun hast, sind wir Feinde. Und zwar für den Rest meines Lebens.«

Ich halte ihrem Blick stand und sage das einzig Logische.

»Ich war es nicht.«

Ihr zierlicher Körper bebt unter einem Schnauben.

»Und warum sollte ich dir das glauben? Einfach so? Es gibt wohl kaum jemanden in deiner Situation, der seine Tat bereitwillig eingestehen würde.«

»Mir scheißegal, ob du mir glaubst, Fenella. Nein okay. Eigentlich ist es mir nicht egal. Aber was soll ich denn noch sagen? Ich weiß, dass ich es nicht war. Ich kannte deinen Bruder nicht. Bis gestern kannte ich weder deinen Vater noch deine ganze verschissene Lion-Familie.«

»Ich bin kein Lion«, murmelt sie leise und senkt dabei den Kopf.

»Ach nein?«, schnaube diesmal ich. »Da hat Daddy aber was ganz anderes erzählt. Die große Fenella Young, die ihren Bruder und ihren geliebten Onkel rächt, indem sie ihren Mörder fasst.« Das *geliebte* betone ich absichtlich schnippisch und sorge so dafür, dass sie mich erneut ansieht.

»Warum zur Hölle hat dein Vater seinen Bruder nicht selbst getötet, he? Es ahnt keiner, oder?« Darüber habe ich mir die vergangenen Stunden viele Gedanken gemacht. »Du hast niemandem erzählt, was für ein Wichser er war.« Ich stiere wütend vor mich hin. Bei dem Gedanken, was er womöglich mit ihr gemacht hat, werde ich so verdammt wütend. »Ich wünschte bei Gott, ich wäre es gewesen, bei allem, was er dir offensichtlich angetan hat. Aber auch das war ich nicht.«

Sie sieht mich an. Ihre Augen sehen so müde aus. So leer.

»Ich weiß«, gesteht sie leise.

Ich lege den Kopf auf die Seite, was höllisch wehtut, weil diese Wichser mir in den Nacken geschlagen haben.

»Und woher weißt du das?«

Sie stützt die Ellbogen auf die Knie und vergräbt ihr Gesicht hinter den Händen. Nach einigen Minuten bin ich sicher, sie wird sich nicht weiter zu dem Thema äußern.

»Du musst wissen, ich bin nicht der Typ, der bettelt, Schneewittchen. Ich werde dich nicht anflehen, mir zu glauben. Wenn du es nicht tust, dann lass es. Verbrennt mich auf dem Scheiterhaufen oder was weiß ich, was ihr für kranke Methoden anwendet. Mir scheißegal. Ich habe nichts mehr auf dieser Welt, wofür es sich zu kämpfen lohnt. Ich bitte dich nur um eine letzte Sache.«

Langsam, fast in Zeitlupe, hebt sie ihr Gesicht und streicht sich die Haare aus dem Gesicht. Ihre Augen fragen *welche*? Und ich antworte auf ihre stumme Frage.

»Verrate niemandem, bei wem und wo wir uns getroffen haben.« Ich rede absichtlich, ohne Namen zu nennen. Keine Ahnung, ob wir vielleicht abgehört werden.

»Kylee und Brexen?«, fragt Fenella und sieht mich fragend an.

Hektisch sehe ich mich um.

»Wird unser Gespräch aufgezeichnet? Hat Daddy dich geschickt, um mich weichzukochen?«

»Was? Nein!« Fenella folgt meinem Blick. »Hier wird gar nichts aufgezeichnet. Wenn irgendjemand wüsste, dass ich hier drin bin, würde mein Vater mich höchstwahrscheinlich in mein Zimmer sperren. Ich will es doch einfach nur verstehen, Isaac. Warum sollte ich Kylee und Brexen verraten und vor allem an wen?«

Sie sieht so verdattert aus, dass die Abhörnummer vom Tisch ist. Schnaubend schüttele ich den Kopf.

»Die Liste ist lang, Prinzessin.«

»Ich verstehe das alles nicht, Isaac«, murmelt sie. »Egal, wie lange ich darüber nachdenke. Es macht alles keinen Sinn.« Ihr Blick bringt mich beinahe um den Verstand. Scheiße. Es ist mir egal, wo sie herkommt oder wer sie ist. In diesem Moment wünschte ich, ich könnte sie in den Arm nehmen und ihr versprechen, dass alles gut wird. Aber ich befürchte, daran glaubt sie genauso wenig wie ich.

»Mach mich los, Fenella«, flehe ich daher, entgegen meiner Aussage.

»Nein«, sagt sie sofort und schüttelt dabei den Kopf. Der Stuhl schabt über die Fliesen, als sie aufsteht. Die Arme vor der Brust verschränkt, tippt sie mit ihrem Zeigefinger permanent gegen ihre Lippen.

»Irgendwie geht das alles viel zu schnell. Gerade noch wollte ich nur von diesem College weg und auf einmal sitze ich hier. Ausgerechnet in diesem Haus und ...« Mit einem für ihre zierliche Gestalt gewaltigen Stöhnen fängt sie an, auf und ab zu laufen.

»Tja, ich hatte mir das auch alles irgendwie anders vorgestellt, das kannst du mir glauben.«

»Ich wünschte, Hunter wäre hier«, sagt sie gedankenverloren, ohne auf meinen nichtsnutzigen Kommentar einzugehen. »Er wüsste, was zu tun ist.«

»Wahrscheinlich würde er mir allein für die Phantasien, die ich mit dir hatte, eine Kugel in den Kopf jagen«, versuche ich sie zu beruhigen, doch es ist witzlos. Sie ist so tief in ihre Gedanken versunken, dass sie mich gar nicht zu bemerken scheint.

Ich kann nur dasitzen und dabei zusehen, wie sie mit jedem Schritt panischer wird.

»Ich kann dich nicht einfach losmachen, ohne zu wissen, wie es danach weitergeht. Ich ...«, fährt sie sich raufend ins Haar. »Ich glaube, ich verliere langsam den Verstand, weißt du? Ich habe keine Ahnung, was ich machen soll. Ich möchte dir so gerne glauben. Alles was du sagst, hört sich richtig an. Aber trotzdem kann ich immer nur daran denken, was ist, wenn Dad recht hat. Was, wenn du meinen Bruder getötet hast?«, plärrt sie panisch. »Wenn du ... und ich habe ... oh Gott.« Sie geht immer schneller auf und ab.

»Ich habe keine Ahnung, was dieser ganze Scheiß soll, Fenella.« Meine Stimme klingt kraftlos. Auch ich bin müde.

»Ich brauche Antworten, Isaac. Alles ist so kompliziert. Ich verstehe gar nichts mehr. Wem soll ich denn noch glauben?«

»Scheiße!«, knurre ich so laut, dass sie zusammenzuckt. Wenigstens habe ich so dafür gesorgt, dass sie stehen bleibt. »Dann stell endlich die richtigen Fragen! Hör auf, deine dämlichen Moralvorstellungen an erste Stelle zu stellen, und öffne die Augen für die Wahrheit. Ich bin hier. Ich sage dir alles, was du wissen willst. Ich habe dich nicht ein einziges Mal belogen und ich habe es auch heute nicht vor.«

Inzwischen steht sie mit dem Rücken zu mir.

»Wer bist du?«, fragt sie nach einem quälend langen Moment des Schweigens und dreht sich langsam zu mir um. Der Schmerz und die Zerrissenheit in ihren Augen geben mir beinahe den Todesstoß.

Egal, was sie mir vorwirft oder glaubt zu wissen, ich bin froh, dass sie hier ist und mir eine Chance gibt. Denn das, was zwischen uns in der letzten Woche war, kann unmöglich eine Täuschung gewesen sein. Mich hierherzubringen kann nie und nimmer ihr Plan gewesen sein. Ich kann mich nicht dermaßen in ihr getäuscht haben. Nicht, wenn sie mich so ansieht.

Es sei denn, ich bin wirklich nur ein weiterer Idiot, der auf die Maschen einer Frau hereingefallen ist. Nein! Nein, das kann nicht sein.

Es gibt nur einen Weg, wie wir beide mehr oder weniger unbeschadet aus der Nummer rauskommen – die Wahrheit.

»Ich bin Isaac Callen. Sohn des berühmten Nelson Callen. Dem eigentlichen König Londons. Dem mörderischen Herrscher von ganz fucking England. Ich bin als Monster geboren und als solches erzogen worden. Und ganz offensichtlich hatte er Erfolg, zumindest wenn man deinem Vater glauben soll und meine aktuelle Lage in Betracht zieht. Immerhin werde ich hier gerade des Doppelmordes beschuldigt.«

Bei jedem Wort sehe ich ihr fest in die Augen. Lügen ist nicht meine Art. Das war es noch nie. Ich sage lieber, wie es ist, ganz gleich, wie schmerzhaft es vielleicht sein mag. Die schonungslose Wahrheit und ich sind alte Freunde. Allerdings hat mir das schon den ein oder anderen Knochenbruch eingebrockt.

»Der Name deines Vaters sagt mir etwas. Aber nicht genug, um mit dieser Information etwas anfangen zu können.«

»Gut für dich.« Die Leute, die meinen Vater kennen, lassen sich leicht in zwei Schubladen stecken. Entweder sind es kriminelle Schweine oder sie stehen jeden Moment mit einem Bein im Grab. Beides ist nicht meine Wunschvorstellung für Fenella. »Prinzipiell ist es auch unerheblich, wer ich bin.«

»Okay. Dann fangen wir vorne an. In welcher Verbindung stehst du wirklich zu Kylee und Brexen?«

»Na geht doch«, lobe ich sie. Endlich kommen wir der Sache näher. Bei meinen Worten beobachte ich genauestens ihr Gesicht. Suche nach Regungen oder einem Ausdruck, der auch meine stillen Fragen beantwortet. »Brexen lebte bei uns, seitdem er ein kleiner Junge war. Er ist wie ein Bruder für mich. Mein richtiger Bruder poliert deinem nämlich höchstwahrscheinlich gerade in der Hölle die Fresse.« Erschrocken zuckt sie zusammen, doch ich erzähle unbekümmert weiter. Ja, die Wahrheit ist schmerzhaft, Prinzessin. Der Tod meines Bruders ist für mich allerdings nicht wirklich traumatisch. Duncan starb viele Jahre, bevor ich geboren wurde. Alles, was mir von ihm geblieben ist, ist die Verbitterung, die sein Tod bei unserem Dad ausgelöst hat. »Kylee und er kennen sich schon ewig. Sie ist …«, ich verziehe das Gesicht, weil die Geschichte der beiden zu kompliziert ist, um sie hier und jetzt zu erläutern. »Sie ist so was wie ein Kollateralschaden seiner Vergangenheit. Jedenfalls liebt und beschützt er sie und diesen ganzen Kram.«

»Was haben sie mit den Lions zu tun?«

»Tja, da wiederum fragst du den Falschen. Da solltest du dich lieber mal in deinem eigenen Gehege umsehen. Ich weiß darüber nicht mehr als du. Letztes Jahr brauchte Brexen einen Unterschlupf für sie, weil er und ich einen Kriegszug gegen meinen Vater angeführt haben. Er hat sie zum Cluaran-College gebracht. Warum, habe ich mich seither selbst mehr als einmal gefragt.«

»Und warum hast du sie dort abgeholt? Ich habe auf der Insel gehört, wie er gesagt hat, keiner darf wissen, dass er lebt.«

»Wir haben Brexens Tod fingiert. Er ist nach langem Hin und Her vor meinem Vater geflohen, weil er ihr zuliebe aussteigen wollte. Es gab keine andere Möglichkeit, als seinen Tod vorzutäuschen. Nelson hätte ihn nie freiwillig gehen lassen. Kylee mussten wir eine Zeit lang anlügen. Daher habe ich sie vom College geholt. Sie dort zu lassen, schien mir nicht sicher. Ich mein, komm schon. Blades Sohn bei den Lions? Puh … das klingt nicht wirklich nach einem Happy End.«

»Wer ist Blade?«

»Brexens … sagen wir mal … Pseudonym.« Sie verzieht das Gesicht und ich muss schmunzeln. »Brexen war die rechte Hand meines Vaters. Der Mann mit der Klinge«, seufze ich. »Er war für meinen Vater all das, was ich nicht war.«

»Wie meinst du das?«

Bei dem Gedanken an mein Erbe entweicht mir ein Stöhnen.

»Fenella«, seufze ich erneut. »Mein Vater ist kein guter

Mann. Er ist ein Mörder. Ein widerliches Monster. Und ich sollte in seine Fußstapfen treten. Das Imperium übernehmen und Angst und Schrecken in der Welt verbreiten. Nur zu diesem Zweck bin ich gezeugt und geboren worden.«

»Sollte?«

»Na ja. Ich würde behaupten, ich bin für ihn eine größere Enttäuschung als die Waffengesetze in England. Ich war nie der kaltblütige Mörder, den er haben wollte. Diesen Part hat Brexen eingenommen.«

Erschrocken zieht Fenella die Luft ein.

»Nicht falsch verstehen, Brex ist ein toller Kerl. Aber er ist zum Killer ausgebildet worden und hat seine Hausaufgaben stets besser erledigt als ich. Nur weil er vermeintlich tot ist, sollte ich an der Seite meines Vaters regieren. Er denkt, ich tue es noch, aber die Wahrheit ist ...«, ich zögere. Noch bei keinem Menschen auf der Welt habe ich es so deutlich in Worte gefasst.

»Was? Was ist die Wahrheit, Isaac?« Ihre Augen weiten sich schon fast erwartungsvoll.

»Ich kann es nicht. Ich bin nicht wie er. Ich kann es einfach nicht«, lasse ich die Worte einfach aus meinem Mund gleiten. Meine Schultern sacken ab, weil ich diese Last endlich von ihnen genommen habe. Auch wenn ich die Gewissheit schon lange mit mir herumtrage. Nie zuvor habe ich die Erkenntnis so stark gespürt wie in diesem Augenblick. »Er hat alles darangesetzt, mich zu dem zu machen, was er ist – ein Monster«, erzähle ich. Ich will, dass wenigstens ein Mensch auf dieser Welt mich versteht, ehe die Lions sonst was mit mir machen. »Komm her«, bitte ich sie. »Heb mein Shirt an.« Ich deute auf meine rechte Flanke. Sie setzt sich nicht in Bewegung. Die Lippen zwischen die Zähne gezogen, spielt sie an ihrem Daumen herum. »Ich werd dich schon nicht beißen«, versuche ich sie mit einem Schmunzeln zu überzeugen. »Ich will dir etwas zeigen.« Es funktioniert. Langsam setzt sie einen Fuß vor den anderen. Nach einem tiefen Atemzug greift sie den Saum und hebt mein schwarzes T-Shirt an.

Ich bin froh, dass es schwarz ist, immerhin habe ich inzwischen mehrmals mitbekommen, wie sie auf Blut reagiert. Ob das mit dem Tod ihres Bruders zusammenhängt?

Zischend zieht sie die Luft ein. Höchstwahrscheinlich weil meine Rippen bereits beginnen, in den leuchtendsten Farben zu schimmern. So zumindest fühlen sie sich an.

»Siehst du die Narbe daneben?«, deute ich mit dem Kinn auf meine Flanke. Nur zaghaft nickt sie. »Das war meine erste Schusswunde. Ich war vierzehn. Mein Dad meinte, es sei besser, ich erfahre einmal zu Hause von ihm, wie es sich anfühlt, angeschossen zu werden. Damit ich weiß, wie ich den Schmerz überwinden kann, wenn es einmal ernst wird.« Fenellas Brust hebt und senkt sich unter hastigen Atemzügen.

»Dein Vater war das?« Ich schließe die Augen, als ihre kalten Finger zaghaft meine Haut berühren. »Und was ist das?«, fragt sie und ich spüre, wie ihre Finger über die vernarbte Haut direkt neben meiner schmerzlichsten Vater-Sohn-Erinnerung streichen. »Ich habe mich das schon vorher gefragt.«

»Das ist das Tattoo des Callen-Clans. Jedenfalls war es das, bis mein Vater es hat herausbrennen lassen, weil ich Brexen und Kylee nicht an ihn verraten habe.«

Langsam lässt sie mein Shirt wieder sinken. Ihre Hand schwebt dicht vor meinem Körper, doch ich kann sie nicht in meine Arme schließen, weil die dämlichen Kabelbinder mir die Handgelenke einschneiden.

»Warum bist du vom Cluaran davongelaufen, Fenella? Denn auch wenn ich vielleicht ein dämlicher Idiot bin, ich weiß, dass du es nicht auf mich abgesehen hattest oder gar deinen Bruder rächen wolltest.« Ihre Augen werden groß wie Planeten. »Ich habe zwar keine Ahnung, wer du bist, aber ich bin fest davon überzeugt, dich zu kennen.«

Jetzt ist es meine Brust, die sich viel zu schnell hebt und senkt. Nie zuvor habe ich auf diese Art mit einer Frau gesprochen, aber wenn wir schon bei der Wahrheit sind, soll sie hören, was ich denke.

Sie sieht mich nach wie vor aus ihren himmelblauen Augen an und kurz denke ich, sie will mir die Haare aus der Stirn schieben. Doch in letzter Sekunde zieht sie ihre Hand zurück und verschränkt die Arme vor dem Körper.

»Ich bin als Lion geboren, doch ich wollte niemals einer sein«, gesteht auch sie mir, was in ihr vorgeht.

Freudlos schenke ich ihr ein schmales Lächeln.

»Scheint, als wollen wir beide nicht das sein, was wir sein sollen.«

Eine einzelne Träne kullert dabei aus ihrem Augenwinkel. Sie wischt sie hastig fort.

»Ich verrate dir was. Wo wir uns gerade so schön mit meinem reizenden Körper beschäftigt haben.« Ich hebe meinen Arm, soweit es die Fesseln und meine malträtierten Rippen zulassen, damit sie auf die Innenseite meines Oberarms sehen kann. »Das da sind die schlimmsten Tage meines Lebens.«

Gemeinsam sehen wir auf die Daten, die ich mir für alle Zeit unter die Haut habe stechen lassen. Sie sollen mich daran erinnern, wer ich bin. Und wer ich nicht sein will.

Fenella sieht die Tattoos nicht zum ersten Mal. Schon ein paarmal habe ich sie dabei erwischt, wie sie draufgestarrt hat.

»An diesen Tagen habe ich einen Menschen getötet«, gestehe ich.

Sie zieht scharf die Luft ein. Ohne es zu merken, macht sie einen Schritt zurück. Mir brennt der Abstand, den sie zwischen uns bringt, fast ein Loch in die Brust. Jeder Schlag, den ihr Dad mir hat verpassen lassen, war weniger schmerzhaft. »Sieben Leben. Den Mann von letzter Woche ausgenommen«, erkläre ich ihr. »Ich habe in meinen kurzen einundzwanzig Jahren sieben Leben genommen. Nicht viel für einen Kerl in meinem Stand, aber zu viel für den Kerl, der ich sein will. Aber worauf ich damit hinauswill – sieh hin.« Sie schüttelt mit zitterndem Kinn den Kopf, als ich meinen Arm wieder versuche höher zu heben. Deshalb erkläre ich ihr das Wichtigste. »Sie alle stammen aus letztem und diesem Jahr. Ich habe erst angefangen zu töten, als es darum ging, Brexens Leben zu retten. Bis zu diesem Zeitpunkt konnte ich es nicht. Die Überwindung war zu groß. Ich habe Morde in Auftrag gegeben und viele Menschen misshandelt, ja. Aber ich habe niemandem das Leben genommen. Du hast gesagt, dein Bruder sei fast zwei Jahre tot. Ich war das nicht. Ich habe ihn nicht getötet. Weil ich nicht der verdammte Mörder bin, den ihr in mir seht, Fenella.«

Scheiße, ich will doch nur, dass sie mir glaubt. Sie kann mir vertrauen. Ja, vielleicht gehöre ich nicht zu den Guten. Aber ich würde sie nicht anlügen. Weil sie – selbst der Gedanke macht mir Angst – aber ja, dieses Mädchen bedeutet mir etwas. Und ich schütze die, die mir am Herzen liegen. Immer.

Fenella wendet sich ab, doch noch ehe sie geht, sehe ich, wie ihre Schultern sich einmal heben und wieder senken.

»Warum sollte mein Dad lügen? Das macht keinen Sinn. Er will Hunters Mörder ... genauso wie ich.«

Ich schließe die Augen. Ich dachte wirklich für einen Moment, sie würde mir vertrauen.

»Ich weiß es nicht«, murmele ich leise. Ich lasse sie meine Enttäuschung deutlich spüren. »Wenn du ihm glauben willst, dann tu es. Tu das, was sich für dich richtig anfühlt.«

Ich lasse den Kopf auf meine Brust fallen. Erst als die Tür ins Schloss fällt, wage ich es wieder hochzusehen.

Ich bin allein.

Wie immer.

KAPITEL SIEBZEHN

Wenn man in einer Welt groß wird, in der sich jeder nur um sich selbst kümmert, fängt man irgendwann an, jegliche selbstlose Hilfe anderer als Hinterhalt oder Erpressungsversuch anzusehen.

So ist das nun mal bei uns Menschen. Wir sehen vorrangig erst mal das Schlechte.

In allem und jedem. Dem Wetter, unseren Nachbarn, dem Service in einem Restaurant oder meinem Lieblingsbeispiel – dem Straßenverkehr. Da fährt der reiche Daddy morgens mit seinem fetten Q7 in sein überdurchschnittlich großes Büro und sein einziges Problem an einem sonnigen Morgen ist, dass die junge Frau vor ihm zu langsam fährt. Herzlich willkommen in unserer Gesellschaft.

Ich wünschte, ich könnte mich aus diesem Schema herausnehmen, doch dem ist leider nicht so. Wenn eine Verkäuferin mich zu freundlich verabschiedet oder der Briefträger eine Sekunde zu lange vor unserer Haustür steht, bin ich der Erste, der darin eine Verschwörung wittert. Man mag mich paranoid nennen, ich glaube – ich bin einfach sehr vorsichtig.

Nur deswegen konnte ich an der Seite meines Vaters über meinen achtzehnten Geburtstag hinaus überleben. Denn seien wir mal ehrlich, der Rest meiner Familie hat es nicht geschafft, so lange an seiner Seite zu existieren, ohne sich eine Kugel einzufangen.

Ich bin auf der Hut.

Ich bin die Beute.

Kein Jäger.

Wie der Hirsch, der jeden fremden Atemzug um sich herum wahrnimmt und weiß, wann es Zeit wird, zu rennen.

Umso mehr wundert es mich, welche Ruhe mich heute umgibt. Als zwei von Youngs Männern aufgetaucht sind und mich mitgeschleppt haben, dachte ich keine Sekunde daran, dass etwas passieren könnte. Vielleicht, weil ich bereit bin, abzutreten? Oder weil ich einfach ein dämlicher Idiot bin? Ich weiß es nicht.

Fakt ist, dass ich nicht schlecht gestaunt habe, als sie mich in einen schicken Wellnessbereich geführt haben. Wie es aussieht, befinde ich mich im Keller eines wirklich sehr edlen Hauses. Wir sind an einem Pool vorbei, einem Saunabereich, und schließlich in einen großen Ruhebereich mit Liegen und Duschen. Erst habe ich gedacht, sie wollten mich verarschen, als sie mir die Kabelbinder durchtrennt haben. Einer von ihnen hielt permanent seine Waffe auf mich gerichtet, während der andere mich brummend zu den Duschen geschickt hat.

Ich nehme an, das war Fenellas Werk. Zumindest rede ich mir das ein. Ich kann mir nicht vorstellen, dass Arthur Young Interesse daran hat, mich duschen und pinkeln zu lassen, und mir anschließend frische Klamotten hinlegt.

Natürlich habe ich keinen Fluchtversuch gestartet. Weder bei der Waschaktion noch nachdem sie mich wieder zurück in meinen Ballsaal geführt und an den Stuhl gefesselt haben. Es ist tragischerweise so, dass ich keine Ahnung habe, wohin ich fliehen sollte, und hinzu kommt, dass ich nirgendwo hingehe, solange ich nicht noch mal mit ihr gesprochen habe.

Zu meinem Glück muss ich nicht lange darauf warten. Das widerliche Parfüm von Youngs Wichsern hängt noch in der Luft, als die Tür sich knarzend öffnet.

Fenella trägt ein Tablett vor sich, auf dem eine Flasche Wasser und ein Sandwich liegen.

»Wäre das nicht der Moment, in dem du ein fröhliches *Zimmerservice* rufen müsstest?«, schnaube ich. Mein Gesicht verzieht sich von allein über diesen schlechten Scherz.

Ihre langen Haare stecken in einer aufwendigen Flechtfrisur. Sie sieht ganz anders aus als die letzten Tage. Ihre Augen sind dezent geschminkt und sie trägt eine weiße Seidenbluse gesteckt in eine enge Jeans. Um ehrlich zu sein, sieht sie verdammt scharf aus. Ihre Lippen glänzen im Schein des Kronleuchters und die schwarzen Linien unter ihren Augen lassen sie funkeln wie die einer Wildkatze.

»Hast du Hunger?«, fragt sie schüchtern. Wenigstens das hat sich noch nicht geändert.

»Die Antwort auf diese Frage werde ich niemals mit Nein beantworten«, schmunzele ich. Jedoch hat ihr Gesichtsausdruck meine volle Aufmerksamkeit. Das Sandwich ist mir total egal.

Die Stimmung zwischen uns ist seltsam. Einerseits haben wir eine Menge miteinander geredet und doch scheint es andererseits, als wäre vieles ungesagt. Die Vertrautheit trifft auf das vollkommen Fremde und das wiederum macht mich nervös.

Fenella stellt das Tablett neben mir auf den Boden und nimmt das Sandwich in die Hand.

»Es ist mit Thunfisch. Ich habe gesehen, dass du so eins auch in Thurso gegessen hast.«

»Thunfisch klingt perfekt«, singe ich beinahe, in der Hoffnung, dieses eigenartige Gefühl zwischen uns zu verdrängen.

»Ich werde dich füttern müssen.«

»Ich kann mir nichts Schöneres vorstellen«, murmele ich und beiße schließlich beherzt zu, als sie mir das Brot vors Gesicht hält. Scheiße, erst jetzt merke ich, wie dringend mein Körper etwas Essbares gebraucht hat. Immer wieder erschreckend, wie gut ich in der Lage bin, menschliche Bedürfnisse jeglicher Art einfach auszuklammern. Mein Dad wäre sicher stolz auf mich.

Noch ehe ich runtergeschluckt habe, beiße ich ein weiteres Mal in das saftige Sandwich. »Hm«, stöhne ich dabei, weil es abgesehen von meinem unbändigen Hunger verdammt gut schmeckt.

»Hast du gar keine Angst, dass ich dich vergiften will?«, fragt Fenella, und als ich zu ihr hochsehe, hat sie eine ihrer perfekt gezupften Augenbrauen gekonnt nach oben gezogen.

»Ehrlich gesagt«, nuschele ich, weil ich den Mund noch voll habe, »käme mir das recht gelegen. Immerhin wäre es schöner, an dem leckersten Sandwich aller Zeiten zu sterben, das noch dazu von dir gefüttert wird, als von den Affen deines Vaters totgeschlagen zu werden.«

»Da hast du vermutlich recht«, schnaubt sie, lächelt jedoch nicht.

»Außerdem gehe ich davon aus, dass ich dir meinen kleinen Wellnessausflug zu verdanken habe. Du würdest mich sicher nicht duschen lassen, um mich anschließend zu vergiften. Wahrscheinlich würde ich mich vollkotzen, mir in die Hosen pinkeln und so. Das wäre eine unschöne Sache.«

Trotz meiner wirklich beschissenen Lage versuche ich, sie ein wenig aufzumuntern. Warum, weiß nur der Teufel, an Gott glaube ich nämlich nicht. Aber dass es eine Hölle gibt, weiß ich mit Gewissheit.

»Ich will dich nicht vergiften.« Sie lächelt immer noch nicht. Im Gegenteil. Ihr Gesicht wird nach wie vor von der traurigen Miene regiert.

»Hey«, murmele ich und lehne den Kopf nach vorne, um in ihre Augen sehen zu können, die sie inzwischen auf den Boden richtet.

Wir sehen uns an und ich entlocke ihrem Mundwinkel ein winziges Zucken.

»Ich brauche noch ein paar Antworten.«

»Okay«, nicke ich und lasse es mir nicht nehmen, dabei noch einen großen Bissen zu nehmen.

»Das Problem ist, ich weiß nicht, welche Fragen ich genau stellen soll. Und wer sagt mir, dass ich dir glauben kann?«

Ihre Zweifel an meiner Ehrlichkeit sind ein bitterer Beigeschmack, den ich mit Thunfisch und Remoulade herunterschlucke.

»Niemand«, flüstere ich. Dabei sehe ich ihr fest in die Augen. »Ich kann nicht von dir verlangen, dass du mir vertraust. Ich bin selbst kein Meister darin.« Stöhnend lässt sie das Sandwich sinken. Nachdem sie keine Anstalten macht, eine Frage zu formulieren, sehe ich sie ernst an. »Erzähl mir von Hunter.«

Die ganze Nacht – oder vielleicht ist es Tag – habe ich mir den Kopf darüber zerbrochen, was mit ihrem Bruder geschehen ist. Warum ihre Familie auf den Trichter gekommen ist, ich könnte ihn umgebracht haben. Stundenlang bin ich in Gedanken die Situationen durchgegangen, in denen ich Menschen verletzt habe, aus Angst, Hunter Young könnte womöglich doch einer von ihnen gewesen sein. Aber begeht man einen Mord, ohne es zu merken? Wohl eher nicht.

Fenella tritt unruhig auf der Stelle. Der zweite Stuhl ist weg, seit ich unter der Dusche war. Rastlos zappelt sie von einem Fuß auf den anderen.

»Komm«, sage ich und wippe auffordernd mit meinem Knie, damit sie sich setzen kann. »Setz dich und erzähl mir alles. Bitte.«

»Isaac«, jammert sie, doch ich sehe, wie ihr Widerstand bereits bröckelt.

»Wir finden nur die richtigen Fragen und deren Antworten, wenn ich weiß, was du weißt. Setz dich und erzähl mir von deinem Bruder, Fenella.«

Sie zögert nur noch einen kleinen Moment, dann setzt sie sich seitlich mit einer Arschbacke auf mein Knie. Mit einem schmalen Lächeln hält sie mir das Sandwich noch einmal hin, das nach wie vor in ihrer Hand ruht. Ich erwidere ihr Grinsen und beiße zu.

Erst nachdem ich auch die letzten beiden Bissen vertilgt habe, legt sich eine Stille zwischen uns, die ich so noch nie mit einem Menschen geteilt habe. Wir sind uns so nah, und doch habe ich das Gefühl, noch immer viel zu weit von ihr entfernt zu sein.

»Ich glaube, Hunter und du, ihr hättet euch gemocht«, beginnt sie schließlich zu erzählen. »Er war arrogant, vorlaut und viel zu selbstsicher.«

Lachend schnaube ich.

»Aber alle Menschen, die ihn kannten, haben ihn sofort geliebt. Die Spannung im Raum hat sich verändert, wenn er da war. Er konnte die Stimmung einer ganzen Party verändern, nur mit seiner Laune. Im Positiven wie auch im Negativen.« Es ist die Erinnerung an ihren Bruder, die diesen sanften Ausdruck auf ihr Gesicht legt.

Gott, ich wünschte, ich könnte ihr eine Hand auf den Rücken legen, die andere auf ihren Oberschenkel. Die beschissenen Kabelbinder schneiden sich in meine Haut, weil ich mehr daran zerre denn je.

»Er war groß und sah gut aus. Ein Wimpernschlag reichte aus, um die Pupillen der Mädchen in Herzchen zu verwandeln.«

»Sicher, dass er nicht mein Zwilling war anstatt deiner?«, schmunzele ich und stoße sie mit der Schulter an. Es fuckt mich ab, dass ich sie nicht berühren kann. Auf dem Rücken balle ich die Hände zu Fäusten. Trotzdem gehört meine Aufmerksamkeit nur ihr. Sie ist alles, was in dem Moment zählt.

Fenella lacht dünn, doch offensichtlich macht die Erinnerung sie traurig, denn ihr Kopf senkt sich. Ich kann nur dabei zusehen, wie sie an ihrem Fingernagel herumspielt.

»Wie ist er gestorben?«, frage ich. Nur so kann ich herausfinden, warum sie ausgerechnet mich verdächtigen.

Ihre wundervollen Brüste heben sich unter einem tiefen Atemzug.

»Das war an Weihnachten. 2019. Hunter war in Edinburgh.«

Schnaubend schüttele ich den Kopf, was sie dazu bringt, mir ins Gesicht zu sehen. Bisher hat sie das vermieden, so gut es ging.

»Jeder, der mich kennt, weiß bereits an dieser Stelle, dass ich es nicht gewesen sein kann.« Fragend sieht sie mich an. Ihr Gesicht ist so makellos schön, dass jedes Model sicher neidisch auf sie wäre. »Ich verbringe Weihnachten grundsätzlich nicht in London und in Schottland schon gar nicht. Das ist die Zeit im Jahr, die ich irgendwo in der Sonne liege und schöne Frauen ...« Ich spreche nicht weiter, weil ihr Gesicht sich zu einer gequälten Miene verzieht. »Jedenfalls bin ich Weihnachten nie in London, Schottland oder sonst an einem Ort, an dem Familien vor dem Kamin sitzen und sich gegenseitig Dinge schenken, die sie nicht brauchen.«

»Hunter hat mir immer Socken geschenkt«, murmelt Fenella. Ich bin kurz davor, die verdammten Kabelbinder zu zerreißen.

»Fenella, warum denkt dein Dad, ich sei es gewesen?« Wenn sie nicht die richtigen Fragen kennt, sollten wir die Fragerunde vielleicht mal umkehren.

»Ich habe nie nach den Einzelheiten gefragt«, flüstert sie und wischt sich hastig eine Träne aus dem Augenwinkel, ehe sie über ihre Wange kullern kann. »Bis gestern.«

Unsere Blicke treffen sich und es stimmt mich melancholisch, immer noch die vielen Zweifel in ihren Augen zu sehen. Sie traut mir nicht. Wenn ich jetzt eine Hand frei hätte, ich würde mir selbst eine verpassen. Natürlich traut sie mir nicht. Immerhin sitze ich gefesselt in einem Keller. Beschuldigt, ihren Bruder getötet zu haben.

»Was?«, frage ich. »Erzähl mir, was er gesagt hat.«

»Hunter war in Edinburgh, weil er offensichtlich eine Spur hatte, die geradewegs zu deinem Vater geführt hat.« Sie hebt den Kopf und sieht mich entsetzt an. »Er wollte deinen Dad töten, Isaac«, flüstert sie.

Mein Gesichtsausdruck wird weich. Das hoffe ich zumindest, denn niemand sollte sich schuldig fühlen, wenn er meinem Vater die Pest an den Hals wünscht. Er hat es nicht anders verdient.

»Was ist dann passiert?«

»Mein Vater weiß auch nicht wirklich viel. Kester hüllt sich in Schweigen. Er sagt, sie wissen nichts Genaues. Aber Dad hat ohne die Jungs vom Cluaran Nachforschungen angestellt und schließlich ein Überwachungsvideo aufgetrieben.«

»Und?«, knurre ich. Nicht weil ich etwas befürchte, sondern weil ich wissen will, wie zum Teufel sie darauf kommen, dass ich auf diesem beschissenen Video war. Denn ich war es nicht. Im Dezember 2019 habe ich mit einer brasilianischen Tänzerin auf einer Yacht vor Barbados zwei Wochen pausenlos gevögelt.

»Die Aufnahme ist total unscharf und nur von hinten, aber man erkennt aus der Ferne einen Typen, der Hunter aus dem Hinterhalt ein Messer in den Rücken rammt.«

»Und dieser Typ soll ich sein«, schnaube ich.

»Man kann sein Gesicht nicht sehen. Nur blonde Locken.«

»Das ist alles?«, brülle ich. »Ihr haltet mich hier fest, weil ein Kerl mit blonden Locken deinen Bruder umgebracht hat?« Ich spüre, wie der Zorn sich in meiner Brust ausbreitet. »Ich will ja nicht überheblich klingen, aber euch ist schon klar, dass es auf diesem Planeten noch andere Menschen mit blonden Locken gibt?«

»Ein bisschen groß der Zufall, oder? Noch dazu, dass ausgerechnet wir uns später mitten in den Highlands über den Weg laufen. Dad ist überzeugt davon, dass du auch mich umbringen oder zumindest als Druckmittel einsetzen wolltest.«

»Ein bisschen ...«, ich unterbreche mich selbst dabei sie nachzuäffen. »Mann, Fenella! Ihr seid Lions! Weißt du, wie viele Menschen euch ohne zu zögern killen würden, wenn sie die Chance dazu bekämen?«

»Ich bin kein Lion«, hält sie dagegen, was mir nur ein Schnauben entlockt.

»Du bist Arthur Youngs Tochter, oder nicht? Wenn ich mich hier so umsehe, ist dein Vater wohl nicht gerade ein kleiner Fisch in eurem Becken, und soweit ich informiert bin, hast du diesbezüglich keine Wahl. Genauso wenig wie ich.«

»Ich bin kein Lion«, wiederholt sie und ihre Stimme hebt sich dabei. »Ich bin nicht wie sie.«

»Tja, wenn man sich die Lage, in der ich dir ausgeliefert bin, betrachtet, scheint es aber wohl so, oder nicht?«

Ihr Gesicht leuchtet inzwischen tiefrot. Sie ist wütend. Richtig wütend. Aber ich bin es auch. Weil ich diese Scheiße hier langsam leid bin.

»Ich bin es aber nicht, kapiert?«, schreit sie und springt von meinem Schoß auf. »Ich bin keiner von ihnen. Niemals! Ich bin genauso wenig ein Lion wie du ein Mörder!«

Sobald sie den Satz zu Ende gesprochen hat, schnellt ihre Hand vor und legt sich auf ihren Mund. Man hört nichts außer der angehaltenen Luft, die meine Lunge verlässt.

»Ja«, seufze ich erleichtert. »Du hast recht. Ich bin kein Mörder.«

Ich habe gemordet, ja. Aber nur, weil es nicht anders ging. Aus Notwehr und um Brexen zu beschützen. Aber ich bin kein Mörder wie mein Vater. Und vor allem habe ich Hunter Young nicht umgebracht.

»Und ich kein Lion«, schiebt sie nach und wir sehen uns an.

»Schön, dass wir das geklärt haben, und jetzt mach mich los.«

»Ich kann nicht«, wimmert sie.

»Du kannst.«

»Nein!«

»Fenella!«

»Isaac.«

Frustriert stöhne ich laut auf und knurre durch den leeren Raum.

»Du kannst mir vertrauen«, raune ich. Gut, dass sie

nicht sieht, wie meine Hände so fest zu Fäusten geballt sind, dass meine Finger schon taub werden. Ich wiederhole mich nur ungern, aber: Es. Macht. Mich. Verrückt. Dass. Ich. Gefesselt. Bin.

»Wohin bist du gegangen, nachdem du ... wir ... also du mich ...«

Verdutzt sehe ich sie an.

»Nachdem ich dich geleckt habe?«, frage ich. Wo zur Hölle kommt das jetzt her?

»Ja«, sagt sie gequält und stemmt die Hände in die Hüften.

»Wollen wir darüber vielleicht reden, wenn wir hier raus sind?«

»Es ist noch mitten in der Nacht. Jeder würde hören, wenn ich dich jetzt wegbringe. Wir haben also alle Zeit der Welt, um auch die unwichtigeren Fragen zu beantworten.«

Will sie mich verarschen? Gerade als ich das fragen will, kommt mir ein Gedanke.

»Moment mal«, stoße ich aus und lege den Kopf schief. Sofort macht sie ein Gesicht, als hätte ich sie beim Klauen erwischt. »Du siehst nicht aus, als sei es mitten in der Nacht.«

Ertappt nimmt sie die rosige Unterlippe zwischen die Zähne und sieht weg. »Entweder ist es gar nicht Nacht oder du hattest von vornherein vor, mich loszumachen.«

Wütend blitzt ihr Blick kurz in meine Richtung.

»Bevor du meine Frage nicht beantwortest, sage ich gar nichts mehr.«

»Du weißt, wie lächerlich das ist, oder? Wir haben Wichtigeres zu besprechen.«

»Bin ich eben lächerlich. Mir scheißegal«, zischt sie und wir zucken gleichzeitig zusammen. Schimpfwörter aus ihrem Mund klingen irgendwie äußerst befremdlich.

»Du willst die Wahrheit? Ich bin in eine schäbige Bar gegangen, habe ein paar Whisky getrunken und anschließend die Barfrau in der Besenkammer gefickt. Das Ganze hat circa zwei Minuten gedauert, weil ich dabei nur daran denken konnte, wie deine Pussy sich um meinen Mund zusammengezogen hat, als du für mich gekommen bist. Ich habe es gehasst. Ich habe sie gehasst. Aber es ist nun mal, wie es ist.«

»Du bist widerlich«, stößt sie aus. Ich bin klug genug, um zu sehen, wie sie die Arme vor der Brust verschränkt, um sich vor den Gefühlen zu schützen, die auf sie einprasseln wollen.

»Ich bin ehrlich. Das war ich immer und ich werde es immer sein. Wenn du die Wahrheit nicht ertragen kannst, frag mich nicht danach.«

Bei jedem meiner Worte schüttelt sie hektisch mit dem Kopf.

»Du hast recht. Das hier ist lächerlich. Das alles.«

»Fenella«, seufze ich.

»Nein!«, schnauzt sie. Der zombiemäßige Ausdruck in ihrem Gesicht macht mir Angst. »Nein, Isaac! Es ist zu viel. Das alles. Dieses Haus. Meine Eltern. Du ...«, vorwurfsvoll sieht sie mich an. In ihren Augen schimmern so viele Emotionen gleichzeitig, dass ich den Blick abwenden muss.

»Es tut mir leid«, murmele ich, sehe sie aber doch wieder an. Weil ich meinen Blick einfach nicht von ihr lassen kann. »Wenn ich etwas getan habe, was dich verletzt hat, tut es mir leid. Das wollte ich nie. Ich wollte dir oder deiner Familie niemals schaden. Das kannst du mir glauben.«

»Ich sollte Kester anrufen und ihm hiervon erzählen«, schnaubt sie und meine Muskeln spannen sich an. »Wahrscheinlich würde er dann von allein einsehen, dass ich nicht dafür gemacht bin, ein Lion zu sein.« Bei dem letzten Satz fängt sie an, nervös mit dem Fuß zu wippen. »Ich meine, komm schon. Ich habe den potenziellen Mörder meines Bruders vor mir, und alles woran ich denke, ist, warum er mit einer anderen geschlafen hat anstatt mit mir.« Ihr Vorwurf trifft mich wie ein Peitschenhieb und ich bin froh, dass ich sitze. »Was stimmt mit mir nicht, hm?« Da sie keine Lücke für eine Antwort lässt, handelt es sich höchstwahrscheinlich um eine rhetorische Frage. »Warum kann ich mich nicht einfach in einen langweiligen Studenten vom College verlieben, der mich respektiert, schätzt und keine Ahnung ...«, theatralisch wirft sie die Hände in die Luft, »... sich vielleicht für Frauenrechte einsetzt oder so.«

»Okay, komm«, unterbreche ich sie. »Es reicht langsam. Ich habe dich respektiert und geschätzt.«

»Und warum hast du dann mit einer anderen rumgemacht? Ach weißt du was, ich will deine tolle Wahrheit nicht hören.«

Gerade als ich antworten will, stürmt sie auf die Tür zu.

»Stopp!«, schreie ich so laut, dass die Wände förmlich wackeln. Zeit, sie daran zu erinnern, mit wem sie es zu tun hat. Mit dem Rücken zu mir hält sie inne. »Dreh dich um, Fenella«, fordere ich. Meine Stimme ist kalt und herrisch. Es ist die Stimme meines Vaters, die aus mir spricht. Aber ich werde nicht dabei zusehen, wie sie sich selbst geißelt für etwas, wofür sie nichts kann. Ich hatte befürchtet, dass sie von mir etwas erwartet, nachdem ich sie geleckt habe. Und genau da liegt das Problem. Ich bin nicht der Typ, der die Erwartungen der Frauen erfüllt. Ich habe ihr gegeben, was sie brauchte. Mir zu geben, was ich brauchte, war sie definitiv nicht bereit. Nicht in dieser Beziehung. Und das ist leider die einzige Art von Beziehung, die ich kenne.

Beinahe in Zeitlupe dreht sie sich auf dem Absatz ihrer Sandalen um.

Unsere Blicke treffen sich, und auch wenn ich derjenige bin, der gefesselt und wehrlos vor ihr sitzt, habe ich nicht vor, ihr die Kontrolle über die Situation weiterhin zu lassen.

»Du wirst nicht davonlaufen. Nicht vor mir. Komm her und rede gefälligst mit mir«, befehle ich ihr förmlich.

»Du kannst mich nicht zwingen«, hält sie schnippisch dagegen, doch ich höre ihre innere Unsicherheit.

»Nein. Das stimmt. Aber das muss ich auch nicht. Richtig? Weil du es selbst möchtest. Weil du eigentlich gar nicht gehen willst. Weil du nicht mutig genug bist, um dir einzugestehen, was du wirklich willst.« Während sie an einem Knopf ihrer Bluse spielt, sieht sie immer wieder zu mir herüber. »Ich möchte, dass du herkommst und zu Ende bringst, was du angefangen hast. Du willst Antworten? Dann sei stark genug, dir anzuhören, was ich zu sagen habe.«

Es dauert nicht lange, dann wird sie einen Fuß vor den anderen setzen.

»Du weißt inzwischen, dass ich deinen Bruder nicht umgebracht habe, richtig?« Ohne mich anzusehen zuckt sie kaum merklich mit den Schultern. »Ich habe dich vom ersten Tag an respektiert und geschätzt.« Wütend funkelt sie mich an und ich muss beinahe schmunzeln. »Wir spielen im selben Team, Schneewittchen. Ich habe versprochen, dir zu helfen, und ich halte dieses Versprechen. Ich wollte dich nie verletzen. Ich wollte dich schützen.« Tief Luft holend sehe ich sie an. »Vor mir.«

Sie hebt den Kopf, und eine lange Zeit sieht sie mich einfach nur an. Ihr Blick gleitet über meine Stirn, meine Augen, meinen Hals und landet immer und immer wieder bei meinen Lippen.

»Es tut mir leid«, flüstert sie. »Es ist total dämlich, so auszuflippen, und eigentlich bin ich so nicht. Es ist nur ... Ich war seit dem Tod meines Bruders nicht mehr hier. Die ganzen Erinnerungen, mein Vater. Die Lions. Das alles macht mich nervös und ich befürchte, ich verliere langsam den Verstand. Was da passiert ist, spielt gerade eigentlich keine Rolle. Ich weiß das.« Sie fährt sich einmal über die Stirn. Dabei starrt sie nur an die Betondecke mit dem goldenen Leuchter. Beinahe wirkt es, als würde sie den Himmel um Hilfe anflehen. »Ich weiß nicht mehr, was falsch und was richtig ist. Ich habe das Gefühl, mein Kompass funktioniert nicht mehr, Isaac.« Als sie mich erneut ansieht, muss ich schlucken, weil ihre Verzweiflung so greifbar ist, dass ich keine Chance habe, davor zu fliehen. »Was soll ich denn machen? Wo soll ich hingehen? Ich weiß einfach nicht, was ich als Nächstes tun soll.«

»Okay, eins nach dem anderen, Schneewittchen. Was ist es denn, was du jetzt gerne tun möchtest?«, frage ich sie. Wenn ich die Möglichkeit hätte, würde ich sie mit einer

Hand näher zu mir heranziehen und mit der anderen zärtlich ihre Wange berühren.

»Ich möchte normal sein. Einfach das tun, worauf ich Lust habe.« Sie lacht einmal hysterisch auf. »Ich müsste erst einmal herausfinden, worauf ich überhaupt Lust habe.«

Ohne es zu wollen empfinde ich Mitleid mit ihr. Klar, auch ich bin ein Sklave meines Erbes, aber im Gegensatz zu ihr habe ich stets das gemacht, worauf ich Bock hatte. Drauf geschissen, wem das gepasst hat und wem nicht.

»Ich möchte mich nicht ständig umsehen, aus Angst, mir könnte jemand folgen. Ich möchte Freunde haben, ohne Angst zu haben, dass ihnen etwas passiert. Ich möchte berührt werden, ohne mich dabei vor mir selbst zu fürchten.« Sie hebt den Blick und wir sehen uns an. Ich habe das Gefühl, endlich ihre Mauern durchbrochen zu haben. »Ich möchte ...« Doch dann spricht sie nicht weiter.

Auch nach quälenden Sekunden, in denen sich keiner von uns regt, sagt sie kein Wort. Stattdessen überbrückt sie die letzte Lücke zwischen uns. Zwischen meinen Schenkeln stehend, hebt sie zaghaft die Hand, und so sehr ich die Augen schließen möchte, als ihre Finger meine Stirn hauchzart berühren, ich lasse es. Denn ich möchte keine ihrer Regungen verpassen.

»Ich möchte dich berühren«, flüstert sie.

»Dann tu es.« Auch meine Stimme ist nur noch ein Flüstern. Die Stimmung im Raum ändert sich, lädt sich förmlich auf und ich lege den Kopf in den Nacken, um sie besser sehen zu können. »Ich möchte das auch. Tu mit mir, was du möchtest. Denn ich vertraue dir, Fenella. Ich weiß nicht warum, aber das habe ich vom ersten Moment an.«

KAPITEL ACHTZEHN

Hauchzart streicheln ihre Fingerspitzen über meinen Haaransatz.

»Alles, was ich je wollte, war ein ganz normales langweiliges Leben. Mich zum ersten Mal verlieben«, gesteht sie und tritt noch näher an mich heran. Meine Nasenspitze berührt beinahe den Stoff ihrer Bluse. Mit wachsamen Augen atme ich ihren Geruch ein und vergesse für den Moment, wo wir sind. Und vor allem – wer wir sind.

»Es steht dir nichts im Wege. Du kannst all das.«

Ihr Körper bebt, weil sie abfällig die Luft ausstößt.

»Ja klar. Ich, die sich nur traut, einen Mann anzufassen, wenn er gefesselt vor ihr sitzt.«

»Ich bin gern gefesselt vor dir.« Weil sie nicht antwortet, sehe ich sie an und muss augenblicklich über ihre lustige Grimasse lachen. »Ja okay, nicht gerade in dieser Situation, aber du weißt, was ich meine.«

Ich stöhne genießerisch, weil ihre Hände mir durch das noch feuchte Haar streicheln. Daran könnte ich mich gewöhnen.

»Ich will nicht das ängstliche Mäuschen sein, für das mich alle halten.«

»Dann sei es nicht.« Ich fixiere ihren Blick. »Sei, was du sein möchtest. Glaub mir, ich weiß, wie beschissen es ist, wenn man in eine Welt geboren wird, in der man keine

Wahl hat. Aber du kannst sein, wer du sein willst. Habe den Mut. Sei stärker als das, was sie aus dir machen wollen. Denn wenn du mitspielst, haben sie gewonnen.«

Ganz langsam fährt ihre Hand über meinen Kopf auf meine Schulter. Ihr Zeigefinger streift dabei meine Haut am Kragen meines Shirts und ich erschaudere. Scheiße. Allein diese winzigen Berührungen machen mich hart. Nur für den Bruchteil einer Sekunde fällt mein Blick auf meinen Schwanz, der gegen die hellgraue Jogginghose drückt. Natürlich entgeht Fenella das nicht und ihre Augen wandern ebenfalls an mir hinab.

»Sprich mit mir«, fordere ich sie auf, weil ich keine Ahnung habe, was hier gerade vor sich geht. Einerseits kann ich es nicht erwarten, dass sie mich weiter berührt, andererseits wäre mir wohler, ich wäre nicht an einen Stuhl gefesselt. Irgendetwas zwischen uns ist gerade dabei, sich zu verändern, aber ich kann noch nicht greifen, was es ist.

»Vielleicht habe ich lange genug geredet«, wispert sie. Ohne den Blick von meinem Schritt zu nehmen, geht sie in die Knie. Heilige Scheiße. Ich kann spüren, wie mir der Schweiß ausbricht.

»Fenella?«, flüstere ich.

Zaghaft legt sie mir beide Hände auf die Oberschenkel, und auch durch den dicken Stoff spüre ich die Hitze, die von ihr ausgeht. Oder stammt sie von mir? Ich kann es nicht sagen. Vor allem, weil mein Gehirn sich langsam verabschiedet, als ihr Körper meinem Schritt immer näherkommt. Während ihre Fingerkuppen bereits meine Schwanzspitze berühren, leckt sie sich über die Lippen und ich verliere jede Sekunde den Verstand.

Nie war ich einer Frau dermaßen ausgeliefert. Und damit meine ich nicht mal die Tatsache, dass ich an einen Stuhl gefesselt bin. Bei ihr verschieben sich sämtliche Naturgesetze. Wenn sie mich so schüchtern und doch voller Anmut ansieht, vergesse ich, in welchem Universum ich lebe.

»Hast du schon einmal einen Schwanz in deinen

Händen gehalten?«, frage ich. Ich bete bei Gott, keine alten Dämonen damit hervorzurufen.

Ein winziges Kopfschütteln erleichtert mich. Ich hebe, sämtlichen Schmerz ignorierend, den Hintern so gut es geht ein Stück an, damit sie die Wahl hat. Das hier ist ihr Ding. Wenn sie meinen Körper will, werde ich ihr nicht im Wege stehen. Nicht, dass ich überhaupt irgendetwas sagen oder machen könnte, um die Situation zu beeinflussen. Sie hat die Kontrolle, und ich weiß, dass es genau das ist, was sie braucht.

Mein kleines ängstliches Schneewittchen überrascht mich, indem sie mir ohne zu zögern die Hose vom Hintern zieht. Ihr Atem geht schnell und ihre Hände, die inzwischen auf meinen nackten Oberschenkeln liegen, zittern.

Wenn sie mir nicht so verdammt ans Herz gewachsen wäre, würde ich mit Sicherheit laut lachen. Die Situation ist schon äußerst merkwürdig. Da sitze ich. Gefesselt in einem Ballsaal, Schneewittchen persönlich zwischen meinen Schenkeln, und mein Schwanz weht ihr auf Halbmast entgegen. Allerdings reicht allein ihr Blick aus, um ihn hart werden zu lassen. Auch das ist neu.

Kurz davor, ihr zu sagen, was sie tun soll, streckt Fenella ihre Hand aus und schließt ihre Finger um meinen Schwanz.

»Fuck«, knurre ich vor mich hin, was sie dazu bringt, den Blick zu heben. »Das fühlt sich verdammt gut an«, lasse ich die Wahrheit aus mir sprechen. Sie soll wissen, dass sie es ist, die mich gerade dermaßen anturnt.

Ihre Hand beginnt zu zucken und ganz langsam bewegt sie sich um meine Härte, die mit jeder ihrer Bewegungen mehr anschwillt.

Ich habe keine Ahnung, wie viele Tussis meinen Schwanz schon gerieben haben, aber ganz sicher hat es sich bei keiner so verdammt gut angefühlt wie bei Fenella. Sie ist wahrhaft eine Prinzessin. Keine billige Schlampe, die man mal eben zwischen Tür und Angel vögeln kann. Herrgott, und ich will sie vögeln. Wirklich! Unbedingt!

Meine Hände zerren wie von selbst an den Fesseln, was ihr ein kleines neckisches Grinsen entlockt.

»Heute sage ich, wo es langgeht«, flüstert sie.

Wir sehen uns an und mir bleibt die Spucke weg, als sie mir zuzwinkert und ihren Kopf senkt. Mir bleibt nichts, als die Augen aufzureißen, als sie sich immer weiter vorbeugt und schließlich ihre Zunge meine Eichel berührt. Heilige Scheiße!

Fenella kichert und ich bin nicht mehr sicher, ob ich das gedacht oder wirklich ausgesprochen habe. Mit einem unfassbar sexy Blick sieht sie zu mir hinauf und lächelt.

»Mach weiter«, keuche ich. Meine Oberschenkel spannen sich an und ich habe das Gefühl zu explodieren, als ich ihre Zunge ein weiteres Mal auf mir spüre. Diesmal fährt sie von der Wurzel bis zur Spitze und malt kleine Kreise darum. Den seufzenden Ton, den sie dabei abgibt, spüre ich in jedem verfluchten Winkel meines Körpers.

Ich weiß, dass ich das hier vielleicht nicht zulassen sollte. Wenn meine Befürchtung stimmt und sie Gefühle für mich hegt, wird die Situation durch das, was sie da gerade mit mir macht, nicht leichter, aber ich kann nicht anders. Ich kann sie nicht bitten aufzuhören. Ich kann einfach nicht. Und scheiße, ich will es auch nicht.

»Fenella«, keuche ich. Jede ihrer Bewegungen ist sanft und langsam. Auch das ist neu für mich. Schon beinahe quälend. Die süßeste Folter, die ich je erlebt habe. Ich wünschte, ich könnte meine Hände auf ihren Kopf legen, meinen Daumen über ihre Wange fahren lassen. Doch ich bin gefangen. Gefangen in einem Strudel aus Empfindungen und Erregung. Einem Gefühl, das mich entmannt, mich berauscht und in die Knie zwingt. Und das alles gleichzeitig.

Als ihre Lippen sich um meinen Schwanz schließen und sie ihn langsam, Zentimeter für Zentimeter, in sich aufnimmt, kann ich die Augen nicht länger geöffnet halten. Ich schätze sowieso, dass ich für den Rest meines Lebens, wenn ich die Augen schließe, das Bild vor mir sehe, wie ihre

Zunge über meine Länge gleitet. Immer weiter nimmt sie ihn in sich auf und ich stöhne, als meine Spitze ihren Rachen berührt.

Genauso quälend langsam zieht sie sich wieder zurück und ich will aufschreien, als mein Schwanz ihre Lippen verlässt.

»Das gefällt mir«, flüstert sie und reibt mit der Hand über die Feuchtigkeit, die ihr süßer Mund hinterlassen hat.

»Scheiße, Prinzessin!«, keuche ich, »mir auch!«

Sogar ihr Kichern sorgt dafür, dass meine Eier sich erwartungsvoll zusammenziehen. Sie weiß es vielleicht nicht, aber alles an dieser Frau ist purer Sex. Ihr Körper ist perfekt. Und zwar nicht auf diese ›Für mich bist du perfekt‹-Weise. Scheiße nein, er ist wirklich perfekt. Ihre Haut ist glatt und weich. Sie ist makellos rein und duftet wie eine verfickte Blumenwiese. Während ihr Mund erneut auf meinen Schwanz sinkt und sie dieses Mal etwas fester daran saugt, kann ich nur an ihre Beine denken. Lange feste Beine, die sich ganz bestimmt hervorragend um meine Taille legen könnten. Scheiße, ich bin schon kurz davor zu kommen, und dabei habe ich nicht mal an ihre perfekten Titten und den Geschmack ihrer Pussy gedacht. Ich sage ja. Diese Frau ist Sex. Und das ganz ohne je welchen gehabt zu haben.

»Scheiße ja«, stöhne ich, weil sie meine Eier buchstäblich in der Hand hält, während sie mich immer härter bläst. Ich versuche ihr entgegenzukommen. Stoße, soweit meine Situation es zulässt, in ihren Rachen. Ich möchte ihr sagen, wie ich ihren Mund vögeln werde, wenn ich beim nächsten Mal nicht mehr gefesselt bin. Wie ich sie anschließend ficken werde, sodass sie nie wieder einen Schritt laufen kann, ohne dabei an mich zu denken. Doch ehe der Idiot in mir den Augenblick zerschmettert, beiße ich mir lieber auf die Zunge. Sie ist keine meiner Schlampen. Fenella hat ein Herz aus Glas. Ein falscher Schlag und es ist für alle Zeit zerbrochen. Und verdammt noch mal, ich will nicht der Kerl sein, der es kaputt macht. Ich will derjenige sein, der jedem, der ihr wehtut, die Knochen bricht.

Ihr sexy Stöhnen holt mich zurück in die Gegenwart, in der ihre Lippen sich immer selbstsicherer über meinen Schwanz bewegen. Keine Ahnung, ob ich noch in der Realität bin. Ich komme mir vor, als schwebe ich.

Ihre zarten Finger spielen mit meinen Eiern, streichen über meine Schenkel und versuchen an meinen Hintern zu gelangen, während ich spüre, dass das vertraute Gefühl über mich kommt. Der Moment, den ich brauche wie ein Junkie seine Drogen, weil sich in dieser einen Sekunde die Welt um mich herum in Luft auflöst.

»Ich werde jeden Augenblick kommen«, warne ich sie zwischen zusammengebissenen Zähnen, da ich nicht davon ausgehe, dass eine Jungfrau, die jungfräulicher nicht sein könnte, bei ihrem ersten Blowjob vorhat zu schlucken. Aber Fenella belehrt mich eines Besseren. Sie saugt und pumpt dabei mit ihrer Hand, als hätte sie das hier schon hundertmal getan.

Ich falle.

Ich stürze über die sagenumwobenen Klippen hinab in das göttliche Tal der Orgasmen.

Fuck!

Ich bin so was von am Arsch, denn ich weiß jetzt schon, dass ich wieder und wieder will, dass sie das tut. Beeindruckt sehe ich dabei zu, wie sie überrascht keucht, das Röcheln in ihrer Kehle aber sofort unterdrückt und jeden einzelnen Tropfen meines Spermas schluckt. Aufgeregt hüpft ihr Kehlkopf auf und ab, während sie nach wie vor an meinem Schwanz saugt, um auch den letzten Rest für sich zu bekommen.

Verdammt. Noch mal.

Mein Kopf kippt erschöpft nach vorne und ich kneife die Augen zusammen, weil ich nicht scharf sehen kann. Sterne tanzen wild davor.

Die letzten Tage vertragen sich nicht gerade mit einem Orgasmus der Superlative.

Erst ein kleines zaghaftes Räuspern lässt mich wieder aufsehen.

Noch immer vor mir hockend, hat Schneewittchen ihre Schüchternheit zurück. Es ist nur ein winziges Lächeln, das ihre Mundwinkel ziert. Aber es ist da. Und es macht mich stolz.

»Wow«, schnaufe ich und das kleine zaghafte Zucken ihrer Mundwinkel verwandelt sich in ein echtes Grinsen.

»Ja, wow«, flüstert sie und zieht die Lippen zwischen die Zähne, fast als wäre das hier eine Beerdigung, auf der man jedes fröhliche Gesicht verstecken muss.

»Mach mich los«, bitte ich sie. Ich habe das dringende Bedürfnis, sie im Arm zu halten. Okay, das ist neu und ein gruseliges Gefühl. Aber es ist so.

Ihre Lippen glänzen im warmen Licht des Kronleuchters und ich bin neidisch, weil es ihre eigene Hand ist, die die Spuren meiner Lust abwischen darf.

»Und dann?«, fragt sie. Ihre Stimme ist kratzig und belegt. Im wahrsten Sinne des Wortes. »Was sollen wir tun? Ich kann dich nicht einfach mit nach oben nehmen und sagen: Hey, Mummy, das ist Isaac, der Kerl, den Dad gefangen hat und dem ich im Hobbykeller einen geblasen habe.«

Ich lache kurz auf, lasse es aber, weil meine Rippen dabei verflucht wehtun.

»Das wäre mal ein sinnvolles Hobby für einen Hobbykeller.«

Sie presst die Lippen zusammen, aber ich sehe genau, dass sie es nur tut, um nicht zu lachen.

Ächzend kommt sie auf die Füße. Erleichterung durchströmt mich, als sie in ihre hintere Hosentasche greift und einen Seitenschneider herausholt. Sie hatte also die ganze Zeit vor, mich zu befreien. Dieses kleine Luder.

Mit dieser Gewissheit grinse ich sie an.

»Wir verlassen diesen Ort und suchen die Antworten, die du brauchst«, schlage ich vor. Hauptsache, sie bindet mich endlich los. Viel weiter habe ich auch noch nicht gedacht.

»Aber wie?« Noch immer hält sie die dämliche Zange in ihrer Hand, ohne aktiv zu werden.

»Wenn dein Bruder bei dem Versuch, meinen Vater zu killen, getötet wurde, finden wir nur auf einem Weg heraus, wer es war«, sage ich. Dass mein Schwanz noch immer schlaff aus der Hose hängt und wir gerade einen bahnbrechend wichtigen Moment zusammen erlebt haben, scheint irgendwie in weite Ferne zu rücken. Vor allem, als Fenella endlich um mich herumgeht und ich mit einem Schnitt aus dieser Haltung befreit werde.

Stöhnend nehme ich die Hände vor den Körper und reibe mir über die Handgelenke. Allerdings erst, nachdem ich meinen Schwanz wieder verstaut habe.

»Welchen?«, fragt Fenella, während ich aufstehe und mich zu ihr herumdrehe.

»Wir müssen den anderen Daddy besuchen.« Allein bei der Vorstellung verzieht sich mein Gesicht. Aber es gibt keinen anderen Weg. Wenn Hunter versucht hat, Nelson plattzumachen, wird er wissen, wer ihm geholfen hat. Da bin ich sicher. Mein Vater weiß alles, was um ihn herum geschieht.

»Du meinst, er hilft uns?«

Bei ihren Worten nimmt die Grimasse, die sich schon langsam wieder zurückbilden wollte, noch mal ganz neue Dimensionen an.

»Nein. Nelson Callen hilft niemandem.« Ich trete dicht an sie heran und endlich kann ich ihre Hand in meine nehmen. »Aber ich helfe dir. Wir finden heraus, wer Hunter getötet hat, und dann kannst du zurückkommen und deinem Dad den wahren Mörder liefern.«

Fenella sieht auf unsere Berührung. Zärtlich streichele ich über ihren Handrücken.

»Warum tust du das?« Ihre schwarzen Wimpern sind so lang, dass sie beinahe an ihre Augenbrauen stoßen.

»Weil ich es will«, sage ich das Erste, was mir in den Sinn kommt, doch dann klären sich meine Gedanken und ich erläutere ihr, was in mir vorgeht. »Es ist mir egal, wenn die Lions denken, ich hätte irgendwen getötet. Aber ich will nicht, dass du denkst, ich hätte etwas mit dem Tod deines

Bruders zu tun. Ich weiß, wie wichtig er dir war. Und …«, ich zögere, weil ich schon vorher weiß, wie ihre Augen sich verdunkeln werden, wenn ich das Thema anspreche. »Was deinen Onkel angeht …« Ich lasse den Satz unausgesprochen, in der Hoffnung, sie erklärt mir, wie er und sein Tod in diese ganze Sache passen, denn ich verstehe es tatsächlich nicht.

»Wir können einen Wagen aus der Garage nehmen. Ich habe bereits Geld und ein bisschen Proviant eingepackt.« Sie geht meiner Frage aus dem Weg. Ich entscheide mich dafür, ihr das vorerst durchgehen zu lassen. Doch früher oder später werde ich ein paar Antworten verlangen.

Trotz des ätzenden Themas schleicht sich ein Lächeln auf mein Gesicht.

»Du hattest die ganze Zeit vor, mich zu befreien, hab ich recht?«

»Nicht die ganze Zeit«, murmelt sie und weicht meinem Blick aus. Doch nun habe ich zwei Hände frei, und eine davon zwingt sie am Kinn, mir in die Augen zu blicken.

»Es ist gar nicht mitten in der Nacht, oder?« Ich grinse sie an wie ein dämlicher Teenager, der gerade erfahren hat, dass die Cheerleaderin auf ihn steht.

»Es ist drei Uhr nachmittags«, schmunzelt sie. »Meine Eltern sind unterwegs. Wenn es einen guten Zeitpunkt gibt, unbemerkt abzuhauen, dann jetzt.«

»Ich nehme mal an, die beiden Gorillas an der Tür sind nicht unser einziges Hindernis, oder?«

»Ausnahmsweise haben wir Glück. Für gewöhnlich halten wir hier keine Leute mehr fest. Mein Dad versucht sich zur Ruhe zu setzen. Es gibt also weder Kameras noch sonst irgendwelche anderen Sicherheitsmaßnahmen. Nur ein paar Männer, die dich bewachen. Drei von ihnen postieren vor dem Haus. Da wir einen Wagen aus der Garage nehmen, wird es sicher leicht, an ihnen vorbeizukommen. Den beiden an der Tür habe ich eine Stunde freigegeben. Ich habe ihnen gesagt, ich will mich höchstpersönlich um dich kümmern. Sie haben keine Sekunde gezögert. Wahrscheinlich denken sie, ich räche mich in aller Ruhe an dir. Immerhin bin ich eine Lion-Tochter.« Sie stöhnt und ihre Augen wandern einmal durch den Raum. »Meine Eltern glauben, ich hätte mich ein bisschen hingelegt. Ehe jemand merkt, dass wir weg sind, ist es längst dunkel.« Schulterzuckend landet ihr Blick wieder bei mir. Fenella verzieht angewidert ihr Gesicht. »Ich kann es nicht erwarten, von hier zu verschwinden.«

Ich nehme ihre Hand fest in meine.

»Dann lass uns abhauen.«

»Okay. Ich sehe nach, ob auch wirklich niemand in der Nähe ist.«

Gerade als sie sich von mir lösen will, halte ich sie zurück.

»Eins noch«, raune ich und ziehe sie so hastig an meinen Körper, dass sie ein japsendes Geräusch von sich gibt.

»Was?«

»Das hier hätte ich wohl schon viel früher tun sollen«, sage ich. Dabei lege ich ihr eine Hand an die Wange, ziehe sie an der Hüfte zu mir heran und führe unsere Münder zueinander.

Seit ich sie bei Kylee und Brex auf der Terrasse gesehen habe, stelle ich mir vor, wie ihre Lippen sich anfühlen. Doch die Realität übertrifft alles.

Ich nehme ihr Gesicht vollständig in meine Hände. Und so verharren wir. Ihr weicher Mund an meinem. Ich halte die Augen offen. Unsere eisblauen Blicke treffen sich, vereinen sich und schwören sich stumme Versprechen. Erst als ihr Körper, dicht an meinem, langsam entspannt, öffne ich meinen Mund und lasse meine Zunge sanft über ihre Lippen gleiten. Ich bitte sie um Einlass und Fenella gewährt ihn mir. Ihre Lippen teilen sich und unsere Zungen ertasten sich zaghaft. Erst vorsichtig und sacht, dann in einem perfekt aufeinander eingespielten Tanz, der jeden Kuss in den Schatten stellt, der die Mädels in Filmen zum Seufzen bringt.

Ihre Finger finden den Weg in meine Haare, streicheln

meinen Kopf und legen sich schlussendlich um meinen Nacken.

Ohne meinen Mund von ihrem zu lösen, wird mir mit einem Mal etwas klar, das ich vorher nie in einer solchen Deutlichkeit gespürt habe.

Das hier.

Das ist einer der Momente, für die es sich lohnt zu kämpfen. Fenella ist der Mensch, für den ich töten würde. Auch wenn ich sicher nicht der Typ bin, in den man sich verlieben sollte, sie ist ganz sicher die Frau, in die sich jeder zurechnungsfähige Kerl sofort verlieben würde.

Die Frage ist nur, wo uns das hinführen soll. Denn ich bin nicht der Prinz, der Schneewittchen erlöst und mit in sein Schloss nimmt. Ich bin maximal der Hofnarr des bösen Königs. Und die haben in der Regel nichts mit dem großen Showdown am Hut.

KAPITEL NEUNZEHN

Bei jedem unserer Schritte über die edlen Böden und durch die eleganten Flure keimt dieses kleine Pflänzchen des Zweifels in meiner Brust, das mich meine Entscheidung infrage stellen lässt. Oder vielmehr meine Entscheidungen.

Fenella zu küssen war ein Drang. Eine viel zu lange aufgeschobene Notwendigkeit. Und doch hätte ich es nicht tun sollen. Ich weiß, dass es egoistisch ist, weil sie Gefühle für mich hat, denen ich niemals gerecht werden kann. Einfach weil ich bin, wer ich nun mal bin. Denn klammern wir die ganze ›Du kannst sein, wer du willst‹-Scheiße aus, werden wir immer auf zwei verschiedenen Seiten stehen. Ihr Vater wird niemals seinen Arm um meine Schulter legen und mich grinsend warnen, seiner Tochter wehzutun. Genauso wenig wie meiner bei einem Whisky in seinem Sessel Kindheitsgeschichten über mich ausplaudern wird. Die Kluft zwischen unseren Welten ist tiefer als der verdammte Canyon und egal, was ich hier vorgebe, zu tun – es wird für einen von uns schlecht ausgehen. Das sagt mein Gefühl, und in der Regel täuscht mich dieses in Bezug auf meine Familie nicht. Es ist eine wirklich beschissene Idee, jemanden, den ich mag, mit nach Hause zu nehmen. Zum einen biete ich meinem Vater unnötige Angriffsfläche gegen mich, zum anderen setze ich denjenigen einer enormen Gefahr aus.

Einfach, weil bei uns zu Hause öfter Menschen getötet werden, als jemand den Fernseher einschaltet.

Dennoch schließen meine Finger sich fest um ihre und ich bringe es einfach nicht fertig, sie hierzulassen. Hier, wo sie in Sicherheit ist. Weil ich ein selbstsüchtiger Penner bin.

»Am besten wir nehmen den Range Rover«, murmelt Fenella und öffnet eine große Holztür, vor der wir in diesem Moment ankommen. Sie tastet blind nach dem Lichtschalter und ich blinzele, weil grelle Neonröhren das sanfte Licht der Wohnräume ablösen. Noch dazu, weil mein Körper mehr im Arsch ist, als ich zugeben möchte.

»Range Rover klingt gut«, murmele ich. Fenella löst sich von mir und geht hinüber zu einer nicht gerade unbeträchtlichen Sammlung an Autoschlüsseln an einem Board, deren zugehörige Karossen in der riesigen Tiefgarage stehen. Penibel nebeneinander aufgereiht, sehe ich Audi, Porsche, sogar einen Lambo, der meine erste Wahl gewesen wäre. Aber im Grunde ist es völlig egal, welchen Wagen wir nehmen. Hauptsache wir kommen hier weg. »Öffne schon mal das Tor.« Ich folge der Richtung, in die Fenellas Kinn deutet, und drücke den Taster, der ein gigantisches Rolltor hinauffahren lässt. Sobald es vom Boden abhebt, wird der Raum mit Sonnenlicht geflutet, was mir ein kleines Schnauben entlockt. So viel zu mitten in der Nacht. Auch wenn sie es schon zugegeben hat, bin ich noch immer erschüttert und gleichzeitig ein bisschen beeindruckt, mit welcher Selbstsicherheit sie mir ins Gesicht gelogen hat.

Der schwarze Range Rover steht mittig in der Garage. Unbeeindruckt schlendere ich an den anderen Wagen vorbei. Mein Vater besitzt eine ähnliche Sammlung in unserem Haus. Auch wenn ich auf schnelle Autos stehe, so ganz will mir das Prinzip noch nicht in den Kopf, warum ein Haushalt mit zwei Leuten an die zwanzig Fahrzeuge braucht. Aber nun gut. Ich will mich nicht beschweren. Es gibt Schlimmeres, als im Reichtum groß zu werden. Brexen hat mir mein Leben lang eingebläut, dass Geld nicht glücklich macht, und vermutlich hat er damit auf seine verschrobene Art recht. Doch ob wir es zugeben wollen oder nicht – Geld entschädigt für einiges. Während meine Mutter tot und mein Vater ein Arschloch ist, hatte ich wenigstens die Möglichkeit, das Leben und die Welt auszukosten. Sag mal einem armen Sprössling einer Crackhure, dass Geld nicht glücklich macht. Er sähe das gewiss anders.

Fenella hat ihre Tasche in den Kofferraum gewuchtet und tritt, den Schlüssel in der Hand, vor mich.

»Ich kann fahren, wenn du willst, dann kannst du dich ein bisschen ausruhen.« Unsere Fußspitzen berühren sich und sie sieht auf diese kleine Verbindung. Wie ihre winzigen Sandalen gegen meine schwarzen Stiefel stoßen. Zu meinem Glück hat sie mir meine Klamotten und meine Waffen wiedergegeben, ehe wir aufgebrochen sind.

»Ich würde gern all meine Männlichkeit einsetzen und was Cooles sagen wie ›Nicht nötig, Baby.‹ Aber wenn ich ehrlich bin, wäre es toll, nicht fahren zu müssen.«

»Bewahr dir die coolen Sachen für später auf«, haucht sie. Dabei zwinkert die kleine schüchterne Fenella Young mir doch tatsächlich lasziv zu. Allerdings kann ich mich nicht allzu sehr in ihrem sexy Blick suhlen, weil ein Auto meine Aufmerksamkeit erregt, das in ihrem Rücken mit nicht zu verachtendem Tempo die lange Einfahrt auf uns zugeschossen kommt.

Noch ehe Fenella sich umdrehen kann oder ihr Vater vollständig aus seinem schwarzen R8 gesprungen ist, schalte ich auf Autopilot. Ich schnappe mir ihren Oberarm und ziehe sie in einer ruckartigen Bewegung vor mich, während meine freie Hand das Messer aus meinem Hosenbund zerrt.

»Sorry, Schneewittchen«, flüstere ich noch an ihrem Ohr, bevor ich im nächsten Moment ihr erschrockenes Aufkreischen unterbreche, indem ich ihr den Mund zuhalte. Bestimmend presse ich ihren Kopf gegen meine Brust, während sie gedämpft durch meine Finger wild protestiert. Sie versucht mich mit ihren Händen loszuwerden, hält aber sofort in ihrer Bewegung inne, als ich ihr mein Messer an die

Kehle drücke. Fest genug, um sie in Schach zu halten, locker genug, um ihre seidige Haut nicht zu verletzen.

Arthur Young, dem nichts anderes bleibt, als mir zuzusehen, wie ich den Körper seiner Tochter als Schutzschild benutze, hebt beide Hände in die Luft. Was lächerlich ist, weil in einer davon nach wie vor seine Neunmillimeter liegt. Das Metall der Walther PPK glänzt in der Sonne. Genau wie Brex und mein alter Herr scheint Young ein Freund der altertümlichen Waffen zu sein. In meiner Generation läuft keiner mehr mit dem Spielzeug von James Bond herum.

»Wenn du sie lebend wiedersehen willst, solltest du die Waffe vorsichtig auf den Boden legen.«

Schnaubend vor Wut verzieht der Lion sein Gesicht. Arthur Young ist schätzungsweise genau wie mein Vater in den Sechzigern. Mit seiner Golfhose und dem blauen Hemd sieht er allerdings nicht halb so einschüchternd aus wie im Anzug. Selbst der größte Gangster ist eben auch nur ein Mensch. »Langsam«, warne ich, weil er sich viel zu schnell bewegt. Fenella zappelt nach wie vor und ich drücke ihr Gesicht noch ein bisschen fester auf meine Brust.

»Du hast keine Chance, hier wegzukommen, Callen«, spuckt er mir entgegen. Auf dem Beifahrersitz schluchzt eine Frau laut auf. Ich nehme mal an, dass es sich um Misses Young, Fenellas Mutter, handelt. Durch das blendende Licht kann ich sie nicht allzu deutlich erkennen, doch selbst ein Blinder würde sehen, dass Fenella ganz nach ihrem Vater kommt. »Du bist tot, noch ehe du die Landesgrenze überquert hast.«

Ich lege den Kopf ein Stück zur Seite, damit er ja nichts von dem fiesen Grinsen verpasst, das ich ihm zuwerfe.

»Arthur«, säusele ich. Wenn er mich schon mit Callen anspricht, soll er auch eine Callen-Antwort bekommen. »Wir wissen beide, dass das Unsinn ist. Ich werde in aller Ruhe aus eurem Zoo ausbrechen und deine Kleine wird mir dabei Gesellschaft leisten.« Und weil ich nun mal ein Callen-Arsch bin, lasse ich meine Zunge einmal in aller Seelenruhe über Fenellas Wange fahren. Dass ihre Mum dabei aufkreischt und Fenella so dazu bringt, ebenfalls wimmernde Geräusche zu machen, ist ein Bonus.

Youngs Geräusch ist der leibhaftige Beweis dafür, dass er ein Lion ist. Wie ein wildes Tier brüllt er durch die hallende Garage, doch ich lache nur trocken.

»Hm«, singe ich, noch immer triumphierend grinsend. Das Gefühl der Macht hat noch jeden Mann euphorisch gestimmt. »Ich werde an dich denken, wenn ich es ihr besorge. Versprochen«, lache ich und setze mich mit Fenella im Arm langsam in Bewegung.

»Du bist ein toter Mann«, droht er. Er sieht sich in alle Richtungen um. Wahrscheinlich hofft er auf Personal. Doch es kommt niemand. Dafür hat Fenella höchstpersönlich gesorgt.

»Sind wir das nicht alle?«, rufe ich und dirigiere Fenella zur Fahrertür hinein. Der Blick ihres Vaters huscht immer wieder zu seiner Knarre auf dem schick gefliesten Boden. »Denk nicht mal dran«, warne ich. »Zuckst du in den nächsten Minuten auch nur mit dem kleinen Finger, ramme ich deiner Süßen das Messer in den Bauch, auf dass die Zwillinge endlich wieder vereint sind.«

»Nein!«, kreischt Fenellas Mum. Ich kann nicht sehen, wie Fenella auf meine Show reagiert, denn ich bin nicht so dumm, ihren Vater auch nur eine Sekunde aus den Augen zu lassen. Aber als ich mich auf den Fahrersitz gleiten lasse, ist sie über die Mittelkonsole auf den Beifahrersitz gestiegen und stiert mich wütend an.

Ohne auf sie und ihre Emotionen einzugehen, starte ich per Knopfdruck den Wagen und peitsche aus der Einfahrt, noch ehe Arthur Young es geschafft hat, den Mund wieder zu schließen.

»Fahre wohl doch ich«, lache ich. Am liebsten möchte ich Fenella meine Hand zum High Five hinhalten und meine Faust siegessicher in die Luft schwingen, doch auch beim zweiten Blick in ihr Gesicht sieht sie nicht ansatzweise so zufrieden aus wie ich.

Meine kleine Prinzessin vergisst eins: Ganz egal, wie

sehr ich sie mag und in ihrer Nähe zum Weichei mutiere – noch bin ich ein Callen. Und diese kämpfen nun mal nicht fair. Ob ihr das gefällt oder nicht.

Ich habe keine Ahnung, in welche Richtung ich fahren muss, nachdem ich den riesigen Geländewagen durch das schmiedeeiserne Eingangstor gelenkt habe. Die Straße, auf die das imposante Grundstück der Youngs mündet, ist kaum befahren. Baumkronen schirmen den Asphalt ab und nicht ein einziges Auto weit und breit ist zu sehen. Nicht gerade die perfekte Situation, um unterzutauchen.

Nach einem kurzen Blickwechsel mit Fenella, die noch immer ihre Lippen fest aufeinandergepresst hat und nicht aussieht, als wolle sie jeden Augenblick mit mir reden, lenke ich uns nach rechts, wo die Straße in eine scharfe Rechtskurve übergeht.

»Du wirst mir schon ein bisschen helfen müssen, wenn du hier wegwillst«, knurre ich und schalte das Radio aus, in dem Rihanna gerade von ungezogenen Boys und deren Erektionen singt.

Ohne ein einziges Wort schaltet sie das Navi ein und gibt London als Zieladresse ein.

Ich bin kurz davor, wütend zu schnauben wie ein ungeduldiges Kind.

Erstens – fahre ich sicher nicht mit einem Lion-Auto zu mir nach Hause. Ich bin ja nicht völlig blöd.

Zweitens – nervt es mich total, dass sie sich so dermaßen anstellt. Wieso checkt sie nicht, warum ich so eine Show abgezogen habe?

Und da ich nun mal bin, wie ich bin, zögere ich nicht, ihr genau das mitzuteilen.

»Ich weiß echt nicht, wo dein Problem liegt. Es ging nicht anders, okay?«

Da ihre Antwort ausbleibt, wende ich mich erneut zu ihr.

Und bekomme augenblicklich ein schlechtes Gewissen.

Bei näherem Hinsehen erkenne ich, wie ihr Kinn bebt, das sie mit aller Macht gegen ihren Oberkiefer presst.

»Fenella«, seufze ich. Bevor meine Hand, die ich nach ihrem Oberschenkel ausstrecke, sie berühren kann, zuckt sie so dermaßen zusammen, dass ich sie schnell wieder zurückziehe.

Erst jetzt kommen mir die Erinnerungen an das in den Sinn, was sie über Berührungen gesagt hat, und ich habe ein verdammt schlechtes Gewissen. Aber es ging wirklich nicht anders. Was ich getan habe, war die einzige Möglichkeit, sie unbeschadet aus der Situation herauszubekommen.

Da ich kein Mann bin, der allzu lange über sein Handeln nachdenkt, reiße ich das Lenkrad herum und fahre in die Hauseinfahrt eines einfachen Einfamilienhauses.

Ich bin für Situationen, in denen ich schnell agieren muss, um zu überleben, ausgebildet worden. In diesem Moment will mein Kopf jedoch einfach nicht funktionieren.

Wie von selbst finden meine Hände den Weg zu meinem Gesicht und reiben über meine müden Augen, nachdem wir zum Stehen kommen. Ich zwicke mir mit dem Zeigefinger und dem Daumen in die Nasenwurzel, um mich erst zu sortieren, ehe ich ein weiteres Mal etwas sage, das ich mir besser verkneifen sollte.

Fenella sieht abwechselnd in den Rückspiegel und über ihre Schulter.

Scheiße. Hier anzuhalten war eine beschissene Idee. Aber ich brauche ein paar Minuten, um in Ruhe mit ihr zu reden.

»Ich konnte nicht einfach zu deinem Vater gehen und ihn bitten, uns gehen zu lassen, das ist dir klar, oder?«

Ihr Gesicht ist kreidebleich. Auch wenn es mir lieber wäre, sie würde sprechen, bin ich erleichtert, dass sie wenigstens nickt.

»Es ging nicht anders«, rechtfertige ich mich für etwas, das ich wieder so machen würde, wenn ich in der Situation wäre. Aber so ist das wohl mit Frauen. Hin und wieder muss man sich auch für Dinge entschuldigen, die einem nicht leidtun.

»Du hättest mich nicht so anpacken müssen«, murmelt sie leise und wischt sich hastig die Träne aus dem Gesicht.

»Nicht?«, frage ich. Sie ist so damit beschäftigt, auf die Straße in unserem Rücken zu starren, dass sie die Augenbraue nicht sieht, die ich nach oben ziehe.

»Ich hätte auch so auf deiner Seite gestanden und wäre mitgegangen. Es muss nicht immer alles in Gewalt enden.« Langsam erhebt sie ihre Stimme gegen mich und auch ihr Blick wandert zu mir. »Du musstest mich weder so erniedrigend behandeln noch so grob mit mir umspringen. Nicht, da du der einzige Mensch bist, der weiß, wie schwer es mir fällt, wenn mich jemand gegen meinen Willen berührt.«

»Es tut mir leid, okay? Aber manchmal kann man auf solche Empfindungen keine Rücksicht nehmen.«

»Ach nein?«, zischt sie. Ihre Gesichtsfarbe regeneriert sich langsam und sie sieht verdammt wütend aus. »Warum? Weil du das Geburtsrecht als Arschloch hast? Du wusstest genau, dass ich auch so mit dir gehe. Du musstest weder meinen Vater noch mich auf diese Weise demütigen.«

»Pah!«, lache ich sarkastisch auf. »Ich habe deinen Vater gedemütigt? Muss ich dich daran erinnern, dass er es war, der mich tagelang hat foltern lassen? Er hat mich in meiner Pisse sitzen lassen, Fenella! Sorry, dass ich ihm nicht ordnungsgemäß die Hand gereicht habe, als er plötzlich vor mir stand.«

Sie ist nicht die Einzige, die langsam, aber sicher wütend wird. Diese Situation geht mir richtig auf die Eier.

Zu allem Übel fährt in diesem Augenblick das Garagentor des spießigen Einfamilienhauses hoch, vor dem wir stehen.

»Deswegen hättest du mich noch lange nicht als deinen Feind dastehen lassen müssen. Weißt du, wie viel Angst ich hatte? Ich dachte für einen Moment, du meinst das ernst, verdammt!«

Ihre Stimme überschlägt sich inzwischen beinahe, so laut keift sie. Panisch wandert ihr Blick zwischen mir, der Garage und der Straße hin und her.

»Es ging dabei nicht um das, was du gern hättest oder ich will.«

»Nicht? Worum denn dann? Um meinem Vater zu zeigen, was für ein harter Kerl du bist, oder was?«

Ich starre geradeaus aus der Windschutzscheibe. Das hat mir gerade noch gefehlt. In der breiten Garage steht ein zorniger Familienvater mit verschränkten Armen und missbilligendem Blick.

»Hör auf, mit mir zu diskutieren!«, schreie ich und schlage dabei aufs Lenkrad. Ich bin so dermaßen am Arsch und habe keine Lust mehr, meine Kraft für so eine Scheiße zu vergeuden. Wir haben weiß Gott andere Probleme. »Verdammt, ich habe das für dich gemacht, du undankbare Kuh!«, brülle ich. Ohne länger darüber nachzudenken, starte ich den Wagen und gebe Gas. Der freie Platz zwischen einem bescheuerten Prius und einer ganzen Armee Kinderfahrrädern reicht gerade so aus, um den Range Rover aus dem Sichtfeld zu nehmen.

»Für mich?«, kreischt sie. Dabei reißt sie erschrocken die Augen auf, als ich uns in die dunkle Garage steuere. »Und was soll das jetzt schon wieder?« Wütend wirft sie die Arme in die Luft.

»Ja, für dich!«, brülle ich, ihre zweite Frage ignorierend. An meinem Fenster steht inzwischen der Familiendad, dessen Kopf hochrot leuchtet. Er keift mich durch die Scheibe an. Es könnte mir nicht egaler sein. »Weil ich diese ganze Scheiße nur deinetwegen durchziehe!« Fenella zuckt zusammen, weil ich mit beiden Händen ein weiteres Mal aufs Lenkrad schlage. Im Augenwinkel sehe ich, dass auch der Daddy zusammenzuckt. Als er schließlich sein Handy in die Hand nimmt, platzt mir der Kragen. Ich lasse die Fensterscheibe herunter, zücke die Waffe aus meinem Hosenbund und drücke sie ihm ins Gesicht, noch ehe er den Mund öffnen kann.

»Pass auf, Mann«, knurre ich. »Ich werde dir oder deiner Familie nichts tun. Ich brauch einfach nur zwei Minuten Zeit, um dieser netten jungen Dame«, die Worte kommen voller Wut aus meinem Mund gezischt, »zu erklären, worauf es mir ankommt.«

Er will irgendwas stottern und macht sich dabei vor Angst fast in die Hosen.

»Gib mir das Handy.« Ohne zu zögern reicht er mir das altmodische Teil. »Glaub mir, Mann. Du willst niemanden anrufen. Schließ das Tor und mach einfach, was ich sage.«

Das karierte geöffnete Hemd über seinem Bierbauch flattert, so hastig bewegt er sich. Das Rattern des sich schließenden Tores beruhigt mich etwas. Ich nehme mir einen Moment Zeit, um in Ruhe durchzuatmen, ehe ich ihn erneut ansehe.

»Und jetzt geh zurück ins Haus. Sieh fern, spiel mit deinen Kindern. Was weiß ich, was Spießer wie du machen«, knurre ich den armen Kerl an, der nichts für meine beschissene Situation kann. »Wir sind gleich wieder weg. Wenn du tust, was ich gesagt habe, geht alles gut für dich aus.«

»O… o… okay«, bringt er unter größter Mühe hervor.

Als er sich nach wie vor nicht bewegt, deute ich mit dem Lauf der Pistole zu der Tür, die sicher ins Haus führt.

Er zuckt ein weiteres Mal zusammen. Ich muss ihn kein zweites Mal bitten, abzuhauen. Auf der Sohle seiner ausgelatschten Pantoffeln macht er kehrt und will gerade durch die Tür verschwinden, als mir eine Idee kommt.

»Jo, Mann.« Wie vom Blitz getroffen bleibt er stehen und wendet sich zitternd wieder zu mir. Gott, wie will ein solcher Hosenscheißer eine Familie beschützen? »Den Prius-Schlüssel.« Erneut übernimmt der Waffenlauf die Zeigefunktion. Er kapiert meine Andeutung sofort, denn sein Blick landet auf dem von Kinderhand bemalten Schlüsselbrett. »Wirf ihn herüber.«

»Isaac«, flüstert Fenella warnend hinter mir, doch ich ignoriere sie. Würde sie nicht aus allem so ein Theater machen, säßen wir gar nicht erst hier.

Die Schlüssel klappern alle aneinander, so stark zittern seine Finger, als er danach greift. Aber wenigstens hat er genug Zielsicherheit, um den Bund mit dem kleinen Stoffmonster als Anhänger direkt in meine Handfläche zu werfen.

Ich lege die Waffe auf meinen Schoss und zücke ein paar Hunderter aus meiner Hosentasche. »Hier«, sage ich, und werfe das Geld auf das Armaturenbrett des Range Rovers. »Damit kannst du dir mit deiner Familie ein paar schöne Tage machen. Bis dahin haben die Bullen das Auto längst wiedergefunden. Und den Range Rover kannst du auch behalten.« Ängstlich starrt er mich an. »Und jetzt verpiss dich endlich.«

Beinahe muss ich lachen, weil er anschließend durch die Tür flitzt wie eine gejagte Maus.

»Das musste auch nicht sein«, meckert Fenella. Sie verschränkt die Arme vor der Brust. Ich schalte den Motor ab, um mich ihr komplett zuzuwenden.

»So«, sage ich und streiche mir ein letztes Mal über mein müdes Gesicht. »Denkst du nicht, ich bin clever genug zu entscheiden, was ich tun muss und was nicht? Glaubst du wirklich immer noch, ich lasse mir in irgendeiner Form reinreden, wann oder ob ich etwas tue? Verdammt!«, brülle ich. »Ich bin doch nicht bescheuert, Mann! Meinst du nicht, ich wüsste nicht ganz genau, was ich tue?«

»Das hat eben nicht so gewirkt«, motzt sie, allerdings mit weniger Nachdruck.

»Fenella!«, knurre ich. »Du musst mir vertrauen.«

»Das tue ich doch«, jammert sie. »Sonst wäre ich wohl nicht hier und würde dabei zusehen, wie du unschuldige Menschen bedrohst. Außerdem hält meine Familie dich für den Mörder meines Bruders.«

»Und doch zweifelst du an meinen Motiven!« Am liebsten möchte ich mir die Haare ausreißen, weil sie mein Ziel noch immer nicht erkennt. »Du denkst ernsthaft, ich habe keine anderen Sorgen, als irgendwelche ätzenden Autos zu stehlen oder mir einen dämlichen Schwanzvergleich mit deinem bescheuerten Vater zu liefern?« Ich verliere jeden Moment die Beherrschung, so sauer bin ich.

»Scheiße, Fenella! Wenn das so ist, dann solltest du vielleicht aussteigen und zurück zu Mummy und Daddy laufen!«

»Das will ich doch aber gar nicht.«

»Dann hör auf, immer das Schlechte in meinen Handlungen zu sehen!«, raune ich. »Ich denke, seit ich dich auf dem Boot gefunden habe, nur an dich. Du bist sauer, wenn ich eine andere ficke? Scheiße!«, schreie ich inzwischen wieder. Wenn ich nur nicht so verdammt müde wäre. »Ich wollte dich einfach nur schonen. Ich hatte Angst, dir zu viel zuzumuten, und wollte deine fucking Gefühle nicht verletzen! Ein Fehler? Ja, vielleicht. Glaub mir, ich habe mir seitdem den Kopf darüber zerbrochen, ob ich es besser nicht getan hätte. Aber ich habe es nun mal – weil du noch nicht so weit warst. Und ja, ich habe deinen Vater glauben lassen, dass ich dich entführe, weil ich weiß, was dir als Strafe droht, wenn du dich mit mir verbündest. Ich kenne die Lions nicht gut, aber ich bin nicht dumm, Fenella. Keine Ahnung, was wir in London herausfinden. Keine Ahnung, wohin die Reise geht, aber ich möchte, dass die Tür zurück aus dieser Hölle für dich offen bleibt. Wenn dein Vater wittert, dass wir zusammen sind, war's das für dich bei deiner Familie, genauso bei den Lions. Du bist genauso tot für das, was da zwischen uns läuft, wie ich. Und das ist das Allerletzte, was ich will.«

Fenella schaut mich an, als hätte ich sie geschlagen. Wir sehen uns an und wie so oft, wenn ihre eisblauen Augen sich mit meinen verbinden, steht die Welt einen Moment still. Als säßen wir nicht in einer fremden Garage, bei Menschen, die ich mit einer Waffe bedroht habe.

Nichts existiert mehr außer dem Drang, sie aus dieser Scheiße rauszuholen. Mir ist klar, dass ich sie herausschubsen werden muss. Denn für mich ist dieses Leben eine Sackgasse. Nicht aber für Fenella. Für sie soll es ein *Danach* geben.

»Ich will nicht zurück«, flüstert sie so leise, dass ich nicht sicher bin, ob sie es wirklich gesagt hat oder mein Hirn sich wünscht, sie hätte es.

Mein Herz pumpt übertrieben heftig in meiner Brust und jagt bei jedem Klopfen Schmerzen durch meinen Körper. In dem schicken Range Rover ist nichts zu hören außer meinem hastigen Atem. Gleichzeitig drehen wir unsere Gesichter in die Richtung des jeweils anderen. Unsere Nasenspitzen liegen trotz der protzigen Mittelkonsole so dicht voreinander, dass sie sich beinahe berühren.

»Es tut mir leid, wenn ich dich erschreckt habe.«

»Mir tut es auch leid«, flüstert Fenella genauso leise wie ich. Die wenige Luft zwischen uns ist so spannungsgeladen, dass ich befürchte, jeden Augenblick zerbersten die Scheiben des schicken Wagens.

Ich schlucke.

Fenella schluckt.

Mein Blick wandert auf ihre Lippen.

Ihrer auf meine.

»Der Wagen wird sicher mit GPS überwacht«, wispert sie.

»Dachte ich mir.« Als ob ich so etwas nicht geahnt hätte. »Wir müssen schleunigst hier weg.«

Dann starren wir uns weiter an, ohne dass einer von uns sich bewegt. Weder steigen wir aus dem Auto noch überwindet sie die letzte Lücke und legt ihre Lippen endlich auf meine. Denn das ist es doch, was ich unbedingt will. Was ich brauche, wie ein Verdurstender das Wasser benötigt.

Fenella ist schlussendlich die Erste, die wieder in der Realität ankommt und sich hektisch räuspert.

»Okay.« Es sind mehr meine Lippen, die das Wort formen, als dass es zu hören ist. Schwer atmend richte ich mich wieder gerade auf dem Fahrersitz auf. »Dann sollten wir wohl endlich aus diesem beschissenen Land verschwinden.«

»Soll ich fahren?«, fragt sie leise. Dabei hält sie mir die geöffnete Hand hin, um den Prius-Schlüssel zu nehmen.

Ohne sie noch einmal anzusehen, schüttele ich den Kopf. Nicht einmal unbedingt als Antwort auf ihre Frage.

Vielmehr gilt diese Geste dem völlig unnötigen Streit und der beschissenen Situation, in der wir uns befinden.

»Nein«, seufze ich und öffne die Wagentür. Da uns noch nicht die Kugeln um die Ohren fliegen, scheint Arthur Young tatsächlich etwas am Leben seiner Tochter zu liegen. »Wir müssen nur bis Gretna. Das schaffe ich.«

»Was ist in Gretna?«, fragt sie und unsere Blicke treffen sich nur ganz kurz, ehe sie ebenfalls die Tür öffnet und wir beide gleichzeitig aussteigen.

Ich trete ein paar Schritte vor und stütze meine Hände auf die Motorhaube des Range Rovers. »An der Grenze lassen wir das Auto stehen. McDougall kann uns den Heli klarmachen.«

Sie antwortet nicht, also schiele ich herüber, während sie um den Wagen geschlichen kommt wie eine ängstliche Katze.

Mit einem leichten Zucken in den Mundwinkeln gehe ich hinüber zu unserem neuen Fluchtwagen und betätige den Toröffner. Innerlich bete ich, dass uns nicht eine Horde wilder Löwen erwartet, sobald sich das Garagentor geöffnet hat.

Ausnahmsweise werden meine Gebete erhöht. Von wem auch immer.

Es wird Zeit, in das Reich des bösen Königs zu fahren.

Spätestens dort wird Schneewittchen endlich merken, dass es eine ganze Menge gibt, das sie noch nicht über mich weiß.

KAPITEL ZWANZIG

Immer wieder findet meine Hand den Weg zum Kragen meines T-Shirts und zerrt daran.

Ich kriege einfach keine Luft in diesem Haus.

»Ich weiß nicht, Ronald. Vielleicht können wir das später klären oder damit warten, bis Nelson zurück ist.«

Mein Seufzer hallt laut durch das riesige Büro meines Vaters. Ich hatte doch tatsächlich vergessen, wie die Geschäfte meiner Familie mich ankotzen.

Seit wir in Gretna in den Helikopter gestiegen sind, blieb mir nichts anderes übrig, als voll in den Callen-Businessmodus zu wechseln. Immerhin ahnt keiner, wie egal es mir in Wirklichkeit ist, ob die Stevens-Brüder hinter unserem Rücken Drogen schmuggeln oder Edwards im East-End versucht sein eigenes Imperium aufzubauen. All das juckt mich kein Stück. Viel lieber hätte ich mich damit beschäftigt, wie Fenellas Augen immer größer wurden, nachdem der Heli uns auf dem Dach unseres Hauses abgesetzt hat. Mit offenem Mund ist sie durch die Flure gelaufen und hat alles betrachtet.

Ich habe nicht untertrieben, als ich sagte, mein Vater sei der eigentliche König Englands. Unser Anwesen ist nach den ganzen offiziellen Königshäusern eins der prunkvollsten Gebäude Londons. Doch leider musste ich sie sich selbst überlassen, um mich von Ronald – unserem engsten Mitarbeiter – auf den neusten Stand bringen zu lassen.

»Okay, du bist der Boss. Ich dachte nur …«

Ich unterbreche den schmalen Kerl in seiner dämlichen Cordhose, indem ich mit der flachen Hand auf das edle Kirschholz schlage.

»Was? Was hast du gedacht?«, brülle ich ihn an. »Du hast es doch selbst gerade gesagt. Ich bin der Boss und ich sage: Wir. Warten.«

Im Grunde hat Ronald es nicht verdient, dass ich meine miese Laune an ihm auslasse. Aber der Tag ist einfach zum Kotzen. Ich bin müde. Ich habe Schmerzen und irgendwo in diesem Haus läuft ein Mädchen herum, das mich seit dem Vormittag konsequent ignoriert. Und das macht mich stinksauer. Seit wir in Glasgow losgefahren sind, haben wir so gut wie kein Wort miteinander gesprochen, und langsam geht mir die Geduld aus.

»Alles klar«, nickt Ronald. Er weiß, wann er besser die Klappe hält. Nur so hat er die letzten Monate auf dem Platz zwischen mir und meinem Vater überleben können. Früher war Brexen der Mann an Nelsons Seite. Er war seine rechte Hand. Sein Berater und sein Schlächter. Blade, der gefürchtetste Mann in unseren Reihen.

Seitdem er weg ist, hat mein Vater mir misstraut und mich verstoßen. Die Tatsache, dass ich mich auf Brexens Seite und somit gegen ihn gestellt habe, hat er mir nie verziehen. Der einzige Grund, warum er mich wiederaufgenommen hat, ist, weil er immer noch denkt, ich hätte Brexen und Kylee getötet. Das zeugt doch nur davon, wie wenig mein Vater mich kennt. Wüsste er, was für ein Mensch ich bin, wäre ihm klar, dass ich Brexen niemals auch nur ein Haar krümmen könnte.

Fakt ist, dieser fingierte Mord hat mich auf diesen Stuhl hier gebracht. Seither versucht mein Vater vergebens mich zu einem würdigen Nachfolger zu machen, damit ich schon bald sein Imperium übernehmen kann. Ich weiß, dass er geplant hatte, jemand anderen an seine Seite zu stellen, doch ich habe nicht die geringste Ahnung, wer dieser Jemand war. Die großen Hoffnungen, mit denen er von seinem Nachfolger geschwärmt hat, verliefen irgendwann im Sand. Ich nehme mal an, der Anwärter hat etwas Falsches gesagt oder getan und betrachtet den perfekt getrimmten Rasen unseres Grundstückes jetzt von unten.

»Wann plant Nelson, wieder hier zu sein?« Unsere Kommunikation läuft beinahe ausschließlich über Ronald, den armen Kerl. Denn trotz des neu gewonnenen Vertrauens ist uns allen dreien klar, dass mein Vater und ich uns nicht ausstehen können. Er hält mich für einen Nichtsnutz und ich ihn für ein Monster. Das ist die unausgesprochene Wahrheit, die wie ein Damoklesschwert über uns schwebt. Ronald spielt dabei Schweinchen in der Mitte.

»Eigentlich in zwei Wochen, aber deine …«, er räuspert sich. Er hat die Hosen voll, wenn ich schlecht gelaunt bin. »Deine … Abwesenheit hat ihn dazu gebracht, seinen Moskauaufenthalt abzukürzen.«

Nervös blickt er auf seine blank polierten Schuhe.

»Nun scheiß dich mal nicht ein, Ronald«, schnaube ich. »Also, wann?«, wiederhole ich. Unter dem Tisch wippt mein Fuß auf und ab.

»In zwei Tagen.«

»Perfekt.«

»Ja?«, fragt er und zieht die Augenbraue so hoch, dass sie über dem Rand seines dicken Brillengestells zu sehen ist. Ronald fällt unter die Kategorie ›altmodischer Engländer‹. Ständig trägt er etwas Grünes, Rotes oder Braunes und seine Haare sind so streng frisiert, dass man meinen könnte, sie wären eine zusammengehörige Masse.

Ich bin kein Idiot. Ich weiß auch, dass Nelson stinksauer sein wird. Meine Aufgabe war es, hierzubleiben und für ihn die Stellung zu halten, während er unsere Verbindungen nach Russland ausbaut. Seit unser deutscher Partner Milek in irgendeinem Zwist mit meinem Vater das Zeitliche gesegnet hat, ist es nicht gerade einfach, die sturen Russen zu besänftigen.

Doch meine Pläne waren andere.

Ronald, mein Vater und wahrscheinlich jeder einzelne Mann aus unseren Reihen geht davon aus, dass ich in den vergangenen Tagen einfach wieder über die Stränge geschlagen habe. Dass ich auf Partys war, mich habe volllaufen lassen und die Geschäfte mir egal waren.

Sie täuschen sich!

Bislang habe ich niemandem die Wahrheit gesagt.

»Ich muss dringend etwas mit ihm besprechen. Bis dahin schieben wir die Stevens-Sache beiseite.«

»In Ordnung, Isaac.«

Ich nicke, weil er endlich kapiert hat, mich bei meinem Vornamen zu nennen. Monatelang hat er mich mit Mr. Callen angesprochen. Ich habe es gehasst.

»Ich möchte, dass jemand losgeht und ein paar Sachen für unseren Gast besorgt. Alles, was Frau so braucht. Und sie bekommt ein Zimmer im Westflügel. Ich will sie in der Nähe haben. Angela soll sich um alles kümmern.«

»Wird erledigt«, bestätigt Ronald und kritzelt dabei etwas in sein rotes Notizbuch, das er permanent griffbereit hält. Sein Job ist echt kein Spaß. Ich habe ihn nie gefragt, warum er eigentlich für meinen Vater und mich arbeitet, statt einen seriösen Job zu haben, bei dem er jeden Abend reinen Gewissens zu einer Familie zum Essen zurückkehren kann.

»Ach, und ich möchte mit meiner Begleitung zu Abend essen. Der Koch soll irgendwas Vernünftiges auf die Beine stellen. Nichts von diesem modernen Fraß, den er sonst zubereitet.«

»Ich werde es ausrichten«, murmelt er und notiert dabei. Über den Rand seiner Brille sieht er mich einen Augenblick an. Dabei tritt er nervös von einem Bein auf das andere. »Darf ich fragen, um wen es sich bei der bezaubernden Dame handelt?«

»Darfst du«, erwidere ich und falte die Hände vor dem Bauch. Als ich jedoch merke, dass ich dabei die gleiche Haltung einnehme wie mein Vater, wenn er hier sitzt, springe ich förmlich aus dem Sessel. »Nur werde ich nicht antworten.«

Mehr als ein Nicken traut sich der ängstliche Scheißer nicht zu erwidern. Nelson wird ihm den Arsch aufreißen, dafür, dass er nicht nachgehakt hat. Er ist noch immer misstrauisch mir gegenüber, aber das ist mir vollkommen egal. Ich habe nicht vor, sein Vertrauen für mich zu gewinnen.

»Dann sind wir hier fertig.«

Ein weiteres Mal nickt er nur mit dem schlauen Kopf und steckt sein Notizbuch in die Brusttasche seines Pullunders.

Ich beuge mich über den riesigen Schreibtisch und erwecke den Bildschirm zum Leben. Selbstredend gibt es Kameras in allen Zimmern dieses Hauses. Mit der Maus klicke ich mich durch die einzelnen Bereiche, bis ich sie entdeckt habe. Fenella sitzt am Pool.

Die Hände vor dem Gesicht gefaltet, starrt sie aufs Wasser. Auch durch das verpixelte Bild erkenne ich, wie traurig sie aussieht.

»Du entschuldigst mich, Ronald?«, stelle ich eine rein rhetorische Frage. Meine Finger fliegen über die Tastatur und deaktivieren sämtliche Überwachungskameras. Was ich mit Fenella tue oder bespreche, geht nur mich und sie etwas an. Ronalds tiefen Atemzug ignorierend, trete ich um den Schreibtisch herum. Wie er schon sagt. Wenn mein Vater nicht da ist, bin ich der Boss.

Und ich will im Moment nur eins – mit Fenella reden.

Die schwere Tür zum Wellnessbereich jagt mir einen Stich durch die angeschlagenen Rippen, als ich sie aufziehe.

Selbstredend verfügt unser Haus über ein eigenes Schwimmbad mit Sportbecken, Whirlpool und der ein oder anderen Sauna. Keine Ahnung, ob es überhaupt jemanden in diesem Haus gibt, der das nutzt. Ich kann mir beim besten Willen nicht vorstellen, dass mein Vater hier sonntags planschen geht. Aber um das mit Gewissheit sagen zu können, müsste ich ihn kennen, und das tue ich nicht.

»Bis letztes Jahr hatte ich ein Haus in Greater London«, sage ich, als ich nah genug an Fenella herangetreten bin, dass sie mich hören kann. »Der Pool war wesentlich schöner als der hier. Scheiße, ich habe echt legendäre Poolpartys gefeiert.« Ich schiebe die Hände in die Hosentaschen und gehe langsam auf sie zu. Sie sieht so zierlich aus, wie sie auf der Kante der riesigen Relaxliege hockt. Die Ellbogen auf die Knie gestützt, die Hände nach wie vor an ihren Lippen gefaltet. Erst als ich dichter bei ihr bin, lässt sie sie langsam sinken. »Bestimmt hätte das Haus dir gefallen. Es war nicht ganz so ...«, ich suche kurz nach dem richtigen Wort für das Haus meines Vaters, doch es gibt keins. »Nicht so wie dieses jedenfalls.«

»Was ist damit passiert?«, flüstert sie leise vor sich hin. Noch immer hat sie mich nicht angesehen.

»Mein Dad hat es abgefackelt, weil ich versucht habe, ihn zu linken.«

Schockiert reißt sie den Kopf hoch und starrt mich mit so großen Augen an, dass ich lachen muss.

»Eine lange Geschichte«, schmunzele ich und lasse mich vorsichtig neben sie sinken. Dass sie dabei minimal ausweicht, verletzt mich mehr, als es sollte.

»Ich weiß nicht, ob ich wirklich hier sein sollte«, murmelt sie irgendwann in die entstandene Stille und blickt zurück auf die Wasseroberfläche. Der typische Geruch von Chlor liegt in der Luft, doch Fenellas blumiger Duft vermischt sich damit und hebt meine Laune, ganz ohne dass sie etwas dafür tun muss.

»Hey«, flüstere ich und greife ihre Hand. Dabei ignoriere ich ihr Zucken und drücke stattdessen ihre warmen Finger in meine. »Sieh mich an.« Nur langsam dreht sie ihr wunderschönes Gesicht in meine Richtung. Dabei schluckt sie.

Ich wüsste zu gern, woher dieser unbändige Drang kommt, sie glücklich zu machen. Er ist einfach da und er ist stärker als alles, was ich je wollte. »Du brauchst dich nicht zu fürchten. Das weißt du, oder?«

»Ich rede mir ein, dass es so ist.«

Ich lächele bei ihren Worten. Sie ist so viel stärker, als sie glaubt.

»Ich weiß, dass dir der Morgen Angst eingejagt hat, und das tut mir leid. Das alles hier ist viel auf einmal.« Sie presst die Lippen zusammen und nickt kaum merklich. »Ich hasse es auch, hier zu sein«, gestehe ich ihr.

»Aber ist das nicht dein Zuhause?«

Wie von selbst findet mein Daumen den Weg an ihre Wange, und erst als ich ihre zarte Haut berühre, kommen meine Nerven langsam zur Ruhe.

»Nein«, schmunzele ich. »Ich habe kein Zuhause. Wieder hier zu sein und so zu tun, als juckten mich die Geschäfte meines Vaters, ist verdammt anstrengend. Du hast ja keine Ahnung, wie sehr mich das ankotzt.«

Fragend legt sie den Kopf zur Seite.

»Aber es schien im Helikopter, als wärst du voll bei der Sache.«

»Du musst aufhören, alles zu glauben, was ich anderen Menschen vorspiele«, lache ich und streiche ihr eine Strähne hinters Ohr, die sich aus ihrer Frisur gelöst hat. »Ich erledige das, was von mir erwartet wird, um keine Probleme zu bekommen. Alles, was ich seit Monaten tue, ist Schadensbegrenzung.«

»Aber wie kann ich wissen, wie du wirklich bist? Woher weiß ich, dass du mir nicht genauso etwas vorspielst?«

»Kannst du nicht«, erwidere ich, ohne zu zögern. »Dir bleibt nur zu vertrauen. Und wenn ich sage, du kannst mir vertrauen, ist das die Wahrheit. Es gibt nur zwei Menschen auf dieser Welt, die das wirklich können. Der eine ist Brexen und der andere bist seit Neuestem du, Schneewittchen.«

Sie senkt den Kopf, nur um anschließend einmal den Blick über den in Goldtönen gehaltenen Wellnessbereich schweifen zu lassen.

»Warum hasst du diesen Ort?«, fragt sie und ihre wunderschönen Augen landen wieder bei mir. Sie erinnern mich an das Wasser. Blau und klar finden sie einen Weg in das Innere eines Menschen. Durch die kleinsten Risse einer Seele sickern sie einfach so hindurch.

»Weil ich nicht hier sein will.« Ich seufze und zum ersten Mal spreche ich aus, was niemand auf dieser Welt weiß. Mein kleines Geheimnis. »Als wir uns bei Brexen und Kylee getroffen haben, war ich nur dort, um Lebewohl zu sagen.«

Fenella richtet sich etwas auf, doch ihre Hand bleibt in meiner liegen. Die Wärme ihrer weichen Haut zu spüren, erdet mich. Kein Joint der Welt kann mich so beruhigen wie diese Frau.

»Du wolltest weg?«

»Ja«, bestätige ich. »Ich hatte ein Ticket nach Brasilien in meiner Tasche. Eigentlich wäre ich vor vier Tagen geflogen. Alles, was ich auf Eilean Ross wollte, war mich bedanken ... und mich verabschieden.«

»Und sie haben dich weggeschickt.« Mit traurigem Blick schüttelt sie den Kopf.

»Ich kann es ihnen nicht verdenken. Brexen und Kylee haben eine Menge durchgemacht. Noch mal dort hinzufahren war egoistisch. Aber ...«

Statt weiterzureden hole ich tief Luft, und jetzt bin ich derjenige, der aufs Wasser sieht.

»Aber?«, fragt Fenella und eine warme Woge erwischt mich, als sie ihre zweite Hand auf unsere Verbindung legt und ihre Finger über meinen Handrücken fahren.

»Brexen ist alles an Familie, was ich noch habe.« Meine Stimme ist dünn, sodass ich mich räuspere. »Na ja«, versuche ich abzulenken, ehe die Emotionen mir endgültig die Eier abtrennen. »Jetzt bin ich ja wieder da. Also kein Abschied«, witzele ich, um die Stimmung zu kippen. Für solche Gespräche bin ich eindeutig zu müde.

Fenella ist da offensichtlich anderer Meinung. »Das heißt, du wolltest nie durch Schottland fahren?« Ich denke nicht, dass sie auf diese Frage, die vielmehr wie eine Feststellung klingt, eine Antwort erwartet. Daher zucke ich nur mit den Schultern. »Isaac«, flüstert sie und ich streiche mir übers Kinn, das dringend eine Rasur gebrauchen könnte.

»Hm?« Erst als ich sicher bin, mich wieder im Griff zu haben, sehe ich sie an.

»Bist du meinetwegen geblieben?«

»Das kann man so sagen.« Ich zucke ein weiteres Mal wie ein Idiot mit den Schultern. »Erst dachte ich, es sei besser, dich ein paar Tage im Auge zu behalten. Ich hatte Angst, du könntest die beiden verraten.«

»Und dann? Warum bist du nicht geflogen?«

Ohne mich wie ein kranker Stalker anzuhören, versuche ich ihr zumindest einen Teil der Wahrheit zu sagen. »Ich wollte nicht, dass du allein durch die Gegend irrst. Seien wir mal ehrlich. Ohne mich bist du aufgeschmissen.«

Was eigentlich ein dummer Scherz sein sollte, bringt Fenella zum Erstarren. Wahrscheinlich, weil sie die Wahrheit hinter diesem dummen Kommentar erkennt. Denn zwischen den Zeilen habe ich ihr soeben verraten, dass ich meine Flucht auf einen anderen Kontinent nur nicht angetreten habe, um sie zu beschützen.

»Danke«, flüstert sie und ihre Hände umklammern inzwischen meine, als wäre ich der Anker, der sie hält, wenn um sie herum ein Sturm tobt.

Sie ist die Erste von uns, die ihren Blick löst und ein weiteres Mal durch den Raum wandern lässt.

»Dann hattest du nie vor, hierher zurückzukommen?«

»Ja«, schnaube ich eine Spur zu laut. »Mein Ticket war one-way. Das einzige Hab und Gut, das ich hatte, steht auf dem Parkplatz vom Castle of Mey.«

»Du bist tatsächlich nur meinetwegen hier«, haucht sie. Wir sehen uns an, doch noch ehe ich etwas erwidern kann, liegen ihre Lippen bereits auf meinen.

Ich bin total überrumpelt und brauche einen Moment, in dem unsere Münder einfach aufeinanderliegen, bis ich reagiere. Stöhnend lege ich ihr eine Hand in den Nacken, mit der anderen ziehe ich sie auf meine Beine. Ohne Widerstand klettert Fenella rittlings auf mich.

Bei allem, was wir bislang erlebt haben, waren unsere Körper sich nie dermaßen nah. Verdammt, das fühlt sich gut an. Ruckartig ziehe ich sie so dicht wie möglich auf meinen Schoß und spüre augenblicklich, wie sie sich versteift. Fenellas Brust hebt und senkt sich hastig und ich löse mich kurz von ihr, um ihr besser ins Gesicht sehen zu können. Ich will etwas sagen, doch das dämliche ›Alles okay?‹ will mir einfach nicht über die Lippen. Es ist offensichtlich, dass es das nicht ist. Diese nahe Berührung macht ihr Angst. Und das will ich ganz sicher nicht. Also lasse ich meine Hände sinken und warte ab.

»Ich vertraue dir.« Sie hat keine Ahnung, wie viel mir diese drei kleinen Worte bedeuten. Dabei fahren ihre Finger durch meine Haare und ich schließe einen kurzen Moment die Augen.

»Das kannst du auch. Ich würde dir niemals wehtun. Das weißt du.«

Sofort nickt sie und ein weiteres Mal ist sie es, die meinen Mund sucht.

Ihre Lippen sind die weichsten, die ich jemals gespürt habe. Ich streichele ihren Kopf, ihre Schultern. Lasse meine Hände über den dünnen Stoff auf ihren Armen streichen und gebe ihr die Gelegenheit, sich an meine Berührung zu gewöhnen. Scheiße, es gibt keinen Punkt an ihrem Körper, den ich nicht mit meinen Fingern, meinem Mund und meinem Schwanz berühren will.

Ich bin es nicht gewohnt, es langsam angehen zu lassen. Jede andere Tussi hätte ich eben in mein Büro zitiert und so lange auf meinem Schreibtisch gefickt, bis meine Laune sich reguliert hätte.

Aber Fenella ist nicht irgendeine Tussi.

»Kann ich dich was fragen?« Ihre Lippen ruhen noch dicht vor meinen, sodass ihr Atem sich mit meinem mischt. Inzwischen habe ich sie sanft näher an mich herangezogen. Meine Hände liegen auf ihrem Arsch, mein harter Schwanz drückt sich ihr entgegen. Bei jedem ihrer Atemzüge berühren ihre Titten meine Brust und ich muss mich wirklich konzentrieren, nicht die Beherrschung zu verlieren.

»Alles«, flüstere ich in ihren Mund zurück. Dabei betrachte ich jede Pore ihres Gesichts. Die zarte Haut, die über ihren Wangenknochen liegt. Die hohe Stirn, die wie so oft sorgenvoll Falten schlägt, und die kleine Nase, auf die ich in diesem Moment einen Kuss drücke.

»Heute Morgen hast du etwas gesagt, worüber ich seitdem viel nachgedacht habe.«

»Dass ich an deinen Vater denke, während ich es dir besorge? Das war nicht so gemeint.« Sie lehnt sich ein Stück in unserer Verbindung zurück und zieht eine niedliche Schnute. Gerade als sie schon aufstehen will, halte ich sie auf meinem Schoß fest. »Okay, okay, sorry«, lache ich. »Das konnte ich mir nicht verkneifen.« Um sie zu besänftigen, streichele ich ein weiteres Mal über ihre Arme und ihren wunderschönen Hals. »Also. An was musstest du denken? Sag es mir.«

Es dauert einen Moment, bis wir wieder ernst werden. Gott, der Drang, sie zu berühren, ist so verdammt groß. Daher beuge ich mich vor und verteile sanfte Küsse auf ihren Hals bis hinter ihr Ohr.

Ein Grinsen legt sich auf mein Gesicht, weil sie leise stöhnt und ihren Kopf auf die Seite legt, damit ich weitermachen kann.

»Nun sag schon«, lächele ich und lasse meine Zunge über ihren Kieferknochen streichen, weil sie nur genießerisch summt, anstatt zu reden.

»Du hast gesagt, wir seien zusammen«, flüstert sie und ich halte inne. Fenella richtet ihren Kopf wieder auf und sieht mich an. »Meintest du damit, solange wir zusammen unterwegs sind, oder meintest du zusammen zusammen?«

»Zusammen zusammen?«, frage ich. Um mein Lächeln zu vertuschen, drücke ich meine Zunge von innen gegen meine Wange.

»Du weißt, was ich meine.«

»Und doch würde ich es gerne von dir hören, Schneewittchen.«

Stöhnend legt sie ihren Kopf auf meine Schulter. Sie so nah bei mir zu haben, entschädigt für die letzten Tage. Ich kann es kaum erwarten, sie nackt neben mir in meinem Bett zu haben. Was rede ich. Unter mir.

Es ist berauschend zu sehen, wie sie sich langsam entspannt und meine Nähe ebenfalls sucht.

»Ich meine, hast du gemeint als Paar?«

Ich streichele ihr über ihre Haare. Es versetzt mir einen kurzen Stich, den Siegelring meiner Familie auf dem Kopf einer Löwin zu sehen. Ich weiß nicht mal, warum ich ihn überhaupt noch trage.

»Die Sache ist die, kleine Löwin«, flüstere ich und küsse ihre samtige Mähne. Sie hebt den Kopf und in ihrem Blick steht Angst und Scham und so vieles, für das ich nicht verantwortlich sein will. Und daher wähle ich eine Antwort, die so nicht geplant war, die ich aber genauso meine. »Ich bin nicht gut in Beziehungssachen. Streng genommen bin ich diesbezüglich die Jungfrau von uns. Die Gefühle, die du in mir auslöst, jagen mir eine Menge Angst ein. Vielleicht war das auch einer der Gründe, warum ich gegangen bin, nachdem ich dich ... also nach ...« Unbeholfen deute ich mit dem Finger zwischen uns hin und her. Keine Ahnung, warum dieses Gespräch mich plötzlich so nervös macht. »Nachdem ich dich geleckt habe.« Seufzend halte ich ihrem Blick stand. »Aber wenn es eine Frau auf dieser Welt gibt, mit der ich es versuchen will, dann bist du das.«

Ihre Hände liegen auf meinen Schultern, dabei berühren ihre Finger die Haut an meinem Hals und streicheln sie zärtlich. Langsam, aber sicher taut sie auf und das macht mich unglaublich stolz.

Noch immer weiß ich nichts Genaueres über ihren Onkel. Vielleicht bin ich zu egoistisch, um penetranter nachzufragen. Ich will, dass sie es vergessen kann. Dass sie sich fallen lässt und mir vertraut. Denn ich weiß, dass in Fenella das Herz einer Kämpferin steckt. Sie ist so viel mehr als das scheue und traumatisierte Mädchen, das sie zu sein scheint.

Wir sehen uns an und ich versuche ihr stumm etwas zu versprechen, von dem ich noch nicht bereit bin, es in Worte zu fassen.

Die Wahrheit ist, ich habe sie nie angelogen. Ich werde herausfinden, wer Hunter getötet hat. Und ich werde sie beschützen mit allem, was ich habe. Doch unter all diesen Gefühlen, die in mir auftauchen, wenn ich sie ansehe, bin ich nicht bereit, ihr ein Versprechen zu geben, das ich nicht halten kann. Ich weiß nicht, ob ich es je schaffen werde, ihr ein würdiger Partner zu sein.

»Wir könnten es versuchen. Zusammen«, flüstert sie.

Die Hoffnung in ihren himmelblauen Augen fühlt sich an, als würde ich unter Wasser gedrückt und könnte nicht atmen.

»Versuchen klingt gut.« Auch meine Stimme ist nicht mehr als ein Flüstern. Versprechen. Ich möchte ihr versprechen, ein Leben lang für sie da zu sein. Sie zu beschützen und für sie zu sorgen. Doch wie könnte ich? Wie könnte ich ihr so was zusagen? Noch dazu im Haus meines Vaters.

KAPITEL EINUNDZWANZIG

Ich war ein Idiot.

All die Jahre hat es mir keinen Spaß gemacht, Frauen zu küssen. Es war hin und wieder ein notwendiges Stilmittel, um die richtigen Weichen zu legen, doch gefallen hat es mir nie wirklich. Ich glaube neunzig Prozent aller Damen, die das Vergnügen hatten, von mir gefickt zu werden, sind nie mit ihren Lippen in die Nähe meines Mundes gekommen.

Ich war ein Idiot.

Oder wer weiß, vielleicht lag es auch an ihnen. Die falschen Lippen, die falsche Zunge, der falsche Geschmack.

An Fenella ist alles richtig.

Am liebsten möchte ich ewig hier sitzen, meine Hände in ihren Arsch krallen und mit meiner Zunge ihren Mund vögeln. Ich würde nicht so weit gehen und sagen, es ist besser als Sex, aber es ist verdammt noch mal der Hammer.

»Mir ist heiß«, keucht sie zwischen zwei Küssen. »Immer wenn ich bei dir bin, fühlt es sich an, als hätte ich Fieber.« Ihre Lippen sind rot und geschwollen und ich muss ein weiteres Mal daran denken, wie sie sich um meinen Schwanz gelegt haben. So schüchtern und doch voller Sexappeal.

»Dagegen wüsste ich was«, hauche ich zusammen mit

einem Kuss auf ihren Hals. Meine Finger suchen sich derweil einen Weg zum obersten Knopf ihrer Bluse.

»Ich auch«, sagt sie und strahlt mich über das ganze Gesicht an. Ihr Blick huscht kurz zum Pool, ehe sie mich wieder mit diesem hoffnungsvollen Glänzen in den Augen anlächelt.

»Du willst schwimmen?«, schlussfolgere ich und öffne mit ruhigen Handgriffen ihre Bluse.

»Können wir? Ich mein …«, sie nimmt kurz ihren Daumennagel zwischen die Zähne. »Geht das? Ich war seit Jahren nicht mehr im Wasser.«

Es kostet mich alle Überwindung, nicht nachzuhaken, warum sie auf etwas verzichtet hat, aber ich erinnere mich gut an ihre Andeutung, an unserem ersten Abend. Ganz sicher hat sie nicht freiwillig mit etwas aufgehört, das ihr offensichtlich einmal wichtig war. Aber ich bin der Letzte, der will, dass sie wieder so traurig aussieht, wie sie es noch vor wenigen Minuten getan hat.

»Wir können alles tun, was du willst.« Inzwischen bin ich beim letzten Knopf angelangt und schiebe ihr den weichen Stoff über die Schultern. Fast hätte ich laut aufgestöhnt, weil ihre Brüste noch immer von einem Top und einem schwarzen BH verdeckt sind. »Los«, fordere ich und schiebe sie von meinem Schoß. »Zieh dich aus.«

Zwar steht sie auf, allerdings sieht sie sich zögernd um.

»Ganz?«, fragt sie und blickt Richtung Tür.

Meine Rippen stechen wie Nadeln in meiner Brust, als ich mich erhebe, aber es ist mir in diesem Moment scheißegal.

Ich trete dicht vor Fenella, dabei greife ich mir in den Rücken und ziehe mein Shirt in einer fließenden Bewegung über den Kopf. Schmunzelnd sehe ich dabei zu, wie sie die Luft anhält. Erst als ich ihre Wärme auf meinem Oberkörper spüre, bleibe ich stehen. Ich lege ihr meinen Zeigefinger unter das Kinn und hebe so ihren Kopf an.

»Ganz«, flüstere ich und küsse sie ein weiteres Mal. Vertraut. Das ist der richtige Ausdruck für diese Berührung.

Unsere Lippen sind vertraut miteinander und es wird Zeit, dass das auch für den Rest gilt. »Hier gibt es nur dich und mich. Vertrau mir.«

Während mein Mund auf ihrem liegt, greife ich zum Saum ihres Tops, und erst als ich am Kinn ankomme, löse ich meinen Mund von ihrem.

Stolz sehe ich dabei zu, wie sie mit einem zaghaften Lächeln im Gesicht in ihren Rücken greift und ihren BH öffnet. Ohne mich aus den Augen zu lassen, wirft sie ihn auf den Haufen mit meinem Shirt und ihrem Top.

Ihre Brüste sind perfekt. Prall und stramm. Ihre Nippel recken sich mir entgegen und ich zögere keine Sekunde, beuge mich vor und lasse meine Zunge darübergleiten.

»Oh Gott«, stöhnt sie.

Lachend richte ich mich wieder auf. »Isaac reicht völlig«, schmunzele ich und meine Daumen fahren über ihre feuchten Knospen.

Fenellas Kichern erfüllt den Raum. Dann zieht sie ihre Lippen zwischen die Zähne, wie sie es so oft tut, wenn sie nachdenkt.

»Tu, was immer du tun willst«, fordere ich. »Du musst bei mir nicht zögern. Weder mit Worten noch mit Taten. Das solltest du inzwischen kapiert haben.«

Dann geht alles mit einem Mal unfassbar schnell. Fenella öffnet meinen Gürtel, ich zerre gleichzeitig an ihrer Hose. Ihre Finger berühren die Haut an meinem Bauch und ehe wir uns versehen, landen die Klamotten auf dem Boden und wir stehen nackt voreinander.

»Habe ich dir schon mal gesagt, dass du perfekt bist?« Mein harter Schwanz berührt ihren Bauch. Er kann es keine Sekunde mehr abwarten. Aber heute ist nicht er derjenige, der sagt, wo es langgeht. Das ist für uns beide neu, aber nicht zu ändern.

Fenella zieht einzelne Haarnadeln von ihrem Hinterkopf und im nächsten Moment ergießen sich ihre langen schwarzen Wellen weit über ihren Rücken.

»Bist du sicher, dass du noch schwimmen gehen willst?«,

frage ich. Dabei nehme ich ihr die Nadeln ab und lasse sie achtlos neben mich fallen. Jeder Winkel meines Körpers betet, dass sie nein sagt.

Ohne mir eine meiner Fragen zu beantworten, dreht sie sich herum und springt in einer geschmeidigen Bewegung mit den Händen und dem Kopf voran ins Wasser. Wie ein Pfeil schießt ihr nackter Körper unter die Wasseroberfläche und taucht beinahe bis ans andere Ende des Beckens.

Als sie wieder auftaucht, raubt mir ihr Anblick fast den Atem. Ihre Haare sind zu einem seidigen Vorhang geworden. Wasserperlen hängen an den langen Wimpern und Feuchtigkeit glitzert auf ihren Lippen.

Scheiße. Ich bin so was von am Arsch. Meine Hand legt sich um meinen Schwanz. Eigentlich sollte ihn das beruhigen, aber das macht es nicht besser.

»Na, wer ist jetzt der Schüchterne?«, grinst sie von einem Ohr zum anderen. Sie bewegt sich im Wasser, als sei sie ein Teil davon.

»Wart's ab«, lache ich und stoße mich von der gefliesten Kante ab, um so schnell es geht zu ihr zu gelangen.

Das kühle Wasser legt sich um meinen Körper, als ich ihren Sprung nachahme. So sehr es auch an den Verletzungen schmerzt, so munter macht es meinen Kopf.

Ohne aufzutauchen schwimme ich durch das Becken. Verschwommen erkenne ich Fenellas Beine und tauche erst wieder auf, als ich sie berühren kann.

Sofort schlingen ihre Arme sich um meinen Hals. Ihre Finger streichen mir die Haare aus der Stirn und wir verfallen wieder in einen leidenschaftlichen Kuss. Ich bin süchtig danach.

Brexen hat mir jahrelang versucht weiszumachen, ich wäre süchtig nach Alkohol und Drogen. Er hatte ja so was von keine Ahnung.

Wenn ich nach irgendetwas süchtig bin, dann nach Fenella Young. Dem kleinen Löwenmädchen, das mir buchstäblich vor die Füße gefallen ist.

Ich stelle mich auf den Boden. Der Wasserspiegel ist so hoch, dass meine Schultern aus dem Wasser ragen. Fenella ist zu klein, um sich hinzustellen. Aber das hat sie offensichtlich auch gar nicht vor.

Stattdessen schlingt sie ihre Beine um meine Hüften und presst ihre Mitte gegen meinen Schwanz.

Heilige Scheiße!

»Isaac«, haucht sie mit bebendem Kinn. Das Lächeln aus ihrem Gesicht verschwindet langsam. Ich halte sie mit einer Hand am Arsch an meinen Körper gedrückt, mit der anderen wische ich mir das Wasser aus dem Gesicht.

»Was ist los, Schneewittchen?« Dabei streiche ich ihr ebenfalls eine Strähne aus dem Gesicht, die an ihrer Wange geklebt hat.

»Ich habe Angst«, beginnt sie zu reden.

»Fenella«, unterbreche ich sie, doch ich komme nicht weit.

»Nein, warte«, schnellt sie dazwischen. »Lass mich ausreden.« Ihre Hände liegen auf meinen Schultern, ihre Beine krallen sich so fest es geht um meinen Körper. »Ich habe Angst, aber ich will es.« Sie holt einmal tief Luft, während ich meine anhalte. »Ich will, dass wir Sex haben. Ich will nicht mehr warten. Keine Sekunde.«

Man kann mich ein Arschloch nennen, aber ich bringe das liebevolle ›Bist du sicher?‹ nicht über die Lippen. In Thurso habe ich etwas zu ihr gesagt, das ich so gemeint habe. Ein Mann sollte wissen, wann eine Frau berührt werden will. Ich weiß es bei ihr schon seit Stunden, und doch habe ich gewartet, bis sie es ausspricht. Jetzt haben wir lange genug geredet.

»Lass uns nach oben gehen«, sage ich stattdessen. Dabei reibe ich mich an ihrer Mitte, was ihre Lider zum Flattern bringt.

»Ich will es hier. Jetzt.«

»Prinzessin«, lache ich. Meine Selbstbeherrschung hängt nur noch am seidenen Faden. »Die Nummer mit dem frühzeitigen Rausziehen war noch nie eine gute Idee.« Fenella bewegt sich wellenartig auf meinem Schwanz. Es wäre so verdammt einfach.

»Also …« Sie spricht gepresst durch zusammengebissene Zähne, ihre Arme schlingen sich immer fester um meinen Nacken. »Ich nehme die Pille.«

»Warum?«

»Ist das nicht gerade egal?«, stöhnt sie, weil meine Schwanzspitze bereits ihren Eingang reizt.

»Scheiße ja«, keuche ich.

Mit einem einzigen Stoß dringe ich ohne zu zögern in sie ein. Weil ich verdammt noch mal nicht weiteratmen kann, wenn ich nicht auf der Stelle in ihr bin. Und weil ich nie zuvor eine Frau ohne Kondom gevögelt habe.

Fenella stöhnt gequält auf und gräbt ihre Fingernägel in meinen Rücken.

Schwer atmend halte ich inne. Und nicht nur das. Ich halte auch sie. Klammere mich wie ein Ertrinkender in ihre Haut. Weil es sich verflucht noch mal noch nie so gut angefühlt hat, in einer Frau zu sein.

Ihre Brust hebt und senkt sich hastig. Ihre Wange fest an meine gepresst, halte ich uns ganz still. Ich gebe ihr einen Moment, um sich an das Gefühl zu gewöhnen. Das Wasser hat ihr mit Sicherheit einen Teil des Schmerzes genommen, aber ich bin clever genug um zu kapieren, dass es physisch wie auch psychisch für sie wehtun muss. Das hier ist ein besonderer Moment für sie und ich sollte nicht das Arschloch sein, der ihn kaputtmacht, nur um schneller kommen zu können.

Keine Ahnung, wie lange es dauert, aber nach einiger Zeit löst ihr Gesicht sich von meinem. Tief in ihr versunken sehen wir uns in die Augen. Scheiße, wie gern würde ich ihr Gesicht in meine Hände nehmen, aber ich wage es nicht, meine Hände von ihrem Arsch zu nehmen. Fest an mich gedrückt halte ich sie und lasse erst locker, als ich spüre, dass sie sich zu bewegen beginnt. Zuerst ganz langsam und dann immer schneller. Ich dirigiere sie regelrecht auf meinem Schwanz. Dabei lasse ich sie keine Sekunde aus den Augen.

Die Geräusche, die sie von sich gibt, zucken mir bis in die Zehenspitzen. Wie sie mit weicher Stimme dicht vor meinem Mund stöhnt. Es ist, als befände ich mich im fucking Himmel.

Ohne von ihr abzulassen, bewege ich uns zum Beckenrand, damit ich sie so zaghaft, wie meine Beherrschung es zulässt, gegen die Fliesen vögeln kann. Der Wasserwiderstand hilft mir dabei, mich zu zügeln, und ich bin dankbar dafür. Hätte ich sie in mein Bett gebracht, würde ich sie ganz sicher überfordern. Weil sie sich nun mal verdammt gut anfühlt und ich viel zu lange keinen anständigen Sex mehr hatte.

Was rede ich? Beim Blick in ihr Gesicht wird mir klar, dass ich offensichtlich noch nie anständigen Sex mit irgendwem hatte. Ich komme mir vor, als wäre ich die Jungfrau von uns beiden.

Bei dem Gedanken daran, dass ich der Erste bin, der es ihr besorgt, kann ich mich kaum noch zurückhalten. Das Wasser schwappt wellenartig über den Beckenrand. Ich drücke Fenella dagegen, damit ich endlich meine Hände frei habe.

Ich streiche über ihren Hals, verharre kurz an ihrer zarten Kehle und wandere schließlich zu ihren Nippeln, die klein und stramm darum betteln, liebkost zu werden. Und ich erfülle diese Bitte nur zu gern. Ich streichele mit den Daumen sanft darüber, zwicke anschließend fest hinein und behalte Fenella dabei genau im Auge, um herauszufinden, worauf sie steht. Grinsend beobachte ich, wie mein Mädchen stöhnend mit den Lidern flattert, je fester ich drücke. Ich bin sicher, wenn sie erst mal Blut geleckt hat, werden wir eine Menge Spaß im Bett haben.

Ich lasse eine Hand tiefer wandern, lehne mich etwas zurück und berühre mit meinem Daumen ihre Perle. Ihre wunderschöne, so süß schmeckende Klit, der ich bislang viel zu wenig Aufmerksamkeit hab zukommen lassen.

»Nachher werde ich dich lecken.« Kommt es stoßweise aus meinem Mund. »Ich werde dich mit meiner Zunge vögeln, bis nichts mehr übrig bleibt in deinem Kopf.«

Natürlich denke ich dabei an ihre dunklen Erinnerungen, aber das spreche ich nicht aus. Nicht jetzt, da sie sich endlich entspannt.

»Isaac«, keucht sie und krallt sich an meinen Oberarmen fest.

»Ja, Baby«, flüstere ich und mein Mund sucht ihren. »Ich bin da. Lass einfach los.« Dann küsse ich sie. Nicht zaghaft. Nicht zurückhaltend. Sondern stürmisch und leidenschaftlich lasse ich meine Zunge über ihre streichen. Dabei stöhnt Fenella immer lauter, weil ich ihre Perle umkreise, sie drücke und zwirbele. Als ich spüre, wie sich ihre Muskeln bei jedem meiner Stöße mehr und mehr verkrampfen, ziehe ich mein Gesicht zurück. Ich möchte für kein Geld verpassen, ihr dabei zuzusehen, wie sie kommt. Durch meinen verdammten Schwanz.

Wimmernd legt sie den Kopf in den Nacken und dann presst sich ihre enge Pussy um meine Härte. So sehr ich auch genießen möchte, wie sie die Augen schließt und meinen Namen keucht – das war's mit meiner Beherrschung.

Ich umklammere ihren Arsch, und zu ihrem Glück sind es nur wenige, aber heftige Stöße und ich komme mit voller Wucht. Ich ergieße mich in ihr, während meine Finger ganz sicher blaue Flecken hinterlassen werden, so fest presse ich meinen Schwanz in sie hinein. Fuck.

»Sorry«, bringe ich mit letzter Kraft über die Lippen. »Ich wollte mich wirklich besser zurückhalten.«

Erst als Fenella nichts erwidert, hebe ich den Kopf, den ich nach vorne auf ihre Schulter hab fallen lassen.

Und dann blicke ich auf das schönste postkoitale Lächeln, das die Welt je gesehen hat.

Automatisch ziehen meine Mundwinkel sich nach oben und ich küsse sie lachend. Ihre Finger lösen ihre verkrampfte Haltung und sie legt beide Arme um meinen Nacken. Lachend liegen unsere Münder aufeinander.

»Ich bin nicht aus Glas.«

Das ist der erste Satz, den sie sagt, nachdem wir uns voneinander gelöst haben. Zumindest unsere Münder, denn mein Schwanz steckt noch immer bis zur Wurzel in ihr. Er möchte nie wieder woanders sein. Und ich kann ihm diesen Wunsch nicht verdenken.

Sie strahlt mich an und ich kann diesen Ausdruck nur erwidern. Scheiß auf die Lions, die Callens, scheiß auf die ganze verfickte Welt. Denn ich habe Fenella Young zum Strahlen gebracht.

»Gut zu wissen«, schmunzele ich und streiche über ihr weiches Haar. »Denn ich bin noch lange nicht fertig mit dir, Schneewittchen.«

Meine Rippen brennen zwar bei jedem Atemzug wie Feuer und meine Beine zittern selbst im Wasser, aber das ist mir gerade scheißegal.

Da sie nur mit einem Lächeln antwortet, zwinge ich mich dazu, die Frage aller Fragen zu stellen. Denn für Fenella wird selbst ein Callen vom Monster zum Gentleman.

»Geht's dir gut?«

Sie legt ihre Stirn an meine und nickt zaghaft.

»Besser denn je.«

»Das ist gut.« Meine Hände streichen über ihre Oberschenkel. Nichts ist in diesem Augenblick so wichtig wie dass es ihr gut geht. Mal abgesehen davon, dass ich selten so eine innere Ruhe verspürt habe wie jetzt gerade. Es fühlt sich gut an, zur Abwechslung mal etwas richtig gemacht zu haben.

Schließlich bin ich derjenige, der sie langsam von sich schiebt. Dabei entgeht mir nicht, wie ihre Augen kurz zucken, als ich mich aus ihr zurückziehe. Zur Belohnung gebe ich ihr einen leichten Kuss.

Ich weiß nicht, wie spät es ist, aber es ist auch egal. Es scheint alles unwichtig, solange ich mit ihr zusammen bin. Und jetzt, da sie endlich über die Grenze gegangen ist, die sie viele Jahre kleingehalten hat, gibt es nur einen Ort, an den ich mit ihr möchte.

Meine schmerzenden Rippen erneut ignorierend, hebe ich sie auf den Beckenrand. »Lass uns ins Bett gehen, Schneewittchen.«

KAPITEL ZWEIUNDZWANZIG

Regen prasselt in typisch englischer Manier gegen die bodentiefen Fenster meines Schlafzimmers.

Brexen hat mir einmal erzählt, dass meine Mutter das feuchte Wetter in London genauso verabscheut hat wie ich. Ich bin eher der Typ, der bei dreißig Grad in der Sonne brutzelt.

Allerdings möchte ich heute nirgendwo anders sein als bei Sturm und Regen im Haus meines Vaters.

Mit Fenella in einem Bett zu liegen ohne mich zurückhalten zu müssen, gleicht dem Paradies. Ganz egal, was für ein Wetter draußen herrscht.

»Ist es eigentlich immer so?«

»Was meinst du mit so?«, frage ich und hebe den Kopf in ihre Richtung. Sie trägt nur mein schwarzes T-Shirt. Ihre Haare stecken hoch auf ihrem Kopf in einem Dutt und sie strahlt. Das tut sie seit gestern Nachmittag, ihrem bahnbrechenden ersten Mal im Pool, pausenlos. Außer in den Momenten, in denen sie stöhnt und vor Lust schreit.

Ich habe mein Versprechen wahr gemacht und sie gestern so lange geleckt und mit meiner Zunge gefickt, bis sie schließlich vollkommen erschöpft eingeschlafen ist.

Als Dank hat sie mich heute Morgen mit ihren Lippen an meinem Schwanz geweckt und ich habe sie seither zweimal gevögelt. Wobei das nicht das richtige Wort ist. Wir hatten Sex oder vielleicht habe ich auch mit ihr geschlafen.

Keine Ahnung.

Fakt ist jedenfalls eins. All das hier ist für mich genauso neu wie für sie.

»Na ja. Dass es sich hinterher so anfühlt, meine ich.«

»Du meinst, dass du so wund bist, dass du tagelang nicht laufen kannst, ohne bei jedem Schritt an mich zu denken? Oder dass meine Rippen, wenn sie es gestern noch nicht waren, heute sicher gebrochen sind und ich trotzdem an nichts anderes denken kann, als dich wieder und wieder zu nehmen?«, lache ich. »Nein. Nein, das ist nicht immer so.«

»Ich mein's ernst«, lacht sie und wirft mit einem Kissen nach mir. Ich weiche gekonnt aus und strecke ihr die Zunge heraus.

Mit dem Rücken ans Fußende gelehnt, betrachte ich sie. Es macht fast den Anschein, als hätte ich sie gestern zum Leben erweckt. Sie ist so wissbegierig und offen. Ich glaube, ich habe noch nie so viel über Sex geredet wie in den letzten Stunden. Sie will alles wissen, redet, fragt und probiert sich aus. Und ich liebe es, dass ich derjenige sein darf, der ihr all das zeigt, was es für sie zu entdecken gibt. Ich wette, ich bin seit gestern gute fünf Zentimeter gewachsen vor Stolz.

»Na ja«, schmunzele ich und reibe mir mit einer Hand übers Kinn. Ich habe mich immer noch nicht rasiert. »Für mich ist das auch neu. Von daher kann ich dir nicht sagen, ob es sich immer so anfühlen sollte.«

»Ja?« Sie richtet sich ein wenig auf. Der hoffnungsvolle Ausdruck in ihrem Gesicht fühlt sich an wie Sonnenstrahlen, die durch die wolkenverhangene Decke auf mein Gesicht treffen. »Dann haben wir etwas gemacht, was du vorher auch noch nicht getan hast?«

Vielleicht bin ich ein Arsch, aber ich muss über ihre Naivität lachen.

»Nein, Schneewittchen«, schmunzele ich, »ich befürchte, es gibt beim Sex nicht viel, was ich noch nicht getan habe. Aber das hier zum Beispiel.« Demonstrativ hebe ich ihren Fuß an, den ich voller Hingabe massiere. »Das ist neu.«

»Na toll«, schmollt sie, doch ich sehe, dass ihre Mundwinkel zucken. »Dann bin ich die Erste, deren Füße du massiert hast?«

»Jap.« Ich lege ihren Fuß auf die Seite und krabbele über sie. Dabei verteile ich Küsse auf ihre nackten Beine, wandere mit meinen Lippen über ihren Bauch und ihre Brüste, bis ich schließlich über ihrem Gesicht schwebe. »Und du bist die Erste, die ich nicht zehn Sekunden nach meinem Orgasmus rausgeschmissen habe.«

»Das ist nicht dein Ernst, oder?« Ihre Augen weiten sich, doch der unbekümmerte Ausdruck auf ihrem Gesicht bleibt.

»Ich fürchte doch. Und soll ich dir noch was sagen?«

»Bitte«, lächelt sie und ihre Finger streicheln selbstbewusst durch meine Haare.

»Du bist die Erste ...« Ich schlucke, nicht sicher, ob ich tatsächlich bereit bin, mir einzugestehen, was ich tief in meinem Inneren längst weiß.

»Was?«, fragt Fenella und zieht mich an meinem Nacken so weit herunter, dass sich unsere Münder beinahe berühren. Mein Oberkörper brennt vor Schmerzen. Mein Unterkörper steht bereits in Flammen. Vor Lust.

»Du bist die Erste, bei der ich wirklich etwas gefühlt habe.«

Brexen hatte recht. Eines Tages sollte eine Frau kommen und alles auf den Kopf stellen. Eine, die meine bisherige Ansicht, was Sex betrifft, mit einem Mal komplett zerschmettert.

»Was hast du gefühlt?«, fragt sie leise und vorsichtig, als hätte sie Angst, ich könnte jederzeit einen Rückzieher machen und sie doch noch vor die Tür setzen. So abwegig ist dieser Gedanke gerade gar nicht. Ich war nie der Typ, der sich gerne seinen Emotionen gestellt hat, solange es die Möglichkeit gab, vor ihnen davonzulaufen.

Seufzend lasse ich mich von ihr herunterrollen und lege

mir eine Hand unter den Kopf. Die Decke meines Schlafzimmers ist strahlend weiß mit Stuck verziert und dem obligatorisch hässlichen Kronleuchter. Ich hasse sie.

»Ich bin nicht besonders gut in so Gefühlszeug«, versuche ich mich aus dem Gespräch zu winden.

Fenella legt sich in meinen Arm und ihre Fingerspitzen fahren über die Narbe, die das ausgebrannte Tattoo hinterlassen hat.

»Versuch es«, bittet sie. Auf so liebevolle Art und Weise, dass ich gar nicht anders kann.

»In meinem Leben gab es nie so etwas wie Liebe und Gefühle«, versuche ich ihr zu erklären, warum ich so ein verkorkster Penner geworden bin. »Keine Umarmungen oder ich weiß nicht ... ein Kuss auf die Wange«, schnaube ich und sehe sie kurz an, ehe ich wieder an die Decke blicke. »Es ging nur um Geschäfte, Noten. Erfolg oder Misserfolg.« Ihre Finger streicheln sanft meine Brust und legen sich an meinen Hals, doch sie unterbricht mich nicht. »Irgendwann. Also streng genommen an meinem vierzehnten Geburtstag hatte ich meinen ersten Sex. Es war eine hässliche Hure. Bestimmt hat mein Vater sie bezahlt. Ich habe keine Ahnung. Sie war sicher zwanzig Jahre älter als ich.«

Fenella sagt noch immer kein Wort, aber ich spüre an ihrem Körper, der dicht an meinem liegt, wie sie sich verkrampft. Daher lege ich meinen Arm um ihre Schulter. Ich löse ihre Haare aus dem Dutt und spiele mit ihren Strähnen.

»Es war vollkommen bescheuert. Sie hat eine Ewigkeit gebraucht, mich hart zu machen, und anschließend war ich vielleicht zehn Sekunden in ihr, ehe ich gekommen bin. Aber es war dieser eine Moment, in dem ich ...«, ich schlucke, weil ich mir vollkommen bescheuert vorkomme. »Es gab diesen winzigen Augenblick, in dem wir verbunden waren und ich nicht allein war.«

»Isaac«, flüstert sie, doch ich sehe sie nicht an. Ich kann nicht.

»Von dem Moment an gab es für mich kein anderes Ziel, als dieses Gefühl noch einmal zu erleben. Wieder und wieder. Scheiße Fenella, ich kann dir nicht sagen, wie viele Frauen ich in den letzten Jahren gefickt habe, weil ich etwas spüren wollte. Doch nach jedem fucking Orgasmus haben sie mich angewidert. Allesamt. Bis gestern.« Langsam drehe ich den Kopf und blicke in ihre Augen. »Macht das irgendwie Sinn?« Sie beugt sich vor, und heute erlaube ich mir, die Lider zu schließen, während ihre Lippen auf meinen liegen. Vielleicht weil ich inzwischen sicher bin, dass sie noch da ist, wenn ich sie wieder hebe. Es ist ein federleichter Kuss. Beinahe unschuldig. »Ich kann dir also nicht genau erklären, was es ist, das ich fühle, wenn wir Sex haben, aber ich will nicht, dass es aufhört.« Erst jetzt öffne ich die Augen wieder. »Hey«, sage ich und wische eine Träne weg, die sich auf ihre Wange verirrt hat. »Meine traurige Sexsucht soll dich nicht zum Weinen bringen.«

Mit feuchtem Glanz in den Augen lächelt sie. Doch es ist nicht das gleiche Lächeln wie noch vor wenigen Minuten.

»Obwohl ich diejenige war, die nie berührt wurde, habe ich das traurige Gefühl, du warst noch einsamer als ich.«

Sie streicht mit ihrer Nasenspitze über meine Wange. Ich schlucke meine eigene bittere Vergangenheit hinunter. Denn ich bin nicht der Einzige von uns, der seine Gefühle viele Jahre vertuscht hat.

»Erzählst du mir von deinem Onkel?«

Sofort versteift sich ihr ganzer Körper und ich weiß, dass es ein Fehler war, danach zu fragen. Aber mich lässt der Gedanke nicht los.

Fenella legt ihre Wange an meine Brust. Ich spüre, wie ihr Atem viel zu schnell geht und ihr Herz unnatürlich rast.

»Du musst nicht, wenn du nicht willst.«

Die alte hässliche Kuckucksuhr tickt laut in die Stille zwischen uns.

»Fearghas war genau wie mein Vater ein angesehener Lion«, beginnt sie schließlich zu reden. Ich habe keine Ahnung von den Strukturen der Lions, doch ich bin sicher, dass in ihrem Clan ebenso keine Menschen geduldet werden, die Kinder anfassen, wie in unserem. Es gibt einfach eine Grenze, die kein Mensch der Welt überschreiten sollte.

Fearghas. Fearghas Young. Allein beim Nennen seines Namens hasse ich ihn schon. »Er hat bei uns gewohnt. Als Kinder mochten wir ihn. Er hat viel mit uns gespielt. Uns Geschenke gemacht und so. Ein toller Onkel eben.«

Ich beiße die Zähne zusammen. Ich hätte nicht fragen sollen.

»Als ich vierzehn war, fing es langsam an. Erst hat er mich so komisch angesehen und immer öfter seine Hände länger auf meinem Bein oder meiner Schulter gelassen, als mir lieb war.« Meine Hand ballt in ihrem Rücken eine Faust und ich habe das Gefühl, jeden Moment kommt mir das Frühstück hoch, das ich vor Stunden aufs Zimmer habe bringen lassen. »Ein halbes Jahr später fing er an, sich nachts an mein Bett zu schleichen. Er hat mich nicht berührt. Also jedenfalls nicht richtig, aber seine Worte. Die Versprechen, die er mir gegeben hat.«

Sie vergräbt kurz die Nase in meiner Haut und ich reagiere. Drücke ihren Körper dicht an mich und flüstere ihr ins Ohr. »Schon gut. Alles ist gut, Schneewittchen.«

»Weißt du, vielleicht war es lächerlich«, schnaubt sie und stützt sich auf meiner Brust ab, um mich anzusehen. »Immerhin gibt es so viele Frauen, die vergewaltigt wurden oder Schlimmeres. Bis auf die Tatsache, dass er mich durch meine Kleidung angefasst hat oder mir seinen widerlichen Pimmel gezeigt hat, ist nichts passiert. Aber er hat mir solche Angst gemacht. Er hat mir geschworen, er würde derjenige sein, der mich entjungfert, und er würde es sein, dessen Samen sich in mir ausbreitet.«

Ich bin so wütend, dass ich alle Kraft der Welt aufbringen muss, um hier mit ihr zu liegen und nicht irgendwas auseinanderzunehmen. Seit gestern habe ich nichts geraucht und mein Nervenkostüm ist gerade mehr als dünn.

»Er war immer da. Immer und überall. Ich konnte ihm einfach nicht entkommen, verstehst du?«, weint sie inzwischen und ich ziehe sie am Hinterkopf erneut in eine Umarmung.

»Deine Eltern hätten es sehen müssen. Dein Vater. Er …« Fuck! Ich streiche ihr die Haare aus dem Gesicht und halte ihren Kopf fest an meinen Körper. »Sie hätten es sehen müssen«, wiederhole ich. Ich hoffe für Arthur Young, dass wir nie die Gelegenheit bekommen, über seinen Bruder zu sprechen.

»Ich habe ja nie etwas gesagt. Solange Hunter da war, hatte ich das Gefühl, dass mir nichts passieren kann. Ich habe in seinem Bett geschlafen und die meiste meiner Zeit mit ihm verbracht. Es war nicht nötig, jemandem davon zu erzählen. Bis …«

Sie redet nicht weiter.

»Bis dein Bruder umgekommen ist«, bringe ich den Satz für sie zu Ende. Soweit ich weiß, sind die beiden kurz nacheinander gestorben. »Was ist anschließend mit deinem Onkel passiert?«

Lange reagiert sie gar nicht. Dann zuckt sie als Antwort lediglich mit den Schultern. »Ich hoffe, er schmort in der Hölle.«

»Das tut er ganz sicher.« Ich hebe Fenellas Oberkörper ein Stück von meiner Brust, um ihr ins Gesicht zu sehen. Mit den Daumen wische ich die Tränen von ihren Wangen. »Ich wünschte, er wäre nicht tot, damit ich ihn umbringen könnte.«

»Das wünschte ich auch«, jammert sie und zieht die Nase hoch.

»Es tut mir leid. Du hättest das niemals erleben sollen. Ich wünschte, ich könnte etwas davon rückgängig machen. Aber das kann ich nicht.«

»Und du sagst«, zwischendurch muss sie erneut die Nase hochziehen, »Gefühlszeug liegt dir nicht.«

Damit entlockt sie mir ein winziges Lächeln. Auch wenn mir eher danach ist, jemandem die Fresse einzuschlagen. »Ich meine das ernst. Ab jetzt beschütze ich dich, Fenella. Du musst nie wieder vor jemandem auf dieser Welt

Angst haben. Ganz gleich, was dieser Kester oder dein Vater oder sonst wer von dir will. Du tust nur das, was du möchtest. Es ist dein Leben.«

Aus tränennassem Gesicht lächelt sie mich an.

»Du beschützt mich«, wiederholt sie meine Worte. Ich nehme ihr Gesicht in meine Hände.

»Ja. Das tue ich.«

»Dann heißt das also zusammen zusammen?«, fragt sie und stupst mich spielerisch mit der Schulter an.

»Es war doch von Anfang an zusammen zusammen. Ich bin nur ein feiger Penner gewesen.«

»Ich mag den feigen Penner«, neckt sie mich. Es tut gut, sie wieder lächeln zu sehen. Auch wenn ich noch immer nicht weiß, was genau mit ihrem Onkel geschehen ist. Für den Moment haben wir genug Vergangenheit aufleben lassen. Wir sind beide keine Menschen, die zurückblicken sollten.

»Und ich mag die schüchterne Jungfrau.«

»Ich bin keine schüchterne Jungfrau mehr.«

»Bist du nicht?«, scherze ich und stupse sie ebenfalls an. »Beweis es«, fordere ich und lege meine Arme schlaff zu den Seiten. Ergeben liege ich flach auf dem Rücken und grinse Fenella an wie ein Idiot.

Mir war klar, dass ich das nicht zweimal sagen muss. Mein kleines Schneewittchen hat zweifelsohne eine nymphomane Seite.

Ohne zu zögern setzt sie sich rittlings auf mich. Nicht erst seit gestern stelle ich mir vor, wie es sich anfühlen wird, von ihr geritten zu werden.

Fenella stöhnt auf, als ihre Mitte meinen Schwanz berührt. Ich kann es ihr nicht verdenken. Das fühlt sich einfach nur perfekt an. Sofort werde ich hart. Mein Schwanz kann es nicht erwarten, wieder in ihr zu sein.

Etwas ungelenk hockt sie auf mir und wackelt mit ihrem Hintern hin und her.

»Du musst ihm schon zeigen, wo es langgeht«, lache ich, doch die wunderschöne Prinzessin streckt mir nur keck die

Zunge heraus, ehe sie sich mein Shirt über den Kopf zieht. Ihre Brüste wippen mir entgegen.

»Ich mach das auf meine Weise«, murmelt sie. Ein leichtes Lächeln umspielt ihre traurigen Augen. Und dann fasst sie nach unten und bringt mich genau in Position. Ich beobachte fasziniert jeden Zentimeter, den sie sich auf mich sinken lässt.

»Scheiße«, keuche ich. »Das ist besser als in meiner Phantasie.«

Ganz langsam bewegt sie sich auf meiner Härte auf und ab.

»Hast du schon einmal daran gedacht?«, fragt sie. Alles Scherzhafte ist aus ihrer Stimme gewichen. Sie klingt wie eine Göttin. So leidenschaftlich und sexy. Fenella hat recht. Von der schüchternen Jungfrau ist nichts mehr übrig.

»Oh und ob«, bringe ich stöhnend hervor. »Ich habe mir vorgestellt, wie deine perfekten Titten im Takt wippen und ich deine süßen Nippel zwischen meine Finger nehme.« Ich richte mich auf, was uns beide kurz keuchen lässt. Mich wegen meiner verdammten Rippen, sie wahrscheinlich, weil ich so in einem anderen Winkel in sie eindringe.

Um meinen Worten Taten folgen zu lassen, liebkose ich ihre wunden Nippel zwischen meinen Fingern, was sie dazu bringt, den Kopf in den Nacken fallen zu lassen. Ihre Haare sind so lang, dass sie meine Oberschenkel berühren. »Fuck«, knurre ich. »Du bist einfach der Wahnsinn, Baby.« Meine Finger fahren über ihren Rücken. Wirbel für Wirbel nach unten, bis ich schließlich in ihrer Spalte ankomme. Ich will jeden Winkel von ihr. »Vertraust du mir?«, frage ich und lege ihr meinen Zeigefinger an den Mund.

»Ja«, stöhnt sie. Stetig erhöht sie ihr Tempo und reitet mich, als hätte sie nie etwas anderes getan. Mit leidenschaftlichem Blick nimmt sie meinen Finger auf und saugt daran. Ihre Zunge legt sich warm um meine Haut und es ist beinahe, als wäre es mein Schwanz, den sie sich bis zum Rachen schiebt.

»Dann entspann dich jetzt«, flüstere ich und zwinkere

dabei. Ich kann mich gut daran erinnern, wie sie mir gedroht hat, ich solle das ja nicht sagen.

Erst kichert sie über meine Anspielung, doch der Ton bleibt ihr im Hals stecken, als ich meinen feuchten Finger auf ihren After lege und ihn leicht massiere. Mit großen Augen sieht sie mich warnend an.

»Vertrau mir«, wiederhole ich und schiebe mich behutsam ein Stück in sie hinein. Ich merke, wie sie zuerst verkrampft, daher bin jetzt ich es, der ihre Bewegung übernimmt und von unten weiter in sie hineinstößt. Dabei weitet meine Fingerkuppe ihren süßen Arsch so lange, bis ich ein Stück weiter in sie eindringen kann. Fenella legt ihre Hände auf meine Schultern und ihre Fingernägel graben sich ein weiteres Mal in meine Haut. Langsam, aber sicher schmilzt sie wie Butter in meinen Händen und kommt mir bei jeder meiner Bewegungen mehr entgegen.

»Gut, oder?«, keuche ich und beginne langsam, meinen Finger zu bewegen. Es gibt nichts Schöneres, als eine Frau vollständig auszufüllen. Ich weiß, dass viele Menschen sich davor zieren oder von Ekel oder falschen Moralvorstellungen abgeschreckt sind. Aber das ist Quatsch. Weil es uns Männer verdammt noch mal total geil macht, im Arsch einer Frau zu sein. Mit ein bisschen mehr Toleranz würden sie merken, was ihnen entgeht.

»Verdammt, ja«, keucht Fenella.

Ich werde langsamer und höre schließlich komplett auf, meinen Schwanz in ihr zu bewegen, was ihr einen gequälten Laut entlockt. Allerdings muss sie lachen, denn sie bemerkt, dass ich keinesfalls beabsichtige, es ruhiger angehen zu lassen, sondern lediglich ihr die Show überlasse.

Ich zucke lasziv mit der Schulter und habe Schwierigkeiten, die Augen offen zu halten, als sie anschließend ihr Becken zunächst auf mir kreisen lässt und schließlich damit weitermacht, mich zu reiten. Dabei bewege ich mit der einen Hand meinen Finger in ihrem Arsch, mit der anderen ziehe ich sie am Nacken zu mir, um sie zu küssen. Denn ich will an jeder nur möglichen Stelle mit ihr verbunden sein.

»Zusammen zusammen«, schmunzele ich und lege meine Stirn an ihre.

»Zusammen zusammen«, wiederholt sie und unsere Körper schmiegen sich aneinander und bilden eine Einheit. Eine Einheit aus Lust und Gefühlen. Aus beschissenen Vergangenheiten und Hoffnung.

Wir werden eins.

Und zum ersten Mal in meinem Leben habe ich das Gefühl, jemanden zu lieben.

KAPITEL DREIUNDZWANZIG

Man mag mich verrückt nennen, aber ich spüre es, sobald mein Vater das Haus betritt.

Dann werden die Wände enger. Genauso wie meine Lunge ... und mein Herz.

»Was denkst du?« Ich schlüpfe in ein einfaches weißes T-Shirt. Meine Haare sind von der Dusche noch feucht und ich schüttele den Kopf, um das überschüssige Wasser loszuwerden. »Willst du den großen Callen heute Abend schon kennenlernen oder nutzen wir noch die eine Nacht, ehe du siehst, wo ich herkomme, und vermutlich das Weite suchst?« Zwar schmunzele ich, doch ein Funken Wahrheit steckt schon hinter meinen Worten. Denn wenn Fenella meinen Vater erst mal erlebt hat, gibt es kein Zurück. In der Tat schreit jede Faser meines Körpers, dass es eine ganz dumme Idee ist, die beiden miteinander bekannt zu machen. Doch es geht nicht anders. Wenn wir herausfinden wollen, wer Hunter umgebracht hat, müssen wir das einzige Spiel spielen, das mein Vater kennt.

»Einerseits möchte ich es wirklich gern hinter mich bringen, aber ...«, seufzend unterbricht sie sich selbst. Ihre Hände, die gerade noch dabei waren, ihre langen Haare durchzukämmen, halten inne.

»Du hast Schiss.«

»Ja.« Sie zieht die Oberlippe zu einer gequälten Grimasse, die mich zum Lächeln bringt.

»Wir sind alles hundertmal durchgegangen. Halte dich einfach an den Plan.«

»Bist du sicher, dass das eine gute Idee ist?«

Ihn bereits in der Nähe zu wissen, macht mich ebenfalls nervös. Barfuß, nur in Jeans und T-Shirt schlendere ich hinüber zu dem goldenen Servierwagen und schenke mir einen Wodka ein.

»Nein«, antworte ich wahrheitsgemäß und kippe den Schnaps in einem Zug herunter. »Aber es ist die einzige Möglichkeit, die ich sehe.«

Neben den vielen Getränken liegt ein Joint, den ich schon vor Stunden gedreht, aber nicht geraucht habe. Bisher brauchte ich ihn nicht. Jetzt stecke ich ihn zwischen meine Lippen und zünde ihn an. Der Rauch legt sich beruhigend auf meine Lunge und ich lasse ihn dort, solange es eben geht, ehe ich ihn Richtung Zimmerdecke puste.

»Und bist du sicher, dass das«, sie deutet mit dem Kinn auf das Gras in meiner Hand, »ebenfalls eine gute Idee ist?«

»Glaub mir, nüchtern und ohne high zu sein, sollten mein verehrter Vater und ich besser nicht aufeinandertreffen. Ich weiß, was ich tue«, murmele ich und nehme einen weiteren Zug.

»Okay, dann lass es uns hinter uns bringen.«

Sie kämmt sich noch ein letztes Mal durchs Haar, ehe sie die Bürste auf mein Bett wirft. Ich habe schon oft gehört, wie Männer sich darüber beschweren, lange Frauenhaare in ihrem Bett zu finden. Ich hingegen liebe es, dass Fenella ihre Spuren hinterlässt. Soll jeder sehen, in wessen Bett sie gehört.

»Und du weißt, was du zu tun hast?«

Ich schenke noch schnell einen weiteren Wodka ein.

»Ich rede so wenig wie möglich. Ich vertraue dir, dass du weißt, was du sagst.«

»Und?«

Sie nimmt mir das Glas aus der Hand, setzt es an ihre

roten Lippen und schluckt die brennende Flüssigkeit in einem Schluck herunter. Mit angewidertem Gesicht sagt sie tapfer: »Ich lasse alle Gefühle aus dem Spiel.«

»Braves Mädchen.« Mit meiner freien Hand ziehe ich sie an der Hüfte dicht an mich heran und vergrabe meine Nase in ihren Haaren. »Ich liebe deinen Duft«, murmele ich und sauge so viel davon ein wie eben möglich.

»Und ich liebe ...« sie unterbricht sich räuspernd und senkt den Kopf. »Also ich wollte sagen, dass ich das auch liebe. Also, dass du meine Haare liebst. Also ...«

»Fenella«, unterbreche ich sie und ziehe sanft an ihrer schwarzen Mähne, sodass sie mich ansehen muss. »Ist schon okay.«

Sie presst die Lippen aufeinander.

»Mir geht es genauso«, flüstere ich und küsse ihre Stirn. Sie muss es nicht sagen. Ich weiß es. Nur ein Idiot hätte in den vergangenen vierundzwanzig Stunden nicht gecheckt, dass wir uns lieben. Ob wir dafür bereit sind, weiß ich nicht. Denn eines Tages werden wir unsere Blase verlassen müssen, und dann ist es immer noch Realität, dass wir aus zwei vollkommen verschiedenen Welten kommen. Wir sind ein bisschen wie Romeo und Julia, nur dass ich nicht zulassen werde, dass sie am Ende stirbt. Lieber lege ich die Welt in Schutt und Asche. Denn alles, was für mich zählt, ist ihr Glück. Brexen, dieser romantische Schweinehund, hat mir diesen Augenblick vor vielen Jahren prophezeit, und nun ist er da.

Fenella aus diesem ganzen Scheiß unbeschadet und glücklich herauszuholen ist alles, was für mich noch von Belang ist.

Wir werden meinem Vater eine ordentliche Show abliefern müssen, damit er mir die Nummer abnimmt. Wir werden so tun, als ob Fenella meine Zukünftige ist – dieser Teil ist leicht. Und wir werden es aussehen lassen, als ob sie es gutheißt, dass Hunter tot ist – das wird der schwierige Teil. Wenn Nelson auch nur den Hauch einer Ahnung hat, welche Intentionen wir wirklich haben, wird er kein Wort verraten. Mein Vater ist ein schlauer Mann. Nie und nimmer würde er mit einer Löwentochter Interna besprechen. Und ich nehme mal stark an, er weiß, wer Hunter wirklich war. Selbst wenn er uns die Lüge abnimmt, ist nicht gewiss, dass er verrät, wer ihn umgebracht hat.

Ich drücke Fenella noch ein bisschen enger an mich. Die Frau, für die ich so tiefe Gefühle hege, sollte nicht in diesem Haus sein. Sie sollte so weit weg von meinem Vater sein wie nur möglich. Aber für diese Erkenntnis ist es jetzt zu spät.

Es nützt nichts – wir müssen uns dem Monster stellen.

»Dieses Haus erinnert mich ein bisschen an die Schöne und das Biest«, flüstert Fenella kurze Zeit später. Ihre Finger drücken meine so fest, dass es schon wehtut.

Im Gegensatz zu ihr bewege ich mich ganz normal und selbstsicher durch die langen Gänge.

»Du hast recht«, lache ich. »Scheint, als hättest du dich ganz schön im Setting verirrt, Schneewittchen.«

»Dass du noch Scherze machen kannst. Ich kotze jeden Moment die Pizza auf den roten Teppich.«

Noch immer flüstert sie und zappelt bei jedem Schritt hin und her. Sie sieht hübsch aus in ihrer schwarzen engen Jeans und der hochgeschlossenen rosa Bluse. Sie ist ärmellos und vorne mit einer Schleife gebunden. Zu wissen, was für ein Wildpferd hinter der gestriegelten Stute steckt, turnt mich ziemlich an.

»Ich würde ja so was sagen wie *Entspann dich!* Aber das käme jetzt komisch«, schmunzele ich und deute ihr mit einer Handbewegung, die breite Treppe hinunterzugehen.

Das Haus ist langweilig und total klischeebelastet mit seinen vielen Gemälden von Callen-Vorfahren und dem ganzen Stuck und Gold. Dass wir dabei über einen roten Teppich schreiten, der auf sämtlichen Gängen und Treppen ausgelegt ist, rundet das Ganze perfekt ab. Es ist grauenvoll.

»Deine Kommentare sind nicht wirklich hilfreich.«

»Na dann hast du ja Glück, dass wir da sind.«

Ausladend deute ich auf eine große Doppeltür, die zu Nelsons Büro führt. Noch ehe Fenella etwas sagen kann oder ich es mir gar anders überlege, lasse ich sie los und stoße die Türen gleichzeitig auf.

»Vater«, trällere ich in meinem falschesten Tonfall. »Welche Überraschung, dich schon wiederzusehen.«

Wie so oft hockt Nelson in seinem riesigen Lederstuhl, den Rücken der Tür zugewandt, und starrt aus dem Fenster. Von seinem Büro aus hat man den perfekten Ausblick auf den Springbrunnen, der sich in der Mitte der Gartenanlage befindet. Ob er die Natur mag oder einfach nur aus Langeweile dabei zusieht, wie die Regentropfen gegen die Scheibe prasseln? Keine Ahnung.

»Na so eine Überraschung wird es wohl nicht sein«, knurrt er mit seinem übertrieben britischen Akzent. Noch immer hat er sich nicht umgedreht. Ich ziehe Fenella an einer Hand über die Schwelle und trete gemeinsam mit ihr näher. »Immerhin ist es deine Schuld, dass ich abbrechen musste. Ausgerechnet jetzt, da ich Dimitri halbwegs überzeugt hatte. Seit Milek tot ist, geht mit den Russen alles den Bach runter. Und du weißt das, verdammt noch mal.«

»Hab's schon mal gehört«, sage ich desinteressiert. Ich räuspere mich. »Wir sind übrigens nicht allein. Es gibt da jemanden, den ich dir gern vorstellen würde.«

Mein Blick zuckt kurz zu Fenella, die wie angewurzelt dasteht. Zugegeben – der Anblick der hohen Rückenlehne meines Vaters vor dem dämmrigen Londoner Abendhimmel hat schon etwas Gruseliges, dennoch wirkt sie schon jetzt wie erstarrt.

Ohne zu zögern, dreht Nelson sich mit seinem Stuhl im Kreis und seine Augen landen sofort auf Fenella.

Sie sehen sich an. Fenellas Hand zerquetscht beinahe meine Finger und noch ehe ich etwas sagen kann, erkenne ich es. Die Gewissheit in den Augen meines Vaters.

Sie kennen sich.

Die leisen Geräusche, die aus Fenellas Kehle dringen und eine Mischung aus Jammern und Keuchen sind, schießen mir wie Blitze durch die Adern.

Ihre Hand fest in meiner, sehe ich zurück zu meinem Vater, dessen Mund sich zu einem fetten Grinsen verzieht.

»Nelson?«, stoße ich zwischen zusammengebissenen Zähnen hervor. Ich flehe meinen Vater mit diesen sechs beschissenen Buchstaben an, die Situation aufzuklären. Doch er faltet nur die Hände vor seinem schneeweißen Hemd. Das Licht spiegelt sich in seinem Siegelring. Dem gleichen, der schwer wie Blei an meiner Hand wiegt.

Fenellas Finger zittern immer heftiger in meiner Hand, was mich dazu bringt, meinen noch immer siegessicher grinsenden Vater zu ignorieren.

»Was ist los?«, frage ich leise und wende mich ihr zu. Sie sieht aus, als hätte sie einen Geist gesehen. Ihr Gesicht ist schneeweiß, die Augen weit aufgerissen. Ihr ganzer Körper wird durch heftige Beben erschüttert und ich spüre, wie ich zu schwitzen anfange.

»Was ist hier los?«, wiederhole ich meine Worte. Diesmal jedoch lauter und an meinen Vater gerichtet.

»Die heilige Jungfrau Maria«, lacht er nur und Fenella versucht schluchzend, sich aus meiner Hand zu befreien.

Wie erstarrt stehe ich da.

Das kann nicht sein.

Meine Beziehung zu Fenella macht er mir nicht kaputt. Nicht das. Das Einzige, das je wirklich von Bedeutung war.

»Fenella«, fordere ich und ziehe sie näher zu mir heran. Allerdings scheint sie nicht mehr Herr ihrer Sinne zu sein. Sie starrt meinen Vater aus großen Augen an und schluchzt laut und unkontrolliert in sein spießiges Büro.

»Ich habe dir bisher nicht viel zugetraut, Junge. Aber dir deine persönliche Blade Bitch zu angeln ist clever.« Meine Hand greift in meinen Hosenbund. Er ist leer. Ich bin unbewaffnet, was meinen Vater nur noch mehr auflachen lässt. »Lässt du sie jetzt die Drecksarbeit für dich machen, wenn du nicht Manns genug bist?«

Ich möchte Nelson schlagen, ihn anschreien, dass er die Fresse halten soll. Doch stattdessen stehe ich da und versuche die Puzzleteile zusammenzusetzen.

Es ist nur die Sekunde einer Unachtsamkeit und Fenella löst sich aus meiner Hand. Ich sehe sie an und das, was ich in ihrem Blick erkenne, reißt mir den Boden unter den Füßen weg.

Hass.

Angst.

Misstrauen.

All das lässt sie auf mich einprasseln und windet sich. Mit hochgezogenen Schultern entfernt sie sich schluchzend rückwärts.

Ein Schritt.

Dann noch einer.

Ehe sie sich herumdreht und rennt. So schnell sie kann, stürmt sie aus dem Zimmer.

Ich habe bereits den Fuß gehoben, um ihr zu folgen, da hält mich ein Klatschen zurück.

Mit bebenden Nasenflügeln drehe ich mich herum.

Bei dem Bild, das sich mir bietet, will ich am liebsten kotzen. Oder nein, ich will Daddy eine beschissene Kugel in den Kopf jagen.

Mein Vater sitzt da. Eine Zigarre zwischen seinen Zähnen. Die Lippen zu einem Grinsen verzogen, und klatscht.

»Wie immer ein gelungener Auftritt, mein Junge«, lacht er, nachdem er die Zigarre im Aschenbecher abgelegt hat. Allein dafür, wie abfällig er *mein Junge* ausspricht, hat er ein paar aufs Maul verdient.

»Was soll das? Woher kennst du sie?«, donnert meine Stimme durch den altmodischen Raum, doch er zuckt nicht mal mit der Wimper.

»Sagen wir, wir hatten einmal geschäftlich miteinander zu tun«, schmunzelt er. »Ein hübsches Mädchen, wirklich. Schöne Titten, eine nette Pussy. Schade, dass sie offensichtlich vom Markt ist. Aber wer weiß. Ich habe mal gehört, die Schottinnen nehmen das nicht so eng. Ob Sohn oder Vater.«

Er kommt nicht dazu weiterzusprechen, weil ich auf ihn zustürme und in einer einzigen Bewegung alles von seinem Schreibtisch fege, das darauf steht. Glas fliegt durch die Luft, Asche wirbelt herum und Papiere wehen durch den Raum wie Blätter im Wind.

»Halt die Fresse!«, schreie ich. Mein Herz rast. Mir steht der Schweiß auf der Stirn.

Ich wusste es. Es war mir von vornherein klar, dass ich sie niemals hätte herbringen sollen.

»Es scheint, du teilst deine Frauen nicht gern«, lacht Nelson nur dreckig. Ich sehe, wie er den Knopf hinter seinem Schreibtisch bedient. Die Sicherheitsleute.

Noch ehe er reagieren kann oder ich klare Gedanken in meinem Kopf erfasse, drehe ich mich um und stürme aus dem Büro. Am Ende des Flures steht eines unserer Hausmädchen und drückt sich mit dem Rücken an die Wand, als sie mich sieht.

»Wo?«, brülle ich sie lediglich an.

»Sie ist nach draußen«, murmelt sie mit hauchdünner Stimme. Ohne auf ihr ängstliches Gesicht einzugehen, renne ich an ihr vorbei. So schnell ich kann, sprinte ich über den Kiesweg bis zum großen Eingangstor.

Sie ist weit und breit nicht zu sehen.

»Fenella!«, schreie ich so laut ich kann gegen den Regen an, der noch immer in Strömen vom Himmel fällt und mein weißes T-Shirt binnen Sekunden durchtränkt. »Fenella!«, wiederhole ich.

Angst keimt in mir auf und schlängelt sich wie eine Schlingpflanze durch meinen Körper. Sie zerrt an meinen Armen und Beinen. Lässt mich immer weiter über das Grundstück laufen und jeden noch so kleinen Winkel absuchen. Sie legt sich um meinen Hals, erschwert mir das Atmen und drückt mir die Venen zu, sodass mein Herz es immer schwerer hat, zu pumpen.

»Fenella!«, brülle ich wieder und wieder, doch im Grunde weiß ich es längst.

Sie ist weg.

KAPITEL VIERUNDZWANZIG

»Fuck!«, schreie ich und schlage zum wiederholten Mal auf das Lenkrad meines alten Porsche ein. Er war vor Jahren ein Geschenk meines Vaters zu Weihnachten. Trotz des Geschwindigkeitsrausches habe ich ihn immer irgendwie gehasst.

Heute jedoch könnte mir der Wagen nicht egaler sein. Denn ich habe nur noch ein einziges Ziel vor Augen – ich muss Fenella finden.

Allerdings ist es, als suche ich die sagenumwobene Nadel im Heuhaufen. Ich habe keine Ahnung, in welche Richtung ich noch nach ihr Ausschau halten soll.

Sie hat weder ein Handy noch Geld oder irgendwelche Kontakte in London. Weit kann sie also nicht gekommen sein. Zuerst habe ich zu Fuß Stunde für Stunde den Regent's Park abgesucht. Unser Anwesen grenzt im Norden direkt an die zwei Quadratkilometer große Anlage.

Fenella ist zu Fuß unterwegs und die Überwachungskameras haben sie zuletzt zwischen den Bäumen auf der Nordseite gezeigt. Sofort bin ich über den perfekt getrimmten Rasen gerannt, doch Fenella war nicht mehr da.

Mit jeder Minute und schließlich jeder Stunde, die verstrich, zerquetschte mich die Verzweiflung unter ihrer Schuhsohle.

Inzwischen ist es fast Mitternacht. Die Straßen Londons

liegen in Finsternis. Der Regen hat nachgelassen und der typisch englische Nebel auf dem Asphalt und den Wiesen ist übriggeblieben.

Es macht keinen Sinn. Wie sie meinen Vater angesehen hat, ist sie höchstwahrscheinlich längst über alle Berge.

Nur wie?

Während ich auf der Kentish Town Road meinen Suchradius Richtung Norden vergrößere, läuft die alles entscheidende Frage in meinem Kopf in Dauerschleife.

Woher kennen sich mein Vater und Fenella?

Ich lasse mir seine Worte wieder und wieder durch den Kopf gehen, während ich mit Schrittgeschwindigkeit durch die Straßen Cantelowes fahre und sie suche.

Was hat er damit gemeint? *Ich schicke sie vor, wenn ich nicht Manns genug bin? Eine Blade-Bitch*? Das ist doch vollkommener Blödsinn.

Klar, er könnte sie verwechselt haben. Aber erstens täuscht ein Nelson Callen sich nicht und zweitens stand der Schock ihres Wiedersehens Fenella ins Gesicht geschrieben.

»Wo bist du?«, murmele ich vor mich hin. Sie könnte genauso gut in Richtung Innenstadt gelaufen sein. Vielleicht hat sie von irgendwo ihren Vater angerufen? Ich weiß es nicht. Verdammt, ich habe keinen blassen Schimmer.

Fakt ist jedoch, ich werde nicht aufhören, sie zu suchen. Ich gebe keine Ruhe, ehe ich weiß, wo sie steckt. Ich habe versprochen, auf sie aufzupassen, und ich habe nicht vor, heute Nacht mein Wort zu brechen. Niemals.

Als die Gegend belebter wird und ich mehrere Restaurants und Bars entdecke, parke ich den Porsche am Straßenrand und mache mich zu Fuß weiter auf die Suche.

Ich habe nicht mal ein verschissenes Foto, das ich den Leuten unter die Nase halten kann. Dennoch spreche ich mehrere Gruppen an, die unterwegs sind, und frage, ob sie Fenella gesehen haben. Doch niemand will ein einsames Mädchen mit schwarzem langem Haar und rosafarbener Bluse gesehen haben. Weder in den Pubs, in denen nur noch vereinzelt Leute sitzen, noch den Restaurants, die langsam ihre Pforten schließen. Nicht mal im fucking McDonald's ist irgendein Mensch, der mir helfen kann.

Vollkommen verzweifelt finde ich mich vor der Bibliothek wieder und lege den Kopf in den Nacken. Wenn es nicht gerade Nacht wäre, könnte ich mir gut vorstellen, dass sie hier Zuflucht gesucht hätte. Zwischen alten Büchern. Still und heimlich. Das ist Fenella. Sie ist kein Mädchen, das in den ersten Pub rennt.

Vielleicht muss ich anfangen, mehr wie sie zu denken.

Während ich zurück zum Wagen laufe, grübele ich darüber nach, was sie mir über London erzählt hat. Sie war nie zuvor in unserer Stadt. Das heißt, sie kennt sich nicht aus. Ihre Möglichkeiten sind beschränkt.

Dann erinnere ich mich plötzlich an ein Gespräch, das wir einmal geführt haben.

»Ich Idiot«, knurre ich und sprinte zum Porsche. Ich lasse den Wagen förmlich über die leeren Straßen schießen. Es sind nur wenige Minuten von hier. Sie muss höchstens eine Stunde zu Fuß gebraucht haben.

Ich scheiße auf rote Ampeln oder andere Verkehrsregeln. Erst am westlichen Rand des Highgate Cemeterys atme ich wieder tief ein. Das Auto lasse ich achtlos stehen und nehme in absoluter Finsternis den schmalen Weg zum Tor des Westfriedhofs.

Meinem Lieblingsort in dieser Stadt.

Dem Fleck Erde, der mich zur Ruhe kommen lässt.

Fenella weiß das.

Da ich, wie gesagt, ein Idiot bin, habe ich natürlich keine Taschenlampe dabei. Ich habe überhaupt nichts bei mir. So bleibt mir nichts, als in der Dunkelheit über den matschigen Weg zu laufen, mit nur dem Schein des schmalen Monds als Beleuchtung, der sich hin und wieder durch die Wolkendecke schiebt, um es mir leichter zu machen.

Allerdings würde ich das Grab meiner Mutter auch blind finden.

Der Highgate Cemetery ist einer der berühmtesten Friedhöfe in London. Den Ostteil des Geländes darf man sogar nur mit einem Guide in einer offiziellen Führung betreten.

Das riesige Areal verfügt über zig Gruften und Familiengrabstätten. Selbst bei Tag ist das ein gruseliger Ort. Die Geister der Toten sind allgegenwärtig.

Es ist nicht das erste Mal, dass ich bei Nacht hier bin, doch es ist das erste Mal, dass mir das Herz dabei bis zum Hals schlägt. Schon einige Nächte habe ich vollkommen zugedröhnt am Grab meiner Mutter gesessen und mit den Toten gesprochen.

Ästchen knacken unter meinen Schuhen und das Geräusch lässt irgendwas in den dichten Büschen zurückhuschen.

Meine Augen gewöhnen sich langsam an die Dunkelheit und ich erkenne schemenhaft die protzigen Grabsteine und Denkmäler, die den Weg säumen.

Auf dem Highgate Cemetery sind nur besondere Menschen begraben. Ich will gar nicht wissen, welche Hebel Nelson in Bewegung setzen musste, um meine Mutter hier begraben zu lassen. Nicht, dass sie kein besonderer Mensch war. Aber einen Platz zwischen Leuten wie Karl Marx oder George Eliot hätte sie sicher nicht ohne die nötigen Bestechungsgelder bekommen.

Mein Atem geht mit jedem Schritt schneller. Ich könnte nach ihr rufen. Von hier aus ist es nur noch eine kurze Strecke. Aber mir bleibt jeder Versuch, ihren Namen zu brüllen, im Hals stecken. Was, wenn sie nicht hier ist?

Dafür beschleunigen sich meine Füße wie von selbst. Erst gehe ich zügig, schon kurze Zeit später renne ich über den vom Regen aufgeweichten Weg.

Ich biege unter der großen Linde ab, die den Weg gabelt, und laufe geradewegs auf das Grab meiner Mutter zu. Tränen wollen sich in meinen Augen sammeln, doch ich wische sie hastig weg, um klar zu sehen.

Denn dort hockt sie.

Selbst in der Dunkelheit der Nacht erkenne ich ihren

zierlichen Körper. Die Arme um die Knie geschlungen, lehnt sie am Grabstein meiner Mutter.

Ihr Kopf ist auf die Knie gesunken und sie wimmert leise.

»Fenella«, keuche ich und bin nur wenige Sekunden später bei ihr. Sie sieht nicht auf, wippt nur unaufhörlich vor und zurück. »Fenella«, wiederhole ich.

Erst als ich meine Hand auf ihre Schulter lege, reagiert sie. Und zwar so richtig. Sie springt auf, schreit und schlägt um sich wie eine Irre. Ihr Körper ist klitschnass und eiskalt.

Sie scheint vollkommen unter Schock zu stehen.

»Fenella, Baby«, versuche ich wieder und wieder, sie zu beruhigen. Die jämmerlichen Geräusche, die sie von sich gibt, zerfetzen mir das Herz. »Hey!«, brülle ich und klatsche ihr auf die Wange. »Fenella! Ich bin's. Ich bin da.« Langsam verlieren ihre wilden Schläge an Kraft und ich nutze die Gelegenheit, ihr die Hände zu fixieren.

»Ich will nicht«, ruft sie schluchzend. »Bitte! Es soll aufhören«, weint sie. Nie in meinem Leben war ich derart hilflos.

»Ich bin da. Dir passiert nichts«, versuche ich sie zu besänftigen. Ich lege ihr beide Hände auf die Oberarme und ziehe sie dicht vor mich. Die Dunkelheit verbietet es mir, ihr Gesicht genau zu erkennen, doch ihre Haare liegen nass um ihre Schultern und ihr Körper zittert unaufhaltsam. »Ich passe auf dich auf«, verspreche ich. »Ich beschütze dich, Fenella. Hörst du.« Jedes Wort kommt nur gepresst durch meine Kehle.

Ich hätte sie niemals mit hernehmen dürfen.

Meine Daumen streicheln über ihre nackten Oberarme und sie bebt unter meiner Berührung. »Sieh doch. Ich bin's«, versichere ich ihr immer wieder, und langsam habe ich das Gefühl, sie kommt zu sich. Erst werden die Töne, die mein Herz genauso quälen wie ihres, leiser und schließlich wirft sie sich mir schluchzend um den Hals.

»Isaac«, weint sie. In dem Moment, in dem sie ihren Körper an meinen presst und ich sie halte, schwöre ich mir selbst etwas. Das hier wird irgendjemand büßen. Rache für Blut. Ganz gleich, wer Fenella jemals in ihrem Leben etwas getan hat – ich werde denjenigen töten. Ich werde sie beschützen und wenn es sein muss die ganze Welt niederbrennen, um ihre Dämonen zum Ruhen zu bringen.

»Ich bin ja da. Ich bin da«, flüstere ich immer wieder und drücke ihren Kopf an meine Brust. Sie ist so kalt. Wie eine Tote.

»Ich hatte so eine Angst«, schluchzt sie gedämpft in mein Shirt. So gut es geht versuche ich ihre kalte Haut mit meinen großen Händen zu berühren, um sie zu wärmen.

»Sch«, beruhige ich sie. »Jetzt bin ich ja da.«

»Ich wusste nicht, wohin ich sollte. Dein ... dein ... und dann war es dunkel und deine Mutter. Hat sie es gewusst? Hat sie? Ich ...«, stammelt sie unzusammenhängende Satzfetzen. Ihre Kiefer schlagen bei jedem Wort unkontrolliert aufeinander. »Es war so dunkel und ich habe mich nicht getraut, mich zu bewegen.«

»Das glaub ich dir gerne. Es ist gruselig hier in der Nacht«, versuche ich sie ein bisschen aufzumuntern. Noch immer klammert sie sich wie ein Äffchen an meinen Hals. »Komm«, sage ich und lege eine Hand unter ihre Knie, um sie hochzuheben. »Lass uns von hier verschwinden.«

»Ich geh nicht zurück«, keift sie sofort und versucht sich von meinem Arm zu winden.

»Du musst nicht zurück«, beruhige ich sie schnell. Ein kleiner Fetzen Erleichterung durchströmt mich, als sie aufhört, sich zu wehren. Doch es ist nur ein minimaler Teil in mir. In meinem Inneren tobt nach wie vor ein Sturm, der sich erst legen wird, wenn ich genau erfahren habe, was da heute Abend passiert ist.

Schluss mit Geheimnissen. Denn nur so kann ich Rache nehmen an denen, die meinem Mädchen etwas angetan haben.

KAPITEL FÜNFUNDZWANZIG

Geduld. Ich weiß nicht, wie Menschen klarkommen, die geduldig sind.

Ich bin es nicht. Ich war es noch nie und um ehrlich zu sein, will ich es auch nicht werden, weil ich dann geduldig wäre – und ich Geduld nun mal hasse.

Seit einer quälenden Ewigkeit höre ich aus dem kleinen Bad die Dusche prasseln.

Natürlich habe ich eingesehen, dass Fenella einen Moment für sich braucht. Ich bin ja kein Arsch.

Aber hätte ich geahnt, wie schwer es anschließend sein würde, mit der Ungewissheit hier zu sitzen, hätte ich mich wahrscheinlich nicht darauf eingelassen, sie allein zu lassen.

Mir bleibt nichts anderes übrig, als auf der Bettkante zu hocken und auf die weiße Tür zu starren, die sie von mir trennt.

Das Premier Inn war das erste Hotel, das mir in der Nähe eingefallen ist. Ein Glück, dass ich eine Kreditkarte im Auto habe und wir ohne großes Aufsehen nur unter den skeptischen Blicken der Rezeptionistin einchecken konnten. Mir ist bewusst, dass mein Vater so herausfinden wird, wo wir sind. Soll er ruhig. Ich reiße ihm den Arsch auf, wenn er es wagen sollte, herzukommen.

Nie in meinem Leben war ich so zornig. Und dabei bin

in den vergangenen Jahren oft genug wegen meines Vaters durch die Scheiße gegangen.

Ich habe an Brexens Seite bis zum Äußersten gegen ihn gekämpft. Doch die Gefühle, die in mir brodeln, seit ich befürchte, er könnte Fenella etwas getan haben, zerfetzen mich von innen heraus. Sie lassen das Blut in meinen Adern kochen. Es fühlt sich an, als reißt jeden Augenblick meine Haut vom Körper und ...

»Hey.«

Erschrocken blicke ich hoch. Ich habe weder wahrgenommen, dass die Dusche abgestellt wurde, noch dass sie hereingekommen ist.

Sofort bin ich auf den Beinen.

»Geht's dir gut? Ist alles in Ordnung?«

Dämliche Frage, ist mir klar.

Ich streichele über ihre noch nassen Haare und lasse meine Hand auf ihre Schultern wandern, die in dem weißen Frotteebademantel viel breiter aussehen, als sie es in Wirklichkeit sind.

»Es geht schon«, murmelt sie. Die Wahrheit ist – sie sieht scheiße aus. Richtig scheiße. Ihre Augen sind rot und geschwollen, dunkle Schatten liegen darunter und zeugen von der Begegnung mit meiner Familie.

»Ist dir noch kalt?« Ich führe sie am Ellbogen um das große Bett herum. »Komm. Geh unter die Decke und wärm dich richtig auf.«

Mit einem tiefen Atemzug befolgt sie meine Bitte und krabbelt unter die üppige Federdecke.

»Ist dir nicht kalt?«, wispert sie und ihr Blick fällt auf meine Jeans, die genauso durchnässt ist, wie ihre Klamotten es waren. Ich habe ihre Sachen zusammen mit meinem Shirt über die Sessel gehängt, damit sie trocknen.

»Scheißegal«, knurre ich eine Spur zu barsch. Die Ungewissheit macht mich fertig. Und es geht nicht um mich und meine Befindlichkeiten. Und wenn ich heute Nacht aus dem Hotelzimmerfenster in Camden springen würde – wen juckt's. Die Welt ist mit einem Callen weniger besser dran.

»Kannst du zu mir kommen?«, bittet Fenella leise und löst mich damit aus meinem Selbstmitleidstrip.

»Wirst du mir erzählen, was da heute passiert ist?« Ich muss das wissen. Vorher werde ich mich nicht gemütlich mit ihr in ein Bett kuscheln.

Sie senkt den Blick und ihr Kinn fängt von Neuem an zu zittern. Ohne zu zögern gehe ich vor der Bettkante auf die Knie. Mein Gesicht dicht vor ihrem, suche ich in ihren Augen nach einem Hinweis oder irgendetwas anderem, das mir weiterhelfen kann, sie zu verstehen.

Angst. Es ist blanke Angst, die aus ihren Augen sprüht und mich trifft wie ein Faustschlag.

»Bitte rede doch mit mir.« Ich streiche mit meinem Daumen eine Träne aus ihrem Augenwinkel. Wie ein Engel liegt sie auf der Seite und hat die Hände unter dem Gesicht gefaltet. Noch immer sieht sie an mir vorbei. »Wovor hast du so eine Angst, Fenella?«

»Davor, dass du mich hasst«, schluchzt sie auf und kneift die Augen zusammen. Erst weiche ich kurz zurück, dann stehe ich auf, streife mir die nasse Jeans von den Beinen und steige neben sie ins Bett. Ich hebe ihren Oberkörper mühelos an und nehme mein weinendes Mädchen in den Arm.

»Ich könnte dich niemals hassen.«

Sie vergräbt ihr tränennasses Gesicht an meiner Brust.

»Und wenn ich alles bin, was du hasst?«

»Fenella«, zügele ich sie mit dunkler Stimme. »Sieh mich an. Bitte.« Es dauert einen Augenblick, aber dann hebt sie ihren Kopf. Ihr Anblick bricht mir das Herz. »An dir ist nichts, was ich hassen könnte. Ganz im Gegenteil«, sage ich. Denn so ist es, auch wenn es mir schwerfällt, es in Worte zu fassen. Sie ist die Frau, die ich von ganzem Herzen liebe. »Du bist der einzige Mensch, für den ich hier bin. Ich bitte dich noch einmal – rede mit mir.«

»Aber es tut weh«, sagt sie ohne Umschweife und richtet sich etwas auf. Auch ich lehne mich an das hohe Kopfteil des Hotelbettes. Das Zimmer stinkt nach Putzmittel und alten Möbeln. »All das tut mir so weh und ich will das nicht mehr.«

»Dann lass endlich los.« Ich lege meine Hand auf ihre. »Ich helfe dir, den ganzen Scheiß zu tragen, aber dafür musst du mir vertrauen.«

»Das tue ich«, flüstert sie und wischt mit dem Ärmel ihres Bademantels die Nase trocken.

»Dann erzähl mir, woher du meinen Vater kennst.«

»Wenn du die ganze Geschichte hören willst, muss ich etwas weiter vorne anfangen.« Ihr Zeigefinger malt kleine Kreise auf die Bettdecke. Mit meinem hingegen hebe ich ihr Kinn an. Nur anhand eines einzigen Blickes versuche ich ihr die Kraft zu geben, sich ihrer Vergangenheit zu stellen.

»Ich bin da«, wiederhole ich die Worte, die heute schon so oft meinen Mund verlassen haben.

Schließlich beginnt Fenella zu erzählen.

»Ich habe dir ja bereits ein bisschen was von meinem Onkel berichtet.« Sie räuspert sich und hebt die Schultern, als müsse sie sich auf einen Kampf vorbereiten, der bei der Erinnerung daran in ihrem Inneren stattfindet. »Es wurde leichter für mich, nachdem Hunter und ich auf dem Cluaran aufgenommen worden waren. Damals dachte ich noch, es gäbe vielleicht einen Weg, all dem, das ich nicht wollte, zu entkommen. Ich wollte nie wieder zurück in Fearghas Nähe und ich wollte niemals ein Lion werden. Das Cluaran hat so viel mehr zu bieten als das. Also stürzte ich mich, naiv wie ich war, in mein Studium. Ich liebte es. Einfach eine von vielen zu sein. Die Streberin im Mädchenwohnheim, die nie ausging oder sich mit Jungs traf.« Ihr Blick trifft mich direkt ins Herz. »Ich war das gerne«, ergänzt sie und untermalt ihre Worte mit einem schmalen Lächeln, das schnell wieder verblasst. »Bis Weihnachten 2019 hat das auch ganz gut geklappt.«

»Das Weihnachten, an dem dein Bruder gestorben ist?«, frage ich.

Sie nickt kaum merklich. »Ja genau. Wir wollten gemeinsam nach Hause fahren, aber Hunter beschloss in letzter Minute, nach Edinburgh zu fahren.«

»Um meinen Vater umzubringen?«

»Genau. Das wusste ich natürlich zu dem Zeitpunkt nicht. Mein Vater selbst hatte den Tipp bekommen, dass er sich da aufhielt. Mir hat er erzählt, er müsse was für die Lions erledigen. Ein letzter Auftrag, ehe er in die Weihnachtsferien geht.«

»So weit, so klar. Aber was ist danach geschehen?«

Fenella holt tief Luft.

»Am Abend vor Hunters Beerdigung kam Fearghas in mein Zimmer. Meine Eltern waren nicht da. Ich war nicht vorsichtig gewesen. Ich meine, ich hatte gerade meinen Bruder verloren. Nichts schien mehr von Bedeutung. Alles war …« Sie zuckt mit den Schultern. »… irgendwie kaputt.«

Ich muss die Augen schließen, um nicht die Beherrschung zu verlieren, bei dem, was jetzt wohl kommen mag.

»Jedenfalls kam er und betatschte mich. Er wollte wissen, ob ich auf ihn gewartet habe. Mir wird heute noch übel, wenn ich daran denke, wie er versucht hat, mir seine Hand zwischen die Schenkel zu schieben. Ich war wie betäubt. Alles tat mir weh. Ich wusste, Hunter würde nicht kommen, um mich zu retten. Niemand würde kommen.«

Ich bin nicht sicher, ob ich stark genug bin, um ihr weiter zuzuhören, doch ich bewege mich keinen Zentimeter. Alles an meinem Körper kommt zum Stillstand und versucht sich zu wappnen für das, was ich nicht hören will. Auch wenn mir klar ist, dass ich es hören muss. Es war keine leere Phrase, dass ich die Last mit ihr tragen werde. So schwer sie auch sein mag.

»Er hat was gefaselt von wegen es sei nicht der richtige Zeitpunkt und es täte ihm wirklich leid, dass ich Hunter verloren habe, aber es nütze nichts. Wahllos stopfte er etwas von meiner Unterwäsche in seine Tasche und hielt mir eine Jacke hin. Ich saß einfach da. Wie paralysiert. Auch als er mir die Haare kämmte und mich an der Hand in sein Auto dirigierte.« Mit zitterndem Kinn sieht sie mich an. »Ich habe mich nicht gewehrt, Isaac.«

»Oh Prinzessin«, hauche ich und ziehe sie an meine Schulter. »Es ist nicht deine Schuld. Du kannst nichts dafür.«

»Ich habe mich einfach nicht gewehrt. Nicht, als ich im Auto neben ihm saß, und auch nicht, als er mich in ein verlassenes Lagerhaus brachte. Erst die Kulisse, zu der er mich führte, hat mich aus meiner Trance geholt.«

»Erzähl es mir«, bitte ich sie. Nur so kann sie es loswerden.

»Da stand ein Bett. Ein kindisches Mädchenbett mit Verzierungen und rosa Bettwäsche mitten in dieser dreckigen Halle. Kameras und Sexspielzeug überall drum herum.«

»Fenella«, flüstere ich und lege mir eine Hand vor die Augen. Weil ich allein die Vorstellung verdammt noch mal nicht ertragen kann. Die Wut in mir, sie kocht jeden Augenblick über. Erst gestern Abend hat sie mir gebeichtet, dass sie niemals etwas mit Sexspielzeug zu tun haben will. Ich habe es als Schüchternheit abgetan. Verdammt noch mal! Ich habe doch keine Sekunde an eine solche Geschichte gedacht!

»Als ich kapierte, was er vorhatte, war es längst zu spät. Ich saß auf dem Bett mit nichts am Leib außer meinem Slip. Fearghas redete im Hintergrund mit einem Mann. Faselte etwas von einem Geschenk. Wie glücklich er sich schätzen konnte, beim ersten Mal dabei zu sein, und versprach ihm zukünftig Eins-a-Aufnahmen als Besiegelung neuer Geschäftsbeziehungen. Er lud ihn mit seiner freundlichsten Stimme ein, mich kennenzulernen. Ich werde den Moment nie vergessen, als er ins Licht trat.«

Ich nehme die Hand herunter und wir blicken uns an.

»Heilige Scheiße, nein«, keuche ich bei der Erkenntnis. Ich habe das Gefühl, jeden Moment zu ersticken. »Nein«, wiederhole ich. Mein Vater ist ein Mörder. Ein Arschloch und ein arroganter Penner. Aber ein Vergewaltiger? Ein Menschenhändler?

Eine Million Fragen und Erinnerungen schießen gleichzeitig durch meinen Kopf.

»Dein Vater wollte meine Entjungferung zu Geld machen. Sie unterhielten sich über Filmrechte und Kontakte. Es schien nicht so, als machten sie das zum ersten Mal, Isaac.«

Die Wut und der Ekel, die über mich kommen, sind so groß, dass ich Schwierigkeiten habe, Fenella weiterhin im Arm zu halten.

Ich habe das dringende Bedürfnis, jemandem die Kehle durchzuschneiden oder das komplette verfickte Hotel in Trümmer zu legen. Ich hoffe, sie sieht mir meine Anspannung nicht so dermaßen an, wie ich sie fühle. Denn es sollte hier nicht um meine Gefühle gehen. Abgesehen davon, dass ich gerade erfahren habe, dass mein Vater nicht nur ein Krimineller ist, sondern genau das Monster, das ich all die Jahre in ihm gesehen habe.

»Dein Vater hat mir übers Haar gestreichelt und mir etwas ins Ohr geflüstert.«

»Was?«, unterbreche ich sie mit fester Stimme. Ich kann mich kaum noch zusammenreißen.

»Er sagte: Keine Angst, Kleines. Fearghas hat keinen besonders Großen. Wenn du eines Tages auf den Geschmack gekommen bist, dann komm zu mir.«

Ich halte es keine Sekunde länger in diesem Bett aus. Wütend schlage ich die Decke auf und springe raus. Mit beiden Händen meine Haare raufend, laufe ich in dem kleinen Zimmer auf und ab.

»Ich werde ihn töten«, knurre ich.

Dieser miese Wichser. Ich hätte es wissen müssen. Warum wusste Brexen nichts davon? Abrupt bleibe ich stehen. Was, wenn er es wusste? Nein – nein, das kann unmöglich sein. Nicht Brexen.

Erst Fenellas Schluchzer holen mich aus meinen Gedanken zurück nach Camden. Sie hat das Gesicht hinter den Händen vergraben und weint jämmerlich.

»Süße, bitte«, flehe ich und klettere zurück zu ihr. Ich ziehe sie auf meinen Schoß und nehme sie in meinen Arm. »Es tut mir leid. Ich bin nur so wütend.«

»Weil er so grausam ist?«, schnieft sie und hebt ihr verheultes Gesicht, um mich anzusehen.

»Ja, verdammt. Natürlich.« Immer wieder streichele ich ihr über die seidigen Haare. Allein die Vorstellung, dass er sie angefasst hat, bringt meine Hand dazu, eine Faust zu bilden.

»Und was, wenn ich noch grausamer wäre?«

»Was?«, zucke ich. »Fenella, du kannst nichts dafür. Was dein Onkel ...«

»Ich habe ihn getötet.«

Vier Worte, die durch die Luft jagen und alles an Gedanken zertrümmern, was um uns herumschwebte.

Sie presst ihre Fingerkuppen in die nackte Haut meiner Schultern und sieht mich panisch an. »Ich war es, Isaac. Ich habe meinen Onkel vor den Augen deines Vaters umgebracht.«

»Wie?«, ist das Erste, was mir einfällt, auch wenn es überhaupt keine Rolle spielt.

Der Schock über das, was sie gesagt hat, sollte vielleicht größer sein – ist er aber nicht.

»Als dein Vater auf seinem Platz saß und Fearghas seine Hose herunterzog, bekam ich Panik. Ich wollte das nicht. Es war widerlich. Er stellte sich vor mich und kam mit seiner Erektion immer näher. Als ich mich auf den dunklen Fußboden erbrach, lachten sie nur. Er zog sein Jackett aus, warf es neben sich und beugte sich über mich. Ich wollte die Augen schließen, tapfer sein, doch noch bevor sein Schwanz mich berühren konnte, fiel mein Blick auf den Kugelschreiber in seiner Brusttasche.«

»Du hast ihn erstochen?«

Fenellas Finger entspannen sich langsam und ich greife nach oben, um ihre Hände in meine zu schließen.

»Zuerst habe ich ihm ins Auge gestochen. Er hat geschrien und gejammert. Dein Vater lachte noch lauter. Doch beim zweiten Mal traf ich ihn im Hals. Ich habe so fest zugestochen, wie ich nur konnte. Das Blut schoss aus seiner Halsschlagader. Es war so viel Blut«, flüstert sie und sieht auf ihre Hände, als könnte sie es noch immer sehen. Sofort fällt mir wieder ein, wie sie reagiert hat, als das Blut an unseren Fingern klebte.

Statt etwas zu sagen, atme ich tief ein. Es gibt keine Worte, mit denen ich reagieren könnte. Sie hat nichts Falsches getan.

»Jetzt hasst du mich doch, oder?«, beginnt sie erneut zu weinen und ich muss beinahe lachen.

»Warum sollte ich?«, frage ich und lege meinen Kopf etwas nach vorne, damit sie meinem Blick nicht ständig ausweichen kann. »Warum sollte ich dich hassen für etwas, das ich genauso getan hätte? Es tut mir leid, ja. Es tut mir leid, in was du da reingeraten bist. Es macht mich fertig, dass ich nicht da war, um dir zu helfen. Ich wünschte, ich wäre da gewesen und hätte es für dich tun können, damit du nicht mit diesem Gefühl leben musst. Ich hätte es tun müssen. Nicht du.« Ich lege meine Hand an ihre Wange. »Aber dein Onkel hat den Tod verdient, Fenella. Ich sage es dir noch einmal: Dich. Trifft. Keine. Schuld.«

»Aber ich bin eine Mörderin. Und ein Lion. Wahrscheinlich war es unausweichlich, dass ich einmal so werden würde«, schluchzt sie.

»Ach, du Dummerchen«, scherze ich, ohne dabei zu lächeln. »Komm her.« An ihrem Hinterkopf ziehe ich ihre Stirn an meine Brust und küsse ihren Scheitel. »Du bist weder das eine noch das andere. Du bist eine zauberhafte Frau. Eine Kämpferin. So viel stärker, als du glaubst.« Ihre Schultern beben und ich lege meine Hände darauf, um sie zu beruhigen. »Du hast mehr durchgestanden als die meisten anderen Menschen, und doch bist du der bezauberndste Mensch geworden, den ich kenne. Du hast dich von niemandem zu etwas machen lassen, das du nicht sein wolltest. Hör auf, so schlecht von dir zu denken. Du bist stark, selbstbewusst und der tollste Mensch auf der Welt.« Ich schiebe sie leicht von mir, um sie anzusehen. »Ich hasse dich nicht. Ich bin sehr stolz auf dich, Schneewittchen.«

Laut schluchzend fällt sie mir so plötzlich an den Hals, dass wir gemeinsam nach hinten umkippen. Ich lege meine Lippen auf ihren Hals und drücke sie in eine feste Umarmung. Dabei schließe ich die Augen, die bei dem Gedanken an das, was sie durchmachen musste, höllisch brennen.

»Wie ist die Sache ausgegangen?«, murmele ich an ihrer Haut und es tut körperlich weh, sie von mir zu lösen und ihr wieder ins Gesicht zu sehen. Aber ich muss wissen, was Nelson getan hat. Denn wenn mein Vater sie auch nur einen Moment zu lange angesehen hat, wird ganz London noch heute Nacht in Flammen aufgehen.

»Dein Vater saß regungslos da. Wie ein Roboter griff er in seine Manteltasche und zog ein weißes Taschentuch heraus.« Sie verzieht das Gesicht, fast als wäre sie kurz davor zu kotzen. »Da war so viel Blut. Überall. Auf mir. Ich hatte viel öfter auf ihn eingestochen, als ich mitbekommen hatte.« Ihr Atem rast an meiner Brust. Sanft streiche ich ihr über den Rücken. »Er stand schmunzelnd auf und kam auf mich zu. Ich weiß noch genau, wie still es war. Nichts war zu hören außer meinem Atem und dem stetigen Tropfen von Fearghas Blut auf den Betonboden. Und dann hat Nelson geklatscht.«

»Dieser verfluchte Bastard«, knurre ich und spüre den Zorn erneut anrauschen wie einen Zug, der an keinem Bahnhof haltmacht.

»Er reichte mir das Taschentuch. Tolle Show, murmelte er und ging. Er ging einfach und ließ mich da.«

»Was hast du gemacht?«

Sie sieht an mir vorbei. Ihre Augäpfel zucken hin und her, fast als wäre sie wieder dort. An Weihnachten, dem Fest der Liebe, allein mit einem Toten in einer Lagerhalle in Edinburgh.

»Ich habe Stunden einfach nur dagesessen und auf seine Leiche gestarrt. Irgendwann bin ich aufgestanden, habe in seinem Jackett das Feuerzeug gesucht, dessen Klicken ich bis heute nicht vergessen kann. Die alte Matratze anzuzünden war ein Kinderspiel. Ich habe sein Auto genommen und bin davongefahren. Im Rückspiegel loderten die Flammen, doch ich sah nur nach vorne. Erst am Harrison Park hielt ich und wusch mich im Schutz der Nacht am Fluss. Das Auto ließ ich einfach dort.«

»Wie kann es sein, dass deine Eltern von all dem nichts mitbekommen haben?« Ich bin kein Experte, was fürsorgliche Erziehungsberechtigte angeht, aber ich bin sicher, eine Neunzehnjährige sollte einen Mord nicht einfach so vertuschen können.

»Ich bin nie wieder nach Hause gefahren. Ich übernachtete in einem Motel, kaufte mir neue Klamotten und fuhr von dort am nächsten Tag mit einem Taxi zu Hunters Beerdigung. Alle waren so beschäftigt damit, um ihn zu trauern, dass keiner bemerkte, dass auch ich in dieser Nacht gestorben war. Zusammen mit meinem Onkel war alles, was ich je hatte, verbrannt.« Nie im Leben hätte ich gedacht, dass Worte einen derart verletzen können, doch ich leide bei jeder einzelnen Silbe, die ihren Mund verlässt, wie ein Hund. »Ich bin noch während der Beisetzung zurück ans Cluaran gegangen.«

»Warum hast du Kester und seinen Jungs nichts davon erzählt? Dein Bruder war einer von ihnen. Sie hätten dir sicher geholfen.«

Fenella schnaubt angewidert. »Fearghas war ein noch viel angeseheneres Mitglied der Bruderschaft. Auf den Tod eines Bruders steht die Todesstrafe.«

Ich kann nur mit dem Kopf schütteln.

»Es hätte allen nur Kummer gebracht. Meine Eltern waren so schon am Ende.«

»Also bist du stattdessen nie wieder zurückgekehrt. Bis diese Woche«, schlussfolgere ich.

»Ja genau«, flüstert sie und senkt den Kopf. Doch das lasse ich nicht zu.

»Nein.« Meine Stimme klingt härter als beabsichtigt. »Nein«, wiederhole ich etwas sanfter. »Du wirst nicht länger den Blick senken.« Tränen kullern unaufhaltsam über ihre Wange. »Ich kann all das nicht rückgängig machen. Aber eins verspreche ich dir: Wir werden den Mörder deines Bruders finden. Wir werden ihn finden und ich werde seinen Tod rächen. Und dann gehst du nie wieder mit gesenktem Kopf durch die Welt. Du nicht, Prinzessin. Du wirst deinem Vater den wahren Mörder bringen. Du wirst ihm die ganze Geschichte erzählen. Ihm und den Lions. Du wirst damit abschließen und deine zweite Chance nutzen.« Weinend nickt sie nur. »Wir kriegen das wieder hin. Du bist nicht länger allein, Fenella.«

»Kann ich dich etwas fragen?«

Die Zurückhaltung in ihrer Stimme bringt mich fast um den Verstand.

»Aber natürlich«, sage ich sofort und schiebe ihr die Haare hinters Ohr.

»Du und Brexen ...«, zögert sie.

»Was ist mit uns?«

»Habt ihr davon gewusst? Ich meine, von dem, was dein Vater tut?«

»Fenella, nein«, schieße ich dazwischen. Sie darf das nicht einmal denken. »Niemals. Ich wusste schon immer, dass mein Vater ein mieses Schwein ist, aber ich war sicher, dass er nichts mit Menschenhandel, Pornografie und diesem ganzen abgefuckten Scheiß zu tun hat. Hätte ich das auch nur geahnt ...« Ich mache mir Vorwürfe, dass ich es nicht gemerkt habe. Dass ich blind war vor lauter Partys und Vögelei. Ich hätte besser hinsehen sollen.

»Ich möchte ihn nie wiedersehen.«

Ich nehme ihr Gesicht in meine Hände. »Das musst du auch nicht. Glaub mir, diesen Weg gehe ich besser ohne dich.« Allein bei dem Gedanken daran, wie ich Nelsons Schädel einschlage, wenn ich ihn das nächste Mal sehe, bekomme ich eine Gänsehaut. »Das ist eine Sache zwischen mir und meinem Vater«, murmele ich und nehme mein Mädchen fest in den Arm. Ich werde die Dinge, die ihr Herz all die Jahre schwergemacht haben, rächen. Mit allem, was ich zu geben habe.

Sie alle werden brennen.

KAPITEL SECHSUNDZWANZIG

Ein schwarzer Engel. Das ist alles, woran ich denken kann, während ich auf der Bettkante sitze und Fenella beim Schlafen zusehe.

Sie ist so wunderschön. Rein und unschuldig. Ganz gleich, was sie getan hat. Wenn sie nur selbst sehen könnte, wie stark sie ist. Wenn sie sehen könnte, was ich sehe. Sie ist mein Grund zu kämpfen. Für sie lohnt es sich, die Welt zu einem besseren Ort zu machen.

Menschen wie ihren Onkel und meinen Vater gibt es überall auf der Welt. Sie zerstören Leben, brechen die Seelen Unschuldiger und kommen ungestraft davon.

Je länger ich hier hocke und sie beobachte, umso sicherer werde ich, dass es das Richtige ist, was ich tue.

Unser Plan war, nach ein paar Stunden Schlaf in Ruhe zu überlegen, wie wir weiter vorgehen. Doch ich habe kein Auge zugetan.

Die ganze Nacht habe ich wachgelegen und mir den Kopf zerbrochen. Und dabei bin ich minütlich wütender geworden. So wütend, dass ich mich angezogen habe und kurz davor bin, zu meinem Vater zu fahren. Ich bin es so leid, vor ihm zu kuschen. Unendlich leid. Vielleicht wird es Zeit für den letzten Akt. Wir müssen endlich unsere Vorhänge fallen lassen und zeigen, wer wir wirklich sind.

»Es tut mir leid«, flüstere ich und gebe meinem Engel

einen zarten Kuss auf die Stirn. Der gestrige Tag hat sie ausgelaugt. Zärtlich schiebe ich ihr die langen dunklen Haare aus der Stirn. »Ich bin schnell zurück und dann verspreche ich dir, wird alles gut«, hauche ich leise und stehe auf. Fenella ist dermaßen erschöpft, dass sie nichts von all dem mitbekommt. Mein Blick fällt auf den kleinen Zettel, auf dem ich ihr lediglich versichert habe, dass ich bald wieder da bin.

Ganz sicher wird sie stinksauer sein. Aber das nehme ich in Kauf. Ich kann nicht länger warten.

Erst an der Zimmertür bleibe ich noch einmal stehen und schaue zurück. Ich bete dafür, dass ich recht behalte.

Die Tür kracht mit voller Wucht gegen die Wand, weil ich sie mit all meinem Zorn aufstoße. All der Schmerz und die Verzweiflung schießen wie Gift durch meine Adern und machen mich zu einer unberechenbaren Maschine.

Daher habe ich den Schreibtisch meines Vaters umrundet, ehe er auch nur die Chance hat, den Stift aus der Hand zu legen.

Mir liegen unzählig viele Beleidigungen auf der Zunge, doch ich bringe nicht einen Ton hervor.

Weil ich viel zu wütend bin.

Stattdessen packe ich ihn am Revers seines feinen Designeranzugs und ziehe ihn auf die Füße. Seine Augen weiten sich erschrocken, als ich ihn gegen die Wand presse und er die Entschlossenheit in meinem Blick erkennt. Eine Entschlossenheit, wie ich sie nie zuvor verspürt habe.

Auch wenn ich die Gene meines Vaters in mir trage – ich habe nie gerne gemordet. Es gab mir keine Genugtuung, Erleichterung oder einfach einen perversen Kick. Bei jedem Leben, das ich nehmen musste, ist ein Teil von mir mitgestorben. Ich hasse das, was ich getan habe.

Und doch wünsche ich mir in diesem Augenblick von ganzem Herzen, dabei zuzusehen, wie das Leben aus meinem Vater weicht. Aber diese Ruhe hat er noch nicht verdient. Vorher brauche ich ein paar Antworten.

Mit aller Kraft schlage ich ihm meine Faust ins Gesicht. Seine Nase knackt, Blut spritzt gegen die buttergelben Wände.

Und Nelson?

Er lächelt nur.

Weil er nun einmal ein Monster ist.

»Ich. Werde. Dich. Töten.« Ich speie ihm jedes Wort einzeln entgegen, anschließend donnere ich meine Faust ein weiteres Mal in sein Gesicht. Sein Kopf schießt zur Seite und das glatt gegelte Haar fliegt in seine Stirn.

»Hatten wir das nicht schon mal?«, knurrt er. Er schüttelt sich kurz und spuckt mir Blut vor die Füße. Dabei wehrt er sich nicht gegen mich, versucht nicht im Entferntesten meinem Griff zu entkommen.

Weil mein Vater nicht nur sadistisch, sondern auch verdammt klug ist. Er weiß genau, dass es nicht lange dauern wird, ehe seine Sicherheitsleute kommen und mit mir machen, was er verlangt. Außerdem provoziert er mich, indem er mir das Gefühl gibt, dass mein Angriff ihn kaltlässt.

Nur weil ich mich vorher lange mit dieser Möglichkeit befasst habe, reiße ich mich zusammen und versuche mich zu fokussieren, um nicht die Beherrschung zu verlieren. Fenella ist nicht damit geholfen, wenn ich tot auf dem Teppich meines Vaters ende.

»Stimmt«, sage ich, zwinge mich zu einem schrillen Lachen und schleudere ihn von mir. Dabei zuzusehen, wie er kurzzeitig das Gleichgewicht verliert und unbeholfen durch den Raum taumelt, ist mir ein Vergnügen. »Deshalb bin ich auch nicht hier.«

Im offenen Türrahmen erscheinen zwei Sicherheitsleute. Sie stürmen auf mich zu, doch mein Vater hebt in letzter Sekunde den Arm und stoppt sie dabei, mich festzuhalten. Weil er genauso ein Player ist wie ich.

Er wedelt knapp mit der Hand. Daraufhin treten sie wie wohlerzogene Hunde zurück in den Flur und Nelson nickt mir zu, als wollte er sagen: Klären wir das doch wie Erwachsene, mein Junge.

»Ich nehme also an, die heilige Jungfrau hat gesungen?«

»Worauf du Gift nehmen kannst«, knurre ich und balle die Hände zu Fäusten. »Und ich weiß von den anderen Mädchen«, bluffe ich. Es ist zwar nur eine Vermutung, aber Fenella war sich sicher, dass er das in der Lagerhalle vor zwei Jahren nicht das erste Mal getan hat.

Für den Bruchteil einer Sekunde weiten sich seine Augen und Unsicherheit blitzt in seinem Blick. Doch Nelson hat sich schnell unter Kontrolle. Er zieht ein Stofftaschentuch aus der Innentasche seiner Jacke und ich muss augenblicklich an das denken, was Fenella mir erzählt hat. Ich sollte ihn hier und jetzt töten.

»Du weißt gar nichts.«

»Ha«, schnaube ich. »Das sehe ich etwas anders. Aber gut. Lass uns über die Dinge reden, die wir wissen. Wer hat Hunter Young getötet?«

Mit einem dreckigen Grinsen in der blutverschmierten Fresse lässt er sich in seinen Stuhl sinken und faltet die Hände vor dem Bauch.

»Du bist so dumm.« Ich bin kurz davor, über den Schreibtisch zu springen und erneut auf ihn loszugehen. Aber ich bin auch sicher, die Wachen stehen dicht hinter der offenen Tür und warten nur auf sein Kommando. »Noch viel dümmer, als ich angenommen habe.« Wie in vergangenen Zeiten sitzt er da mit dem überheblichen Grinsen im Gesicht. »Denkst du wirklich, dass die Lions einen wie dich aufnehmen?«

»Ich will nicht zu den Scheiß-Lions. Ich will einfach nur wissen, wer Fenellas Bruder getötet hat, und du wirst es mir sagen.«

»Werde ich das?«, lacht er dreckig.

Ich möchte ihm Schmerzen zufügen.

»Oh ja«, raune ich stattdessen. »Das wirst du. Oder aber ich singe bei den Russen und erzähle ihnen, dass ihr neuer Partner nichts weiter ist als ein Kinder fickender Bastard.

Dimitri wird nicht begeistert sein, nachdem er dir erst letzte Woche seine drei reizenden Töchter vorgestellt hat.«

Mein Vater braucht die Verbindungen nach Moskau. Seit sein widerlicher Partner aus Deutschland abgetreten ist und die Lions aus Schottland ihm nicht wohlgesonnen sind, gehen ihm die Handelspartner aus. Dass dieser Dimitri drei Töchter hat, habe ich lediglich vom Instagram-Account seines ältesten Sohnes, und es ist ein gewagter Bluff. Immerhin könnte der Russe ebenso zu diesen perversen Schweinen gehören.

Nelsons Gesicht nach zu urteilen, treffe ich jedoch ins Schwarze. Dieser Teil des Planes geht voll auf.

»Weißt du, Isaac«, murmelt er und tupft immer mal wieder frisches Blut von seinem Nasenloch. »Als dein Bruder vor vielen Jahren starb, hatte ich das Gefühl, dass mir nichts mehr geblieben ist auf dieser Welt.« Ich beiße die Zähne zusammen. Wir haben nie zuvor über Duncan gesprochen. Ein guter Schachzug seinerseits, es über die emotionale Schiene zu versuchen. Allerdings lässt es mich kalt. Alles, was ich über meinen leiblichen Bruder weiß, habe ich von unseren Männern erfahren. »Deine Mutter war es, die unbedingt noch ein Kind wollte. Sie meinte, du könntest meinen Schmerz lindern.«

Es ist keine Trauer, die mich erfüllt, wenn ich an meine Mutter oder meinen Bruder denke. Es ist nur Leere. Eine Leere, die ich nie füllen konnte.

»Du kennst keinen Schmerz«, knurre ich. Die Zeit des Schauspiels ist endgültig vorbei. »Denn dafür müsstest du ein Mensch sein.«

Er schmunzelt und reibt sich dabei über das glattrasierte Kinn.

»Du warst von Anfang an eine Enttäuschung«, bringt er mit einem Lächeln hervor. »Deine Mutter kann sich glücklich schätzen, dass sie nicht mitansehen musste, wie du aufgewachsen und zu einer riesigen Enttäuschung geworden bist.«

Mir ist klar, wie sehr er mich damit treffen will, doch

diese Schiene zieht bei mir nicht. Ich kannte meine Mutter nicht. Ich hege keine emotionale Bindung oder Ähnliches zu ihr. Ich habe jahrelang einem Geist nachgetrauert. Einer Illusion einer Mutter, die die Frau von Nelson Callen sicher nicht erfüllen konnte.

Da ich nicht reagiere, spricht er unbekümmert weiter.

»Ein Jammer, dass du diesen Tag nicht überleben wirst. Du hättest gut zu den Lions gepasst.« Langsam verzieht sich sein spöttisches Gesicht zu einer verbitterten Miene. »Illoyal. Verlogen. Inkompetent.« Ich schnaube nur abfällig. Es ist mir scheißegal, was er über die Lions oder sonst wen denkt. Hier geht es nur noch um mich und meinen Erzeuger.

Von Angesicht zu Angesicht.

Kein Versteckspiel mehr.

Keine Lügen mehr.

Nur blanker Hass, der sich über die Jahre zwischen uns ausgebreitet hat.

Eine unbändige Wut, die sich durch die Geschehnisse mit Fenella in einen gigantischen Wirbelsturm verwandelt hat. Nelson und ich stehen mitten im Auge des Sturms.

»Fearghas war der Einzige von diesem Pack, den man gebrauchen konnte. Mag sein, seine Vorlieben waren etwas ...«, er räuspert sich, »... speziell. Aber wen kümmert es. Du bist nicht in der Position, den Moralapostel zu spielen. Mal ganz abgesehen davon, dass ihr anscheinend das gleiche Beuteschema habt«, lacht er leise.

Meine Sicherungen brennen durch.

Mit einem Satz bin ich über den breiten Schreibtisch gesprungen, habe mein Messer aus dem Hosenbund gezogen und drücke es ihm an die Kehle.

»Er war ein dreckiger Hurensohn«, brülle ich. Die Klinge drückt sich gegen seinen faltigen Hals und bohrt sich bereits durch die ersten Hautschichten. »Und du wirst genauso in der Hölle schmoren wie er.«

»Ach Isaac«, lacht er nur und im nächsten Moment spüre ich den Lauf einer Waffe in meinem Bauch. »Denkst du wirklich, du kannst mich töten? Das haben schon ganz andere vor dir versucht.«

Er drückt die Waffe fester in meine Eingeweide. Ich sollte das Messer durch seine Kehle ziehen. Ich hätte ihm die Halsschlagader durchtrennt, noch ehe er abdrücken kann.

Doch ich bin zu egoistisch. Seit Neuestem ist es mir nämlich nicht mehr egal zu sterben. Allein der Gedanke, Fenella könnte ohne mich schutzlos im Premier Inn sitzen und keinen Ausweg aus dieser Stadt wissen, zermürbt mich.

»So ist's brav«, schmunzelt mein Vater dreckig, weil ich zurückweiche. »Da muss schon mehr kommen, um deinen alten Herrn zu überwältigen. Weißt du«, holt er zu einer Erzählung aus, als berichtete er von alten Urlaubserlebnissen. »Hunter Young hat mich seinerseits in Edinburgh wirklich überrascht. Er war ein tapferer Kerl. Ich hatte die Youngs wahrhaftig nicht als Bedrohung auf dem Schirm. Arthur ein ewiger Langweiler, der sich mit nichts anderem beschäftigte als seiner altmodischen Bruderschaft, und Fearghas, der einer meiner wichtigsten Kontakte in Schottland war. Dass der Sprössling inzwischen zu einem echten Löwen mutiert war, hatte ich doch tatsächlich nicht mitbekommen.«

»Er hätte dich töten sollen.«

»Ja, vielleicht.« Allein für sein selbstsicheres Grinsen hat er den Tod verdient. »Aber das ist genau das Problem. Loyalität. Die Lions haben sie nicht. Eure ganze Generation besitzt davon nicht einen Funken.«

Ich kneife die Augen zu und versuche zu verstehen, was er mir damit sagen will.

»Es kann unmöglich ein Lion gewesen sein, der Hunter getötet hat«, schlussfolgere ich. Ich weiß nicht viel über die Bruderschaft, aber ich bin sicher, Loyalität ist Grundvoraussetzung für eine derart traditionsgebundene Verbindung. Ansonsten würde Fenella nicht ernsthaft in Erwägung ziehen, dass der Mord an ihrem Onkel Konsequenzen für sie mit sich zieht.

Nelsons widerliche Lache erfüllt den Raum. Es wundert mich ehrlich gesagt, dass wir noch immer allein sind und ich nicht bereits von Wachleuten umzingelt bin.

»Siehst du. Ich sag ja, du bist dumm. Du hast ihn selbst so nah an dich herangelassen, dass er dich jederzeit im Schlaf hätte töten können.«

Meine Gedanken rattern in rasend schnellem Tempo durch meinen Kopf. Ich kenne neben Fenella nur einen einzigen Menschen, der in seiner Jugend einmal ein Lion war.

»Jace?«, frage ich und kann mein Entsetzen nicht vertuschen. Der Typ, der letztes Jahr um mich herumgeschlichen ist wie eine rollige Katze?

»Selbst dieser nichtsnutzige Trottel wäre eine bessere Wahl für meine Nachfolge gewesen als du, wenn er es nicht verbockt hätte.«

Langsam lasse ich die Hand mit dem Messer zwischen meinen Fingern sinken. Meine Gedanken überschlagen sich.

Jace war letztes Jahr eine Zeit lang an meiner Seite. Er hat sich bewährt, wollte in unseren Reihen aufgenommen werden, doch dann war er irgendwann verschwunden. Wenn er Hunter getötet hat, muss er schon früher Kontakt zu meinem Vater gehabt haben. Viel früher.

»Er hat seine Brüder für dich verraten«, forme ich zu Worten, was in meinem Kopf herumspukt. »Er hat Fenellas Bruder getötet, mich verarscht, und du wolltest ihm dafür Brexens Platz anbieten?«

»Ja«, singt Nelson beinahe und wischt sich erneut unter der Nase herum. Das Blut ist längst getrocknet. »Ich muss zugeben, Brexen zu verlieren war ein herber Schlag. Er war immer mein Junge. Mehr, als du es je sein könntest.«

»Du hast nichts als den Tod verdient.«

»Siehst du«, sagt er und kommt auf die Füße. Seine altmodische Pistole dabei die ganze Zeit auf mich gerichtet. Vielleicht würde ich es mit letzter Kraft schaffen, ihm das Messer ins Herz zu rammen, wenn er schießt. »Das ist dein größtes Problem. Du handelst impulsiv und unbedacht. Bestimmt hatte deine Mutter eine Affäre«, lacht er. »Anders kann ich mir deine verschrobene Art wirklich nicht erklären.«

»Das hoffe ich seit einundzwanzig Jahren«, knurre ich. Meine Finger krallen sich immer fester um den Griff.

»Und jetzt wirst du sterben bei einem halbherzigen Versuch, deinen letzten Verwandten zu töten. Verstehst du denn nicht, mein Junge?« Langsam geht er rückwärts. Er bringt den Schreibtisch der Länge nach zwischen uns. Ich habe keine Chance, ihn von hier zu erwischen. Vorher wäre ich mausetot. »Du bist allein«, lacht er. »Du hast niemanden mehr außer mir.«

»Falsch«, donnert eine Stimme von der Tür. Gleichzeitig wenden mein Vater und ich den Blick. »Ich bin seine Familie.«

»Brexen.« Es ist mein Vater, der seinen Namen keuchend ausstößt, auch wenn meine Lippen ihn ebenfalls formen.

Ich sehe ihn an und unsere Blicke treffen sich.

Mein Bruder.

Wir nicken uns kurz zu, dann wendet er sich an den Mann, der ihn großgezogen hat.

»Tja Nelson. Nette Rede, die du da gehalten hast. Nur hast du eine Sache übersehen.« In seiner Hand funkelt eine silberne Walther PPK. Ich weiß, dass mein Vater ihm diese Waffe einst geschenkt hat.

»Lass mich raten«, versucht er lässig zu sprechen, doch ich höre die Überraschung in seiner Stimme und selbst ein Blinder könnte die Angst in seinen Augen erkennen. »Du hast überlebt?«

»Wieder falsch. Die richtige Antwort lautet: Dein Sohn ist der Loyalste von uns allen geworden.«

Mein Vater sieht zwischen uns hin und her, ehe er seine Strategie ändert.

»Du könntest zurückkommen, Brexen. Es gibt keine Differenzen, die man nicht beseitigen kann.«

Es ist ein Fest für mich zu sehen, wie Nelson vor Brexen zurückweicht. Er hat die Hosen voll. Er versucht mit seinen lächerlichen Floskeln, ein Raubtier davon abzuhalten, seine Beute zu zerfetzen.

Weil er genau wie ich und jeder, der je etwas mit dem Callen-Clan zu tun hatte, weiß, wozu Brexen Ward fähig ist. Er ist ein Killer.

»Danke. Aber ich bin inzwischen anderweitig beschäftigt«, schmunzelt dieser.

Sofort schießen Bilder von Kylee und Kearon in meinen Kopf.

»Schmeiß die verdammte Waffe rüber«, knurre ich meinen Vater an, dessen Gesichtsfarbe ungesunde Nuancen angenommen hat.

»Ihr kommt hier nicht weg. Niemals. Das Haus ist voller Männer. Man wird euch längst umzingelt haben.«

»Mach dir darüber mal keine Gedanken«, lacht Brexen. »Und jetzt tu, was er sagt, und wirf die Scheißwaffe weg.«

Nelsons Blick wandert auf der Suche nach einer Lösung immer wieder durch den Raum.

Brexen und ich stehen inzwischen dicht beieinander.

Eine Einheit.

Eine Familie.

Der Blick meines Vaters zuckt vergebens zur Tür, doch bisher ist niemand zu sehen. Ich nehme an, Brexen hat dafür sein Übriges getan.

»Es ist vorbei, Vater«, spucke ich ihm entgegen und lasse es mir nicht nehmen, meine Mundwinkel süffisant zu heben.

»Denkst du wirklich, so einfach ist das?« Langsam lässt er die Waffe sinken.

Kurz davor, meine Schultern erleichternd absacken zu lassen, hebt er die Waffe wieder an und drückt ab, ohne mit der Wimper zu zucken.

»Nein!« Schreiend werfe ich mich vor Brexen, auf den der Lauf gezielt hat.

Dieser zieht noch im gleichen Moment den Abzug.

Ein weiterer Schuss ertönt, ein Querschläger landet an der Decke und bringt den Kronleuchter zu Fall.

Einen Moment lang klirrt das zerschmetternde Glas auf dem Boden. Die Schüsse hallen laut in meinen Ohren nach, ehe ich mich umdrehe, um nach Brexen zu sehen.

»Fuck«, brummt er, lacht aber dabei. »Sag doch einfach was, wenn du mich umarmen willst.«

»Heilige Scheiße!«, brülle ich und steige hastig von ihm herunter.

»Bist du okay?« Sofort wende ich mich wieder Brexen zu.

Er ist unverletzt.

Der Schuss meines Vaters ist hinter uns in die Wand eingeschlagen. Durch meinen Stoß sind wir beide der Kugel um wenige Millimeter entkommen. Bei dieser Erkenntnis wandert mein Blick unwillkürlich zu meinem Vater. Brex hat ihn erwischt.

Mit offenem Mund liegt er da. Blut breitet sich auf seinem schneeweißen Hemd und dem gefliesten Marmorboden aus.

Ich nehme mein Messer wieder in die Hand, das ich im Sturz habe fallen lassen. Ich werde mich davon überzeugen, dass er tot ist. Zur Not schneide ich ihm auch das Herz aus der Brust und spieße es auf einem Pfahl vor Schottlands Toren auf.

»Achtung!«, schreit Brexen, noch ehe ich bei meinem Dad bin. Im gleichen Moment landet eine Granate neben uns und verteilt rasend schnell Rauch in dem kleinen Zimmer.

»Raus hier!«

Noch ist niemand im Raum, aber auf dem Flur erklingen bereits schwere Schritte.

Noch bevor die ersten Schüsse abgefeuert werden, reiße ich ein Fenster auf und springe ohne nachzudenken auf den kleinen Balkon ein Stockwerk tiefer.

Der Aufprall jagt mir eine neue Welle des Schmerzes durch meine Beine, meinen lädierten Oberkörper bis hoch in meinen Kopf, doch ich habe keine Zeit, darüber nachzudenken.

Mit dem Ellbogen schlage ich die Scheibe der Balkontür ein. Im selben Moment landet Brexen neben mir und kurz darauf fliegen uns auch schon die ersten Kugeln um die Ohren.

»Runter!«, schreie ich. Zu unserem Glück kennen Brex und ich das Haus wie unsere Westentasche. Darum müssen wir nicht lange nachdenken, nachdem ich durch das Loch in der Scheibe gegriffen habe, um die Tür zu öffnen, und wir schon wenige Sekunden später im Schlafzimmer meines Vaters stehen.

»Sag mir bitte, dass du einen Wagen in der Nähe hast. Mein Porsche steht direkt am Eingang, da kommen wir nicht hin.« Die Worte kommen abgehackt, weil wir inzwischen den langen Flur hinüber zum Nordflügel rennen. Von dort aus führt eine Außentreppe in den Garten. Mein Oberkörper brennt bei jedem Schritt vor Schmerzen der alten Verletzungen.

»Steht direkt hinter der Mauer am Regent's.«

Während wir sprinten, als wäre uns der Teufel auf den Fersen, grinse ich ihn an und schlage ihm freundschaftlich auf die Brust.

»Mann und da dachte ich, die Kleine hätte dir die Eier abgetrennt.«

»Nur kurzzeitig verlegt«, lacht er.

Vom unteren Stockwerk klingen Rufe und schnelle Schritte zu uns hoch und wir beschleunigen das Tempo, während wir an den Ahnen der Callens vorbeirennen.

»Fuck!« Brexen macht eine Vollbremsung. In diesem Augenblick entdecke ich die Männer meines Vaters, die uns am anderen Ende des langen Ganges entgegenkommen.

Ich sehe zu Brex hinüber. Es sind nur kurze Blicke, die wir austauschen, aber er kapiert sofort. Immerhin sind wir Brüder. Auch wenn wir nicht verwandt sind.

»Macht mal ein bisschen schneller!«, schreie ich in Richtung der Männer. »Nelson wurde angeschossen.«

Ich setze darauf, dass noch unklar ist, was im Zimmer meines Vaters geschehen ist. Mein zweiter Vorname ist heute wohl Risiko. Aber mir fällt weiß Gott nichts Besseres ein.

Sie werden langsamer. Wir ebenfalls. Erst scheint mein Plan zu funktionieren, doch nur wenige Blickkontakte später erkenne ich die Zweifel in ihren Augen.

Sie sind zu viert. Die beiden vorderen murmeln sich etwas zu. Ich verstehe nur Bruchstücke. Blade, Verrat, Feind. Diese Begriffe genügen, um zu checken, dass sie uns durchschaut haben.

Brexen sieht das offensichtlich genauso, denn noch ehe ich reagieren oder der Typ mit dem Funk im Ohr etwas durchgeben kann, zückt er seine Waffe und schießt ihm zielsicher in den Kopf. Schon wenige Sekunden danach seinem Nebenmann.

»Scheiße!«, schreie ich und suche, so schnell meine Füße es zulassen, Schutz hinter einer der antiken Säulen.

Kugeln landen laut in dem alten Gemäuer. Mein Kopf dröhnt, Staub fliegt durch die Luft.

Brexen, der ebenfalls Feuerschutz gesucht hat, lehnt sich vor und schießt erneut auf die Männer, doch auch sie haben sich hinter den dicken Mauern versteckt.

Wir müssen es doch nur in den beschissenen Garten schaffen. Die Grünflächen sind unser Ticket in die Freiheit. In all den Sträuchern und Bäumen nützen selbst die Kameras nichts mehr. Wir sind für solche Situationen ausgebildet und zwar besser als jeder einzelne der Männer, die für uns arbeiten.

Hinter uns werden Stimmen und Schritte lauter. Vorsichtig luge ich auf der anderen Seite der Säule vorbei.

Von hier habe ich beinahe freie Sicht auf die beiden Männer vor uns, die versuchen, Brex unschädlich zu machen. Immer mehr Schüsse fliegen durch Luft und landen in der Säule, hinter der ich stehe.

Ich pfeife Brexen durch meine Finger zu und deute ihm, mir die Waffe zuzuwerfen, damit ich von hier aus feuern kann. Zu meinem Glück versteht er den Plan, der hinter dem wilden Gefuchtel meiner Arme steckt.

Zielgenau landet die Pistole, die meinen Vater erschossen hat, in meinen Händen.

Gleichzeitig dazu verlässt Brex leicht seine Deckung. Es ist äußerst riskant, was wir hier machen, aber anders werden wir es nicht herausschaffen.

»Na holt mich doch, ihr Drecksäcke«, provoziert er die Männer und streckt immer wieder seinen Oberkörper hervor. Es funktioniert. Sie feuern einen Kugelhagel auf ihn ab, der dazu führt, dass ich freies Sicht- und Schussfeld habe.

Ohne zu zögern drücke ich ab.

Einmal.

Zweimal.

Ein weiteres Datum auf meinem Arm.

Vielleicht sogar das wichtigste von allen. Weil es hoffentlich das letzte sein wird.

Während ich kurz dastehe und hart schlucke, prescht Brex hinüber zu einem der Männer und entfernt sein Funkgerät.

»Los!«, brüllt er in meine Richtung. Denn noch immer stehe ich regungslos da und sehe dem Rinnsal Blut zu, das einem unserer Männer aus dem Mundwinkel fließt. »Isaac!« Brexen reißt mich aus meinen Gedanken und wir sprinten gleichzeitig los.

Wir rennen über den Nordkorridor, erreichen die Außentreppe und schaffen es tatsächlich nun unbemerkt auf die Grünfläche. Immer wieder bleiben wir stehen und verfolgen über Funk, was die Security bespricht. Anscheinend ahnt tatsächlich niemand sonst, wer hinter dem Anschlag steckt. Es wird berichtet, ich gelte als vermisst. Die Täter fliehen Richtung Regent's Park.

Brexen bleibt dicht hinter mir und wir bahnen uns anhand der Informationen, die wir über Funk erhalten, vorsichtig einen Weg bis hin zu der Mauer, die unser Anwesen umgibt.

Sie ist weder besonders hoch noch in irgendeiner Form gesichert. Weil mein Vater ein arroganter Penner ist. Er ist der Überzeugung, dass niemand es wagen würde, ihn anzugreifen.

War.

Er war ein arroganter Penner.

Bei der Erinnerung an seinen leblosen Körper auf dem Boden beschleicht mich ein seltsames Gefühl der Ruhe.

»Komm!« Brexen holt mich zurück in die Gegenwart, indem er mir seine Hände hinhält, damit ich draufsteigen und auf die Mauer klettern kann. Wir sind früher ein dutzend Mal zusammen über diese Hürde geklettert. Heute geht es aufgrund meiner angeknacksten Rippen nicht so elegant wie gewöhnlich, aber immerhin komme ich hinauf.

Ich schwinge mich hoch, und oben angekommen, reiche ich ihm eine Hand, um ihn beim Hochklettern zu unterstützen.

Tja, Nelson, hättest du besser keine Kampfmaschinen aus uns gemacht.

»Meinst du, sie verfolgen unsere Spur?« Ich sehe mich um, nachdem wir beide auf dem leeren Schotterparkplatz gelandet sind. Weit und breit ist nichts und niemand zu sehen, außer das ein oder andere Auto von Spaziergängern.

»Ich bin nicht bereit, in der Nähe zu bleiben, um es herauszufinden.« Brexen drückt auf einen Schlüssel und die Lichter eines alten Pick-ups leuchten kurz auf. Er reißt sich das Funkgerät aus dem Ohr und wirft es in einen Abfalleimer, an dem wir vorbeilaufen. Die Dinger funktionieren nur in der näheren Umgebung des Hauses. Ab jetzt sind wir auf uns gestellt.

»Ich auch nicht. Lass uns abhauen«, seufze ich.

Hastig springen wir in das Auto und der Schotter spritzt unter den Reifen weg, als er uns vom Parkplatz lenkt. Das Adrenalin schießt nach wie vor durch meinen Körper. Es ist wie ein nicht endender Rausch. Den Blick permanent fokussiert, der Atem schnell und stoßweise.

Die Gewissheit, gejagt zu werden, macht einen selbst zum Jäger. Jederzeit bereit zu töten, wenn es nicht anders geht.

Brexen sagt kein Wort. Unser Atem ist das einzige Geräusch, das sich mit dem alten Motor des Wagens vermischt. Auch er ist voll im Killermodus.

»Ich fahre rüber zum Primrose Hill. Von da aus können wir sichergehen, dass uns keiner folgt.«

»Gute Idee«, murmele ich und fixiere den Seitenspiegel. Wir sind lange genug ausgebildet worden, um genau zu wissen, was man in einer solchen Situation zu tun hat.

Der Primrose Hill ist ein öffentlicher Park nördlich des Regent's. Der ehemals aufgeschüttete Hügel ist der zweithöchste Punkt in London. Er ist von allen Seiten frei einsehbar. Wenn uns jemand folgen würde, hätte derjenige dort keine Chance, es zu verheimlichen.

Wir parken das Auto am erstbesten Parkplatz. Brexen zieht eine Waffe aus dem Handschuhfach und reicht sie mir. Wir nicken uns noch einmal zu und verlassen den Schutz des Wagens.

Situationen wie diese haben wir schon unzählige Male gemeinsam erlebt, doch nie zuvor war ich dabei von einer so heftigen Wärme geflutet wie heute. Es ist fast Euphorie, die durch meinen Körper peitscht.

Die Waffen vor Touristenblicken gut versteckt, aber jederzeit greifbar, nehmen wir den Hauptweg den Hügel hinauf. Abwechselnd drehen wir uns um und behalten die Umgebung im Auge.

Doch schon bevor es einer ausspricht, bin ich sicher, wir haben es geschafft. So weit das Auge reicht, ist kein auffälliger Blick zu sehen. Kein Mensch, der nicht einfach mit seinem Hund joggen geht oder mit den Kindern spielt.

Als wir beinahe oben angekommen sind, biegen wir auf einen kleinen Weg ab und bleiben im Schutz eines großen Baumes stehen.

Die Sonne scheint vom Himmel. Es ist ein typischer Sommertag. Schwül und feucht. Perfekt.

Nach einigen Schritten halten wir an.

Eine Zeit lang stehen wir uns wie zwei Idioten gegenüber.

Schlussendlich bin ich es, der den ersten Schritt macht.

Ich breite die Arme aus und schlinge sie um Brexens massigen Körper.

»Danke, Bruder«, klopfe ich ihm eine Spur zu hart auf den Rücken.

»Das war ich dir schuldig«, murmelt er und als wir uns voneinander lösen, senkt er den Blick auf den Boden. Ich habe Brexen Ward noch nie zuvor verlegen gesehen. »Es tut mir leid, Isaac. Ich hätte dich nicht fortschicken sollen.«

»Ich würde behaupten, du hast es wiedergutgemacht.« Ich nicke ihm zu und bringe meine Faust ohne Druck an seine Schulter.

»Es war erstaunlich einfach, dafür, dass wir in den vergangenen Jahren immer wieder daran gescheitert sind.«

Viele Menschen mussten ihr Leben lassen auf der Jagd, die Brex und ich seinerzeit auf meinen Vater gemacht haben.

»Vielleicht fehlte uns einfach die nötige Motivation.« Es war Fenellas Schmerz, der mich heute angetrieben hat. Und auch für Brex steht inzwischen mehr auf dem Spiel als je zuvor. Er hat eine Frau. Einen Sohn. Ewig auf der Flucht zu sein, ist kein echtes Leben.

»Möglich«, schmunzelt er.

Wir sehen uns an und werden beide ernst.

Es ist vorbei.

Endgültig.

Wir sind frei von einem Erbe, das wir nie haben wollten.

Ich bin frei.

Nicht länger der Sklave des Teufels.

»Ich danke dir wirklich, Mann. Du hast keine Ahnung, wie viel mir das bedeutet. Das werde ich dir niemals vergessen. Ich würde jederzeit mein Leben für dich und deine Familie geben.«

Ich habe keine Sekunde gezögert, mich vor meinen Bruder zu werfen. Was er heute getan hat, hat nie zuvor ein Mensch für mich getan. Nicht nur, dass mein Vater tot ist. Er hat den Tod verdient und ich hoffe, er schmort mit Fearghas in der Hölle. Brexens Worte sind es, die wirklich von Bedeutung sind. Er hat recht.

Wir sind eine Familie.

Loyal. Für den anderen da, wenn es darauf ankommt.

»Jetzt redest du schon über Gefühle, he? Wem wurden hier in der Zwischenzeit die Eier abgetrennt?«

»Tja«, lache ich. Eine Hand flach auf meiner Brust, weil sich ein seltsames warmes Gefühl in meinem Inneren ausbreitet, stocke ich. »Warte mal. Woher weißt du überhaupt, wo ich bin?« Er grinst mich wohlwissend an. »Oder mit wem?«

»Kester«, murmelt Brexen. »Entspann dich«, schiebt er gleich hinterher. Wahrscheinlich, weil mein Gesichtsausdruck Bände spricht. Die gerade gewonnene Ruhe wird sofort durch eine neu heranziehende Sturmwolke verdrängt. »Er hat mir erzählt, dass Young dich hatte, aber du fliehen konntest. Sie wissen nicht, dass ich hier bin, um dich zu suchen. Ihre Spur verläuft sich in Carlisle.« Brex weiß natürlich so gut wie ich, dass wir dort einen versteckten Hangar samt Helikopter besitzen. Er streicht sich über den vollen Bart. »Es war nicht schwer zu erraten, dass ich dich irgendwann bei Nelson finden würde. Isaac, ich hab keine Ahnung, was das alles auf sich hat, aber du hast Arthur Youngs Tochter entführt. Damit stehst du ganz oben auf der Todesliste.«

»Die fucking Lions sollten sich lieber mal mit ihren eigenen Mitgliedern beschäftigen. Die haben nicht den leisesten Schimmer, was hinter ihrem Rücken gespielt wird.«

»Dann wird es Zeit, dass du den Mund aufmachst, ehe uns das alles um die Ohren fliegt.«

»Ist es das nicht gerade?«, scherze ich, ohne es lustig zu finden.

Verdammt!

Vielleicht haben wir den Süden besiegt, doch im Norden wartet bereits der nächste Feind, der meinen Tod kaum erwarten kann.

Ich zu sein ist anstrengend.

»Du musst mit Kester reden. Ich schwöre dir, er ist kein schlechter Kerl.«

»Pass auf, Brex. Wir machen einen Deal«, tippe ich ihm herausfordernd auf die Brust. »Ich erzähl dir die ganze Geschichte und danach überlegst du dir, ob du wirklich Werbefahnen für die Lions hissen willst.«

Er nickt mir knapp zu und wir setzen gleichzeitig den ersten Schritt.

Vielleicht hat er recht und es wird Zeit, alles auszupacken.

Doch bevor ich mich den Scheiß-Lions stelle, habe ich Wichtigeres zu tun.

Immerhin sitzt mein Mädchen allein und ängstlich im Premier Inn.

Und ich habe da noch ein Versprechen einzulösen.

KAPITEL SIEBENUNDZWANZIG

Bevor ich die Tür zu unserem Hotelzimmer öffne, lege ich für einen Moment die Stirn gegen das Türblatt. Der kühle Kunststoff tut gut an meinem überhitzten Kopf.

Es ist vorbei.

Es ist wirklich vorbei.

Mein Mund verzieht sich jedoch nicht zu einem siegessicheren Grinsen.

Ich bin viel zu müde.

Die letzten Jahre waren verdammt anstrengend. Eigentlich trifft das auf mein ganzes beschissenes Leben zu.

Egal, wie oft ich mir selbst in den vergangenen Stunden gesagt habe, dass alles gut ausgegangen ist – so richtig ist es noch nicht in meinem Kopf angekommen.

Mit geschlossenen Augen atme ich noch ein letztes Mal tief durch, ehe ich die kleine Plastikkarte in meiner Hand vor das elektronische Türschloss halte und über die Schwelle trete, nachdem die Tür surrend aufgesprungen ist.

Durch die Vorhänge blendet die inzwischen tiefstehende Sonne und legt einen Schein um Fenella, die direkt vor der Fensterfront zusammengekauert auf einem kleinen Cocktailsessel hockt. Sie trägt nur ein weißes Muskelshirt von mir, welches ich gestern Abend unter meinem Shirt anhatte, und einen Slip.

Sobald sie mich sieht, springt sie auf und kommt so schnell auf mich zugelaufen, dass ich es gerade noch schaffe, die Tür hinter mir zu schließen, ehe sie mir um den Hals fällt.

»Wo warst du denn?« Ihre zarten Arme schlingen sich um meinen Hals und ich vergrabe mein Gesicht in ihren Haaren.

Scheiße!

Es ist wirklich vorbei.

Es ist alles gut.

»Ich musste was erledigen«, murmele ich und will sie fester an mich drücken, doch sie weicht zurück, nimmt meine Hände in ihre und fängt an, mich genau zu betrachten.

»Bist du verletzt? Ist was passiert? Mann, ich bin fast gestorben vor Angst«, jammert sie, doch ich entziehe ihr meine Hände. Lege sie stattdessen an ihre Hüfte und ziehe sie dicht an mich.

»Du hast keine Ahnung, wie sehr ich dich brauche«, brumme ich mit kratziger Stimme und bohre meine Nase in die Haut an ihrem Hals. Es gibt nichts und niemanden auf der Welt, der so bezaubernd riecht wie sie. Wie ... Blumen oder keine Ahnung. Ich weiß ehrlich gesagt nicht mal, wie Blumen genau riechen, aber wenn ich die Augen schließe und ihr Duft mich umgibt, dann denke ich an Blumen. »Nie zuvor habe ich einen Menschen wirklich gebraucht. Aber dich brauche ich so sehr.«

Ich hebe sie an ihrem wundervollen Hintern hoch. Es ist kein Schmerz mehr da, den ich fühle. Fenella schlingt bereitwillig die langen Beine um mich, und da ist nur noch Wärme in meinem Oberkörper.

Wie oft ich davon geträumt habe ...

»Ich brauche dich doch auch«, haucht sie und schon in der nächsten Sekunde bin ich mit meiner Zunge in ihrem Mund. Eine Berührung ist nicht genug.

Ein Kuss auch nicht.

Ich muss in ihr sein, mich auf jede nur menschenmögliche Art mit ihr verbinden.

Unser Kuss wird immer stürmischer. Ich drehe uns einmal im Kreis und presse sie mit dem Rücken gegen die Wand, damit ich eine Hand freihabe. Ihre schmalen Finger krallen sich in meine Haare, während meine durch den dünnen Stoff ihre Nippel suchen. Sie sieht so verdammt scharf aus in meinem Shirt.

Fenella stöhnt in meinen Mund und löst sich aus unserem Kuss. Ich zwirbele ihre Brustwarze zwischen meinen Fingern, während ich meinen Schritt gegen ihre Mitte presse. Stöhnend legt sie die Stirn auf meine Schulter.

»Ich liebe die Geräusche, die du von dir gibst, wenn ich dich berühre«, flüstere ich in ihr Ohr. »Weil ich verdammt noch mal der Einzige bin, der sie dir entlockt.«

Mein Schwanz presst sich von innen gegen meine Jeans.

Es ist nicht genug.

Mit einer Hand halte ich sie gegen die Wand gedrückt, während ich mit der anderen meine Hose öffne und meine Erektion hervorhole.

Nie zuvor musste ich so dringend in einer Frau sein wie in diesem Augenblick. Daher scheiße ich auf sämtliches Vorspiel, ziehe ihren Slip auf die Seite und dringe hart in sie ein.

»Fuck!«, knurre ich und drücke sie mit dem Rücken fest gegen die weiß verputzte Wand. Es ist, als wäre ich endlich dort, wo ich hingehöre. Als gäbe es keinen anderen Ort, an dem ich je sein sollte. Wer weiß, vielleicht hat mein beschissenes Leben dazu gedient, mich zu ihr zu bringen. »Das hier wird ein kurzes Vergnügen«, knurre ich und ziehe mich zurück, nur um erneut mit voller Wucht in sie zu stoßen.

Fenella bohrt ihre Fingernägel in meinen Rücken. Mit der anderen Hand hält sie meinen Hinterkopf nah an ihrem Körper. Und so ficke ich sie. Kralle mich in ihren Arsch und pumpe alles aus mir heraus, was sich an diesem Tag in mir angestaut hat.

Die Wand wackelt bei jedem Stoß, den ich ihr verpasse,

und es dauert nicht lange, bis ich spüre, wie ihre Beine sich um meine Hüfte verkrampfen. Fenella zieht an den Haaren in meinem Nacken und die Lust vermischt sich mit dem altbekannten Schmerz. Ich erhöhe noch einmal mein Tempo und schließlich kommen wir gemeinsam. Unsere von Lust und Schmerz gequälten Geräusche legen sich schwer auf das kleine Zimmer.

Mein erschöpfter Atem rasselt laut und überdeckt bei jedem Ausatmen das Geräusch fahrender Autos, das durchs Fenster schallt.

Fenella hat ihren Kopf nach wie vor auf meiner Schulter liegen, ihre Lippen berühren dabei meinen Hals.

»Das war dann wohl dein erster richtiger Quickie«, bringe ich keuchend hervor und stütze mich mit einer Hand über ihrem Kopf an der Wand ab. Der Orgasmus war so heftig, dass ich noch immer Sternchen sehe.

»Ich will mich wirklich nicht beschweren«, flüstert sie, »aber ich werde das dumme Gefühl nicht los, dass etwas nicht stimmt.« Langsam stellt sie die Beine auf den Boden und verzieht kurz das Gesicht, als ich aus ihr herausgleite. »Was ist passiert, Isaac?«

»Es tut mir leid, wenn ich dir wehgetan habe«, murmele ich und bleibe auch dann noch in meiner Position an die Wand gelehnt stehen, als sie unter meinem Arm durchschlüpft. Ihre Hände sowie ihr Mund legen sich zärtlich auf meinen Rücken.

»Du hast mir nicht wehgetan«, flüstert sie und streichelt meine Wirbelsäule hinauf bis zu meinem Nacken. »Das würdest du niemals tun und wir beide wissen das.« Ich schnaube leise mit einem zaghaften Grinsen vor mich hin. Ich bin so verdammt müde. »Wo bist du gewesen, Baby?«, fragt Fenella mit ihrer sexy zarten Stimme. Ich drücke mich von der Wand ab und drehe mich herum, um ihr ins Gesicht zu sehen.

»Baby?« Ich ziehe eine Augenbraue in die Höhe.

»Baby!«, antwortet sie und drückt mir einen Kuss auf die Lippen.

Ich weiß nicht, warum ich es hinauszögere, ihr die Wahrheit zu sagen. Immerhin habe ich es geschafft. Ich kenne den Mörder ihres Bruders.

Vielleicht weil ich mir wünsche, dass wirklich alles einfach vorbei ist und wir nie wieder über diesen ganzen abgefuckten Mist reden müssen.

»Isaac«, flüstert sie. Erst jetzt merke ich, wie ich mit finsterer Miene an ihr vorbeisehe.

»Ich war bei meinem Vater«, flüstere ich und Fenellas Augen weiten sich. »Es ist vorbei.«

»Was?«, kreischt sie und führt ihren Daumennagel an die Lippen. Sie knabbert grundsätzlich daran, wenn sie Angst hat. »Bist du wahnsinnig?« Wieder wandert ihr Blick an mir herunter. »Geht es dir gut? Was hat er gesagt?«,

»Mein Vater ist tot.« Am liebsten möchte ich es noch etliche Male wiederholen. Es auszusprechen fühlt sich so verdammt gut an. »Es ist vorbei«, rattere ich wie ferngesteuert herunter, um mich selbst davon zu überzeugen.

»Oh mein Gott!«, keucht sie und ergreift meine Hände, die ausgelaugt an meinen schlaffen Armen hängen. Seit ich mich von Brexen verabschiedet habe, überrollt mich eine so niederreißende Müdigkeit, dass ich kaum noch auf den Beinen stehen kann. »Du hast deinen Vater getötet?«

Ich kann nicht deuten, welche Antwort sie sich auf diese Frage erhofft.

»Nein. Brexen. Er war es.«

»Brexen?« Fenellas Stimme wird immer lauter. »Kylees Brexen?«

»Mein Brexen«, schmunzele ich und ziehe sie an meiner Hand bis zur Bettkante. Ich kann nicht länger auf den Beinen stehen.

»Brexen ist in London? Was ist mit Kylee?« Sie lässt sich auf die weiche Matratze sinken und drückt meine Finger in ihren. »Isaac, bitte rede mit mir, ehe ich den Verstand verliere.«

Seufzend lasse ich mich neben ihr nieder.

»Ich konnte nicht länger warten. Als ich vergangene

Nacht neben dir saß und dir beim Schlafen zugesehen habe, musste ich einfach was unternehmen.«

»Und weiter?« Offensichtlich rede ich nicht schnell genug.

»Na ja. Ich habe ihm die Fresse poliert, er hat mir zum Abschied noch mal deutlich gemacht, was für eine Enttäuschung ich doch für die Menschheit bin, und dann war da plötzlich Brexen.« Ich sehe sie an. »Er hat mir das Leben gerettet. Okay, ich seins auch irgendwie, aber ich bin nicht sicher, ob das zählt, weil er nur meinetwegen in dieser Situation war.« Fenella starrt mich aus großen Augen an. Dass ich mein Leben ohne zu zögern für ihn gegeben hätte, verschweige ich in diesem Moment. Ihre Hände in meinen sind unruhig. »Er wollte mich erschießen, aber Brexen ist ihm zuvorgekommen.«

»Brexen hat deinen Vater getötet«, stellt sie monoton fest.

»Ja«, schnaube ich. Ich kann es selbst kaum glauben.

»Aber wird euer Haus nicht bewacht oder so?«

»Sagen wir mal, wir haben uns beim Rausgehen einfach ein bisschen beeilt.« Ihr Blick löst sich aus meinem und wandert bis zu meinen Zehenspitzen, ehe er wieder in meinem Gesicht landet. »Es geht mir gut«, bestätige ich ihr. Sie schüttelt den Kopf und ihre Augen werden eine Spur dunkler, als sie zu sprechen anfängt.

»Ich habe mir solche Sorgen um dich gemacht.«

»Es geht mir gut«, wiederhole ich. Langsam wird es lästig, alles mehrmals zu sagen. Statt weiterer Worte ziehe ich sie in meinen Arm. Seite an Seite sitzen wir auf dem unbequemen Hotelbett.

»Dein Vater ist tot«, murmelt sie nach einer Zeit.

Ich lege meine Lippen auf ihren Scheitel.

»Ja. Ich weiß«, flüstere ich und schließe die Augen.

»Wie geht es dir damit? Was bedeutet das ... für uns?«

»Keine Ahnung. Das ist alles irgendwie so ... unreal?!« Ich ziehe sie noch dichter an meine Seite. Ich will niemals wieder allein sein. »Aber ich bin auch erleichtert. Es ist ... komisch. Aber gut komisch.«

»Was passiert jetzt? Was wirst du tun?«

Ich atme ein paar Züge tief ein und aus und küsse sie noch einmal auf die weichen Haare.

»Bevor ich mir Gedanken über mich mache, müssen wir zu deinem Vater.« Abrupt hebt sie den Kopf und sieht mich mit großen Augen an. »Ich weiß, wer deinen Bruder ermordet hat, Fenella.«

Ihr ganzer Körper zuckt bei meinen Worten zusammen. Ich will mir gar nicht erst ausmalen, wie einerseits schmerzhaft und andererseits erlösend dieser Augenblick für sie sein muss.

Da sie keinen Pieps von sich gibt, beschließe ich, das Pflaster buchstäblich in einem Ruck abzuziehen.

»Es war einer von euch. Ein Lion hat Hunter getötet.«

Fenella bleibt reglos sitzen, lediglich ihre Augen scheinen in meinem Gesicht nach der Wahrheit hinter meinen Worten zu suchen.

»Wer?«, bringt sie schließlich mit dünner Stimme hervor.

Ich schließe ihre zitternden Hände in meine und küsse ihre Fingerknöchel, ehe ich ihr den Namen offenbare.

»Jace«, zische ich. Allein bei der Erinnerung daran, wie er versucht hat, sich bei Brex und mir einzuschleimen, werde ich wieder wütend.

»Jace? Unser Jace? Der Lion-Jace?«, kreischt sie.

Jetzt sind es meine Augen, die sich weiten.

»Du kennst ihn? Woher?«

»Er war einer von den Cluaran-Lions.« Ihre Brust hebt und senkt sich viel zu schnell. »Er war Hunters Freund.«

»Okay. Das erklärt einiges«, schnaube ich. »Mich hat er glauben lassen, er wäre nur in seiner Jugend ein paar Monate ein Mitglied der Lions gewesen.«

»Du kanntest ihn?« Sie entzieht mir ihre Hände. Lachend schüttelt sie den Kopf. »Man kann nicht einfach ein paar Monate ein Mitglied sein.« Die Ellbogen auf die Knie gestützt, faltet sie die Finger vor dem Mund. »Oh mein Gott«, bringt sie atemlos hervor. »Jace?« Ihr Blick wandert zu mir. »Bist du sicher?«

»Absolut«, versichere ich. »Er hat bereits vor langer Zeit bei meinem Vater angeheuert. Sein Ziel war es, ganz oben an der Seite meines Vaters im Callen-Clan zu regieren.« Ich tue es Fenella gleich und stütze mich auf die Ellbogen. »Warum sagst du *kanntest*? Ist er tot?«

»Ja, er starb neun Monate nach meinem Bruder. Ich erinnere mich gut daran, dass meine Eltern unbedingt wollten, dass ich zu seiner Beerdigung gehe, aber ich konnte es einfach nicht.« Fenella stößt einen tiefen Seufzer aus.

Verwirrt kräusele ich die Stirn.

»Das ist strange, weil er am letzten Halloween noch fröhlich einen mit mir getrunken hat.«

»Bist du sicher? Wie ist das möglich?« Sie reißt ihre Augen auf, doch ich habe keine verlässliche Antwort auf diese Frage.

»Tja«, schnaube ich. »Da hat ganz offensichtlich jemand geschickt die Seiten gewechselt. Würde mich nicht wundern, wenn mein Vater ihm geholfen hat, seinen Tod zu fingieren. Mir war jedenfalls nicht klar, dass er nach wie vor ein Lion ist. Nelson bat mich letztes Jahr, ihn etwas unter meine Fittiche zu nehmen. Ihn in unsere Strukturen einzuführen. So wie sich heute herausgestellt hat, sollte er mir jedoch nur über die Schulter schauen, um seinen neuen Job zu kennen. Mein Vater wollte mich durch ihn ersetzen. Dass er Hunter umgebracht hat, war wohl bereits viele Monate zuvor seine Feuertaufe gewesen.«

Im Augenwinkel sehe ich, wie Fenella ihren Kopf in meine Richtung dreht und mich ansieht.

»Ich weiß nicht, was ich sagen soll«, flüstert sie. Ihre Haut ist noch blasser als sonst. Schatten unter ihren Augen lassen sie müde aussehen. Auch für sie waren die letzten Tage kräftezehrend.

Wir sehen uns an, jeder in seine Gedanken versunken. Wobei unsere Gedankenwelten miteinander verknüpft sind.

So, wie unsere Leben es waren, lange bevor wir davon geahnt haben. Ich reibe mir mit einer Hand über die Brust, weil ich das Gefühl habe, neben dem Schmerz meiner Rippen versuchen alle Gefühle, die ich mir nie erlaubt habe, meinen Brustkorb in Flammen zu setzen.

»Hätte ich meinen Vater nicht ständig provoziert und ihm einen Grund gegeben, mich vom Thron zu stoßen, würde dein Bruder vielleicht noch leben. Dann hätte er verhindern können, was mit dir passiert ist. Er hätte dich beschützt und der ganze Scheiß wäre nie passiert.«

Darüber denke ich schon seit Stunden nach.

Zaghaft spüre ich Fenellas warme Hand auf meinem Rücken.

»So ein Quatsch.« Mein Fuß wippt so schnell er kann auf dem blauen Teppich. »Isaac«, bittet sie und ich hebe den Kopf. Hoffe, sie erkennt nicht das brennende Gefühl in meinen Augen, das mich mit aller Macht entmannen will.

Fenella legt ihre Finger an meine Wange.

»Du kannst doch nichts dafür. Hunter hat sich bewusst für dieses Leben entschieden. Er wollte ein Lion sein und er kannte die Gefahren, die das mit sich bringt.«

»Und dennoch hätte er dich beschützen können.«

»Ja, vielleicht.«

»Vielleicht?«, schnaube ich und lege meinen Kopf zurück auf die Hände.

»Vielleicht hätte er das. Aber es hätte genauso gut sein können, dass ich weiterhin geschwiegen hätte. Dass Fearghas noch viel schlimmere Dinge mit mir getan hätte und ich nicht den Mut gefunden hätte, mich selbst zu wehren.«

Eine Zeit lang schweigen wir, dann sehe ich sie erneut an. Stumme Tränen laufen über ihre Wangen.

»Ich bin froh, dass du es getan hast.«

Sie presst die Lippen zu einem schmalen Strich.

»Wie geht es jetzt weiter? Wo sind Kylee und Brexen jetzt?«

Mir ist wohl bewusst, dass sie absichtlich das Thema wechselt, und ich gewähre ihr dieses Ablenkungsmanöver.

Im Grunde genommen spielt es für ihren Schmerz keine Rolle, wer der Mörder ihres Bruders war. Dass es einer aus den eigenen Reihen war, wird für ihren Vater allerdings eine bittere Pille.

»Sie sind wahrscheinlich inzwischen bei ihren Eltern hier in London. Die Hawthorns sind seit einem Jahr in dem Glauben, ihre Tochter sei tot. Brex sagt, Kylee und Kearon haben sich vorerst in einem Hotel versteckt. Aber jetzt, da mein Vater keine Gefahr mehr darstellt, wird es für Kylee kein Halten mehr geben. Sie hat ihre Eltern lange nicht mehr gesehen. Sie wissen ja nicht mal, dass sie Großeltern sind.«

»Ich gehe mal davon aus, das ist die Schuld deines Vaters? Hat sie sich seinetwegen auf dieser einsamen Insel versteckt?«

Mein Nicken als Antwort genügt.

Wie viele Menschen ihr Leben lassen mussten unter dem Regiment meines Vaters, ist auch so schon erschreckend genug. Und damit meine ich mal ganz abgesehen von den unzähligen Todesopfern. Männer und Frauen, die mit ständiger Angst im Nacken leben mussten. Leute, die gezwungen waren, sich zu verstecken, und ihre Familie nicht mehr sehen konnten. So viele Opfer nur wegen eines einzelnen grausamen Mannes. Kein Mensch sollte einen anderen daran hindern, das Leben zu führen, das er führen möchte.

»Wir müssen zu deinem Vater, Fenella.«

»Von Jace zu hören, wird ihn umhauen«, murmelt sie.

Ich richte mich auf und wende mich ihr zu.

»Von Jace und deinem Onkel«, vervollständige ich, und schon bevor ich fertig bin mit Sprechen, schüttelt sie vehement den Kopf.

»Ich kann ihm das nicht sagen. Isaac, ich habe seinen Bruder getötet. Noch dazu ein Oberhaupt der Lions. Er wird mich für alle Zeit verstoßen und die Lions werden meinen Tod fordern.«

»Fenella«, seufze ich. »Niemand wird deinen Tod fordern. Ich weiß, du willst es ihm nicht sagen. Aber dein Vater muss wissen, was passiert ist. Ich denke, dass eines eurer Mitglieder seinen Sohn getötet hat, um ein Callen zu werden, und dein Onkel deine Jungfräulichkeit verkaufen wollte, setzt eure dämlichen Regeln außer Kraft. Außerdem …«, füge ich luftholend hinzu, »ist er auch immer noch dein Vater. Nicht nur ein Lion. Er ist auch dein Dad und dadurch wird er die Sache in einem anderen Licht sehen.«

»Ach, auf einmal verteidigst du ihn, ja?« Ich kann förmlich dabei zusehen, wie sie ihre Mauern wieder hochzieht und sich vor dem verschließt, was sie den Rest ihres Lebens einholen wird, egal wohin sie geht.

»Ich kenne deinen Vater nicht, Fenella, und es ist auch gerade nicht der richtige Moment, um über Vater-Kind-Beziehungen zu philosophieren. Was ich allerdings weiß, ist, dass du nicht länger davonlaufen kannst. Du musst dich endlich der Realität stellen, sonst wirst du niemals frei sein.«

Bei meinem Monolog zieht sie die Lippen zwischen die Zähne und senkt den Blick.

»Entschuldige«, murmelt sie leise vor sich hin. »Du hast gerade deinen Vater verloren und ich habe nichts Besseres zu tun, als dich anzufahren.«

»Du hast gerade erfahren, wer deinen Bruder ermordet hat. Dass auch das nicht spurlos an dir vorübergeht, ist klar. Also rechtfertige dich nicht.«

»Was kann ich für dich tun?« Sie klettert von der Bettkante auf die Matratze, geht auf die Knie und schlingt von hinten ihre Arme um mich.

»Versprich mir, dass wir zusammen zu deinem Vater gehen und dich endlich da rausholen.«

Mit meinem tiefen Atemzug hebe ich ihren schlanken Körper mit an.

»Versprochen«, flüstert sie mir ins Ohr. Ich schließe die Augen und gebe mich einem neuen Gefühl hin. Denn zum ersten Mal seit Ewigkeiten fühle ich so etwas wie Hoffnung.

KAPITEL ACHTUNDZWANZIG

Seit dem lebensverändernden Moment, in dem Brexen meinen Vater erschossen hat, sind einige Stunden vergangen. Wobei wir inzwischen sogar von Tagen sprechen.

Nachdem ich Fenella ihr Versprechen abgenommen habe, bin ich todmüde ins Bett gefallen und habe den tiefsten Schlaf meines Lebens gehalten.

Erst jetzt, da wir unbekümmert mit einem Drink und kleinen ekligen Gebäckteilen in der Businessclass eines Linienflugs sitzen, wird mir bewusst, wie anstrengend es war, stets auf der Hut zu sein. Permanent einen Blick über die Schulter zu werfen, egal wohin ich auch ging.

Das ist heute nicht mehr nötig. Mein Vater ist tot und die Lions dürfen ruhig wissen, wo wir sind. Immerhin sind sie unser Ziel.

Fenella hat die Nase seit dem Start in ein Buch gesteckt, das sie sich am Flughafen gekauft hat. Allerdings nur, nachdem ich sie gezwungen habe, weil ihr nervöses Gezappel mich völlig verrückt gemacht hat.

Ich verstehe ihre Aufregung. Jahrelanges Schweigen zu brechen ist nicht leicht. Aber ich will, dass sie eine Chance auf ein normales Leben hat. Sie soll nicht ständig auf der Flucht sein oder sich vor ihrer eigenen Familie verstecken.

Sie hat etwas Besseres verdient.

Ungefähr alle zwei Minuten wandert mein Blick zu ihr hinüber. Sie trägt heute eine enge Jeans mit Löchern an den Knien und ein einfaches schwarzes Shirt. Obwohl ihr Outfit recht unauffällig ist, möchte ich sie den ganzen Tag ansehen. Weil ich das Gefühl habe, dass sie Schritt für Schritt auftaut. Das Shirt ist weiter ausgeschnitten als alle, die ich bisher an ihr gesehen habe. Noch immer vollkommen unschuldig, aber zumindest erkennt man, dass mein Mädchen Titten hat.

»Gleich fallen dir die Augen aus dem Kopf«, murmelt sie. Ich erkenne sofort, wie schwer es ihr fällt, ernst zu bleiben. Dabei sieht sie nicht für einen Augenblick von den Seiten hoch.

»Weil du unglaublich sexy aussiehst.« Zur Untermalung meiner Worte schiebe ich meine Hand auf ihrem Oberschenkel immer höher Richtung Schritt. Sie legt ihre darauf. Wahrscheinlich nur, um mich davon abzuhalten, weiterzugehen. Doch das ist mir egal. Ich genieße jede ihrer Berührungen.

»Worum geht es da?«, fragend tippe ich gegen den Umschlag ihres Buches.

»Um eine Frau, die sich zwischen ihren Kindern und einer Karriere entscheiden muss.«

Ich gebe ein brummendes Geräusch von mir, das sie von den Seiten aufsehen lässt.

»Möchtest du mir verraten, was dieses Grummeln bedeutet?«

»Sie sollte sich diese Frage nicht stellen. Es sind ihre Kinder, Herrgott. Wenn ich mal Kinder habe ...« Im letzten Moment merke ich, was ich da eigentlich fasele, und halte inne. Fenella sieht mich mit hochgezogenen Augenbrauen an.

»Du willst mal Kinder?«

»Nein. Auf keinen Fall!«, raune ich viel zu laut, sodass sich der Mann vor uns räuspert. »Na ja, vielleicht. Wer weiß? Könnte ja sein, eines Tages, wenn ... ja. Ja doch, eigentlich glaube ich schon.«

»Du bist süß«, antwortet sie auf mein Gestammel. Sie hätte mir genauso gut ein Ei abreißen können. Sofort lege ich meine Hand auf den Schritt, um zu prüfen, ob sie noch da sind.

»Ich bin ganz sicher nicht süß.«

Der Mann vor uns grunzt wie ein Schwein.

»Doch. Bist du. Und ich find's toll.«

»Schön, dass ich dich amüsiere. Wenn wir sonst auf dieser Reise schon nichts zu lachen haben.«

Ich verschränke die Arme vor der Brust und bereits im nächsten Moment tut es mir leid.

»Du hast recht, entschuldige«, murmelt Fenella. Sie schlägt ihr Buch endgültig zu und verstaut es in der kleinen Handtasche, die ich ihr zusammen mit ein paar anderen Sachen gekauft habe. Wir mussten uns wenigstens mit dem Nötigsten eindecken. Ich habe keine Ahnung, wie es finanziell weiterläuft für mich, daher habe ich alles verfügbare Geld meiner Kreditkarten noch heute Morgen in ein Schließfach in London gepackt. »Wir sollten wohl nicht hier sitzen und über Kinder philosophieren, wenn da draußen unsere Welten zerbrechen.«

»Ach quatsch.« Ich löse meine sture Haltung und nehme ihre Hand in meine. »Sieh doch«, nicke ich aus dem kleinen runden Fenster, durch das man in die Wolken schaut. »Unsere Welten sind weit weg. Und ich philosophiere gerne mit dir. Also, was ist mit dir? Willst du mal kleine Zwerge, Schneewittchen?«

Fenella stößt ein nonchalantes Lachen aus. »Wie lang hast du gewartet, den endlich bringen zu können, hm?«

»Oh, du wirst es nicht glauben, aber mein Gehirn verfügt inzwischen über eine eigene Bibliothek, einzig gefüllt mit Schneewittchen-Anspielungen.« Ich grinse von einem Ohr zum anderen. Soll sie mir beide Eier heraustrennen und den Lions zum Frühstück servieren, solange mein Mädchen dadurch lacht, dreht die Welt sich noch in die richtige Richtung.

»Ich kann es mir vorstellen«, lacht sie, »und ich freue

mich auf jeden einzelnen.« Kichernd lehnt sie ihren Kopf an meine Schulter. »Du bist immer noch süß«, murmelt sie und drückt ihre Nase in den Stoff meines Shirts.

»Ich weiß«, seufze ich. »Das ist mein Schicksal.«

Die Stimme der Stewardess durchbricht unser Geplänkel.

»Bitte legen Sie die Sicherheitsgurte an. Wir erreichen den Flughafen von Glasgow in wenigen Minuten«, plärrt sie durch das rauschende Mikrofon.

Sofort verspannen wir uns beide. Es ist leicht, mit Fenella glücklich zu sein, allerdings vergessen wir viel zu schnell, was hier auf uns wartet. Denn eins ist klar: Auch wenn Fenella das noch immer hofft, Arthur Young wird mir wohl kaum auf die Schulter klopfen und sich bei mir bedanken. Mir ist das bewusst.

Zuletzt, weil ich weiß, was ich an seiner Stelle mit mir machen würde. Nicht zuletzt wegen meines gelungenen Auftrittes in seiner Garage.

»Nicht schlecht.« Ich schiebe mir die Sonnenbrille auf den Kopf.

Fenella hat bereits vom Flughafen Heathrow aus ihre Eltern angerufen und mich nach unserer Landung zu einem Ort namens Newark Castle gelotst. Die Sonne sticht vom Himmel und die Wärme erschlägt einen beinahe, als wir aussteigen und die Wagentüren hinter uns schließen.

Laut ihrer Erzählung handelt es sich um den Sommersitz ihrer Familie, in dem sie häufig die warmen Monate verbringen. Sie war erleichtert darüber, dass wir ihre Eltern nicht in Glasgow treffen. Zu viele dunkle Erinnerungen liegen auf ihrem Elternhaus. Hier, so hat sie mir mit einem seltenen Glanz in den Augen berichtet, gab es immer nur sie vier. Keine Lions, keine aufdringlichen Onkel oder Ähnliches. Das Sommerdomizil der Youngs war gewaltfreie Zone.

Das Haus im viktorianischen Stil mit den vielen kleinen

Türmchen und Fensterchen vor der malerischen schottischen Landschaft sieht aus wie ein Postkartenmotiv. Der Fluss führt genau am Haus entlang und verleiht dem Ganzen trotz der rauen Natur etwas Maritimes. Es sind nicht die Bahamas, aber ich könnte mich definitiv daran gewöhnen. Zumindest wenn die schwarzen Einbruchsgitter an den Fenstern mich nicht stark an einen Löwenkäfig erinnern würden.

Obwohl ich mir den Kommentar verkniffen habe, schleicht der Gedanke in meinem Kopf herum, ich könnte in eine gewaltige Falle tappen.

»Als Kinder haben wir es geliebt, die Sommer hier zu verbringen. Wir waren mit Dad segeln und Hunter ...« Sie unterbricht sich selbst mitten im Satz und nimmt die Hand herunter, mit der sie die Sonne abgeschirmt hatte.

Das Piepen der Zentralverriegelung des Mietwagens füllt den Moment der Stille, während ich zu ihr herübergehe.

»Alles kommt wieder in Ordnung.« Ich ziehe sie dicht an meine Seite und will gerade ihren Kopf küssen, als etwas oder vielmehr jemand meine Aufmerksamkeit erregt.

Arthur Young.

In einer weißen Hose und einem weißen Poloshirt steht er auf dem Balkon seiner Villa und versucht mit aller Kraft, mich mit seinem Blick zu töten.

»Wir haben Zuschauer«, flüstere ich und deute kaum merklich auf das helle Gebäude.

Fenella sieht hinauf und zieht scharf die Luft ein.

»Okay«, flüstert sie. »Keine Sorge. Er hat es mir versprochen.«

Während ihres Telefonats hat sie ihm das Versprechen abgenommen, dass er sich in Ruhe anhören wird, was ich zu sagen habe. Ohne Gewalt.

So weit, so gut.

»Na komm.« Ich halte ihr meine Hand hin und versuche sie mit einem Lächeln zu ermutigen. »Ich habe keine Angst vor Löwen.«

Schnaubend nimmt sie meine Hand und wir gehen gemeinsam den langen Kopfsteinpflasterweg hinauf.

»Solltest du aber besser haben«, flüstert sie und unsere Hände sind fest ineinander verankert, während wir zwischen den bunten Blumen auf das Haus zugehen.

Noch bevor wir den majestätischen Eingangsbereich erreicht haben, fliegt die rote Haustür auf und eine schlanke Frau tritt über die Schwelle. Zuerst zögert sie einen kleinen Moment, doch dann macht Fenella sich von mir los und rennt ihr die letzten Meter entgegen.

»Mum«, stößt sie aus und fällt der Frau mit den dunkelblonden Haaren im flatternden Sommerkleid entgegen. Ich habe Fenellas Mutter nur einmal kurz im Auto gesehen. So aufgetakelt mit hochhackigen Schuhen und auffälligem Make-up hätte ich sie aus der Nähe nicht wiedererkannt.

Die beiden fallen sich in die Arme.

Bereits in diesem Moment weiß ich, herzukommen war die richtige Entscheidung.

Fenella hat hier einen Ort, an dem sie geliebt wird. Eine Familie, die sich um sie sorgt. Anfangs habe ich diese dafür verurteilt, dass sie ihre Tochter nicht beschützt hat. Mittlerweile glaube ich, Fenella kann ihre Gefühle besser verstecken als die meisten anderen Menschen. Von daher kann man ihnen keinen Vorwurf machen. Zumindest nicht, ehe ich gesehen habe, wie sie auf die Wahrheit reagieren.

»Oh mein Mädchen«, schluchzt ihre Mutter. Sie vergräbt ihr Gesicht in Fenellas Halsbeuge. »Geht es dir gut? Ist dir was passiert?« Langsam löst sie sich von ihrer Tochter und ihr Blick landet auf mir. Sofort fällt ihre glückliche Maske in sich zusammen. Tja – ich bin wohl nicht der Traum aller Schwiegermütter. Was für eine Überraschung! »Hat er dir was getan?«

Fenella braucht einen Moment, bis sie checkt, dass ihre Mutter von mir spricht.

»Was? Nein!«, kreischt sie eine Spur zu schrill. »Mum«, sagt sie und tritt einen Schritt zurück an meine Seite. Ich kann gar nicht beschreiben, wie sehr der Stolz dabei durch meine Adern schießt. Wie eine Rakete, die das Ziel hat, fremde Welten zu erforschen. »Das ist Isaac.«

»Callen. Richtig?«, vervollständigt sie. Die Abscheu, die sie beim Erwähnen meines Namens offen zutage bringt, kann ich ihr nicht verdenken. Ich selbst bin kein großer Fan davon.

»Hi, Misses Young. Schön, Sie kennenzulernen. Ihre Tochter hat bereits eine Menge über Sie erzählt.« Ich strecke ihr die Hand hin und bin überrascht, als sie sie ergreift. Allerdings ist ihr Ausdruck nicht weniger verblüfft, denn ganz gleich, womit sie gerechnet hat – dass ich mich freundlich vorstelle, gehörte wohl nicht dazu.

»Ivera«, erwidert sie knapp.

»Ein hübscher Name.« Ich fürchte, ich muss alle Register ziehen, um nicht als Hackfleisch aus diesem Haus wieder herauszukommen.

»Es bedeutet die Kriegerin«, antwortet sie monoton und drückt meine Hand noch eine Spur fester.

Ich nicke nur. Mir fallen eine Menge dämlicher Kommentare ein, aber ich unterdrücke jeden einzelnen.

Erst, als ihre Tochter sich dezent zwischen uns schiebt, entlässt sie meine Hand und ihr Gesicht hellt sich wieder auf.

»Wir müssen mit euch reden«, sagt Fenella. Dabei suchen ihre Finger meine und ich schließe sie ohne zu zögern fest in meine Hand.

Wir machen das hier gemeinsam. Das habe ich ihr geschworen. Und ich halte, was ich sage.

Man hat das Gefühl, wir alle drei seufzen fast synchron auf, als wir die Schwelle überschreiten.

Das Haus wirkt von innen genauso wie von außen. Protzig und teuer, aber trotzdem gemütlich wie ein echtes Zuhause. Ganz anders als der unpersönliche Palast, in dem ich großgeworden bin.

Während Ivera Young uns voraus durch den breiten Eingangskorridor läuft, wirft sie mir immer wieder skeptische Blicke zu.

Fenellas Hand in meiner fühlt sich feucht an und ich spüre, wie ihre Finger unruhig zucken. Wahrscheinlich sollte ich sie irgendwie aufmuntern oder ihr ein Gefühl der Sicherheit vermitteln, doch das stellt sich als schwerer heraus als gedacht. Hinter jeder Tür erwarte ich einen Hinterhalt. Freiwillig und unbewaffnet im Haus der Youngs zu sein, fühlt sich komisch an. Als liefe ich geradewegs in ein Löwengehege. Dass ich dabei Fenellas Hand halte, ist, als würde ich mir rohes Fleisch um den Hals hängen, um die Raubtiere anzulocken.

Arthur Young tritt vom Balkon herein, und als er im Türrahmen steht, scheint es, als würde er dem Raum jegliches Licht nehmen.

»Fenella«, knurrt er mit zusammengebissenen Zähnen. Nichts weiter. Er sieht seine Tochter an und selbst mir wird mulmig bei diesem Blick. Ohne ein Wort feuert er einen Vorwurf nach dem anderen auf mein Mädchen ab, was mich dazu bringt, mich vor sie zu schieben. Neben mir höre ich Fenellas Mutter tief seufzen, ihr Vater jedoch schenkt uns ein raubtierartiges Geräusch, um seinen Unmut auszudrücken.

»Auch schön, dich zu sehen, Arthur«, spucke ich ihm entgegen.

Der Mann vor mir ist nicht der Vater meiner Freundin.

Er ist ein Lion.

Ein Kerl, der mich festgehalten und gefoltert hat.

Ein Feind.

»Ich sollte dich hier und jetzt erschießen, du Bastard.«

»Dad«, keucht Fenella, doch ich lache nur über seine Worte und schiebe sie noch weiter hinter meinen Rücken. Das hier ist mein Kampf.

»Nur zu«, schmunzele ich. »Wenn ich ehrlich bin, habe ich nach allem, was ich über euch weiß, nicht viel mehr erwartet.«

Seine Nasenflügel beben bei jedem meiner Worte. Wenn er denkt, er könne mich mit diesem Machtgehabe einschüchtern, hat er sich getäuscht. Männer wie ihn zu provozieren ist eins meiner liebsten Hobbys. Da hält mich auch sein Mafia-Outfit nicht ab.

»Fenella, geh mit deiner Mutter nach oben.«

Beinahe hätte ich laut gelacht.

»Denkst du wirklich, du sagst ihr noch länger, was sie zu tun hat?«, schnaube ich. Fenellas Finger bohren sich in meinen Handrücken.

»Ich werde dich töten und deinem Vater in Einzelteilen per Post schicken.«

Ivera schnappt nach Luft, doch mich lässt seine Drohung kalt.

»Tja, das würde ich lassen«, lache ich. »Da er so tot ist, wie du es von mir gerne hättest, wird er sicher die Annahme nicht quittieren können, und es wäre doch ärgerlich, wenn ich postwendend an den Sender zurückkomme, oder?«

Fenellas Vater ist nicht erst seit gestern ein Lion. Sein Pokerface sitzt lückenlos. Dennoch meine ich ein winziges Zucken seiner buschigen Augenbraue bemerkt zu haben. Er hat die gleichen schwarzen Haare und die hellblauen Augen wie seine Tochter. Allerdings ist seine Haut braun gebrannt. Er sieht eher aus wie ein italienischer Mafiaboss als ein schottischer Löwe.

»Fenella«, warnt er noch einmal mit Nachdruck.

»Arthur«, fleht seine Frau wimmernd, aber für die Bedeutung ihres Vornamens viel zu leise neben mir.

Fenella löst ihre Hand aus meiner und tritt vor mich. Mein Herz schlägt viel zu schnell in meiner Brust. Genau diese Situation hatten wir schon mal. Das hat mich in den Folterkeller der Youngs gebracht.

Doch dann überrascht Schneewittchen uns alle, indem sie die Hände in die Hüften stemmt.

»Nein!«, raunt sie mit fester Stimme und ich möchte am liebsten einen Flickflack schlagen vor Stolz.

Ihr Vater zuckt zurück, als hätte dieses einzelne Wort die Kraft, einen Mann umzuhauen. »Ich lasse mich nicht länger herumkommandieren. Und ich werde auch kein Lion. Niemals. Und du ...« Dabei geht sie auf ihren Vater zu, der im Gegensatz zu ihr ein Kerl wie ein Baumstamm ist. »... wirst uns jetzt in Ruhe zuhören. Wenn du ihn danach immer noch töten willst, versuch es nur. Aber eins sollte dir klar sein. Tötest du ihn, tötest du auch mich.«

Heilige Scheiße, wenn ihre Eltern nicht im Raum wären, würde ich sie ohne Umschweife von hinten über das weiße Ledersofa legen und sie ficken, bis nichts mehr übrig ist, was ich ihr noch geben kann.

»Setzen wir uns doch erst mal«, versucht Ivera die explosive Stimmung zu entschärfen. »Dann können wir in Ruhe über alles reden, hm?« Dabei sieht sie hoffnungsvoll zu ihrem Ehemann. Wahrscheinlich hat ihre Mum längst kapiert, dass es nur einen Weg zurück zu ihrer Tochter gibt. Und dieser führt nun mal an mir vorbei.

»Bitte«, schnaubt Arthur widerwillig und lässt sich auf einen Sessel sinken. Fenella hingegen zieht mich mit sich auf eins der Sofas. Im Grunde ist alles in diesem Zimmer weiß oder beige. Alles außer den unzähligen Kinderfotos an den Wänden.

Sie alle zeigen Fenella und ihren Bruder. Ich habe Hunter Young nicht gekannt, aber er sah aus wie seine Schwester. Auf manchen Bildern sind sie noch klein. Sitzen strahlend in einem Mini-Planschbecken oder mit Zahnlücken vor dem Weihnachtsbaum.

»Was möchtest du uns erzählen? Du klangst so aufgelöst am Telefon.« Ich mag Fenellas Mutter. Sie wirkt nicht so kaltschnäuzig, wie ich es erwartet hätte. Sie hockt sich mit einer Hälfte ihres Hinterns auf die Lehne ihres Mannes und faltet die Hände auf dem Schoß. Genau wie ihre Tochter es in diesem Moment tut.

»Isaac hat herausgefunden, wer Hunter wirklich umgebracht hat.«

Ein allgemeines Raunen geht durch das schicke Wohnzimmer. Eines kommt von ihrer Mutter, für die wahrscheinlich allein der Name ihres Sohnes ausreicht, um den Schmerz wieder aufleben zu lassen. Das zweite kommt von Arthur, der mich wütend anstiert, wahrscheinlich, weil er denkt, ich suche nur einen Weg, um mich aus der Affäre zu ziehen.

Und das letzte kommt aus meinem Mund.

»Fenella«, stöhne ich und lege meine Hand auf ihre.

Wir hatten uns gefühlte hundert Mal darauf geeinigt, dass ganz gleich, was passiert, sie ihren Eltern zuerst von Fearghas erzählt. Mir war klar, dass sie versuchen würde, sich davor zu drücken. Genau aus diesem Grund bin ich hier. Ich sorge dafür, dass ihr endlich die Ketten abgenommen werden, die sie seit so vielen Jahren gefangen halten.

Ich ignoriere die wütenden Blicke ihrer Eltern und wende mich ihr zu.

Mit zitterndem Kinn sieht sie auf unsere Hände, die in ihrem Schoß liegen.

»Hey. Sieh mich an, Schneewittchen«, flüstere ich. Wahrscheinlich hören ihre Eltern es dennoch, aber das interessiert mich einen Scheiß. In diesem Raum gibt es nur einen Menschen, der wichtig für mich ist. »Es ist alles gut«, versuche ich sie zu beruhigen, als ihr ängstlicher Blick meinen trifft. »Ich bin bei dir. Es kann dir nichts passieren.«

»Das ist doch lächerlich«, prescht Arthur Young dazwischen. Gerade als er aufspringen will – wahrscheinlich um mir einen Dolch in die Kehle zu rammen oder Ähnliches –, hält Ivera ihn am Arm zurück.

»Arthur«, ermahnt sie ihn. Ihr Blick ist dabei auf ihre Tochter fixiert, die, ganz offensichtlich für jedermann sichtbar, mit den Tränen kämpft. »Ich möchte hören, was Fee zu sagen hat.«

Beim Erwähnen des Spitznamens bebt Fenellas ganzer Körper und ein Schluchzer verlässt ihre Kehle.

»Erzähl deinen Eltern die Wahrheit«, richte ich mich erneut an sie und wische eine einzelne Träne von ihrer Wange. »Sie hören dir in aller Ruhe zu«, knurre ich und blicke dabei wütend zu ihrem Vater, der sich langsam wieder in seinen Sessel sinken lässt. Der fette Siegelring der Lions prangt an seinem Finger und sofort fällt mein Blick auf den Callen-Ring, der auf den Händen seiner Tochter liegt. Ich habe es nicht über mich gebracht, ihn abzunehmen. Er ist ein Teil von mir. Ein hässlicher, unbequemer, aber er gehört dazu.

Schließlich holt Fenella noch einmal tief Luft und beginnt endlich, ihren Eltern alles zu erzählen. Von dem Moment an, an dem sie das erste Mal ein komisches Gefühl hatte, mit ihrem Onkel allein zu sein. Bis zu dem Tag, an dem mein Vater umgekommen ist.

KAPITEL NEUNUNDZWANZIG

»Verdammt!« Zusammen mit seinem Schrei knallt Arthur Young die Whiskyflasche gegen die Wand. Das Glas zerbricht in tausend Teile und die braune Flüssigkeit rinnt an der weißen Wand über die Gesichter seiner strahlenden Kinder.

Fenellas Mutter heult noch eine Spur lauter, als sie es ohnehin seit gut einer Stunde tut. Inzwischen sitzt sie an der anderen Seite ihrer Tochter und streicht ihr über das Haar, während ich Fenellas Hand in meiner halte.

Sie hat sich alles von der Seele geredet. Viel detailreicher als die Version, die ich zu Ohren bekommen habe. Daher kann ich Arthurs Reaktion nur allzu gut verstehen. Wäre ich hier nicht nur ein ungern gesehener Gast, hätte ich wahrscheinlich auch längst irgendetwas zerschlagen.

Mein Schmerz fokussiert sich voll und ganz auf Fenella. Auf die Wunden, über die seit vielen Jahren eine dünne Haut gewachsen war, doch die seit einigen Tagen erneut aufgerissen ist. Für Arthur und Ivera allerdings brechen hier gerade Welten zusammen. Abgesehen vom Schicksal ihrer Tochter haben sie gerade erfahren, dass ein geliebtes Familienmitglied sich als etwas durchaus Schlimmeres herausgestellt hat als das schwarze Schaf der Familie.

Ich glaube, neben allen Familiendramen trifft Arthur vor allem eins mitten ins Herz. Dass die Bruderschaft, an die er sein Leben lang geglaubt hat, ihm seinen Sohn genommen hat. Es wäre so viel einfacher für ihn, jemanden wie mich verantwortlich zu machen und sich ausgiebig zu rächen. Ich kenne das Prinzip der Rache. Es ist mir unter die Haut gestochen, und trotz meiner Aversion gegen das Töten stehe ich noch immer hinter dem Leitfaden der Callens. Ich hätte Fenellas Peiniger ohne mit der Wimper zu zucken getötet, wenn es mir vergönnt gewesen wäre.

»Es tut mir so leid«, heult Fenellas Mutter. Immer mal wieder legt sie ihre Hand auf meine und tätschelt sie. Diese mütterliche Geste fühlt sich fremd an. Nie zuvor hat eine Frau mich liebevoll berührt, die nicht mit mir vögeln wollte. Das ist komisch. »Ich hätte es merken müssen.«

»Falsch«, brüllt Arthur Young voll im Löwenstyle. Er steht mit verschränkten Armen am Fenster und sieht hinaus. Inzwischen ist die Sonne hinter den sanften grünen Hügeln untergegangen. Langsam dreht er sich herum und sein Blick landet direkt auf mir. »Ich«, knurrt er wie ferngesteuert. »Ich hätte es merken müssen.«

Mit zusammengebissenen Zähnen stiere ich ihn an.

Ja, möchte ich ihn anschreien. *Ja, du hättest es merken müssen. Sie ist deine Tochter, verdammt.*

Doch anstatt etwas zu sagen, beiße ich so fest es geht die Zähne aufeinander. Für Fenella ist das hier schon schlimm genug. Das Letzte, was sie braucht, ist ein Schwanzvergleich zwischen ihrem Vater und dem Typen, mit dem sie ins Bett geht.

»Was?«, fragt mein Mädchen mit dünner Stimme. Sie muss sich erst räuspern, um weitersprechen zu können. »Was wirst du jetzt tun?«

»Was erwartest du denn, was ich tue?«, stellt er eine Gegenfrage und überrascht mich damit. Gespannt auf ihre Antwort, sehe ich Fenella an.

»Können wir nicht erst mal ein paar Tage hierbleiben? Ich ...« Sie schluckt. »Ich brauche eine Pause.«

Ich sehe sofort, als ich den Kopf drehe, wie sehr Arthur

diese Antwort missfällt. Vielleicht sind dieser Mistkerl und ich uns ähnlicher, als uns beiden lieb ist.

»Fenella«, seufzt er. »Alles, was du willst.« Er ringt ganz offensichtlich um Fassung. Ich wette, befände ich mich nicht mit im Raum, wäre der riesige Kerl schon auf die Knie gegangen. »Du bekommst alles, was du willst von mir, mein Engel. Ich hoffe nur, du kannst mir eines Tages verzeihen. Wenn ich auch nur den leisesten Schimmer gehabt hätte.«

»Schon okay, Dad«, flüstert sie, schafft es aber nicht, seinem Blick standzuhalten.

Ich fürchte, die Vorwürfe, die zwischen den dreien schweben, lassen sich nicht in einem einzigen Gespräch beheben.

Arthurs Zugeständnis hängt schwer im Raum und keiner wagt, einen weiteren Ton zu sagen. Fenellas Tränen kullern unaufhörlich, bis ihre Mutter sich das Gesicht trockenwischt und die Schultern strafft.

»Ihr bleibt erst mal hier. Beide«, sagt sie und legt Fenella eine Hand auf die Schulter. »Wir haben noch genug Zeit, um über alles zu reden. Es war gut, dass du sie hergebracht hast, Isaac. Ich danke dir.«

Sie senkt den Blick. Soweit ich es mitbekommen habe, fällt es Ivera schwer, über ihren Sohn zu sprechen. Als Fenella und ich von Jace erzählt haben, hat sie stumm geweint und dabei den Blick kein einziges Mal gehoben. »Kommt. Machen wir euch dein Zimmer bereit.« Während sie aufsteht, bedenkt sie ihren Mann mit einem finsteren Blick. »Ihr müsst doch vollkommen fertig sein. Alles andere läuft nicht davon. Das Wichtigste ist nur, dass du wieder da bist, Fee.«

Ich konzentriere mich voll auf das filmreife Blickduell, das Arthur und ich uns abseits der Frauen leisten, bis ich Fenellas Wange an meiner Schulter spüre.

»Du bleibst doch bei mir, oder?«, fragt sie flüsternd in mein Ohr. Sofort lege ich den Kopf zur Seite, um ihren Scheitel zu küssen.

»Natürlich«, erwidere ich, ohne dabei meinen Blick

auch nur für eine Sekunde von Arthur zu nehmen. »Ich lass dich nicht allein.«

»Schläft sie?«

Ich drehe den Kopf nicht zur Seite, um Arthur anzusehen.

»Jap. Es waren anstrengende Tage«, antworte ich schlicht und sehe weiter in die Dunkelheit. Nur einzelne Häuser hier und da sind noch beleuchtet, aber der Himmel ist pechschwarz. So finster, wie er in London niemals sein könnte.

Mein Leben bestand nie aus festen Schlafenszeiten in der Nacht. Ich habe es schon immer geliebt, im Freien zu stehen und in die Sterne zu schauen, wenn alle anderen Menschen schlafen.

Allerdings bleibt das beruhigende Gefühl, das ich sonst dabei verspüre, auf dem Balkon der Youngs aus.

»Und du? Nicht müde?«, fragt er und hält mir eine geöffnete Schachtel Zigaretten hin. Eine hat er ein Stück herausgezogen, um sie mir anzubieten.

Ich sehe ihn skeptisch an. Das Licht des Wohnzimmers lässt sein Gesicht weicher wirken, als es in Wirklichkeit ist. Oder zumindest so, wie es auf mich bisher gewirkt hat.

»Hm«, summe ich und greife dabei nach der Zigarette. »Irgendetwas sagt mir, dass es klüger ist, im Löwenkäfig die Augen offen zu halten.«

Eine Flamme erscheint vor meinem Gesicht und ich halte die Kippe hinein. Der Rauch, der daraufhin meine Lunge flutet, tut verdammt gut. In den vergangenen Tagen habe ich wenig geraucht. Seit einer gefühlten Ewigkeit war kein Gras mehr dabei. Es fällt mir leichter als erwartet, darauf zu verzichten. Verliebt sein ist eine gute Ersatzdroge. Und scheiße ja, das bin ich. Ich bin verliebt in Fenella Young. Und nur aus diesem Grund schicke ich ein halbwegs freundliches »Danke« hinterher, als Arthur Young die Flamme wieder erlöschen lässt.

»Wenn du meiner Frau verrätst, dass ich geraucht habe, hole ich die Männer zurück, die ich eben von ihren Posten entlassen habe, um dich im besten Moment abzuknallen.«

Seine Stimme hört sich schon fast etwas schmunzelnd an. Langsam finde ich Gefallen an diesem Mistkerl.

Die Glut an seiner Kippe leuchtet orange auf und enttarnt seine minimal gehobenen Mundwinkel.

»Du brauchst mehrere Männer, um mich zu erledigen?« Ich lege die Ellbogen auf das Balkongeländer und puste den Rauch in die Nacht. »Das ist das schönste Kompliment, das ich seit langer Zeit bekommen habe, Arthur.« Weil ich ein Arschloch bin, drehe ich ihm den Kopf zu. »Aber danke, ich habe schon jemanden, der mir das Bett warm hält.«

»Ich habe keine Ahnung, was meine Tochter an dir findet.«

Im Schein des Wohnraumes sehe ich, wie er mit dem Kopf schüttelt.

»Tja, diesbezüglich sitzen wir ausnahmsweise im selben Boot.«

Er zieht mit einem schiefen Grinsen an seiner Zigarette und wir richten gleichzeitig den Kopf wieder nach vorne.

Hätte mir vor einigen Wochen jemand erzählt, dass ich an diesem Abend mit einem angesehenen Lion auf seinem Balkon eine rauche, während seine Tochter oben im Bett auf mich wartet, ich hätte ihn für verrückt erklärt.

Eine Zeit stehen wir still nebeneinander. Nur das Knistern des Tabaks ist zu hören.

»Ich muss mich bei dir entschuldigen«, bringt Fenellas Vater irgendwann ernst über die Lippen und ich stoße mich vom Geländer ab. Nickend weiß ich nicht genau, was ich darauf erwidern soll. »Ich sollte wohl jetzt zudem noch so was sagen wie: Der Verlust deines Vaters tut mir leid, aber wir sollten es nicht übertreiben.«

»Tja«, seufze ich. »Da ich nicht der trauernde Sohn bin, der ich vielleicht sein sollte, ist das ganz in Ordnung.«

»Und, was hast du jetzt vor? Übernimmst du das große Callen-Imperium?«

Ich atme tief durch und ziehe ein letztes Mal an meiner Zigarette, ehe ich sie über das Geländer schnippe. Ich bin kein gefühlskalter Mistkerl. Es wäre gelogen, zu behaupten, das Bild meines toten Vaters würde nicht die ganze Zeit in meinem Kopf spuken und sich permanent um die alles entscheidende Frage drehen – *Was jetzt*?

Die Antwort ist: »Ich weiß es nicht.«

»Du musst sie hierlassen«, prescht Arthur auf einmal dazwischen und kommt einen bedrohlichen Schritt auf mich zu. Allerdings ist es keine Wut, die aus seiner Stimme spricht. Es ist blanke Verzweiflung.

»Was?« Völlig überrumpelt weiche ich einen Schritt zurück.

Sofort nimmt er ergeben die Hände hoch und gibt mir mehr Raum.

»Isaac«, seufzt er. Er schnippt seine Zigarette ebenfalls fort und reibt sich mit den Händen kurz über das Gesicht. »Ich bin kein Mann großer Gefühle.« Schnaubend sehe ich ihn an und verschränke die Arme vor dem Körper. Er kann mich mal. »Aber das, was meine Tochter mir da heute erzählt hat ...« Er spricht nicht weiter.

»Es hat dir den Boden unter den Füßen weggerissen«, beende ich den Satz für ihn.

»Ja«, stößt er keuchend aus. »Scheiße! Ja!«

»Hör mal. Ich verstehe, dass es ätzend ist und so, aber ich habe mit eurem Familiendrama nichts zu tun. Ich bin der Erste von euch, der es gewagt hat, hinter ihre scheue Fassade zu blicken, also sag mir nicht, was ich tun soll.«

»Isaac«, stöhnt er ein weiteres Mal und legt beide Hände vor dem Körper zusammen, als wolle er beten. »Du hast recht. Mit allem, was du bislang gesagt hast. Das gebe ich zu. Scheiße, ich gebe alles zu, was du verlangst. Ich geh auch auf die Knie vor dir, wenn es das ist, was du sehen willst. Aber ich bitte dich«, er holt tief Luft, »lass sie hier. Geh, wohin auch immer du gehen willst. Keiner der Lions wird dich aufhalten. Aber lass Fee bei uns. Um ihretwillen.«

»Und wie kommst du darauf, dass sie das will?«

Schnaubend schüttelt er den Kopf. »Sie ist verliebt in dich. Über beide Ohren, das sieht selbst ein Blinder. Und genau aus diesem Grund sollte sie diese Entscheidung nicht treffen. Sie kann nicht klar denken.«

Wütend drehe ich mich weg und sehe in die andere Richtung vom Balkon. So sauer, wie ich gerne sein möchte – es wäre eine Lüge, wenn ich mir nicht auch schon Gedanken darüber gemacht hätte, wie es mit ihr weitergehen soll.

Noch bevor ich etwas erwidern kann, führt Arthur seinen Monolog weiter aus.

»Selbst wenn Fenella recht hat und du keinerlei Interesse an den Geschäften deines Vaters hast. Wenn die Welt erfährt, dass Nelson Callen tot ist, gibt es von hier bis Moskau keine dreckige Ratte, die das Regiment deines Vaters nicht an sich reißen wollen wird. Und du bist der Letzte, der ihnen dabei noch im Weg steht. Ob du vielleicht tief in deinem Herzen ein guter Kerl bist oder nicht, das spielt keine Rolle. Alle Feinde deines Vaters sind nun auch deine Feinde. Du bist ein gejagter Mann. So oder so.«

»Als ob ich das nicht wüsste«, brumme ich.

Er muss mich für einen Idioten halten, wenn er denkt, mir sei das nicht mit jeder Faser meines Körpers bewusst. Mein Vater war nicht nur in und um London bekannt. Sein Tod wird enorme Wellen schlagen und ja, Arthur hat recht, ich werde ihnen trotzen müssen. Ich kann mir nicht einfach die Taschen mit Bargeld vollstopfen und verschwinden. Es gibt eine Menge zu regeln. Der Callen-Clan erstreckt sich weit über London hinaus und mal abgesehen von den krummen Dingern, die Nelson gedreht hat, hängen an diesem Geflecht Arbeitsplätze, Häuser, Scheiße ... ganze Siedlungen, die wir finanzieren und überwachen. Ich bin der letzte noch lebende Callen.

Ich muss mich meiner Verpflichtung stellen oder die

Sache zumindest vernünftig zu Ende bringen – auf meine Art und Weise. Dass ich jetzt das Sagen habe, ist auch eine Chance, Veränderungen zu schaffen. Aber damit verbaue ich mir für alle Zeit die Möglichkeit auf ein normales Leben. Es ist doch so, dass ich selbst nicht weiß, wie es weitergehen soll. Ich habe keinen verfluchten Schimmer. Und es gibt niemanden, der mir diesbezüglich helfen kann. Niemals würde ich Brex zurück in die Schusslinie bringen. Für die Außenwelt ist er noch immer tot und das soll auch so bleiben.

Kein Mensch weiß, was wirklich im Zimmer meines Vaters geschehen ist. Noch im Regent's Park habe ich online sämtliche Überwachungsaufnahmen gelöscht. Außer den vier Männern, die Brex und ich getötet haben, gibt es niemanden, der die Sache ans Licht bringen könnte.

Ich habe keinerlei Kontakt zu Ronald und einem der anderen Mitarbeiter gehabt. Es ist also vollkommen offen, wie sie zu den Geschehnissen stehen. Fenella war in diesem Augenblick wichtiger. Sie wird immer wichtiger sein.

Ich zucke zusammen, weil Arthur seine Hand auf meine Schulter legt.

»Wenn du sie liebst, dann lässt du sie gehen. Schenk ihr die Zeit mit ihrer Familie, die ihr genommen wurde. Ich versichere dir, wir passen auf sie auf. Sie bekommt von uns alles, was sie sich wünscht.«

»Dann schickt ihr sie nicht zurück zum Cluaran? Zu Kester?«

»Sie geht nur zurück aufs Cluaran, wenn sie dort studieren möchte. Sie kann tun und lassen, was sie möchte, dafür sorge ich höchstpersönlich. Du hast mein Wort.«

Ich drehe mich zu ihm um und sehe ihm trotz der Dunkelheit in die Augen.

»Gute Nacht, Arthur.«

Mit diesen Worten trete ich ins Haus, um nach oben zu gehen. Wie ein Magnet zieht es mich in ihre Nähe. Denn die Wahrheit ist – ich brauche sie viel dringender als umgekehrt.

Bei jeder Stufe, die ich in Richtung von Fenellas

Zimmer nehme, hallen Arthurs Worte in meinem Kopf nach. Eine Hand an dem schick verzierten Handlauf, presse ich die andere gegen meine Stirn, weil es sich anfühlt, als würde mein Gehirn jeden Moment platzen.

Es war ein langer Monat.

Nicht mal ein Monat und mein Leben hat eine komplette Kehrtwende hingelegt. Niemals hätte ich geahnt, wie sehr ein Mensch oder vielmehr eine Frau mich und meine Denkweise beeinflussen könnte.

Leise öffne ich die weiße Tür, hinter der sich das pastellfarbene Zimmer befindet, in dem meine Prinzessin schläft. Alles in diesem Raum ist das, was die Youngs in ihrer Tochter gesehen haben. Aber nichts davon entspricht dem, was sie wirklich ist – eine wahre Kämpferin.

Ohne ein Geräusch zu verursachen, schleiche ich über den flauschigen Teppich und ziehe bereits währenddessen mein Shirt über den Kopf. Das weiße Himmelbett ist indirekt beleuchtet und wirft einen sanften Lichtschein ins Zimmer. Ihr Gesicht sieht so friedlich aus. Als ob sie endlich nach so langer Zeit loslassen konnte. Ich nehme mir einen Augenblick Zeit, stehe an der Bettkante und schaue auf sie herab.

Sie hat es verdient, zur Ruhe zu kommen, glücklich zu sein. Ohne sich Gedanken über irgendwelche kriminellen Clans oder Bruderschaften machen zu müssen. Sie sollte studieren. Literatur, wie sie es immer wollte. Mit einem anschließenden langweiligen Job in einer Bücherei. Treffen mit Freunden, ehe sie abends zu ihrem uninteressanten Typen geht, dessen schlimmstes Vergehen es war, dass er einmal bei Rot über eine Ampel gefahren ist. So sollte ihr Leben aussehen.

Das Problem ist, ganz gleich, wie sehr ich mich auch ändere oder danach strebe, ein besserer Mensch zu sein: Ich kann niemals dieser Typ werden.

Niemals.

Die blutgetränkte Dunkelheit gehörte bislang zu meinem Leben und inzwischen ist mir klar, dass ich sie nicht einfach so hinter mir lassen kann, wie ich es am Anfang meiner Reise vorhatte. Ich kann nicht davor davonlaufen, wer ich bin. Ich kann ändern, wer ich bin, das schon. Aber meine Vergangenheit wird immer ein Teil von mir bleiben. Denn ob es mir gefällt oder nicht – ich bin ein Callen.

Oder vielmehr bin ich *der* Callen.

Der letzte Nachfahre eines blutrünstigen Clans. Daran ändert auch dieser bezaubernde Engel vor mir nichts.

Leise schlüpfe ich aus meiner Jeans und krieche zu meinem Mädchen unter die rosafarbenen Laken.

»Hm«, murmelt sie und dreht sich herum, um ihren warmen weichen Körper postwendend an mich zu schmiegen. Sie trägt eins meiner T-Shirts, das in keiner Weise in das rosagetränkte Bett oder dieses verdammte Zimmer passen will. So, wie ich nicht in ihr Leben passe. Ihr Glück stand für mich an oberster Stelle. Jetzt liegt es an mir, es durchzuziehen.

Fenella legt ihre Arme um meine Taille und zieht sich noch dichter an mich heran. Ihr Kopf ruht an meiner Brust und ich hoffe, sie bemerkt nicht, wie schnell mein Herz schlägt.

»Schlaf weiter«, flüstere ich und küsse ihre Schläfe. Meine Hände legen sich wie von allein an ihren Rücken und den Nacken. Ich möchte sie so gern beschützen. Vor dieser Welt, die ihr viele Jahre ihres Lebens weggenommen hat.

Vor Männern, die nicht wissen, wann Schluss ist.

Vor Männern wie mir, die bis zu den Knien im Sumpf der Kriminalität stecken.

Ob ich es zugeben will oder nicht, Arthur Young hat recht. Wenn ich sie liebe, dann muss ich sie loslassen.

»Ich bin nicht müde«, murmelt sie schlaftrunken und ihre Lippen finden in dem Moment meinen Hals, in dem ihre Hände den Weg in den Bund meiner Boxershorts suchen.

Natürlich bin ich hart. Selbstredend. Wie sollte ich

auch nicht, wenn ihre weichen Beine sich um meine schlängeln und ihre wunderbaren Titten sich an meine Brust drängen.

Ein selbstloser Kerl hätte wohl in diesem Moment das Licht angeschaltet, sich aufgesetzt und mit ihr über alles geredet.

Aber auch am Ende dieser Geschichte bin ich nun mal ein sexsüchtiges Arschloch.

Daher rolle ich sie auf den Rücken und schiebe mich bestimmend auf sie.

»Zieh dich aus«, flüstere ich. Meine Lippen wandern über ihren Mund, ihre Wange hinunter bis zum Hals. Dort verharre ich, bis sie sich das Shirt über den Kopf gezogen hat.

Erst als es als kleiner schwarzer Schandfleck auf dem weißen Teppich landet, mache ich weiter, lasse meine Zunge über ihre Nippel fahren und knete ihre perfekten Brüste.

Arthur Young mag vielleicht recht haben, dieser Wichser, aber allein für diesen Moment lohnt es sich, am Ende zu sterben. Weil ich mich bei keinem Menschen auf der Welt so gefühlt habe wie bei Fenella.

Wertvoll.

Sie gibt mir das Gefühl, wertvoll zu sein.

Ich lege mit geschlossenen Augen den Kopf in den Nacken und genieße, wie ihre Finger sich in meinen Haaren festkrallen. Ihre Hände auf meinem Körper zu spüren ist trotz der mittlerweile zwischen uns herrschenden Vertrautheit immer noch neu. Wahrscheinlich werde ich mich nie daran gewöhnen, so berührt zu werden. Als sei ich etwas Besonderes.

Mit einer Hand ziehe ich ihr den Slip von den Beinen, und auch wenn ich ursprünglich einen filmreifen Cunnilingus geplant hatte, kann ich mich nicht länger zurückhalten.

Ich muss in ihr sein.

Tief. In. Ihr.

Mit einem Knie dränge ich ihre Beine auseinander und führe meinen Schwanz direkt an ihren Eingang. Dabei stütze ich mich auf dem Ellbogen ab, damit ich ihr ins Gesicht sehen kann. Ich liebe den Augenblick, wenn ihre Lider unwillkürlich flattern, sobald ich in sie eindringe.

Genau wie in diesem Moment, in dem ich spielend leicht in sie hineingleite. Denn Fenella ist feucht und mehr als bereit für mich. Alle anfängliche Vorsicht, alle Rücksicht und alle Angst sind verschwunden. Wenn ich in ihr bin, gibt es nur noch uns beide. Sie und mich ohne eine Grenze, die zwischen uns steht.

Da ist nur Platz für Vertrauen und Lust.

Für Liebe.

Und in dieser Hinsicht ist auch sie meine Erste.

Stöhnend kneift sie die Augen zu, als ich mein Becken langsam in ihr kreisen lasse. Sie einfach zu ficken wird dem, was wir haben, nicht im Entferntesten gerecht.

Scheiße verdammt, ja, ich liebe sie. Und das nicht nur mit dem Herzen, sondern auch mit meinem Körper.

Meine Stirn liegt auf ihrer, unsere Blicke sind fest verbunden, während ich langsam, aber kräftig immer wieder in sie hineinstoße.

»Isaac«, wimmert sie. Sie hat Mühe, die Augen geöffnet zu lassen, doch mein Blick hält sie gefangen.

»Ich bin da«, flüstere ich, was ich ihr schon so oft zugesagt habe. Doch zum ersten Mal bin ich nicht sicher, ob es eine Lüge ist.

KAPITEL DREISSIG

»Es ist so lange her, dass ich das Boot gesehen habe.« Fenella schwelgt mit ihrer Mutter schon den ganzen Vormittag in Erinnerungen. Sie beide klammern sich an Zeiten, bevor die Familie – wenigstens für eine von ihnen – zum Feind wurde.

Die beiden wirken auf faszinierende Art und Weise erleichtert. Jetzt, da ich Ivera Young kennenlernen durfte, kann ich mir ausmalen, dass auch sie viel gelitten haben muss, in den letzten Jahren. Und das ganz abgesehen vom Verlust ihres Sohnes. Ihre Tochter zu verlieren muss nicht weniger schmerzhaft gewesen sein. Zumal sie keine Chance hatte, ihr Verhalten je zu verstehen.

Fenella hat mir schon im Vorhinein erzählt, dass sie viel telefonieren und skypen, aber dass ihre Tochter den Weg nach Hause gefunden hat, war für die Mutter offensichtlich ein besonderes Geschenk.

Heute früh sind sie sich ohne Umschweife in die Arme gefallen und haben länger als gewöhnlich in dieser Position verharrt.

Wir sind anschließend auf die Terrasse geschlendert und seither plappern sie ohne Unterbrechung, während ihr Vater und ich das Ganze stillschweigend und mit verbissenen Mienen beobachten.

»Du kannst jederzeit rausfahren. Der Ort ist zwar momentan voller Touristen, aber vielleicht kannst du Isaac bei der Gelegenheit auch ein bisschen die Umgebung zeigen?«

Erst als drei Augenpaare mich erwartungsvoll ansehen, merke ich, dass sie eine Reaktion von mir erwarten. Die Sonne scheint auf die untere Terrasse des Hauses, die einen direkten Zugang hinunter zum Wasser hat. Allerdings ist es nicht das Wetter, das mich zum Schwitzen bringt. Es ist Angst. Blanke Angst davor, einen schwerwiegenden Fehler zu begehen.

»Vielleicht ein anderes Mal«, seufze ich und bemühe mich dabei um das beste falsche Lächeln, das ich je zustande gebracht habe. Denn im Grunde möchte ich mich einfach auf die Natursteinplatten übergeben. »Ich muss unbedingt noch ein paar Telefonate führen. Es gibt eine Menge zu regeln.«

Sofort fallen Fenellas und Iveras fröhliche Mienen in sich zusammen.

»Ja natürlich. Tut mir leid. Soll ich dir irgendwie helfen?«

Sie legt ihre Hand auf meinen Oberschenkel, was Arthur Young neben einem Todesblick auch ein abfälliges Schnauben entweichen lässt.

»Nein, das musst du nicht«, bringe ich mit größter Mühe heraus. Ich lege meine Hand auf ihre und drücke sie sanft. Ihre Nähe zu spüren, ihr Parfüm zu riechen und ihre Haut an meiner zu spüren – all das versuche ich mir einzuprägen, um es später noch einmal abrufen zu können. »Geh doch mit deiner Mutter. Du müsstest eh ein bisschen was einkaufen gehen. Wir haben nicht sonderlich viel mitgebracht.«

»Bist du sicher?« Das Mitgefühl, das aus ihren Augen direkt in mein Herz schwemmt, macht es mir schwer, mich aufrecht zu halten.

»Ganz sicher«, beteuere ich und komme mir vor wie ein Riesenarschloch. »Macht euch einen schönen Tag. Den hast du dir verdient. Wir sehen uns dann später.«

Das späte Frühstück mit der Familie hängt mir immer noch wie ein riesiger Kloß im Hals. Fenellas Blick wandert zwischen mir und ihrem Vater hin und her. Es ist ihr anzusehen, wie gern sie gehen möchte, aber versucht, das Richtige zu tun. Allein dieser Moment ist Grund genug, mein Vorhaben durchzuziehen. Weil ich ihr nur hinderlich dabei bin, ein normales, glückliches Leben zu führen.

»Nun geh schon. Ich werde ihn schon am Leben lassen«, schmunzelt Arthur Young und lächelt dabei seine Tochter an.

Er weiß es.

Ich bin sicher, er hat mich längst durchschaut. Anders kann ich mir diese unbekümmerte Freundlichkeit heute Vormittag nicht erklären.

»Okay. Aber am Nachmittag gehen wir hoch zur Burg, ja? Dort gibt es die besten Waffeln in ganz Schottland. Die musst du einmal gegessen haben.«

»Wenn du es sagst.« Ich bin ein mieser Schauspieler. Eine wirklich richtig beschissene Imitation eines besseren Ichs, das ich niemals sein werde.

»Versprochen?« Fenella beugt sich vor. Sie so fröhlich und unbeschwert zu erleben ist ein Geschenk, an das ich mich noch lange Zeit erinnern werde. Dafür hat es sich gelohnt zu kämpfen. Und zu sehen, wie ihre Eltern sie umsorgen und ihr jeden Wunsch von den Lippen ablesen, beweist nur, dass ich das Richtige tue.

»Nun geh schon«, umgehe ich ihre Frage, denn ich kann ihr dieses Versprechen nicht geben. Es will einfach nicht über meine Lippen kommen.

»Danke«, haucht sie zusammen mit einem Kuss auf meine Lippen.

Eine flüchtige Berührung.

Ein winziger Bruchteil dessen, was zwischen uns geschehen ist.

Vielleicht, wenn sie wüsste, dass es unsere letzte Verbindung war, hätte sie sich mehr Zeit genommen. Sie hätte die Augen geschlossen, ihre Hand in meinen Nacken gelegt und den Moment genossen, in dem unsere Lippen warm und weich aufeinanderliegen.

Doch Fenella hat keine Ahnung. Und die einzige Entschädigung dabei für mich ist, ihr hinterherzusehen, wie sie glücklich und unbeschwert ihrem Vater einen Kuss auf die Wange gibt und anschließend mit ihrer Mutter den schmalen Schotterweg hinunterläuft.

Ich blicke ihnen so lange hinterher, bis ihre Umrisse schließlich hinter einem kleinen Waldstück verschwinden.

Dann fällt mein Blick zu Arthur, der die ganze Zeit schweigend neben mir gesessen hat.

»Danke.« Das ist alles, was er sagt, bis er sich schließlich erhebt und mich allein zurücklässt.

Vielleicht hatte mein Vater ja recht, denn genau das bin ich am Ende immer – allein.

Den Schlüssel in der Hand, den Rucksack auf der Schulter, stehe ich da und starre auf den Mietwagen vor mir. Es ist ein normaler Volvo Kombi mit getönten Scheiben und Businessausstattung. Im Grunde auch vollkommen egal, was für ein Auto es ist.

Es ist nicht das Wie, das entscheidend ist, sondern das Ob.

Ich werde Fenella verlassen.

Hinterrücks.

Ohne ein Wort des Abschieds.

Alles, was ihr von mir bleiben wird, ist die Erinnerung. Die Erinnerung an eine schmerzhafte Zeit in ihrem Leben, die ich vielleicht ein bisschen erleichtern konnte.

Vor einer gefühlten Ewigkeit habe ich ihr versprochen, dass ich sie beschützen werde, und ich halte dieses Versprechen. Auch wenn das bedeutet, weit weg von ihr zu sein.

Wenn ich es bin, vor dem ich sie schützen muss, dann tue ich das.

Fenellas Glück ist alles, was zählt. Das war es von Anfang an. Seit ich sie auf dem Hintern habe sitzen sehen, die

Hände voller Blut, wusste ich, dass es mit ihr anders sein würde.

Seufzend steige ich in den Volvo und werfe meinen Rucksack auf den Beifahrersitz.

Es wird sicher eine Zeit lang dauern, bis Fenella mit ihrer Mutter aus der Stadt kommt und bemerkt, dass ich weg bin. Und das ist auch gut so. Sie soll gar nicht erst auf den Gedanken kommen, mich aufzuhalten.

Ihre Eltern werden für sie da sein. Sie werden sie in den Arm nehmen und ihr schwören, sich um sie zu kümmern.

Und sie wird mich vergessen.

Mit dieser Gewissheit atme ich noch ein letztes Mal tief durch, starte den Motor und verlasse das Grundstück der Youngs, ohne zurückzusehen.

Ich habe darauf verzichtet, Arthur Young ein nettes Wort des Abschieds dazulassen. Stattdessen hinterließ ich eine Liste in seinem Arbeitszimmer. Eine Auflistung der Männer, die mein Vater geschätzt hat. Namen, von denen ich glaube, dass es sich dabei um gewissenlose Schweine handelt, die es nicht verdient haben, noch länger auf diesem Planeten zu verweilen.

Er wird wissen, was damit zu tun ist.

Ja, ich hasse die Lions noch immer, aber tief in meinem Inneren habe ich das Gefühl, Young spielt auf der richtigen Seite. Die Seite, für die auch ich gerne kämpfen würde.

Während sich die tiefliegende Sonne auf dem Wasser des Glyde spiegelt und die Landschaft Schottlands an mir vorüberzieht, schweife ich mit meinen Gedanken ab.

Begebe mich auf eine Reise, die ich vor langer Zeit angetreten habe.

Als ich vor Wochen in London aufgebrochen bin, hatte ich vor, nie wieder zurückzukehren.

Es war eine Flucht.

Ich wollte fliehen, vor dem, was ich bin, und vor dem, was mein Vater aus mir machen wollte.

Sofort fällt mein Blick von den grünen Wiesen auf den Siegelring an meinem Finger.

Es sollte ein Lebewohl werden, das ich Kylee und Brexen überbringen wollte.

Doch dann kam sie.

Bei dem Gedanken daran, wie Fenella buchstäblich in mein Leben gepurzelt ist, muss ich unwillkürlich schmunzeln. Und das, obwohl ich viel lieber flennen will wie ein Baby.

Die Straße wird allmählich breiter, das Land weiter, doch meine Gedanken bleiben in der Vergangenheit stecken. Sie ziehen zu der Erinnerung, wie nervös Fenella war, als ich sie in Portmahomack mehr oder weniger freiwillig in meinen Wagen kommandiert habe.

Und da saß sie. Neben mir. Die Finger fummelten nervös am Saum ihrer Bluse herum und ihr Blick war scheu wie der eines Rehs im Scheinwerferlicht.

Ich werde diese Zeit nie vergessen. Wie sie sich nach und nach geöffnet hat. Wie eine Blume, die im Sonnenlicht ihre Blüten entfaltet und etwas Wunderschönes zum Vorschein bringt.

Ich denke an das erste Mal, als wir uns nähergekommen sind. Was für ein Idiot ich doch war. Wie ich in diesen beschissenen Pub gekrochen bin, anstatt bei ihr zu liegen und ihr das zu geben, was sie brauchte.

Die Wahrheit ist, ich hatte Schiss. Noch viel mehr als sie. Die Gefühle, die Fenella vom ersten Tag an in mir ausgelöst hat, stehen in so starkem Kontrast zu ihrer zierlichen Erscheinung. Sie hat mich einfach von den Füßen gefegt. Wie eine riesige Welle, die dich mitreißt. Es gab kein Entkommen.

Fenella Young hat mir beigebracht, zu vertrauen.

Sie hat mir beigebracht, selbstlos für andere einzustehen.

Und vor allem hat sie mir beigebracht, zu lieben.

Dafür wird ihr für alle Zeit ein Platz in meinem Herzen gehören. Ach was rede ich, nicht ein Platz. Der Platz. Denn niemals werde ich eine andere Frau lieben können wie sie. Das weiß ich sicher.

Seufzend wische ich mir mit einer Hand über das Gesicht. Zu heulen ist nach wie vor keine Option.

»Na, so müde solltest du besser nicht fahren.«

»Fuck!« Brüllend trete ich auf das Pedal und lege eine Vollbremsung mitten auf der verdammten Landstraße hin.

Mein Herz schlägt in Rekordgeschwindigkeit, meine Finger zittern. Erst der Blick in den Rückspiegel beweist, dass ich mir ihre Stimme nicht eingebildet habe.

Denn da sitzt sie.

Ein breites Grinsen auf dem Gesicht.

»Eigentlich wollte ich deine Worte von damals auf dem Boot wiederholen, aber sie wollen mir beim besten Willen nicht einfallen.«

»Bist du bescheuert?«, knurre ich.

»Bist du bescheuert? Nein, das war es nicht«, kichert sie und tippt sich mit dem Zeigefinger gegen die Lippe.

»Was zur Hölle tust du hier, Fenella?«

Meine Hände umklammern nach wie vor das Lenkrad. Der Volvo steht quer mitten auf der Landstraße, aber das ist mir gerade scheißegal.

»Denkst du ernsthaft, ich lasse dich gehen?«

Sie lehnt sich mit den Ellbogen auf die Rücklehnen der Sitze. »Ich müsste eigentlich so sauer auf dich sein. Unfassbar, dass du gehen wolltest, ohne etwas zu sagen.«

»Das ist nicht deine Entscheidung«, bringe ich nicht mehr ganz so laut heraus und richte den Blick geradeaus aus dem Fenster.

»Das denkst aber auch nur du. Du kannst nicht einfach so verschwinden. Das wäre selbst für dich eine ganz miese Nummer. Und mal ganz abgesehen davon, hältst du mich wirklich für so bescheuert, dass ich letzte Nacht und heute Morgen nicht gleich gemerkt habe, dass was nicht stimmt?«

»Und?«, frage ich eine Spur zu patzig. Sie macht es mir nicht gerade leicht, das Richtige zu tun.

»Isaac«, seufzt sie. »Ich weiß, was mein Vater dir gesagt hat.«

»Er hatte mit allem recht.«

»Das mag sein, aber das gibt ihm noch lange nicht das Recht, für mich zu entscheiden. Er hat doch selbst gesagt, er tut alles für mich, ganz gleich, was es ist. Tja, das hätte er sich besser überlegen sollen.«

Ich sehe zurück in den Rückspiegel, weil ich nicht verstehe, worauf sie hinauswill.

»Wir hatten heute Morgen ein langes Gespräch. Er hat mir alles gebeichtet, und nachdem ich ihn angeschrien habe, sagte er etwas, worüber ich lange nachgedacht habe.«

»Ich weiß ehrlich nicht, ob ich es wissen will.« Ich löse die Finger vom Lenkrad und bilde eine Faust, während meine Handballen noch immer auf dem weichen Leder liegen. Dabei lege ich den Kopf in den Nacken. Ich kann sie nicht ansehen. Dann werde ich schwach.

»Er sagte, ich könne aufhören, wütend auf ihn zu sein, denn wenn du wirklich gehen würdest, dann könne ich mir wenigstens sicher sein, dass du der Richtige bist.«

Mein Blick schießt in den Rückspiegel.

»Weißt du«, redet sie weiter und ihre Miene wird ernst. »Du hattest damals am Dunnet Head recht. Du bist wirklich die Sonne.« Schnaubend sehe ich sie an. Ich erinnere mich gut an diesen Abend. Niemals werde ich vergessen, wie ihr Gesicht im roten Licht der untergehenden Sonne ausgesehen hat. »Allerdings hatte ich unrecht.«

Ich will gerade widersprechen, um das hier abzukürzen, doch sie hebt eine Hand, um mich zu stoppen.

»Nein«, sagt sie. »Jetzt bin ich mal dran mit Große-Reden-schwingen. Ich habe nämlich die Nase voll davon, immer nur zuzuhören. Ich will nicht immer nur im Schatten stehen oder wie der bescheuerte Mond sein, der das Leben am Tag verpasst.« Sie atmet hektisch ein und aus, als wäre sie soeben einen Marathon gelaufen. »Jetzt ist meine Zeit gekommen. Wenn ich fertig bin, kannst du mich immer noch aus dem Auto werfen. Ich denke ehrlich gesagt, mein Vater wartet nur darauf, dass ich ihn anrufe und mich ausweine, weil du mich hast stehenlassen.« Sie macht eine theatralische Pause und räuspert sich mit gesenktem Blick, ehe sie ihren Kopf hebt und unsere Augen sich im Spiegel treffen. »Ich hatte unrecht mit dem, was ich über den Himmel behauptet habe, denn die Sonne ist nicht arrogant und protzig.«

»Fenella«, flehe ich, aber sie schüttelt nur den Kopf und spricht weiter.

»Sie ist das Leben, Isaac. Sie ist Licht und Wärme.« Die Leidenschaft in ihren Augen sorgt dafür, dass ich unruhig auf meinem Sitz hin und her rutsche. » Wusstest du, dass sie in nur einer Sekunde fünf Millionen Tonnen Materie in Energie umwandeln kann? Weil sie stark ist und heiß und sie sorgt für so unfassbar viel Wärme und Licht. Sie allein gibt der Erde Leben. Scheiße, ohne die Sonne wäre unser Planet unbewohnbar. Die Sonne ist dafür verantwortlich, dass die Erde nicht unkoordiniert durchs Weltall rast. Sie hält sie mit ihrer Gravitation an Ort und Stelle.« Hastig wischt sie sich die Tränen von den Wangen. »Ja, mag sein, dass die Erde um die Sonne kreist, aber die Sonne ist ...«, sie schluckt, weil Schluchzer sich einen Weg in ihre Kehle bahnen wollen. »Sie ist verdammt noch mal alles. Du hast es selbst gesagt, Isaac Callen, wenn wir da oben wären, wärst du die Sonne, und du hattest verdammt recht. Du bist meine Sonne.«

Mir ist heiß und kalt. Ich schwitze und friere gleichzeitig. Vor allem habe ich das verfluchte Gefühl, jeden Augenblick zu ersticken.

»Steig aus dem Wagen, Fenella«, knurre ich.

Erschrocken weicht sie ein Stück zurück.

»Was? Ich? Isaac ...«

»Steig. Aus. Dem. Wagen.«

Meine Stimme lässt keinen Widerspruch zu. Erst als sie die hintere Tür öffnet, löse ich mit zitternden Händen meinen Sicherheitsgurt und steige aus.

»Willst du mich jetzt einfach hier sitzenlassen?«, heult sie und breitet die Arme zu den Seiten aus. Weit und breit gibt es nichts zu sehen außer Hügeln, Wiesen und ein paar Schafen, die darauf grasen.

»Nein«, murmele ich und mache einen Schritt auf sie zu. »Das will ich nicht.«

Mit verbissener Miene sehe ich auf sie herab.

»Was dann?« Ihre Stimme ist nur noch ein leises Flüstern.

»Das hier«, keuche ich. Mein Fuß schließt die letzte Lücke zwischen uns und ich ziehe mein Mädchen an der Taille in meinen Arm. Noch ehe sie überrascht japsen kann, liegt mein Mund auf ihrem und schluckt jeden Ton, der herauskommen will. Fenella krallt sich in den Stoff meines Shirts, als hinge ihr Leben davon ab. Meine Hand gleitet in ihren Nacken, legt ihren Kopf etwas zur Seite, um sie noch eindringlicher küssen zu können. Sofort öffnet sie ihre Lippen für mich und ihre Zunge findet meine. Ich muss die Augen schließen, um nicht kurz vor unserem Happy End doch noch in Tränen auszubrechen.

Schwer atmend bin ich der Erste, der sich aus unserem Kuss löst. Ihr Gesicht liegt in meinen Händen. So wie ihre Zukunft.

»Es wird nicht leicht werden«, versuche ich sie ein letztes Mal zur Vernunft zu bringen. »Es wäre dumm von dir.«

»Mein ganzes Leben war nicht einfach.« Aus ihren großen blauen Augen sieht sie zu mir herauf. »Aber zum ersten Mal entscheide ich selbst, was ich will. Und ich will an deiner Seite sein. Heute, morgen, für immer. Weil ich dich liebe, du Idiot.«

»Scheiße«, keuche ich und ziehe sie in meinen Arm. So fest ich kann, drücke ich ihren Kopf an meine Brust. »Du hast recht.«

»Womit?«, weint sie, ihre Wange an der Stelle meines Herzens.

»Ich bin ein Idiot.«

»Isaac.«

»Nein. Nicht Isaac. Frag warum.«

Schmunzelnd streichele ich ihr über den Kopf.

»Warum?«

»Weil ich dich nicht loslassen kann.« Fenella löst sich von mir und sieht mich an. »Frag noch mal«, bitte ich sie.

»Noch mal?«

»Noch mal warum?«, korrigiere ich.

»Warum?«

»Weil ich dich verdammt noch mal auch liebe. Und zwar so sehr, dass es ...« Weiter komme ich nicht, denn Schneewittchen schlingt quietschend ihre Arme um mich und unsere Zähne stoßen aneinander, so stürmisch küsst sie mich.

Und so hebe ich sie hoch und drehe sie mitten auf der einsamen Landstraße irgendwo im schottischen Nirgendwo im Kreis.

Das definitiv beste Happy End aller Zeiten.

Ja, verdammt ... aller Zeiten.

Keine Ahnung, wahrscheinlich leben wir nicht glücklich und zufrieden bis ans Ende aller Tage.

Aber scheiß drauf.

Wir leben jetzt.

Hier und heute.

Und solange sich die Erde weiter um die Sonne dreht, sorgt diese dafür, dass es ihrem Lieblingsplaneten gut geht.

EPILOG
FENELLA

Dezember 2021

»Oh mein Gott! Das ist alles so unreal.«

Kylee nimmt meine Hände in ihre und drückt sie fest. Wir sitzen uns im Schneidersitz auf der gemütlichen Fensterbank gegenüber. Draußen rieselt der Schnee und bedeckt die sowieso schon komplett weiße Landschaft mit einer neuen Schicht.

»Total«, freue ich mich. Ich kann gar nicht in Worte fassen, wie erleichtert ich bin, meine Freundin hier bei mir zu haben. »Es tut mir immer noch so leid, dass ich euch nicht getraut habe. Aber irgendwie ... Argh«, keuche ich. Es gibt keine Worte, die beschreiben, was ich in den vergangenen Monaten erlebt habe.

»Ich weiß«, lacht Kylee. »Scheiße, und mir tut es genauso leid. Ich habe damals gedacht, du hast keine Ahnung von den Lions und dem ganzen Kram. Ich wollte dich nur beschützen, doch dann kam Brexens angeblicher Tod und dann war Isaac auch schon da und alles ging drunter und drüber.«

»Na diesen Satz unterschreibe ich.« Lachend stecken wir die Köpfe zusammen. Das gemütliche Zimmer duftet nach Glühwein. Meine Wangen sind heiß vom prasselnden Feuer und vor Freude, dass wir endlich hier sind.

Es war Isaacs Idee, Weihnachten mit Kylee und Brexen in den Highlands zu verbringen. ›Wir alle könnten ein besinnliches Fest mit hässlichen Geschenken und dämlichen Traditionen gebrauchen.‹ Das waren seine Worte und ich erinnere mich gut, wie ich ihm statt mit einer Antwort mit einem Kuss für diese brillante Idee gedankt habe.

Die Feiertage in Glasgow bei meinen Eltern zu verbringen, hätte mich getriggert, ob ich es nun wollte oder nicht. Sie haben ohne zu zögern meinen Wunsch respektiert. So wie sie schweren Herzens akzeptieren, dass es einen neuen Mittelpunkt in meinem Leben gibt.

»Du und Isaac also.«

»Ich und Isaac«, bestätige ich. Meine Mundwinkel schmerzen schon fast, so verziehen sie sich zu einem breiten Lächeln.

»Ist er gut zu dir?«

»Echt jetzt?«, lache ich. »Du fragst, ob er gut zu mir ist? Wir sind aus dem achtzehnten Jahrhundert raus, Süße.«

Kylee und ich sind uns gleich, nachdem die beiden heute Vormittag ankamen, um den Hals gefallen. Isaac und ich sind schon seit einigen Tagen hier und ich konnte es kaum erwarten, dass unsere Gäste endlich anreisen. Seither sitzen wir hier und haben uns ausgesprochen. Nur um das Beziehungsthema haben wir einen weiten Bogen gemacht. Bisher.

»Na ja«, murmelt sie und ich spüre an unserer Berührung, wie sie nervös wird. Kylee kann ihre Gefühle nur schlecht verbergen.

»Sag es«, fordere ich und lache nur. Bei Isaac und mir gibt es eine goldene Regel und die lautet: Immer die Wahrheit, egal wie schmerzhaft sie auch sein mag.

»Du weißt es oder?« Kylee schielt mich aus dem Augenwinkel an.

»Dass du was mit meinem Freund hattest?«

»So würde ich das jetzt nicht nennen«, beschwert sie sich und zieht ihre kleine Stupsnase kraus.

»Schon okay«, kichere ich. Eigentlich lache ich momentan sehr viel. »Ich weiß davon. Und um auf deine Frage zurückzukommen – ja, er ist sehr gut zu mir.«

»Das glaube ich, ich meine ... er ist ... nett«, stottert Kylee.

»Nett?«

Einen Augenblick sehen wir uns an und dann prusten wir beide drauflos.

»Da oben alles klar?«, ruft Brexen, den ich, seit Isaac mir einiges von ihm erzählt hat, viel lieber mag als noch im vergangenen Sommer. Außerdem verdanken wir ihm Isaacs Leben.

»Alles gut«, lacht Kylee. Wir halten uns die Bäuche vor Lachen. »Also er ist ...«

»Scheiße Kylee, sag es endlich ... er ist heiß. Richtig heiß und ich genieße das sehr.«

»Das aus deinem Mund zu hören ist eigenartig, aber ja«, bringt sie strahlend hervor. »Du hast recht. Er ist heiß.«

»Aber er ist auch ein guter Kerl. Er hat mir wirklich sehr geholfen in den letzten Monaten. Ich bin zum ersten Mal in meinem Leben einfach nur glücklich.«

Langsam werden wir ernst und sie sieht aus dem Fenster.

Die alte Burg am Rande des Berges Beinn Tulaichean schien mir der perfekte Ort, um Weihnachten zu feiern. Dass sie in Lion-Besitz ist, hat Isaac zunächst nicht gefallen, aber mein Vater konnte ihn besänftigen und ich schlussendlich überzeugen. Womit, behalte ich lieber für mich.

»Das freut mich, Fenella. Wirklich.« Sie senkt den Kopf und das noch gerade schallende Lachen ist verschwunden. »Brexen hat mir alles erzählt. Ich meine die Sache mit Nelson und deinem Onkel. Das tut mir sehr leid. Ich mache mir Vorwürfe. Wäre ich damals auf dem Cluaran nicht so sehr mit mir beschäftigt gewesen, hätte ich dir vielleicht helfen können und ...«

»Kylee«, unterbreche ich sie. »Ist schon in Ordnung.

Ehrlich. Wenn wir so anfangen, hätte ich auch einiges anders machen können. Wichtig ist doch nur, dass wir jetzt hier sind.«

»Stimmt.« Langsam kehrt ihr Lächeln zurück. »Das haben wir uns alle verdient. Wie geht es nach den Feiertagen bei euch weiter?«

Allein der Gedanke an das neue Jahr macht mir Angst, aber Isaac und ich haben uns geschworen, erst nach Silvester mit dem Grübeln anzufangen. Zumindest ich halte mich daran. Meistens.

»Ich weiß es nicht«, seufze ich. »Bisher vermeiden wir jeden Kontakt nach London. Isaac hat den Männern seines Vaters eine Nachricht zukommen lassen, dass er bis Ende des Jahres nicht erreichbar ist. Ich weiß, wie schwer es für ihn ist, nicht zurückzuschauen. Gerade jetzt in der Phase nach Nelsons Tod. Aber wir brauchten eine Pause. Bislang konnten wir es als Urlaub ansehen, durch die Highlands zu tingeln, aber der Tag, an dem wir uns all dem stellen müssen, rückt bedrohlich näher.«

»Ich wünschte, wir könnten euch helfen.«

»Brexen hat genug getan. Jetzt ist es seine Aufgabe, für eure Familie zu sorgen.«

Es tut gut, eine Freundin zu haben. Kylee und ich haben vielleicht nie eine lange Zeit miteinander verbracht, aber sie hatte von Anfang an einen Platz in meinem Herzen, und der wird ihr auf Lebzeiten sicher sein. Ihr und ihrer Familie.

»Oh mein Gott«, stößt sie aus. »Es gibt noch so viel, über das wir reden müssen.«

»Ich will alles wissen. Über dich und Brexen. Stimmt diese völlig verrückte Geschichte, die Isaac mir über euch erzählt hat?«

Verlegen kneift sie die Augen zu.

»Ich weiß überhaupt nicht, wo ich anfangen soll.«

Von unten hören wir Kearon vergnügt quietschen. Sicher machen die Jungs irgendeinen Blödsinn mit ihm.

Das Feuer knistert und die Schneeflocken tanzen draußen wie kleine Ballerinas durch die Luft.

»Wie gut, dass wir alle Zeit der Welt haben«, lache ich.

Die alte Burg ist eher ein größeres Herrenhaus und das gemütlichste Winterdomizil, das es gibt. Es ist perfekt. So wie dieser Urlaub.

»Ist das ein Auto?«, fragt Kylee und deutet mit dem Kinn über meine Schulter auf die schneebedeckten Hügel.

Das uralte Haus der Lions steht komplett allein und abgelegen. Bis zum nächsten Ort sind es über dreißig Minuten Fahrt. Niemand kommt zufällig hier vorbei. Schon gar nicht bei so einem Wetter.

»Sieht ganz so aus.« Ich richte mich auf und kneife die Augen zusammen. »Ein Range Rover«, murmele ich vor mich hin.

Auch Kylee setzt sich aufrecht und stellt die Füße auf den Boden.

»Wer kann das sein?« Noch immer unsere Hände fest ineinander, sitzen wir gespannt da und starren aus dem Fenster. »Brex? Isaac?«, ruft Kylee. »Wir bekommen Besuch.« Man kann die Sorge in ihrer Stimme deutlich hören und so dauert es nicht lange, bis ich Schritte auf der Treppe höre.

Ich hingegen lasse den Wagen keine Sekunde aus den Augen. Doch auch schon bevor er vor dem Haus parkt und die Türen sich öffnen, weiß ich, wer es ist.

Kester und die Cluaran-Lions.

Sie sehen nicht so aus, als wollten sie besinnlich Weihnachten feiern. Die Frage ist also, was wollen sie hier?

Ja, Isaac und ich haben unser Happy End bekommen. Aber das große Ganze betrachtend, ist nach wie vor einiges unbeantwortet.

Wird Kester sich an die Anweisung meines Dads halten und mich in Ruhe lassen?

Was stellt Isaac mit dem Imperium seines Vaters an?

Und woher wissen die Cluaran-Jungs überhaupt, wo wir sind? Ich kann und will mir beim besten Willen nicht vorstellen, dass sie meinetwegen von Inverness hierhergekommen sind. Aber dass sie hier sind, ist ganz sicher kein Zufall. Zufälle sind in unseren Kreisen extrem selten ...

... noch immer nicht genug von den Schotten?

Dann feiere doch mit uns Weihnachten. Wir laden dich ein zum großen Showdown auf Tulaichean Castle. Anfang Dezember beim Federherz Verlag.

Du bist noch nicht bereit, dich von Schottland zu verabschieden?

Tausend Fragen schwirren durch deinen Kopf?

Wer oder was sind die Lions eigentlich genau? Wer genau sind Kylee und Brexen und wie sind die beiden eigentlich auf dieser einsamen Insel gelandet?

Wir haben gute Nachrichten für Dich! Es gibt noch mehr Geschichten rund um die heißen Schotten.

Lerne auch die anderen Charaktere kennen, erfahre, wie alles begann, und tauche noch tiefer in die dunklen Seiten Schottlands ein.

Isle of Darkness – In die Dunkelheit entführt von Mica Healand (Juli 2021)

Isle of Sin – Ins Licht gerettet von Mica Healand (August 2021)

Highland Rebels – Wir sind dein Verhängnis von Alessia Gold (August 2021)

Highland Rebels – Wir sind dein Untergang von Alessia Gold (September 2021)

Highland Rebels – Du gehörst zu uns von Alessia Gold (Oktober 2021)

Weihnachtsspecial von Alessia Gold und Mica Healand (Dezember 2021)

DANKSAGUNG

Ihr Lieben! So schnell geht es und ich bin wieder an dem Punkt angelangt, an dem ich ein paar Worte loswerden darf.

Ich möchte meinen ersten Dank wie immer an den Federherz Verlag richten.

Jane, ich danke dir, dass du an mich glaubst (auch wenn ich es manchmal selbst nicht tue). Du gibst mir die Möglichkeit, meiner Phantasie freien Lauf zu lassen. Ich bin auch nach mittlerweile fünf Federherzbüchern froh und dankbar, ein Teil deines Verlags zu sein.

Natürlich steckt hinter jedem Verlag ein Team, das still und heimlich abseits der Öffentlichkeit dafür sorgt, dass die Bücher formvollendet in ihrer wunderschönen Pracht bei den Lesern ankommen. Ich möchte an dieser Stelle gerne ein paar Namen nennen. Anna, Nicole, Corinna, Christina, Lucia und so viele weitere kreative großartige Menschen. Ich danke euch von Herzen. Ihr alle macht euren Job wirklich großartig und habt dafür tausend Küsse verdient.

Mein zweiter Dank geht an meine liebe Kollegin Alessia Gold, die, sollte es mit dem Schreiben mal nicht mehr klappen, auch locker Therapeutin werden könnte. Danke, dass du in dieser turbulenten letzten Zeit immer für mich da warst. Das werde ich niemals vergessen. Ich bin aufgeregt, motiviert und auch ein bisschen ängstlich, in nur noch wenigen Wochen das Schottenjahr mit dir abzuschließen. Das ging einfach viel zu schnell. Auch wenn unsere literarischen Wege sich zukünftig vielleicht nicht mehr kreuzen, werden wir durch unsere Jungs immer verbunden bleiben.

Nicht nur Alessia hat mein Manuskript mehrfach auf Herz und Nieren geprüft. Ich hatte zudem ein wundervolles Team an Testlesern, die mir geholfen haben.

Ein dickes fettes Dankeschön an: Feli, Vanessa, Constanze, Anna, Daphne, Kathrin, Eva, Tina, Theona, Daniela, Patricia, Kristin, Laura, Jennifer, Cara. Ohne euch wären Isaac und Fenella nicht das, was sie heute sind. Ihr leistet wirklich tolle Arbeit und ich bin dankbar für jeden von euch.

Nach den Testlesern sorgt die liebe Annette immer für den Feinschliff. Ich bin dankbar für deine Kritik, deine Anmerkungen und dein enormes Sprachwissen. Ich hoffe, wir können noch viele Manuskripte miteinander bearbeiten.

Und dann ist natürlich auch noch meine Familie dran.

Ich halte das heute kurz und knapp, denn ihr wisst es sowieso (nicht zuletzt, weil wir uns das jeden Abend sagen): Ich liebe euch! Danke, dass ihr an meiner Seite seid. An Regentagen genauso wie im hellsten Sonnenschein. Danke an meine Kinder für ihre grenzenlose Geduld. Ihr seid die besten Jungs auf der Welt! Und danke an meinen Mann. Du bist meine Sonne!

Und ihr, liebe Leser, fühlt euch gedrückt und geknutscht. Meine Bücher wären ohne euch nur ein Stapel Papier. Ihr lasst meine Geschichten lebendig werden.

Euch gebührt das dickste Dankeschön von allen.

Wie immer bitte ich, schreibt mir gerne. Ich freue mich sehr über ein Feedback von euch.

Liebe Grüße

Mica

Die Isle-Reihe von Mica Healand

Erhältlich im Federherz Shop

Mein Entführer hat stechend grüne Augen. Ist wahnsinnig attraktiv. Und scheint mich vor einer viel größeren Gefahr beschützen zu wollen ...
Kann ich ihm vertrauen?

Journalistin Kylee wird entführt. Sie vermutet, in die Hände der Mafia gefallen zu sein. Ein düsterer Killer verschleppt sie auf eine einsame schottische Insel im Nirgendwo. Tagsüber versucht sie mit allen Mitteln, ihrem Gefängnis zu entfliehen. Nachts treibt die Angst sie in die Arme und in das Bett ihres Entführers. Sie fühlt sich zu ihm hingezogen, obwohl er von einem dunklen Geheimnis umgeben ist. Brexen Ward muss einen Auftrag erfüllen: Kylee töten.

Kann Kylee sich vor dem Callen-Clan retten oder verliert sie auf der Insel mehr als nur ihr Herz?

Die Highland Rebels von Alessia Gold

Erhältlich im Federherz Shop

Regel Nummer eins: Keine Frau ohne die Brüder.
Wir sind eine Einheit.
Wir sind die Könige – und wir teilen uns alles.
Ich habe dich vor uns gewarnt. Wir sind nicht die netten College Boys, für die du uns hältst. Die Lions sind eine Bruderschaft. Wir haben nicht nur das Sagen über das Cluaran-College, wir sind auch die skrupellosen Könige des schottischen Untergrundes.
Meinst du wirklich, du könntest dich gegen uns behaupten?

Getrieben von dem Wunsch, die kriminellen Machenschaften ihres Vaters und das Trauma ihrer Vergangenheit endlich hinter sich zu lassen, flüchtet Davine in die schottischen Highlands. Noch am Flughafen trifft sie auf den brandheißen Cailan und lässt sich auf eine kurze, verbotene Affäre mit ihm ein. Doch der Student mit der düsteren Aura ist nicht irgendjemand. Er ist Mitglied der gefürchteten Lions und hat gegen die goldene Regel der Bruderschaft verstoßen. Davine gerät zwischen die Fronten der dominanten Studenten und muss für Cailans Fehler büßen. Sie verstrickt sich in ein Netz aus Lügen, Gefahr und Lust, aus dem es kein Entkommen gibt. Die Lions denken, sie zögen an den Strippen, könnten über sie herrschen, wie sie es über den Campus tun. Doch auch Davine hat ein Geheimnis, das ihnen allen am Ende zum Verhängnis werden könnte.

Das Highland XMAS-Special

Das Special von Mica Healand und Alessia Gold erwartet euch im Dezember

Während es in der eingeschneiten Burg in den schottischen Highlands nach süßem Punsch und Lebkuchen duftet, erleben Brexen, Kylee, Isaac und Fenella die etwas andere Weihnachtsüberraschung. Ausgerechnet die Lions und Davine platzen vermeintlich unerwartet in das betschauliche Fest.
Das Chaos ist perfekt als sich unter dem geschmückten Weihnachtsbaum nicht nur hübsch verpackte Geschenke befinden, sondern auch ein großes Geheimnis, das gelüftet werden möchte.

Das Weihnachtsspecial erhaltet ihr als eBook und über den Federherz Shop.

Carlos Alvarez ist der King von Detroits Nächten.
Er antwortet auf jede Frage mit Gewalt und regiert die Stadt abseits aller Gesetze.
Und ausgerechnet für ihn soll Lis arbeiten ...

Lis kämpft seit Jahren dafür, sich und ihre kleine Schwester aus dem Elend des siffigen Trailerparks zu befreien. Aus Geldnot nimmt sie einen neuen Job in einem zwielichtigen Nachtclub an und gerät damit geradewegs in die Arme von Carlos Alvarez. Ihr neuer Boss mit den ozeanblauen Augen und dem muskulösen Körper ist zwar höllisch heiß, aber auch brandgefährlich. Er verkörpert alles, wovor Lis sich fürchtet, und ihr ist klar, dass sie sich fernhalten sollte.

Doch sie hat nicht damit gerechnet, dass es ausgerechnet der skrupellose Clubbesitzer sein wird, der die Schutzmauern ihrer Seele durchbricht. Kann er sie vor den Dämonen ihrer Vergangenheit beschützen und sie aus dem Elend befreien? Und was wird passieren, wenn Carlos' gut gehütetes Geheimnis ans Licht kommt und Lis' Leben erneut in Gefahr bringt?

Rockkonzerte, One-Night-Stands und exzessive Partys – damit kann Paula rein gar nichts anfangen. Sie ist ein Good Girl: schüchtern, strebsam und unauffällig.
Doch dann trifft sie auf ihn.
Mats. Es reicht ein Blick in seine strahlend grünen Augen, damit alles um sie herum verblasst.

Und obwohl sie sich mit sämtlichen Mitteln gegen seine einnehmende Ausstrahlung sträubt, verliebt sie sich Hals über Kopf in ihn. Paula stürzt sich in eine Welt, die ihr nicht fremder sein könnte, und entdeckt bislang völlig unbekannte Seiten an sich.
Mats jedoch wird von den Dämonen seiner Vergangenheit verfolgt. Liebe und Gefühle existieren für ihn nicht. Und vor allem Paula darf er nicht zu nah an sich heranlassen, denn sie beide verbindet ein gut gehütetes Geheimnis, das alles verändern würde, wenn es ans Licht käme ...

Der emotionale Auftakt der neuen New-Adult-Reihe von Alessia Gold.

Mitreißend, ergreifend und gefühlvoll

Shadow ist der Vice President der Fallen Saints. Niemand stellt sich ihm entgegen. Er tötet – und er genießt es. Und er wird auch deine Seele zu sich in die Dunkelheit holen ...

Als die junge Storm nach einem Streit mit ihrem gewalttätigen Vater an den Falls River flieht und Augenzeugin eines brutalen Mordes wird, zerbricht ihr Traum von einem Leben in Freiheit. Noch bevor sie flüchten kann, wird sie von Shadow Cane – dem Vizepräsidenten der Fallen Saints – geschnappt. Der Outlaw-MC ist für seine Skrupellosigkeit in ganz Arizona bekannt. Shadow bekommt die klare Anweisung, Storm notfalls mit Gewalt vom Club fernzuhalten, aber es gibt einen Teil in ihm, der die schöne Studentin beschützen will. Die beiden geraten in einen Sog aus dunkler Begierde, bis Storm einen folgenschweren Fehler begeht und ihr Leben riskieren muss, um dem MC zu helfen.
War es die richtige Entscheidung?
Und wird Shadow rechtzeitig kommen, um sie zu retten?